夕阳下的述说

李昌水 —— 著

北京出版集团
北京出版社

图书在版编目（CIP）数据

夕阳下的述说 / 李昌水著. — 北京：北京出版社，
2023.5
ISBN 978－7－200－17867－8

Ⅰ．①夕… Ⅱ．①李… Ⅲ．①长篇小说—中国—当代
Ⅳ．①I247.5

中国国家版本馆 CIP 数据核字（2023）第 049090 号

夕阳下的述说
XIYANG XIA DE SHUSHUO
李昌水　著

*

北 京 出 版 集 团　出版
北 京 出 版 社
（北京北三环中路6号）
邮政编码：100120
网　　　址：www．bph．com．cn
北 京 出 版 集 团 总 发 行
新 华 书 店 经 销
北 京 建 宏 印 刷 有 限 公 司 印刷

*

787 毫米 ×1092 毫米　　16 开本　　21 印张　　300 千字
2023 年 5 月第 1 版　　2023 年 6 月第 2 次印刷
ISBN 978－7－200－17867－8
定价：78.00 元
如有印装质量问题，由本社负责调换
质量监督电话：010－58572393

目录
CONTENTS

生命因爱精彩

　　一本书，一旦文字进入读者的视野，便可以穿越时间和空间的阻碍，与作者对话互动。作者的良善苦心，在相当程度上是想为读者塑造出既熟悉又陌生、活出自己的典型性人物。通过故事情节的逐步展开，由远及近，与读者携手并肩成为同路人，一起走出生命的迷途，去共同揭开生命的谜底，厘清"我是谁？我生来为何？我到哪里去？"的困惑，找到真我。

　　本书主人公60有余，历经少年、青壮年，进入人生的暮年。作为一个过来者，他以为自己有资格夸口对生命形成了独有的感悟。然而当他进入记忆的往日时光，与生命过往中经历过的人和事谋面，再回到眼前的现实生活，经过一番比照，形成巨大的心理落差。就这样，他的自信像被雨淋湿一样有些酸楚，心里浮现出来的是被风吹过的无边旷野，孤独地守着这片没有云朵的苍茫，没有一丝气息的寂寥。于是，这便激起了主人公对生命意义和价值的追问。

　　我没有简单地按照主人公从出生、成长、老去这样的自然时间顺序铺陈故事，而是力求艺术地借助对女儿孩子出生过程的再现，营造从摇篮到坟墓的全生命过程景象。生命从孕育到出生，是一个非常美妙的过程。这一过程带来的深刻觉知，也是这部作品要表达的主题：生命因爱而来，有爱而为和因爱而去。世间最高级的爱是人与人之间的爱，即使再可爱的宠物也替代不了。因为由"我"到"我们",包括亲密的身体关系,包括用深情"囚禁"彼此,包括用生命拥有对方。这就是为什么在长夜难眠的孤灯黑夜,我们渴望拥抱的是爱的温柔和被爱人的温暖。

一般来说,一个人青少年时带着梦幻、梦境、梦想的愿望向世界宣告我来了;成年之后,在追求成熟和成就中摸爬滚打,弄得满身的疲惫;而暮年呈现的是悲观、悲哀和悲痛的情境。这三段人生过程,如若每一段抽出一个字,那就是青少年为"梦"想出发,成年为"成"就努力,而老年因"悲"痛幻灭人生。从生命这个角度讲,这是一个由梦想到成就,又被时光强行拖入暮年的悲痛。我们的青葱岁月、乌黑的头发以及美丽的容颜,都会被时间无情地夺走,到了暮年就只剩下衰弱的肉体。伴随这样的剥夺,很多人觉得自己没有价值,于是变得愤怒、沮丧,甚至抑郁。击垮暮年生存境况的,并非都是老了退休离开社会主流本身,还有因为衰老而带来的变化。生命需要关怀时,因爱的流失变得苍白凄然,衰老的焦虑、患病的痛苦、死亡的恐惧笼罩着生命的天空,令人惶恐、窒息,生命呼唤救赎。

带着这样的思考,我谋篇架构了10个章节。作品中的主人公带着自己独一无二的人生经历进入暮年,社会角色变化,荣耀褪去,自身形象不复往日风采,他把自己的生命植入到在迷茫中静默的窖藏状态,浸泡在回忆与反省中。但他的思想静默而不停止,一如昆虫的蜕变,从卵到幼虫,然后从幼虫到长出翅膀。之后,横在心口的很多事都变得柔顺起来。虽说衰老是对多情肉体的无情剥夺,但人的生命除了肉体之外,还包含灵魂。我们承认我们的肉体确实在变老,但是,智慧、灵魂和对生命的理解与感悟,却可以随着年龄的增加而日渐强大,它让我们最终有能力接受衰老的事实,坦然面对生命最后的结局。这是心智跟随肉体一起成熟的过程,是一个人的终极成熟,即使满脸皱纹,却也因此拥有了最虔诚的灵魂。主人公感谢年龄和衰老,因为假如没有白发带来的焦虑、退休带来的清醒,可能就不会有这种觉悟。他感到在生命太长的时间里,过去的自我总感觉"真理之灯"在手,前途一片光明。现在回眸,其实都是在懵里懵懂中赶路,不知道生命是什么、活着为什么，路边如果是万丈深渊，稍有不慎，一失足就可能粉身碎骨也全然不知。主人公主动地进入了一个暮年过程，并在这个过程中见证自己，见证伴随着岁月的流逝仍然接受淬炼的灵魂形象。他鄙视消遣老年时光。在他看来，老年不是风烛残年，而是以华发苍颜的英姿，迈开圆满人生再出发的步伐，选择走向有所作为的老去，筑梦自己的灵魂家园。

人的一生，即使是对那些被认为是人生赢家人的来说，就多数人的情况看，无论或多或少，苦难似乎都是无法避免的。比如都要面对家人、朋友和爱人的去世；随着年龄的增长，身体越来越不听使唤，而且很有可能自身有一天也会直接遭遇或疾病或病痛的折磨，随后就会经历死亡的痛苦。作品主人公从患膀胱癌到肺癌直至病入膏肓，获得了向死而生的幡然醒悟。我们对生命意义的思考、对人类现状的忧虑，恰恰代表生命是有意义的。个人主观"想再活一百年"的愿望与对永生的追逐自相矛盾。比如寻求长生不老，这到底是人类追求发展进步的顽强抗争，还是违背生命自然规律的反常行为?！也许只有生命能够理解生命。如果认同人生苦短，衰老的背后是死亡，我们可能就会退缩，而且会意识到自己的依恋和退缩，接着会放声嘲笑自己。毕竟，从浩瀚宇宙的角度来看，生命是宇宙的一呼一吸，而生命个体就显得不那么重要了。所以，主人公选择回到现实的生活中，坦诚面对生命的流动，洒脱地放弃该放弃的，接受成为炉火旁打盹老人的事实，睡意昏沉，安详静谧地用自己一生的奋斗故事，沉淀出一份纯然安静，也洁净了自己的灵魂。即便肉体已蹒跚，思想却在无涯地驰骋。其实，每一个老年人都是一位天使，都拥有着自己的一双天使之翼，他们在接受岁月淬炼中羽化蹁跹，让生命实现了升华。回忆青春，但不追悔青春；热爱生命，但不执着于生命。因为在生命的长河中，万物皆流。

这是生命启示录。如何走向成熟、优雅老去、圆满生命，在很大程度上取决于我们如何面对人生的每一个转折点。追求优雅安静地老去并非只关乎老年，它与一个人的整个人生有关；它也不是专指老年人，和年轻人也紧密相连不可分割。这也是这部作品的价值和贡献，主人公鲜活的人物形象，显示出年长者在生命终局应该是智者，他为年轻人留下的遗产和财富是一盏灯，照亮人生的迷途，让人们不再迷茫。

所有人都在追问、冥思苦想生命的意义和价值。

我通过塑造主人公对这个主题进行了探寻思考，从出生到坟墓，从参加工作到退休。以文学作品色彩斑斓的鲜活风格呈现；从自我述说到对白，从愉快的闲谈到引发严肃的咀嚼回思，以最轻松的方式拨动读者的心弦，触摸读者的灵魂，陈述所得所想。爱是生命不变的主题，生命因为有爱而精彩，如果生命缺爱，就会像鲜花缺少雨露一样枯萎凋零。我们希望本书能为读者传达这一点。当然，心中的困惑也可找几个朋友一起阅读、共同讨论，一起沉浸到作品构筑的预设情境中，彻底摆脱意义和价值的纠缠。放飞思想、迷失自我，跟随主人公进入生命中的往日时光，或痛苦，或喜悦，倾听来自灵魂深处孤独与深情的述说。之后，合上书又安然地返回现实生活，寻一处安静，或品一盏茶，或温一壶酒，半醒半睡，像夕阳卸下午阳的燥热，身披绚丽晚霞，放射出万道光芒，越过黄昏的地平线，喜悦地去赴夜的约会。

2023年4月

第一章
我来了

天未亮，夜微寒。

借着从窗户照进卧室微弱的天光，可以看到一只猫伸出舌头，反复地舔着还在睡梦中的秦天明。他闭着眼任由猫舔着，好似心中贪念着梦中的那份柔情，似梦非梦地难以走出迷蒙，但又回不到原点，就这样迷迷糊糊地，享受着倾城的无边夜色带来的温柔。也是，在这多情的夜色里，人的灵魂可以放纵自己的心性，使生命得到畅意的释放，并且不需要为心里那点肆意妄为背上包袱。

过了一会儿，秦天明醒了。他心满意足地从被子里抽出手轻抚着猫的头，然后睁开眼与猫做了一个对视，起身打开床头的台灯，叫醒依偎在他身边的妻子老安。

"起床吧。"

"几点了？"

"几点也得起来啊。"

老安定了定神，一想对啊，今天是女儿秦依然十月怀胎一朝分娩的预产期。虽说她已经住进医院待产，而且女婿小孟陪在身边，她这个要当姥姥的能帮上忙的事不多，但是，女人生孩子是过鬼门关，是一次受苦受难，这个时候，作为母亲要站在女儿身旁加油助威！想到这里，她眨了眨眼，下床后，习惯性地走到窗前，把目光投向窗外。

远方的天际，一道紫云穿过灰色的云彩，带着微红的晨光正式登场，天边闪射出一道道黄铜般的光柱。一声声新生儿的啼哭，好似一声声号角，由远而近，由弱到强，唤醒了远处恍然春困的群山。

早晨来了，婴儿诞生了！

合掌祝福，一个新生命就是这样带着哭声，在亲人的欢笑声中隆重来到这个陌生的世界。在一家妇产医院产妇休息室里，产妇秦依然怀抱着婴儿坐在床上，家人围绕在她身边，但目光都聚焦在婴儿身上。

"好白啊！"产妇的小侄子秦奋分外欣喜。

母亲老安夸赞道："你们看这小不点长得多美啊！"

秦奋问秦依然："姑姑，能让我抱一抱吗？"

秦依然说："宝宝还小，等长大了姑姑让你抱，让你陪她玩好吗？"

父亲秦天明把手中的照相机举过头顶，他要找一个制高点，把这幸福的场景摄入镜头，做到一个不少，留作永远的纪念。

秦奋问："姑姑，是男孩还是女孩？"

秦依然说："姑姑给你带来了一个妹妹，你喜欢吗？"

秦奋说："我喜欢！"

老安说："男的女的都是我们家的宝贝！也是我们家的女老大哦！"

秦奋说："爷爷奶奶才是我们家的老大。"

家人你一言我一语，欢快地笑了起来。

秦天明手中的照相机快门"咔嚓"一声，摄入镜头的是婴儿一双睁大的眼睛，她似乎在凝视着呈现在她眼前的陌生世界。

她看到了什么？围绕身边的这些人是与她有着血缘关系的亲人，今后与她的成长、与她的生活息息相关。

秦天明照完相收起相机，转头望着新生婴儿，感慨良多，不由得回首自己的过往：年轻时，学习紧张却日有所获，工作忙碌却也事业有成，总之，有理想有作为有奋斗目标。现在退休离开工作岗位，从忙忙碌碌一下子变成无所事事，从年轻有为的家庭顶梁柱，变成了居家生活的老人，感觉人生从高峰坠落到低谷，生命从朝气蓬勃进入了老气横秋。儿子结婚成家另立门户，也有了孩子，女儿结婚后仍与他同住，虽然刚刚出生的外孙女也会给他的生活带来些许安慰，但年轻时气壮如牛的他，如今身体常有不适，也开始与医院打交道了，让他倍感郁闷的是，医生给他提了不少要求，美食受限，烟酒戒除。过去上班在岗，在当领导时，部下每天都要请示汇报工作，他也不时地发号施令，偶尔也有公务宴请和朋友聚会，谈古叙今。退休后这些事与他无关了，由忙人变成了闲人，由受人追捧变成了孤家寡人，茫然失措之时，他情不自禁地追问：难道说这就是我自己吗？难道说前世在忘川河畔有过相逢，又或是在奈何桥上也曾擦肩？或许生命的历程，就是在不断地经历转变中完成悄无声息的改变，比如熟悉的人会变得陌生。

但让秦天明感到有些凄然和不安的是，周围的许多亲人和朋友，退休后很快就变得老态龙钟，有的身材开始变得臃肿，脸上的皱纹日益增多。重要的是，有的身患疾病，因此隔三岔五总能听到自己熟悉的人离开人世。前几天，一个比他早几年退休的邻居，平时看着身体挺壮实，突然因胃不舒服，吃了东西不消化，就去医院检查。也没有查出什么明确的疾病，但两天后人就走了，一家人哭得死去活来。

秦天明沉浸在自己的思绪中，想到自己工作的日子，没有波澜起伏，是在年复一年日复一日的不温不火中平淡度过的。该提职了，他是这个拨次的最后一名，虽然勉勉强强，也总算有了一个职位和名分。该有好事了，比如公费安排出国，凡是别人愿意去的地方，他知道不会有他的份儿，只有那些贫穷落后没人愿意去的国家才会轮到他。其实，从他内心来说自己也不愿意去，因为开不了眼界，没有可看的，也没有可学的。但是，对于他来说没有挑肥拣瘦的机会，他听命去了，像执行任务一般，轻车简从，回国时行囊空空，没有带回名牌包，没有带回名牌表，更没有带回名牌衣赠送亲朋好友或同事，或自己留作纪念。

当然，秦天明也有被组织首选安排的时候，比如每遇单位老同事去世的遗体告别。负责具体组织的部门非常头痛，人去少了，逝者家属有意见，要组织多一点人去，谁都不愿意去。于是，只好下指标，由领导批准，把具体安排参加的人数分配到部门。这看似很有约束性，但是真到了参加的时间，有的部门领导便以工作脱不开身为由带头请假，单位领导也不好办。只不过领导就是领导，在突发为难情况时拿捏自如。逝者退休前虽是单位工作人员，毕竟去世了嘛，既是工作单位，与工作相比，逝者遗体告别次之。主体部门去不了，安排辅助部门领导带队参加。这个时候，这种情况，秦天明就被推到了前位，有时还被委以重任代表领导什么的。组织的安排，秦天明也不好再找理由推托，因为他知道自己的岗位在单位所处的位置。记忆中，一次在上班的时候，领导到他办公室，面带笑容地先是嘘寒问暖，然后进入主题，安排他第二天代表领导参加一名退休多年的老同志的遗体告别仪式。他从内心讲不愿去，想找理由拒绝，比如工作脱不开身，但是他工作的内容都是组织安排的，这就是工作，只有服从，之后把情绪带回家。到了夜深人静的时候，他在心里过滤这些事，难以入睡。但凡遇到这样的事，他也总是向身边的老伴表达感慨，因为自己也是受过组织教育、有着全局观的人，不利于组织或领导形象的事不对外人说，对家人说也特指身边的老伴，这是他给自己定下的一条原则。

"睡不着？"躺在身边的老安问秦天明。

秦天明说："我在想，组织安排参加一个单位退休老同志的追悼会，我们有些人总是找理由推来推去的。"

老安说："当然了，这又不是参加婚礼，喝喜酒。这些场合尽可能少去，受刺激。"

秦天明说："那也不至于这样嘛！人总是还要讲点情分的，过去是同事，人走了送一程，还逝者一个体面，也得为活着的人做个样子。"

老安翻了一个身，背靠着秦天明说："只是现在人与人之间太薄情了。"

秦天明说："我是这么看，追悼会就像是人的出生，是人的一生必经的仪式，不同的是一个令人高兴喜悦，一个让人悲伤痛苦。但在追悼会这个场合，你同时可以看到真情和假意，也是受教育。"

秦天明感到身旁的老安没有接他的话，知趣地闭上眼睛也闭上嘴，回到内心自己想个明白。因为他知道，他们夫妻之间想法不一致时，只要不是原则问题，都能妥协，做到不争吵，沉默是最好的方式。当然，夫妻之间的交流，话题也很重要，人们常说"话不投机半句多"，他与老安的交流，生活上的事讲情趣，涉及政治、组织，特别是单位的事他讲原则，讲感恩。他是从农村出来上的大学，他时常想到自己大学毕业那年，大学同学中，有的人托人找关系，安排了体面的工作，而有的人历经坎坷、跌跌撞撞，最终也没有实现理想。而他秦天明就幸运得多。像他这样的人，年轻时喜欢体育，上高中特别是大学后，又进入学校的篮球队，经过良好的体能训练，形体透露出一种健康的美。加之他学习刻苦，又是学生会干部，在校期间又获得过这样或那样的奖励，一毕业时便分配到国家机关单位上班。工作期间虽然不温不火，却也稳稳当当地一直干到退休。该涨工资时都涨了，该提职时也没有落下。

"满意吗?"他扪心自问。

谈不上满意，也说不上圆满，他常在反思中超然自洽。

时间过得很快，转眼间秦天明的外孙女出生满月了。按习俗，今天在家里，要为新生婴儿做一个仪式，摆满月酒，表达家人对她来到这个家庭的欢迎和祝福。

这是一套两室一厅的房子，客厅兼餐厅。儿子儿媳和孙子，女儿女婿和婴儿，再加妻子老安，一家八口人，使得不大的客厅今天显得有些拥挤，但是有说有笑，温馨和谐。坐在餐桌主位的秦天明，看见身旁的椅子还空着，抬头巡视了一下问："主持人在哪里?"

"爸，您都退休了，又不是开会，还那么讲究啊?"秦依然怀抱婴儿说道。

儿子秦力说："爸要的就是仪式感，与退休无关，爸就是一个讲究人嘛。"

"对对对，就是仪式感，一家人在一起吃顿饭，特别是今天这顿饭的意义很重要。"秦天明心情愉快，满脸笑容。

"奶奶，等您闪亮登场。"孙子秦奋有点儿着急地盯着满桌的菜。

"我来了。看来没有我还不行哦。"老安乐呵呵地从厨房门里出来，走到秦天明身旁的空椅子上坐下。

秦力的爱人小刘手里端着一盆汤放在桌上，然后随身坐在秦力身边。

秦依然对着秦天明说："是啊，夫唱妇随，一个都不能少才是。"

老安说："今天是依然的小宝贝出生满月，是小宝贝开始人生的第一个节日，我们要为她庆贺祝福。"

秦天明说："我们家现在是人丁兴旺，有了小宝贝，第三代男女就全了。"

老安略带遗憾地说："只是小宝贝的爷爷奶奶都还在上班，家又在外地，只好由我们来代表。来，小孟，你是孩子的父亲，你提议咱们共同举杯！"

大家举杯后，小孟站起来，与抱着孩子的秦依然离开座位，走向老安和秦天明身后，恭敬地端起茶杯依次送到两位老人手中："谢谢妈，谢谢爸，让您二老受累了！"

秦依然问秦天明："老爸，给我们孩子起好名了吗?"

秦天明说："大名你请爷爷起，这是规矩，小名嘛……"

秦奋期待地问："叫什么?!"

小刘拍着秦奋的肩说："别急啊，听爷爷说。"

秦天明说："小秦奋，你还记得我们家的六字箴言吗?"

秦奋答道："记得啊，平安、健康、快乐。我用这个六字箴言写的作文在学校还获奖了呢。"

秦天明满意地说道："说明你理解了我们的心愿。你想，如果大家都如愿地平安、健康、快乐，生活该是多么美好！那我们就给孩子起一个名叫快乐，希望她在快乐中平安、健康地长大。"

家人都异口同声地称赞这个名字起得好，秦天明对家人的满意回应有几分得意。

秦天明说："今天孩子有了一个快乐的名字，下一步我和老安陪快乐一起成长，你们就好好上班。"

家人听后，有点疑惑不解。

秦力问："啥情况？没有明白。"

秦天明说："怎么不明白，我们两人都退休了，身体都很好，为你们做点儿力所能及的事。依然要上班，我们照看孩子你们还不放心吗？"

秦依然说："不是不放心。您看我和我哥都是您二老养大的，也没有让爷爷奶奶、姥爷姥姥看，现在我们就一个孩子，你们放心吧，我们自己能照看好。"

秦天明转头看了看若有所思的老安，把目光投向家人寻求答案："那我们干什么？那我们还能干什么？"

秦依然说："退休了就是休息，不需要干什么了。"

秦力说："趁身体好，还能动，您和我妈出去旅游旅游，国内国外都行，过一过自己想过的生活。"

想过什么样的生活？秦天明刚退休，这些日子里他还没有来得及想这个问题。其实，他也回避退休这个词，心里仍然装着曾经挥洒过热血的工作单位，惦记着曾经倾注过心血的工作岗位。体贴入微的妻子老安了解他的心思，上班时定的闹铃到点就响，早餐按秦天明上班时的用餐时间提前准备，用这种方式来保持他因退休而失衡的生活。但是，她苦心维持的生活状态，被秦天明原单位打来的一个电话给破坏了。

秦天明把手机举到耳边，听筒里传来问话声："是秦主任吗？"

秦天明接话："我是秦天明，你是哪位？"

对方自我介绍道："我是办公室的陈靖，小陈。主任，您都好吧？"

秦天明喜上眉梢道："小陈啊！好，好，好！"

秦天明有点激动，他像在接一位重要领导打给他的一个非常重要的电话，神情怡悦地把手机紧紧贴在耳朵上，生怕漏掉一句话，听错一个字。其实，这个电话是他原单位办公室的一位年轻同事打给他的。

电话里陈靖说："我们齐主任让我通知您明天到单位来一趟，您有时间吗？"

秦天明没有问对方为什么通知他回单位，有什么事，随口回答道："有有有，有时间，我去我去！"

"那好，我明天上班时间在单位门口等您。"随即手机传来陈靖挂断通话的"嘀——嘀——嘀"声。

秦天明看了看手机屏幕显示，确认通话结束，收起手机转身告诉身后的老安："我明天去单位，你把我那套西服烫一下，别皱皱巴巴的，让人看着笑话。"

"哈！"

"哈啥？"

"没啥啊，我给你准备。"

老安本想调侃一下，想说有那么重要嘛，就是去一趟单位，还要如此盛装出席。但她把话头咽了回去，因为秦天明退休后，老安看到他脸上很少有这样高兴的表情，她不能扫他的兴，打心眼儿里希望他快乐。

第二天清晨，秦天明早早起床，一阵洗漱换装，他精神焕发地驾车行驶在通往单位的路上。不一会儿，他行驶到一个十字街头，红灯亮了，他把车稳稳地停在斑马线前，目光投向车窗外，看着行人步履匆匆。他想，这不就像是站在人生的站台，看着过客无数？老的、少的，男的、女的，走过、路过、擦肩而过，有时候令我们目不暇接，有时候也令我们感慨浮世红尘，人如走马灯一般，来来去去，心中不免会生出几分寂寥，几分落寞，几分荒凉来。

秦天明不想让这种情绪影响到他今天要见到同事的愉快心情。绿灯亮了，他起步行驶，路上、街旁，车少、人少，像是迎接贵宾，专门为他进行了清道，其实是这个时间，离平日道路拥挤的早高峰还有半个小时，一路行驶畅通。到达单位，他把车停放到路边车位，喜悦之情油然而生。此刻，他无法掩饰自己心底的情感，像久别的游子急切地想投入母亲的怀抱，迈着轻盈的步伐走向单位的院门。

院门紧闭，因为还不到上班时间，没有人进出，只有一名保安在门口站立值守。

"你找谁?"保安问。

"我就是这个单位的啊?!"秦天明感到疑惑,他就是这个单位的,还问他找谁,这不开玩笑吗?

保安抬手指向门禁刷卡屏:"那请你刷卡。"

"卡?"

"对,门禁卡。"

秦天明下意识地摸了摸衣袋,他想起来了,在他退休时,单位办公室管警卫的同事把他的门禁卡说是按规定收走了。但是,门禁卡收走了,他依然还是单位的人啊。他要给这位值守的保安做一个解释。

"我确实是这个单位的人,三个月前退休的。你们保安队的同志我都认识啊,你我好像没见过。"

"我是新来的。"

"就是嘛,你是新来的,不认识我也属正常,但是,我给你说了我是这个单位的,现在离上班时间差不多还有一个小时,你不会让我就这样站在门口等着吧?"

秦天明将手机装入手包,然后又从手包里取出身份证顺手递给保安。

"我把身份证给你,这总行吧?"

保安摇了一下头,并未接秦天明递给他的身份证。

"身份证只证明你是中国公民,有中国身份,不能证明你是这个单位的人。"

秦天明无语了。面对这样一位忠于职守、执勤规范的保安,他需要配合和支持,便转身起步离开执勤位置,像一名外来的访客找一个离门不远的地方,孤零零地站着,目不转睛地看着眼前这道曾经为他热情开启的大门,现如今紧闭着把他拒之门外。

到了上班时间,秦天明进入院门走向办公楼,在他身旁是昨天打电话通知他来单位的陈靖。不时与擦肩而过的年长者礼节性地打声招呼,年轻的加快步伐越过他进入办公楼。

秦天明突然停下脚步，抬头望着他熟悉的办公大楼若有所思，身旁的陈靖上前解释道："抱歉了主任，没有想到您来这么早，又让您等这么长时间。"

秦天明收回目光，平和地说："没有关系，我早晨起床比较早。"

陈靖说："早起早睡，是主任您的好习惯！"

秦天明说："嘻，什么好习惯，上了年纪，老了睡不着嘛。哪像你们年轻人，吃得香，睡得好。"

陈靖说："就是没有时间。晚上下班回家，辅导孩子作业，一般都得到11点后才能休息，第二天一早又得送孩子上学。主任到了，您请。"

秦天明与陈靖一边说着一边走着，进了办公楼大门，进了电梯，屏幕显示到了12层，是秦天明上班时所在的楼层。他从电梯里出来，映入眼帘的是他熟悉的楼道，只是今天楼道两旁的办公室门都关着，好像没有人，整个楼道静悄悄的。

"什么情况？"秦天明把目光转向身旁的陈靖。

陈靖回答道："噢，主任，忘告诉您了，今天上午单位开大会。"

秦天明看着陈靖问道："什么会？办公室都没有人。"

陈靖说："全体人员参加，内容是保密的。"

秦天明反问道："全体人员参加，那对谁保密？"

陈靖不知道如何回答是好。而在秦天明心里有点儿不以为然，他觉得如果大家都知道一件事了，秘密就不再是秘密。这个时候，就像我们平日知道一个自以为是多么惊人的消息，以为会掀起怎样的轩然大波，带来怎样的影响，先前都要求要保守秘密，其实大家都心照不宣，工作和生活一如既往。有的也只是把它当作茶余饭后闲聊的话题，有人像煞有介事，有人一笑而过。

秦天明看着陈靖无语，也觉得自己的语气不够妥当，微笑地问了一句："齐主任也参加会了？"

陈靖说："嗯，齐主任他主持今天的会。"

"那我在我办公室等他。"秦天明一边说着一边走着，姿态一如上班时那样，自然而然地把脚步停在右手一间办公室门前。这是他退休前的办公室。

陈靖解释说："齐主任本来要亲自接待您，但他要主持会，就指派我来陪您。他告诉我，请您来单位主要是请您清理一下办公室，接您岗位的刘主任经组织批准，已正式下任职命令了。"

"清理办公室？新的主任已任命？"秦天明一惊，将已伸出的准备开启门锁的一只手收了回来，轻松的表情一扫而去，他回身看着身后的陈靖，两人目光相碰。陈靖以为秦天明要让他给开门，于是快步上前输入密码，门锁开启。

"主任，您请进。"陈靖礼貌让道。

"嘿！你是怎么知道密码的？"秦天明疑惑。

"您退休后按规定密码就改了，新密码是1219，刚才齐主任告诉我的。"

"改了也该告诉我一下，"秦天明控制着自己不快的情绪，"你先忙你的吧，我有事再叫你。"

"好的，主任。我就在隔壁办公室。"陈靖知趣地转身离开。

秦天明进入办公室，他没有马上动手清理，而是站在一边，凝视着办公桌和办公椅，五味杂陈。他记得，在单位领导找他谈话，宣布他正式退休时，因他负责的一项工作还没有结束，接任的组织也没有明确，领导说办公室可推迟移交。今天来清理移交办公室，看到那张桌子，那张椅子，那个原来自己的"座位"，马上就要变成他人的"座位"了，真是有点舍不得离开。

秦天明稳了稳情绪，像上班时一样走到办公桌前把手包放到桌上，在椅子上坐下，沉静一会儿，把要做的事在脑子过一遍，然后开始清理。只是今非昔比，他的社会角色已经发生变化。过去是公职人员，坐在办公室是上班，是履行职责，高尚一点说是肩负使命；而现在退休了，没有公职了，他人生最富成就感的办公室也即将腾出给接任者使用。也许眼前这些用品在他人看来只是些微不足道的小物件，如朋友发来的明信片、照片、卡片等，但因为保存了几年，重新翻看把玩，就似乎有了特别的意义，使人眷恋珍惜。

而每次到抽屉堆满，不得不清除时，便有了难以割舍的痛惜。但是，现实中我们能有多大的"抽屉"，去收藏保有生活中每一件琐屑之物中不舍的人情之爱呢？他的确有收藏东西的癖好，但其实也是因为他拥有的东西实在不多。他年少时那个物质匮乏的年代，一件东西往往可以用好多年，一件衣服破了可以缝补，一件物品坏了可以修复，新三年，旧三年，修修补补又三年。

秦天明进城以后，行走于城里大街小巷之间，看到那月光下凄然被弃置的物件，感觉着一种大城市的荒凉。是因为富裕，使我们对物薄情？还是因为对物的不断厌弃、丢掷，变成了这城市中人与人的薄情？

他愿意，每一次告别一事，每一次告别一物。而这次清理，需要他告别的事和物很多，因此，他每拿起一件物品都要犹疑不决地来回看几次，然后才决定是否放入废品袋里。这时，他从办公桌的抽屉里拿出一本装订整齐的报刊文章剪贴集放在桌上，像他平日阅读文件一样展开翻阅。他认真地看了好一会儿，然后又爱不释手地合上，打开手机外拨电话："小陈吗？你来我这儿一下。"

不一会儿，陈靖来到他身前："秦主任，您有事吗？"

秦天明一手托着剪贴集站起身，一手抚着封面对陈靖说："是这样，你找一下小张，就说我有事，请他来一下。"

陈靖说："主任，我昨天下班时在楼道碰到他向齐主任请假，说他今天有事要请假一天。"

"这么巧啊?!"秦天明觉得意外。他看着手中的剪贴集叹了一口气，然后又轻轻将其放在桌子上，目光始终没有离开，虽是一言不语，但情绪有点失落。

"主任您看还有别的事吗？"秦天明好似被陈靖从沉思中唤醒。

秦天明掩饰着情绪上的波动，故作平静地说："没有。既然小张出去了，我把这本报刊文章剪贴集赠送给你吧。这是我当科长时就开始收集整理的，汇集了上百篇的好文章，你今后写文章、写材料、写讲话稿都可以用来参考。"

陈靖礼貌地客气道："要不我转给小张吧？"

秦天明说："还是送给你吧，也算是缘分。"

他拿起剪贴集递到陈靖面前，好像是在传递一个嘱托那般庄重。只是陈靖没有表现出激动和荣幸，他犹豫了一下伸出一只手接了过来，说了一声"谢谢"，转身出了门。

秦天明自认为年长了，经历多了，经验老到了，对什么都了解了，其实在绝大多数时候他也只是在凭经验推理、靠联想理解世界。这是现代人的通病——都很在意自己的那一套。比如，打开电视，总是看见有人在讲自己的心得——怎么做饭、怎么化妆、怎么减肥、怎么理财。这种自我欣赏的思维习惯，阻碍了我们与他人正确地相处与交流，带来了当局者迷的困惑。

走在楼道里的陈靖拿着秦天明赠予他的剪贴集进了卫生间，把它随手放在卫生间的洗手池上，然后进了里间的厕所。这时，后脚进来的秦天明端着茶缸准备清洗残茶，一眼望见洗手池上好似被丢弃的剪贴集，心中有一种被人猛击了一下的刺痛。他情难自控，连茶缸也没有清洗，就伸手拿起剪贴集走出卫生间，逃离似的疾步回到办公室，绕开脚前刚刚清理装着废品的两个袋子，坐到办公桌前的椅子上，心情沮丧地闭上眼睛。他心里疑惑地自问：我今天怎么啦？一大早来到单位被拒门外，本来想见见单位同事却遇召开全院大会楼内空无一人，自己认为缘分深厚的同事小张恰巧请假外出。他那自认为强大的内心终于抵挡不住面前强烈的冲击开始崩溃了。

一件件的事、一幕幕的画面出现在秦天明的脑海里，幻化成浪潮扑面而来，冲开他的心门。他睁了睁双眼想看清什么，想弄清楚为什么会出现这样的场面。越想越失去了早晨来时那愉快的期待，心情变得越来越酸涩。

人生若只如初见。每个人都期待人与人之间的邂逅都是那样的美好、那样的纯一。没有伤害，没有浮沉，没有深刻的爱，也没有入骨的恨。试问，这样的人生，还有滋味吗？

自幼敏感和富于探究精神的秦天明，却在自己退休后的生活中感受到难以想象的不解之惑。

秦天明工作期间，周围有很多所谓的朋友，请他吃饭，陪他散步聊天，今天自己怎么一下子就成了人生中孤独的前行者呢？他们都到哪儿去了呢？一股强烈的挫败感油然而生，使他有些茫然不知所措。他的眼睛模糊了，也说不清楚究竟是因为酸楚的泪，还是真的老眼昏花，总之他感到疑惑，辨不清是真是幻。事实上，他现在所感受到的与留在他记忆中的没有两样，只是当初他沉醉了，把自己幻化在一种纯净与美好中。其实，他也清楚世上并无完美之人，他甚至反思也许自己过去为人处世的确存在不当的地方，有意或无意地伤害了他人，因此出现这种他意料之外的尴尬情形。

不回避和惧怕自身的缺点，直面真实的自己，反省自己以往的任何过失，是自我站起的觉悟，是走向重生的清醒。

秦天明站起身，把他认为该带走的剪贴集从桌上拿起抱在胸前，离开办公室，回手带上房门。通往电梯的楼道只有他一人形单影只地走着，他乘上电梯，目光茫然地看着电梯面板上标出的楼层序号，少顷，电梯没有启动，他回神摁了一下楼层选择键，电梯启动下行至1层。他走出电梯，回身看着自动关闭的电梯门，然后走出单位大门，又留恋地停步回望曾经工作的办公楼，这时大门也缓缓关上。

他来到路边停车位打开车门，没有立即上车，而是站在车旁凝神思考。他感觉现在的自己既像是一封无处投递的信，又像是一位背着行囊的匆匆过客，带着一颗无处安放的心，寻找属于自己的归宿。

秦天明跨步上车，然后驾车汇入车流，此刻，他心里突然想起曾听过的一则故事：

有一个行走在山里的人迷了路，几天都走不出大山。在他几乎有些绝望时，恰好一个山民迎面走来，他喜出望外地上前问路。

山民因为心情不好，故意刁难他，随手指了指旁边小路上缓缓前行的蜗牛，说只要他跟着蜗牛散步到天黑，就带你下山。

听了他虽然很懊恼，但无奈自己确实找不到下山的路，就只能忍气吞声照做了。

一路上，看到身旁慢吞吞爬行的蜗牛他寻思抱怨：

"我真是倒了八辈子霉，才会跟你同走一段路。唉！难道我们上辈子是冤家？真是冤家路窄啊！"

当然抱怨归抱怨，找到出山的路才是他的目的。于是，他放平心态，放慢脚步跟着蜗牛走着。之前他也走进过大山，但总是急着赶路，从未仔细留意周边的风景。如今跟蜗牛走着走着，心却开始慢慢安静下来，眼睛看到了天上绚丽多彩的霞光，耳朵听到了百啭千声的虫鸣鸟叫，鼻子闻到了花香四溢的芬芳，也就忘了路途的艰辛以及刚刚的不快和抱怨。就在他欣赏风景之时，突然惊喜地看到自己进山时留下的记号。于是，他循着记号走出了大山。

人生之路百转千回，看似对你不好的人，等到回头看的时候，便会发现，他们也教会了你一些东西。对你刻薄的人，让你看清了一些人、一些事；让你失望的人，教会了你分辨真心和假意；离开你的人，让你领悟到了陪伴的珍贵；打击你的人，逼你学会了在低谷中砥砺前行。

秦天明反思，在他的心中，对于同事有许多遗憾和怅惘，也有许多歉意和祝福，在他慢慢明白了生活的意义到底在哪里以后，他感到人生需要大爱，需要责任，需要感恩，需要珍惜。他告诉自己，人生应当看清、看透，而不看破。只是当他站在时光的水岸，看浮世倒影，依旧感慨万千。

刚出大学校门时，秦天明羽翼未丰，社会是陌生的，生活是陌生的，上班只是给他的生命寻到了一条算是明亮的活路。上班以后，他充满着斗志，对未来有着绚丽的梦想。如今他退休了，梦想已经不再绚丽，生命过程之中，虽然人来人往，更迭不息，但人生像是在赶不同的集，聚了又散，散了又聚。幼年、童年、少年、青年、中年、老年各阶段相交的人发生了很大的变化，曾经以为是一辈子的朋友，但现实是很快遗忘了彼此。也许真所谓一切繁华都是过眼云烟，曾经的美好短暂得如同一场花开，既然如此，又何必为了一时自苦追逐那已逝去的虚无呢！他在心里劝告自己。

　　虚虚实实间，回首来路，一抹云雾，几许感叹……

　　当他本能地踩下刹车，才发现已经回到了自家小区的停车场。一路的思绪翻滚，他已记不清自己几点离开单位的。但他心里清楚，如果说之前拿到单位转给他的退休证是在政策上宣布他离开了工作岗位，那么，这次腾出多年工作的办公室，就算是他与单位彻底断了关系。过去他把单位当家，单位一有事，他就吃住在单位；现在退休他没有单位了，成了社会闲散人员。经过岁月的磨砺，他好似站在生命的路口对着往后余生宣布：我来了！

　　只是此时此刻，他不知道要到哪儿去。他随手打开车门，懵懵懂懂地下车站着，感到浑身无力，迈不开腿。正好走出单元门的老安抬头看见了他，仍然像以前迎接贵宾那样在他下班时把他迎进家门。因为在老安眼里，秦天明依然是昨天的秦天明，依然是优点和缺点共存，依然是举止优雅、言行得体。但实际上，年轻时他敏感又脆弱，还时常倍感孤独。结婚后，老安的温柔使秦天明慢慢地学会了敞开心扉，让自己活得更自在。老安的爱使他那颗敏感甚至有点阴暗的心敞亮起来。他开始变得争强好胜，后又逐渐变成一位怀疑论者，他一生的怀疑、探究，无休无止。既怀疑自己，也怀疑别人，世间的一切都在他的怀疑与探究之中。但是他这人却又是有趣的，绝不会因为怀疑而陷于混乱、疯狂。所以，老安相信秦天明能够整理好心情，重拾起生命的热情，与她共同安度余生的每一天、每一个时辰。

　　有一天早上，秦天明迷蒙中觉得好像天亮了，但又觉得闹铃未响天怎么会亮呢？其实，闹铃响了天会亮，闹铃不响天也会亮，也就是说天亮不亮不是由闹铃安排，关键是谁醒了发现了天亮。其意义是醒来的过了一天又迎来了一天，没有醒的一生就过去了。

　　秦天明醒了，而且醒来得还比较早。他打开床头灯，惊醒了睡在他身边的老安。

　　老安问："几点了？闹铃还没有响吧？"

　　"闹铃响不响已经没有关系了，只是家里真安静，有点不适应。今天是周几？"秦天明翻身下床，走到衣柜前，打开柜门为自己挑选衣服。

老安说："这恐怕就是孩子们说的我们今后的日常生活。孩子们上班，我们退休在家待着，想着过去的事，忘了现在的事。昨天是周日，给依然的孩子过了满月，你给取了名，就搞不清今天是周几了，看来得服老啊。"

秦天明说道："我还真不服！"

老安说："从穿衣服开始就不服，换来换去，累不累啊？"

秦天明回应道："对啊，形象很重要，我为什么要穿得老态龙钟的。我就讨厌有的人，上班还穿得人模人样的，一退休穿衣就不讲究，衣服皱皱巴巴，60岁穿得像80岁，这就真正衰老了。"

老安说："老同志，我们不是去上班，是去买菜。"

秦天明说："把照相机拿上。"

老安说："买菜还带上相机啊？"

秦天明从工作岗位上退休回到家里，回到他真实的生活里，回到他的内心，慢慢感到一个人如果把追逐名利看得过于重要，心中装的都是追逐的激情与欲望，幸福便无法再挤进来，等到了老年，过了争强好胜的年纪，幡然醒悟之后，感到其实平平淡淡的人生最真实，淡泊宁静的生活最久远。

秦天明热爱生活，他要用自己的方式、自己的眼光历览世间的美好，于是，他爱上了摄影，四处去找专家请教，拼命地学习和钻研，在家时一天到晚除了相机还是相机，有时痴迷到近乎疯狂的地步。老安欣喜地发现他的变化，用行动支持他，他走到哪里她就跟随到哪里，黑色的照相机包也总是背在她的肩上，伴随在秦天明的左右，成了他的摄影助手。

秦天明说："不让你挤公交车，我开车，走。"

路上，秦天明驾驶着车，老安坐在副驾驶座上，俨然一位指挥。

老安提醒："注意前方红灯！"

秦天明不耐烦道："看到了。"

老安惊慌道："小心骑车的！"

秦天明车速缓慢，他看到一名骑车人将要骑车横穿他的车前，他平静地踩了一下刹车，骑车人绕车而过。

秦天明说道："别一惊一乍的，老实坐在旁边别吭声。"

老安倒也听话，在通往菜市场的路上，她脸上某个瞬间出现惊诧也不再言语，不一会儿就来到了菜市场。

这是秦天明退休后第一次与妻子到菜市场买菜，这个生活场景既普通又真实，有人间烟火的温度。但过去上班，这样的事虽与他密切相关，他也离不开吃，却从来没有关注过，更没有到此一逛，现在退休回到家，吃什么、怎么吃出健康、怎么吃出科学，成了他生活的主体，也令他感到既陌生又新奇，像早晨的耀眼曙光，驱散了他眼底因退休而起的一抹生命的灰尘，对于他安度余生，追问和思考生命的意义，提供了一个现实而又鲜活的视角。

老安熟悉地蹲在一个摊位前选菜讲价，秦天明在一旁准备付钱，配合默契，自然而然，没有假意的表演，只有人间真情，很是温馨。但是，当秦天明放眼整个市场，一个本来很平常的画面，却引起了他的思虑。人头攒动的市场，白发飘飞，买菜的人，基本都是上了年岁的老龄人，老龄人占领了这个市场。过去我们身临其境没有感触且习以为常，现在我们身临其境一缕忧思油然而生。

随着5G、物联网时代的到来，我们更多地聚焦科技对经济和社会的影响，但我们也应该将目光聚焦到我们自身，因为有一个比科技更能够冲击人类社会的新现象出现了，那就是长寿与老龄化社会时代的到来。我们习惯将人的一生经历划分为三个阶段：学习、工作、退休。有关资料显示，预计到2050年，我国65岁以上人口将接近3.7亿，占比达到26%。这意味着不到4个人中，就有一个65岁以上的老人。因为经济的高速发展，人们生活水平的普遍提高，健康与长寿人群日益增多。当前，中国老龄化增速已明显高于世界平均水平，且75岁高龄人口增速加快的世界性趋势，在中国也同样出现了。长寿时代同时也是健康时代、财富时代，是喜是悲，是福音还是灾难，是白或是黑的单向表达都过于简单，不准确，也不科学客观。这是整个人类社会面临的全球性问题，关乎人类生命意义和生命价值、未来发展方向和生死存亡。

"老秦，给钱？"老安叫秦天明。

"哦哦哦，给给给。"秦天明被老安从思考中唤醒，他从衣袋里掏出一张100元纸币递给老安。看来他还有点不适应这样的环境，他的行为举止好像还在上班时的状态，从领导那里受领任务以后正在思考如何完成，对近在眼前的事却置身事外。

老安说："给我干吗？给老板。"

青年摊主说："我这算什么老板，摆一个小摊，挣点辛苦钱，养家糊口嘛。"

摊主是一位男青年，长年地守摊卖菜，皮肤黝黑黝黑的。他一边接待顾客，与顾客讨价还价，一边过秤收钱，忙个不停，因为到他这个摊位来买菜的顾客比较多。

"要不了这么多钱，还不到20元。"摊主说。

"那你找吧。"老安说。

"还用找吗？"秦天明说，把钱递给摊主。

"嘿，我哪能不找你钱呢。"摊主接过钱放入摊位装钱的铁盒里，细数零钱找给秦天明，"你们退休人员也不容易，现在领的退休金也不多吧？像我们这样年龄的人又是农民，现在政府还发社保，今后能不能领到社保还不好说呢。"

秦天明微笑着鼓励道："小伙子，你应该对国家和政府充满信心，相信我们的国家会越来越好，发的社保会越来越多的。"

摊主说："可是老年人越来越多，国家政府不容易，家庭负担也不轻，像我自己家三口人就有四个老人需要供养，而且，我的儿子还在上中学。"

摊主边接待顾客边回应秦天明的话题，在他的脸上看不出被生活所迫的沉重表情，也许没有时间去思量，他负重前行不忘热情地接待着前来的顾客，深知顾客越多，他前行的脚步就越轻松。但是，秦天明就不一样了，他上没有老人需要赡养，父母岳父母多年前已去世，身下儿女在体制内上班，通常讲是旱涝保收。而且，和妻子老安都领着不少的养老金，够吃有穿，生活保障没有问题,安享晚年有物质基础。但是,他毕竟过去在体制内,"位卑未敢忘忧国"的情怀一直影响着他,心里想,天下人是不是都像他这样幸运,可以不忧晚年,安享余生?

现代社会,身处长寿时代,人们退休后的岁月比以往长,社会新增劳动力逐渐减少,社会将陷入养老负担增加但新的财政收入减少的两难境地。如何实现健康相伴、财富相随,养老金替代率成为核心问题。

有关材料分析,从养老金的结构看,目前中国养老金来源主要依靠第一支柱,也就是政府养老。随着长寿时代的到来,未来仅靠第一支柱的养老金保障持续性缺乏后劲。与国外对比,比如与发达的美国比,因为经济结构不同,目前来看中国养老金的第二支柱,即企业养老的发展存在瓶颈。在此背景下,养老金替代率的提升将逐渐转向依靠第三支柱,也就是个人养老。看来"从摇篮到天堂",全生命过程的社会保障也面临着严峻的挑战。

秦天明跟着老安走出了菜市场,然后往停车场方向走去。一路上,买的菜由老安提着,但看不出她有丝毫的怨言,有时她还抬头看一看沉思中的秦天明。生活中她已习惯了这种方式,她认为夫妻间不应该斤斤计较,男人的社会角色就是想大事,做大事。但是,直到退休秦天明也没有做出什么惊天动地的大事,老安没有说过一句奚落的话,反倒是时不时地安慰他,说你退休安全顺利回来了就是大事,就是她的幸事。

老安传递给秦天明的是爱的力量,是陪伴的智慧。

秦天明在他退休以前,老安陪着,他都觉得有些不安。退休以后变了,有老安在的地方,他总是感到放松,没有和其他人社交时的局促不安,只有惬意和舒心。这样的认知使秦天明明白,原来自己的生活需要爱和陪伴。人说,人生如赛场,上半场按学历、权力、职位、业绩、薪金比上升;下半场以血压、血脂、血糖、尿酸、胆固醇比下降。上半场顺势而为,听命;下半场事在人为,认命!如今退休了,人生创造不了价值,也没有使用价值,唯一可做的就是不给社会添麻烦,不给家庭增负担。生命进入暮年,面对衰老,要保持良好心态;面对患病,要保持健康心态;面对死亡,要做到安然。

对过去和当下的生活他抱着一种随遇而安的态度，在单位工作虽然长达38年之久，但是，从一名普通的大学毕业生做到单位中层领导，不是每个人都能实现自己的政治抱负。而且，当下还领着国家发放的养老金，还有一套能够遮风避雨的福利房，一个健康的身体，一个知心体贴的妻子，一个和睦的家庭，这便是他一生最大的幸福。他知道，一个人的很多坏情绪是源于对过去或是对自己的不满意，不满意自己目前的外表、才智、地位、财富，好了还要更好，一生的精力都用在追求更好上。痴心不改硬要在这个缺憾的世界里追求完美，会有结果吗？永无止境的追逐，目的到底是什么呢？

走在老安身后的秦天明快步追上老安，伸手抓过她提在手中的菜袋，老安顿感意外，她不想放手，但看出秦天明不由分说的表情她顺从了，脸上露出了甜蜜的微笑。

如今，上了年纪的秦天明，有一点点秃头，额头上有一道一道皱纹，双眼凌厉威严，依稀还能看到过去当领导的影子。他的眼角向下倾斜，表现出自信而独断的个性，双颊肌肉松懈，但仍蕴含着坚毅的神情。到了车前，他把手中菜袋放在车的后排座上，为老安打开副驾驶座的车门，然后开车离开，返回途中因为速度较快，被执勤的交警拦下检查。

秦天明减速开向靠近交警的路边："你好。"

交警迎上来："你好。请出示你的驾驶证。"

秦天明把车停稳，下车走到交警身前，按照交警要求从手包里取出驾驶证递给交警。

秦天明问："你看我怎么啦？"

交警验证说："你开车没有超速，也没有违规行驶应急车道。"

秦天明不解："那……"

交警严肃地说："你是去开会、上班赶时间？"

秦天明放松一笑地说："我都退休了，带着老伴买菜回家。"

交警说："你看又没有急事，年龄也大了，车还开得这么快，路上车那么多，又是高峰时段，万一撞上了，碰上了，对谁都不好。"

秦天明连忙致歉："实在抱歉，添麻烦了。"

交警提示道："今后注意吧。"

秦天明从交警手中接过驾驶证开车回到家里，老安在客厅顺手拿了一把小凳子坐下开始清理刚买的蔬菜，秦天明则坐在旁边的沙发里摆弄相机。

秦天明说："需要我帮忙吗？"

老安说："这怎么叫帮忙，我吃你也要吃，共同的事啊。"

这就是他们夫妻间演绎的日常生活景象，你一句我一言，没有口角，只有安静的表达，温情脉脉地安享余生的一分一秒。

秦天明说道："挑衅啊，要是过去是不是就该吵起来了。"

老安说："还好意思讲过去，大老爷们儿，跟自己的女人吵，这才叫没有修养。你看有出息的男人，哪一个不让着自己的媳妇，我儿子就是典型。"

秦天明说："用你们当老师的话讲，我现在是不是也进步多了，要不上午那个小警察拦车查我，我就得和他理论理论，我没有违章你叫我停车检查什么？"

老安说："警察是履行职责，纠正违章处罚违章是尽职，像你这种开快车提醒提醒，也是为我们好啊，你有啥理由跟人家理论？"

秦天明放缓语气说道："细想人家警察提醒得也对，我也不知道怎么了，车一发动就控制不住自己，今天上午有两次行人在我车前逆行差点撞着，你看出来没有？"

老安说："我坐在副驾驶座上看得清清楚楚，只是你不让我说话，我也算给你面子了。我要把这事告诉儿子女儿，他们就不会放心让你开车了。"

"开车、照相是我一生的乐趣，车还是要开的，平时我可以小心一点嘛。"秦天明突然想起什么，"哎，我好像记得昨天闺女是不是提到照看小快乐的事了？"

"对啊，儿子女儿说他们商量好今后不让我们帮助照看小快乐，我的脑子一下就一片空白，难道说我们真的没有用了，剩下的时间就是吃，就是睡？"老安停下手中择菜的活儿，抬头看着秦天明。

秦天明感慨道："唉，是啊！但是，孩子们想的也都是有情有义的，只是我们眼下认识不到，理解不了，也可能慢慢会接受这种安排吧。"

老安说："晚接受不如早接受。依然给孩子请保姆这是现实，只是我们在，保姆咋住？保姆住咱家里，我们住哪里？可能依然也很纠结。我苦苦地想了好一段时间，要不我们找一家条件好的养老院，住养老院也是不错的，吃饭看病有人管。要不我们出去租一个面积小的一居室住，我算了一下，我们现在租一套两居室，养老金也够花。"

秦天明说："首先，我要申明我不去住什么养老院的。在养老院整天面对一群老人，一点生机都没有，可怜兮兮的，身边无依无靠，孤独地活着，多恐怖的老年生活。在城里租房可以考虑。"

老安带着向往地说："我想，换一种想法我们还可以过更好的晚年养老生活。你看我们退休了，人老了，交往的人少了，城里太拥挤，我们在城里跟年轻人挤什么。到农村去租一个院子，种花养草，种菜养鸡，建一个我们梦想中的美丽家园！"

"你把你的智慧都集中在你要建设的美丽家园里了，我们觉得可以研究研究，我看可行，给孩子们说说，让他们支持我们的梦想。我们也有梦想嘛。"秦天明起身走到老安身后，把双手放在老安肩上，又轻轻地拍了拍表示赞许。

老安说："那明天就给他们说吧，明天是你的生日，孩子们要利用周末给你过生日，这个时候说时机好。"

秦天明说："好。过不过生日不重要，重要的是我们今后的生活安排。生日你就告诉孩子们别过了。"

老安说："过啊，你今年的生日也很特别，是孩子们的心意，也是我的安排。"老安说得很肯定，因为今年，秦天明61岁，按照国家的退休制度，他60岁退休回家已经一年，也是实现人生转折的关键一年。

到了周末，家人在家里为秦天明的生日准备了一桌生日晚餐。秦天明一家三代围桌而坐，虽显拥挤，倒也老幼有序，和谐幸福。秦天明坐在主人的位置上，面上仍然带着安静和淡然的微笑，突出了他的主人地位。

"时间过得真快啊，又是一周。"秦天明感慨。

"可不，从周一盼周六，一转眼周六就来了。"老安应声附和。

秦力说道："我们就不一样了，一周还要上5天班，我们盼周六周日放假可以歇一歇。"

秦依然说："爸、妈，你们退休了，多幸福啊，一家人都围着你们。"

"是啊，是啊！"秦天明幸福地微笑着，满意地边吃边点头。

"那是，邻居们都羡慕我们，你们都是好孩子嘛。要是房子大一点就好了，一家人周六可以聚一聚，也可以一起住一晚上。"老安的话带点遗憾。

"依然现在有了孩子，下一步还要请保姆，房子就更拥挤了。"秦天明紧接着老安的话题。

"爸、妈，我这两天也在想，下月初，依然休完产假也要上班，保姆一来，家里就真的太挤了，我和小刘商量，你们就搬到我家去住吧。"秦力停下吃饭，意识到父母话中有话，说了自己的意见后，他把目光转向身边的小刘，"是吧？"

"对啊。爸、妈，搬到我们家，和我们一起住吧。"儿媳妇小刘很谦恭。

孙子秦奋很欢喜："爷爷、奶奶，到我们家和我们一起住吧，住我的房间。"

老安说："那你住哪儿？"

秦奋说："客厅啊！"

秦天明说："你住客厅，影响学习。我和奶奶责任太大，让我们先考虑考虑吧。"

秦力好奇地追问："爸，怎么考虑，说给我们听一听。"

秦天明看了一眼老安说："我和你妈商量，准备到农村租一个四合院，租金也就1000元左右，我们付得起。"

秦奋高兴地插嘴说："好啊爷爷，我同意，有院子，到时我就可以养条狗了。"

“对啊，我给你们养猫养狗养鸡，希望你们都支持就行。”老安看着没有说话的秦依然，转移话题，“这就算给你们商量打招呼了哦。不过我们现在是过生日，老秦，你是寿星你说说？”

秦天明乐呵呵地说：“好，依然上蛋糕。”

“好，我去拿蛋糕。”秦依然起身去厨房取来蛋糕放在桌子中央。

秦力说：“爸，祝您生日快乐！”

秦奋说：“祝爷爷福如东海，寿比南山！”

在我们的传统文化里，每当老人过生日，也都往往被视为吉祥的象征，祝福他们健康长寿。但是，人到花甲，犹如日头偏西，距离落山时刻越来越近了，过生日容易强化生命中衰老的危机意识。

“其实，我想让你们把我的生日忘了，这样我不就永远年轻了吗？”秦天明看似开玩笑，其实在他心里也有这么一点点的小盘算。

“都想永远年轻，可是我们不老孩子怎么长大。再说老了怎么着，你不是儿孙满堂吗？让多少人羡慕。”老安意在安慰秦天明，因为她在心底里也不太喜欢过生日。在生日这天，即使是最鲁钝的人，即使是活得最懵懂的人，心中不免有些波动，有些感慨。

秦天明心里明白，对于他来说，退休了，而过生日又容易让人最大限度地回到存在本身，最强烈地意识到自己的存在，证明自己又老了一岁。曾经的岁月一年年、一月月、一天天、一幕幕在心中闪回，有快乐，有痛苦，有欣喜，有无奈。在61岁生日的这一天，仔仔细细认认真真地检视自己过往的生活，反刍其中的味道，心中还是有波澜的。

秦天明的出生地在农村，年少时那里没有充足的物质来保障他像城里富有之人那样自在地生活，自由地思想，因为他的父亲需要靠种地收获粮食养家糊口。长大以后他离开农村上大学，毕业上班时怀着强烈的政治抱负，努力工作，加班加点。组织也信任他，年底不是表扬，就是给他记功。他认为不能辜负组织的厚爱，做，自然就要做好，就要为人民服务，所以他废寝忘食，顾大家、忘了小家。他这样坚持了几年，但当第二个孩子出生，在孩子小的时候，家务多，老安有怨言，一段时间老吵架，厉害时差点离婚。如今想起来依然有些愧疚，觉得对不起老安。

"来，你吃吧。"秦天明切了一块蛋糕，顺手递给老安。

老安接过蛋糕，视线从蛋糕移向秦天明："那我就吃啦？"

"吃啊！不是年年如此吗？"秦天明把自己的生日蛋糕让给老安先吃，用以表达他对妻子的深情厚谊。他每年生日一直坚持，觉得这是一个最好的时机，有家庭氛围，有孩子见证，真心实意，感动妻子，更是感动家人记住老安对这个家庭任劳任怨的付出。

"爸，您也吃吧，我还有礼物送给您呢。"秦依然对秦天明说。

"嗬，什么好礼物？"秦天明将蛋糕分发给家人，剩下一块留给自己，顺势回到座位吃蛋糕。

"姑姑，我好期待啊，您给爷爷买的什么珍贵礼物？"秦奋望着秦依然。

秦依然从身后的茶几上拿出一个包裹，打开外层的包布，一个用红布缝制的精美的沙包显露出来："你看多精致！"

"爷爷，我先看一下。"秦奋把手伸向秦依然。

"好吧，你先看。看了给我。"秦天明同意。

"沙包啊，我上学前就玩过了。"秦奋有点失望，带点不屑，"来，给您，爷爷。"

"我亲手做的，给我吧，我先表演给你们看看有多好玩。"秦依然从秦奋手中要过沙包，起身离开座位，专注地抛起沙包，从左手到右手，在空中往复，时慢时快，家人的眼光被深深吸引。

秦天明的目光随着空中移动的沙包由虚到实，炯炯有神，深邃有光，恍惚看到了他生命中相遇过的那些人，他们在大雨中为他撑过伞，他们在他脆弱的时候紧紧抱住他，逗他笑，陪他哭……正是这些温暖，组成了他生命里一点一滴的光亮，让他眼里有笑意，笑里有暖意。正是这些温暖，使他远离黑暗和阴霾，成为善良阳光的人。

"爸，您不喜欢吗？也不表个态。"秦依然收回抛在空中的沙包，回到座位上，"我再抛一会儿身上就该出汗了，又好玩，又锻炼身体。"

"喜欢！"秦天明的思绪被秦依然的问话打断，他从秦依然手中接过沙包翻看，好似要找出其中的奥秘。

"您别小看这个沙包，我买了最好的绿豆装在里边，用红布一针一线缝制的，如果每天坚持玩半小时，预防颈椎病，预防老年痴呆病，预防心脑血管病，它的作用可大了。没有时间限制，没有场地限制，室内室外都可以，适合老年人。"秦依然侃侃而谈。

"我也有一件礼物送给你。"老安拿出一本书送给秦天明。

这是一部名著，是哥伦比亚作家加西亚·马尔克斯创作的长篇小说，书名《百年孤独》。作品描写了布恩迪亚家族七代人的传奇故事，以及加勒比海沿岸小镇马孔多的百年兴衰，反映了拉丁美洲一个世纪以来风云变幻的历史。作品融入神话传说、民间故事、宗教典故等神秘因素，巧妙地糅合了现实与虚幻，展现出一个瑰丽世界，成为20世纪重要的经典文学名著之一。

秦天明与老安是夫妻，更是知己。秦天明爱学习，书不离手，老安因此爱他，因为她自己也爱学习，手不释卷，两人灵魂气质相符合。

秦天明与老安结婚后形成了世间最好的默契，是因为秦天明懂老安，能说出老安的故事，而老安懂秦天明，能说出他的心事。她深知秦天明自从退休以后满腹心事，她要用她的感悟为秦天明解疑释惑，她要用自认为管用的方法为秦天明引路，在儿子秦力征求她的意见给秦天明买什么生日礼物时，提出了自己的建议。

"你爸做人做事做领导都做得很好，对人很热情真诚，乐于帮助人，同事啊，朋友啊有事找他帮助，能办到的他从不推托，他自己力所不及的，也四处托关系找人帮助办，不管在单位同事中，还是在社会上认识他的人中，都留下了很好的口碑。"老安心怀平静，一脸的欣慰。

"可不！我妹说他是八小时内电话不断，八小时外手机铃声不停。您还记得吗？有一天晚上已经快到凌晨1点，我爸的同事打电话，说孩子病了，他就帮助联系医院，结果是医院没有联系上，把我妹从床上拽了起来，让依然陪他的同事带孩子到依然的医院急诊去了。"秦力恭敬地望着老安，微微地调皮一笑，"这种情况您也不想阻止一下？"

"我想过阻止，他这样地帮助人已经不是一次，是一次又一次，快成为常态化了。"

秦力有些惊讶，他没有想到这很随意的一嘴，竟然勾起了母亲不快的记忆。

"嗜，转念一想，谁家没有遇到过这样或那样的困难需要求人帮助呢。人家求你说明你有用，你爸觉得这是信任，这是一种荣誉，我开始有点不理解，不适应，经常了也就默认了，后来我也被他发展为队员为别人做点力所能及的事吧。"老安心情怡悦，秦力听得专注。

秦依然说："现在还有人找他吗？"

秦力说："退休了，离开了岗位，他还有什么能力帮助人？"

秦依然说："人真的很现实，有用就联系，没用了既不是同事，也做不了朋友。"

老安说："这是我们每个人都要面对的社会现实，接受的社会事实。你爸退休快一年了，还手机不离身，经常翻看手机通信录，等待手机铃声响起，只是一天铃声响不了几次，就是响了一两次，要不是取快递的，就是搞推销的。没有等来同事的，也没有等来朋友的，真是好孤单。我看他时常是拿着手机发呆，眼光迷离，内心迷茫。我想既然是手机给他带来的记忆，你也趁他生日买一部新手机作为生日礼物送他，帮他清理一下手机内容，该留下的留下，该删除的把它删除。"

秦力说："妈，我懂了。"

客观地讲，记忆不该太拥挤，我们要学会及时整理。值得留下的应该都与美好相关，是温馨的味道；留不住的就学会放手，不要固守执念。对于秦天明来说，就是在领悟了生活的甜酸苦辣之后，抬起头去筑梦余生。

第二章

翻山越岭

初夏，夕阳点燃了晚霞，红彤彤的霞光映照着山峰，起伏的山峦像睡美人躺在天际线下等待进入梦乡。秦天明站在卧室的窗前凝望着，试图将其揽入怀中，却发现那最后一抹晚霞刹那间消隐在无边的黑夜里没有了影踪。城市的街灯亮了，影影绰绰地给路边的树枝抹上了些许淡淡的愁绪。

退休了，秦天明的世界发生了变化，生活的空间被挤压到家里，平时除了妻子及家人，他把自己关在屋子里，形单影只显得有点孤独。但是，他的思想可以不受疆域的限制天马行空，跨越这密闭的空间，思过去、看现在、想未来，只是这样的境况停留在内心持续时间久了，将是一种折磨，悄无声息地蚕食他余生的快乐。他也算是一个有阅历的聪明之人，他告诉自己，行于尘世，面对余生这个还有些许陌生的生活，想要得到快乐，首先要做一回自己。这不，自从他和妻子老安在他的生日上提出到农村租房养老的想法以后，总的来讲家人不太同意，但他和老安固执己见，一个多月以来，他们按照离城100公里内，卫生条件好，自然环境优美，房屋建筑牢固的要求，四处联系，现场踏勘，终于找到了符合以上条件要求的地方。

明天是周六，他和老安要带他们的孩子去现场，分享即将实现筑梦家园的喜悦。从城里出发到达目的地距离不到50公里，但要翻山越岭，这就像秦天明和老安余生养老，不只是居所方式的改变，特别是对于刚退休一年的秦天明来说，还需要在精神与灵魂上找到人生翻山越岭之后无人等候的跨越。所以，这一夜，也许不止这一夜，秦天明注定要难以入眠。

夜色降临，秦天明依然没有睡意。窗外夜幕下的天空，一颗流星划过天际，恍惚间，那曾经熟悉的人和经过的事划过他的心海，微缩成一段人生的过往，瞬间定格在他的眼前，他本以为曾经的都可以释怀，也时常下定决心断了过去，可不承想，夜深人静，却化作思绪，涌入心田，似抽刀断水，剑斩情丝，但情丝未断啊。

从呱呱坠地到两鬓染霜，他秦天明人生的行囊里装满了酸甜苦辣。自从退休以后，他就不停地在追问自己，一个人离开社会主流进入老年，在生命夕阳的路上能走多远，是看你在青壮年时积累了多少财富，拥有多少财产，还是取决于你的身体和对这些财富的认知？如果你左手戴着名牌表，右手却捆着血压计；上衣口袋揣着银行卡，下衣裤袋却装着胰岛素；住着大房子却天天失眠，心态失去了平衡；有钱用来看病吃药，身体却失去了健康，整日在患病的痛苦中和生命终将逝去的恐惧中追悔哀号……这不是我们人生追求的生活。

老安的声音："睡觉吧。"

"唉。"但秦天明依然没动。

"深更半夜了，明早还要早起呢。"黑夜中可以隐隐约约看到秦天明身后的床上，已经睡了一小觉的老安说着又翻了一个身，接着又睡了。

"知道了。"秦天明拉上窗帘，为了不影响老安睡觉，他没有开灯，凭着对房间环境的熟悉，他轻脚细步地走到床前脱鞋上床，闭上眼睛，但思绪像一条绵延不断的长线一段又一段地接着展开。他想人的一生，多数时间是在随波逐流中懵懂耗费掉的，比如，人每天上班下班，忙个不停，具体事务一件接着一件，其间是否留意到自己生命也在流逝？说实在的并没有，恰恰是很多人用忙碌来忘却存在。秦天明感受深刻的就是在他退休后，自己可以自由掌控安排时间了，但有时茫然无措，有时迷惘失落，因为在他上班时，上班的地点和下班回家是两点一线，既定路线不变；上班的时间和下班的时间是法定的，必须遵守。一个模式过了几十年，突然间变了，就不知道该如何打发时间，或者干脆说，不知道该如何打发生命。

今日复明日，明日何其多？

人生如一场戏，到了高潮，想要更改情节，已是不能。无论是喜剧还是悲剧，也终究要把结局演完。

想着想着他就睡着了，到了第二天早晨天亮，也还是老安把他叫醒。过去上班时起床靠手机闹铃，自从生日后换了儿子给他买的新手机，在删除已经没有来电的电话号码时，定时闹铃功能也给取消了。儿子给他说您已经退休了，每天都是星期日，可以睡到自然醒。这样一来，如果需要有事早起，老安给他提供闹铃服务。他倒也听话，老安一叫他就起床，不过今天的起床行动速度很快，一番洗漱和吃饭，他换下睡衣穿上休闲装，轰走蹲在他脚前的猫走出房门。这时，在小区停车场等候的秦力和秦依然站在一辆红色轿车旁聊起天来。

秦依然说："哥，你说爸妈他们是怎么考虑的，我闺女出生刚到100天，他们就提出要出去租房建一个新家单独过。"

秦力说："我也找不出一个合理的解释。不是跟你们住在一起好好的吗？"

秦依然说："对啊。我想是不是家里添了一个孩子，多了一口人影响了他们的生活。"

秦力说："我还真没有看出来。你看爸妈多高兴，不是给孩子买车，就是给孩子买衣服，另外给孩子照相，更是忙个不停，乐此不疲的，在你孩子满月时，不是还提出给你做免费保姆吗？"

秦依然和秦力是你看着我，我看着你，找不到解释疑问的答案。忽然，秦依然眼睛一亮，好似发现了疑问在哪里。

"哥，你看我想得对不对。爸妈是不是因为我不同意他们照看孩子有想法了，所以提出要离开我们单独过？"

"我看有一定道理。我观察他们自从退休以后常念叨没有用啦，被社会边缘化啦。这是对过退休生活有焦虑，在有没有用上特别敏感，一提出不让他们照看孩子，你看妈一下子就不说话了。"

秦依然说："我是真心实意地想让他们给我照看孩子，就是怕他们累着，他们也辛苦一辈子了，退休了也该过一过他们自己想要的生活。"

秦力和秦依然分析得有道理，只是他们没有深入下去再进一步追问，这个时候的父母究竟想什么，具体需要过什么样的生活。

秦天明和老安都退休了，他们感慨岁月如梭，好像刚刚过了一个花甲，眼看着就要"奔七"了。都说他们是比较特殊的一代，虽说"君君臣臣父父子子""父母在，不远游"这样的传统伦理文化影响似乎并不深刻，但他们这一代耳濡目染了上一代人兄友弟恭、尊老爱幼的模范行为，秦天明和老安在商议离开儿女，单独过属于自己的日子时，心里也有矛盾，因为曾经他们教育孩子要尽心尽力地孝敬父母长辈，承担起赡养的责任，尽到养老送终的义务。但是，当他们自己老了需要照顾，却选择离开，说服儿女的理由就是体谅孩子忙事业忙工作忙孩子的负担过重，而且，毕竟是两代人，有不同的生活习惯。理由有些牵强，但的确属于真感情。

如何度过余生？是与子女在一起，享受养儿防老的天伦？还是宁愿独居，忍受或是享受"被无限放大"的孤独？再或者，倾一生的积蓄，走进养老院碰碰运气？这些秦天明和老安他们都想过。

这样的选择题，或早或晚都会摆在我们的面前，现实中主动权一半在父母，一半在子女。秦天明和老安正在做这份答卷。

现代社会，普遍来讲父母与孩子都把彼此的分离视为一种自由。一旦老年人在经济上有办法独立，身体又健康，他们就会选择社会学家称之为与孩子"有距离"亲密的单独生活，以这种方式传递与获得爱。现实生活中，有很多老年朋友退休之后，将生活重心放在了家庭，充当起家庭超级保姆的角色，强大到照顾得了子女，带得了孙子孙女，然后没多久自己被累趴下了。还有很多老年人管得太多，子女的工作要操心，子女的情感也要操心，搞不好就把自己和子女的关系搞僵了。

社会现实忠告，这个时候不如当一当"甩手掌柜"，能不做的不做，能不管的少管。子女长大了，很多事情都能自己去做。秦天明和老安的答案受此启发，所以他们选择离开，保持与儿女有距离的生活。

学者如是说，人的生命有两次脐带的剪断，第一次是出生时离开母体，这是肉体的脐带；第二次是成年后离开父母独立成家，这是精神的脐带。如果说与母亲剪断脐带是个体生命的诞生，那么，与父母剪断精神脐带就是为了证明只有脱离父母，自己的生命才有存在的意义和价值。

秦力和秦依然疑惑不解：你看，我们认为是为他们考虑，尊重老人，赡养老人，情意很浓，他们就是不接受。但是，扪心自问，在我们做儿女的心里是不是也有自己长大成人了，从原生家庭中剥离出来，组成自己的家，宣告自己独立的愿望？

秦力和秦依然都是受过高等教育的，有体面的职业，是受父母喜爱的孩子，他们理性地换位思考，觉得父母这一辈子，年轻时辛辛苦苦奋斗，都是为了老了的时候过得舒坦和有质量一些。但是，现实是很多人年轻时生活都围绕着儿女转，辛苦了大半辈子，即使是奋斗开创了自己的产业，到老了依然落得个孤苦无依的下场。所以说，想要晚年过得舒坦，光靠年轻时费心教育子女和好好挣钱是不够的，到了晚年，更要有一个正确的心态和健康的身体。

想到这儿，秦依然转头望去，秦天明和老安从单元门口向他们走来，老安背着照相机包，这情景十分的温馨，眼望着他们自己的父母相濡以沫，秦依然也投去了羡慕的目光。秦天明是幸运的，他的求学之路和事业之路，还有他的爱情之路，都颇为顺利。特别让他感到幸福的是，在人海茫茫中找到了可以与他一生相伴的妻子老安。

老安是一位善良而美丽的妇人，在世人眼中，上班当老师她为人师表，是一个优秀的中学教师；回家做妻子当母亲她绝对是个贤妻良母，而且她每天把孩子和丈夫的生活，伺候得妥妥帖帖。为了帮助儿子照顾孩子，她放弃了自己的教师职位办理提前退休，在她看来，只要家人能够过得幸福，她就觉得自己眼前的付出都是值得的。

但是，孝顺的孩子看在眼里，疼在心里。特别是秦力看到母亲有时显得疲劳时，他总是从母亲手中抢活儿干。

"妈，放着我来，您去休息吧。"

"我能行。"

秦力为了不累着母亲，但母亲没有接受。其实，上至百岁老人下至一岁婴儿，很多时候他们并不是在"逞能"，只是想尽自己所能证明自己能够完成一些事情。这也是一种尊严和价值。所以，我们不要只站在自己的角度来理解年老的父母，也不要用孝顺剥夺父母的尊严和权利，虽然展现的都是善良的品质。

"爸，我们开着前面走，让小孟后面跟着？"在停车场等候的秦力迎向前，并把车钥匙递给秦天明。

秦天明信任地看着秦力说："你开，我坐车。"

"哟，今天是……"秦力颇感意外，因为平常只要开车外出，都是秦天明主动担当司机，他的观点是男人开车才能最好地表现出男性的力量，以及在家庭乃至在社会上的地位和尊严。

"太阳还是从东边出来的，只不过今天我休息，退休老头儿嘛。"

"好好好，您请上车。"秦力打开副驾驶座位的车门让秦天明上车坐好后关上车门，回身招呼坐在一辆红色轿车里的秦依然："依然，我在前面带路，你们跟着我。"

秦依然回话："好的。小孟开车，我抱孩子。出发吧。"

两辆汽车，一白一红，白的在前，红的随后，缓缓地驶出小区院门，进入街道，汇入车流。街道上，有的车顺向向前，有的逆向向后，虽说不是同一方向，倒也秩序井然。

"向右转。"车行至十字路口，坐在副驾驶座上的秦天明在指挥秦力。

秦力说："不是向左行吗？"

"向左转正好方向相反。"秦天明回应着没有转头，他透过前风挡玻璃，望着行驶的车流，想到过去上班时每天都路过这里，经过次数多，对周边的行人和街边的商店并不在意，现在路过这里，已是闲人，眼前的景致成了虚空生活的填充物，有了关注的好奇心，也油然触发了他的心思，比如看到十字路口的行人，他想到人生在很多时候都面临着很多条路的选择，但有些路不一定要自己走才知道痛。今天他深刻地体会到有的路走错了，可以重新来过；然而有的路，注定是没办法重新开始。比如生命，无论你多么富贵荣华，生命只有一次。而工作是一条宽广而曲折的天路，路旁有盛开的鲜花，美丽的风景，而我们为了那个心中的目标，在属于自己的路上，不惜青春的热血和生命的激情，拼命地前行，很少停下脚步去欣赏和玩味，只是一心一意地去追逐。忘了自己，忘了规划自己的人生，规划自己的老年生活。

比如多数人受"子女好，自己就好"的思想影响，穷养自己，富养子女儿孙，累死累活到老了不但没有讨着好，而且结果适得其反。

当然，孩子对父母的赡养与孝敬，是父母的福分。若孩子力不从心，或没有达到期望，做得不够好，做父母的也不要强求。客观地讲，如今独生子女越来越多，多数家庭都是"4+2+1"模式，到了中年，上有老下有小，生活压力很大，青年夫妻作为家庭的中流砥柱，不仅要赡养老人，还要养育孩子，生活支出、教育支出、疾病支出等让他们负重前行。不仅如此，这时候的他们，工作强度大，职业竞争压力大，作为父母要与他们共同面对这个事实。

秦天明想，一个人进入老年，像他一样退休了，离开社会主流，创造不了价值，也没有了利用价值，如果说还能有所贡献，就是尽可能做到不给政府添麻烦，不给家庭增负担。另外，生命进入暮年，面对衰老，要保持良好的心态；面对患病，要坚持科学治疗、提高生命的质量；面对死亡，要追求生命厚度，而不是贪恋生命的长度。说到底，老年的生活是自己的生活，真的还是要靠自己，靠自己硬朗的身体，靠自己内心的充盈。结论：当生命走向终场，靠自己是事实，靠健康和物质支撑生命。

秦天明很理性，在养老问题上，他丢弃生命中一些不切实际的向往，与老安交流自己的看法。他认为，物质有价，你有多大资本，就能享受多高的物质待遇。因此，我们所挣的钱财就一个用途，本质上都是为了自己，不管以哪种方式。要么花在子女身上，等自己老了，动不了了，由子女赡养送终；要么直接花在自己身上，年轻时攒够充足的钱财，为自己养老打好坚实的经济基础。同时，保养好自己的身体，因为健康无价，健康是生命的基础，没有这个基础一切为零。人说年轻时比事业，年老时比健康。他秦天明已经退休，已经在世上生活了一个甲子，从小到大，时间像一把镰刀，割韭菜一样割去他的亲人、朋友，本来很健康的长辈渐渐离去，身边的朋友越来越少，真是无法预料意外和明天哪一个先来！

这时，秦力驾驶的车离开主路来到了一个酒馆门脸前停下，秦天明从车上下来，紧随其后的小孟把车停稳后，后排座位上的秦依然降下车窗，把头探出窗外。

"爸，怎么啦？请我们先喝一杯？"秦依然逗趣地问。

秦天明"哈哈"一笑说："喝一杯是不行的。你们在这儿等一会儿，我和你哥回家去取猫，忘带猫了。"

秦依然说："停旁边停车场多好啊。"

"这不是离路边近吗？上午酒吧也不开门。"秦天明转身回到车上。

"您怎么那么熟悉啊？经常来？有故事？"秦依然调皮地一说，秦天明好似被惊了一下，刚要迈上车的脚退回原地站着。他问自己，他熟悉这里吗？谈不上熟悉，只是他确实来过，那是曾经以为风可以追、梦总会圆的年少刚上班还单身时来的，现在酒馆虽在，门脸已经装饰一新，可叹他秦天明却是鸡皮枯瘦，白发银鬓，容颜变换，老了。

"啊，年轻时来过。"秦天明给了秦依然一个意味深长的笑脸，关上车门，坐上秦力开的车离开酒馆，闪过车窗的景物没有影响他陷入沉思的神情，他静静地坐着，思绪回到了从前，伴随着青春的流转，岁月也在他身上留下了痕迹，与他如今退休后的安静淡然比起来，青春时期的他，每一个阶段都荡漾着活力与激情的飞扬。

秦天明在记忆中找寻到一段逝去的时光。记得还是在他大学毕业报到上班一个月后第一次领到工资时，他和同样单身的同事，带着同样初来乍到工作受到批评后的不服，和业余时间同样的无所事事，在一个星期天的晚上，来到这个酒馆喝酒唱歌，那一晚玩得很尽兴。

他记得，这个街边毫不起眼的小酒馆，每天华灯初上的时候都呈现出人头攒动的场景。进去的人从不同地方走来，只为了同样的情怀，放飞自己。的确，在这里累了可以歇一会儿，牵挂了可以思念一会儿，心烦了可以放纵一会儿。因为这世上谁也无法去替代谁的忧虑正如无法分享谁的幸福，谁也无法取舍谁的选择正如无法左右谁的脚步。一切随意就好，刻意了会失意，希望了会失望。生活有时如幻影幻景，虚虚实实无法分得清楚，纷纷扰扰无法想得明白。

人生有些时候醉生梦死，真的比自认为清醒更具诱惑，那是因为生活有太多的烦恼。当我们被困扰而又无法躲避的时候，就需要找寻一种方式为自己松绑，得到宣泄和释放。但是，暂时的迷醉并不意味会长醉不醒，每个人只要在心中建一方狭小的世外桃源，不受外界的干扰，就自以为可以安稳清宁。

秦天明也曾陷入事业、爱情与家庭的迷茫沼泽，在他大学即将毕业时，有一位同班女生追求他，如果与她恋爱，也就意味着他就得跟随她到她出生的城市，完成工作就业、结婚生子。对于他这个来自农村，在城里既没有七大姑八大姨提供帮助，更没有三亲六戚的权贵给予庇护的人来说，是天上掉下馅饼的幸运，他可以无须付出艰辛就能收获一个安逸舒适的未来，因为女生的父亲在当地是一位职位不小的领导，在我们这个人情社会，有了这个资源，他就会被安排到一个令人羡慕的工作岗位上，说不定将来也会得到庇护走上仕途当上领导。但是，他是一个具有自己独立思考和追求的人，他遵从自己的认知，通过自身的努力，获得人生的自由，实现人生的理想，即使是以后还有好多未知需要他自己付出艰辛，他也在所不惜。

俗话说：树活一张皮，人活一张脸。所以，在他刚上班时，秦天明曾一度觉得这是真理，把面子看得极为重要。甚至在自己能力不足时，也要打肿脸充胖子、保面子，就是为了得到别人口中的几句无足轻重的评价，或赞美或认可，装模作样地活着，结果在现实面前丢掉了真实的自己，最后面子没有保住，还毁了自己可能幸福美好的未来，把自己弄得异常狼狈，一次次的鼻青脸肿。比如，工作忙时加班，或者就睡在单位，这当然也情有可原，只是有时不需要加班，下班时也不离开单位，寻思给领导一个勤奋工作的好印象，为将来的进步打基础。不料一次老安路过单位借道进了办公室，发现了这个假象，就地与他吵了一架，使他一度在单位没有了面子，也让他触及灵魂地进行反思。

在梦想与现实较劲的过程中，秦天明渐渐觉悟，梦想不会欺骗任何人，欺骗我们的是无限膨胀的欲望。他深切地感受到，成熟是摔出来的，人生大多数痛苦来自过高的期待与现实之间的落差。只有认识自己从而接受自己的不完美，认识自己与别人之间的差距，明白自己能够达到的高度，不再为自己一时一事的失落沮丧。他渐渐地明白，其实，人的一生干不了几件事情，任你怎么努力，也不过是芸芸众生中普通的一员，平凡的一人，所以要承认平凡，学会与平凡共处。

昨日一切，犹如水中之月，镜中之花。那时候他沉浸于美梦中，还时常怨天尤人；如今方知道，他早该从梦中醒来，走进现实生活中。

谁没有过年少唇红齿白的时光，谁不曾走过青春的迷茫，谁没有过年少时的轻狂，谁没有经过命运的起起落落？自己已经退休，已是站在岁月的彼岸，回忆那些纯真的岁月，那些沧桑的磨砺，都变成了泛黄的记忆，终是感动了时光，也感动了自己。

此时此刻，他突然发现，自己曾经想牢牢抓住的，慢慢地就放下了，曾经痛过的，慢慢地伤口就结痂了。其实，不是不痛了，也不是遗忘了，只是释怀了。他发现时间过得非常快，一睁眼一闭眼就是一天，一驻足一停步就斗转星移。

都说人生如四季，如此，青春年少可谓人生的春天。人们总是留恋春天，更大的意义其实是在留恋自己的青春年华。换言之，现实的怀旧也不过是怀念年轻时的美好罢了。如果把人的一生比作一年的四季，现在的秦天明已是进入了人生的秋冬季。他感到人生的季节由清浅走向纵深，由单薄走向厚重。有欣喜，也有惆怅。在人生的门楣，回望来时的路途，感知季节的变化，也体味人间的冷暖。扪心自问，惭愧几许，怎么都觉得人生还有很多的缺憾，既没有足够的丰盈，也不够达到美好，只不过有时他抱着知足常乐的心态安慰自己，顺其自然，过随遇而安的生活。

车在行驶中，秦力目视前方平稳地开着车，陷入沉思中的秦天明坐在副驾驶座上，车窗外的景色闪过他的眼前。忽然，车上响起安全提示声。

秦力说："爸，你把安全带系上。"

秦天明说："过去都是我告诉你系安全带，现在你告诉我了。"

秦力说："过去我是儿子，现在我也有儿子了嘛。"

秦天明说："真是老了。"

秦力说："这是自然规律，谁都会老，老了有什么可怕？"

秦天明说："我年轻时也这么想，把你们拉扯大，你们也有家了，有孩子了，我们退休了，老了。"

秦天明若有所思，他放眼望着窗外，沉吟缄默。秦力用余光瞄了一眼秦天明，放松了神情。

秦力说："人从小到老，这是自然规律嘛。"

秦天明说："都清楚这个道理，但要接受这个事实恐怕就不那么简单了。我最近反思，过去认为人老了就老了嘛，自然而然，接受这个必然结果，今天，当我也老了，心态就发生变化了。"

秦力说："是时间带来的改变？"

秦天明说："也对，也不完全对。老了是时间把你推到人生这个阶段，我想得更多的是到了这个阶段的人，要面对很多的问题，是剪不断、理还乱。"

秦力说："在我的记忆里，还没有听您说过哪个问题让您剪不断、理还乱。"

秦天明说："人的一生要面临许多这样的问题，不同的时间段有不同重点，比如高考上大学、结婚生子、就业上班、晋级升职等等，这些一个一个的问题都很烧脑缠人，但与进入老年需要面对的孤独、患病，甚至死亡相比，就不在一个重量级，细想起来还挺可怕的！"

秦力追问道："怕什么？"

秦天明说："要归纳一下，到了老年有三怕，怕孤独，怕患病，怕无用。我也有这样的思想。"

秦力说："作为儿子女儿，我和依然理解的敬老、尊老、养老，就是保障您和我妈吃饱、穿暖、休息好，这也没有什么可怕的啊。当然，由于忙工作，照顾孩子，可能我们在某些方面做得还不够好，比如陪伴方面做得还很欠缺，今后我们会注意调整好时间，争取多陪陪你们。"

秦天明说："你们已经做得不错了，我们也争取少给你们添麻烦。下一步你要继续做好依然的工作，支持我和你妈做出到农村度余生的选择。"

秦力说："其实，我和依然觉得您和我妈的这个选择，离城还是远了些，农村医疗看病都不方便，我们是有顾虑的。"

"我们的选择眼看就要实现了，继续支持我们吧。"秦天明心情愉快地抬起左手拍拍秦力的右肩，"你在车里等，我上楼取猫。"

秦力的车回到了出发时城里小区院里，他把车停稳后，目送着秦天明走进单元门。

秦天明跨进家门，猫飞身扑向他的怀里，嘴里不停地发出亲热的"喵喵"声。

"对不起，把你给忘了。等我去取两本书，我带你走。"

秦天明怀抱着猫走向书柜，在从书柜中抽书时，他放在书柜中的退休证被顺势带出掉在地上。然后，他放下依偎在怀中的猫，俯身拾起地上的退休证拍了拍，像读书一样翻开看了看又合上，接着又翻开又合上，这样的动作表现了他内心的不安，像是在追问自己，退休了，从此开始的生命将意味着什么？又将失去些什么？难道说每个人来到这世间，就是这样上班挣工资，结婚生子，然后把孩子养大，孩子再重复着上班挣工资，再结婚生子？生命难道就是这般循环往复？

秦天明自幼受到父母的厚爱，天资聪慧，在他5岁不到法定的上学年龄时，父亲利用他任镇书记的影响，找到户籍民警改成7岁，然后顺理成章地上了学。只是在今天看来，年龄由小改大这件事，对于他的学业和事业并未带来什么好处，在他办理退休手续前，组织找他核对相关档案材料时，他向组织说明了自己档案登记的年龄与他的实际年龄相差两岁，得到的回应是档案登记年龄由大改小，再推迟退休不严肃，也不可能。其实，秦天明向组织说明这件事，不是为了推迟退休抑或晋职，只是为了还原一个事实。听到这样的回应他心里多少有些不爽，但是，他在拿到退休证正式办理退休时，遇到单位的一位同事这样说他：“你是不是为了退休把年龄改大了？”

“你可以推论，但的确不是我的想法。”同事无言以对。他想同事之间，一起共事的时间久了，在这特定的时间表现出的关切和情谊，是他渴望人间应有的和善纯良，温润地在他心里刻下了深深的印记。

这世间，真真假假，谁又能分辨得清？都说是真的假不了，是假的真不了，可到底谁又能给出一个衡定是非的标准？多少人欺世盗名，照样风光地过了一辈子，又有多少人，守着虚名，辛苦地苟活着。所谓胜者为王，败者为寇，无论你身上流淌着怎样高贵的血液，败落之时，就只能做别人脚下的尘埃了。人生就是一场戏，今天上演的是王者，明日就可能是布衣。至于辜负了谁，伤害了谁，自己无从把握。

秦天明回忆起组织找他谈话，说他光荣退休，他觉得有点不真实。与他谈话的人是组织委托的，退休证是管理部门托人转交给他的，没有任何的仪式，他心中只有被抛弃的那种酸楚。他理解组织，但他也没有那么高尚，有时形式也很重要。物质与精神从来不站在对立面，而是彼此的救赎。每个人都会变老，最终老得齿危发秃。所以，在秦天明看来，退休是一件悲伤的事情，从此离开社会主流，预示着生命最精彩的时光已经一去不复返，衰老正以不可抗拒的步伐走来，最终，自己将一步步走向生命的终点，哪点光荣？！但经过了一段时间的沉静后，觉得组织讲的是有道理的。退休，是生命中一个新的开始，在日渐衰老的身体后面，生活的负担会越来越轻，社会责任也越来越小，前面的日子是成功还是失败，是激扬还是平庸，都已经不再重要，所有的一切已经清零，未来将重新开始。

秦天明想着从60岁退休到80岁生命终结，如果没有意外，算起来还有小20年的光阴。这段时间怎么过？对于他来说，从上大学到毕业上班，工作已经成为一种习惯。退休虽然在心中早有准备，但还是觉得有点突然，一下子不需要上班，总感觉少一点什么东西。时间一长，朋友聚会少了，也没有别的活动可以参加，上班时口若悬河的他如今变得沉默了许多，生命没有了往日的活力与朝气。退休最忌讳的情况出现了，这就是随着人退了，身体也退了，心也退了。

秦天明过去也曾想，辛苦一辈子，退休之后可以回家种地，回归自然，享受返璞归真的感觉。如果可能，想找几个志同道合的老人，组织一个新的大家庭，像兄弟姐妹一样抱团养老，每天优哉游哉地逛逛公园，喝喝茶、聊聊天、看看书、下下棋，睡个惬意的午觉，闲来无事出去旅旅游、散散心，这就是理想的退休生活了。

想象很抽象丰富，生活却很具体单调。秦天明退休后，脱离了原来的集体，生活节奏减慢，活动圈子变得狭小了，别说一起去旅游，想寻个志同道合的朋友一起喝茶都很困难。虽然有大把的时间，但却茫然不知所措。更现实的是，在他知道的圈子中，大多数老人还要带孙子孙女。退休后的生活就是每天围着子女孙儿打转转，忙着张罗着柴米油盐，疲惫操劳且不说，有时还因为两代人带娃观念不同，产生新矛盾而苦恼不已。

秦天明体会到退休也要过关口，思想上也要翻山越岭。除了自己的认识要转变，还要过好社会这一关。随着社会的不断进步和向前发展，公共医疗体系的进一步完善，人们的生命越来越长。但是不少老人因为种种原因，在使用各种新技术、新设备时困难重重，总有一种跟不上时代步伐的感觉。现在有扫码点单、手机叫车、人工智能，但老人对这些身边的各色科技产品不敢用、不会用。儿女因为工作忙不在身边，也没有人可以去教他们如何使用。虽说身体的衰老伴随的是知识与阅历的积累，但相当一部分退休人员已经失去了与时代同步奔跑的力量，一个现实就是向岁月屈服。这是理性的认知，也是生命的法则。

有一位哲人说过一句很精辟的话："在经济社会中，人只有退休后，才能真正认识自我，才能真正享受生活。"当初秦天明对这句话缺少深入的理解，自己退休后才逐渐从生活中咀嚼出了这句话的味道。

在岗时，8小时工作、加班加点；月计划、周安排，一环扣一环；充电、应酬，一步紧一步……疲于奔命。仿佛是鞭子下的牛，磨盘旁的驴，身不由己。

他退休了，成了时间的主人，也成了自己的主人。晨昏散步、舞剑、打太极拳，上午练书画、写文章，下午读读报、看看书。虽孤独一点，但不会因为上班错过领略生活的五光十色，也不会在生病躺倒的日子为耽误工作感到不安，更不会为生存竞争而恐惧。退休朋友们有一句"行话"：退休是生命的星期天。细思之，真是一句饱含哲理的至理名言。

如今他的儿女也长大成人，自立门户了。三十年风水一轮回，现在他又回到了二人世界。此时，正好把过去在养家糊口、安身立命的忙碌中丢失的夫妻恩爱捡回来，把相濡以沫的温暖补上去。在清净的二人世界里，同操家务，共品甘甜；共读奇文，相析疑义。得意时，牵着老伴的手去散步、去旅游，在林荫处、在幽境中或低声倾诉，或放声歌唱……在轻松、祥和中打发日子，在相知相爱、超然从容中营造夕阳下的金色黄昏。

"天意怜幽草，人间重晚晴。"黎明固然绚丽，但却有几分冷漠，夕阳虽然短暂，却能闪烁出生命在人生拼搏里的绚丽光芒。只要我们用心去享受退休，就会拥有夕阳带给我们的温暖！

当然，生活中从个人的经济状况来讲，如果退休时经济条件一般，养老的基础就薄弱，或没有经济来源，那养老就失去了基础，如果再没有自己的独立住房，这种结局将是凄楚可怜的了。

秦天明他没有这样的顾虑和担忧，因为他和他的爱人有足够的社保养老金保障他的生活需要，他的孩子也都有稳定的工作，所以退休以后的经济基础是扎实的，只是他的心态处在调整中。

这时他落座在沙发里，依偎在他怀里的猫抬头看着他。平时热闹的餐厅兼客厅空寂无声，看上去他一下子失去了神采，依恋的目光掩饰不住内心的酸楚，他站起身，曾经伟岸的身躯经过岁月的风霜已不再挺拔，存留在脸上的是沧桑与落魄。

我们都不愿自己老去，但是每个人都将老去。

秦天明面对老去的现实是痛苦的。其实，他也清楚这痛苦源于对真相的对抗。很多时候不是不明白，而是不愿意承认。每个人的健康都在走下坡路。以前走路虎虎生风，现在抬脚却经常踢到门槛；以前干点力气活哪怕精疲力竭，抽支烟就可缓过劲来，现在走路多了晚上就会腰酸腿疼；以前打球跳高潇洒自如，现在步伐走快了就有点心慌气短……

秦天明深感是到了与韶光诀别的时候了。季节的春光消失了还会重返，而人生的春光流失了就一去不回。岁月依然苍翠，只是一些沧桑的故事将其浸染，令年轻记忆的影像开始泛黄。当一个人走过一段路程，总会觉得过往的青春被枉自蹉跎，如今所有相逢已晚。多想回到过去，容颜姣好，伤感也温柔，惆怅也美丽。

秦天明眼望家中的陈设，有些许感慨：人老了，最好的归宿是家。因为人老了，待在自己家里最踏实、最自在、最惬意、最方便。一个人一生的资本就是拥有一个完全属于自己的家，否则，即使再有钱，养老院从深层意义上来讲，也不是最好的落脚点，儿女家也不是养老真正可以住的地方。

为什么呢？他梳理了一下思绪，认为一是养老院是一个集体场所，什么样的人都有，而且人的思想、心态、生活方式、脾气性格等各不相同，短时间相处还可以，长时间相处就会出现这样那样的问题，使老人心理增加更大的压抑感。二是养老院的服务条件即便不错，但也不是对每位老人都能够做到体贴与无微不至的关心，何况在饮食习惯方面，饭菜也可能不合老人的口味，时间久了，反而会影响心境，甚至对健康不利。三是老人真正出现瘫痪不能自理，服务人员能极其耐心地照顾老人吗？有没有可能出现虐待、甩脸子、呵斥、训骂，让老人失去尊严的现象呢？

秦天明站起身在房间里转了一圈，走到窗前停下脚步，回身望着有些凌乱的房间，看着眼前他熟悉的、用过的每一件物品，心里有些孤独，心中有些惆怅。

老有所养，病有所医，住有所居，中国人最讲究的是"安居才能乐业"，安居梦才能托起幸福梦、中国梦。

2012年7月，由于组织的照顾，他一家从原来一个30多平米的平房中，搬进了现在70多平米的楼房里。他激动，他感恩，因为人有了房子，如鸟停在了枝头，即使四处漂泊，即使心还在流浪，那口锅有地方，床有地方，心里吃了秤砣般的实在。今天，他秦天明就要离开这里，能不心生感慨？你想他从农村来到城里，读了大学，上了班，结了婚，有了住房，当初以为这里就是故乡，其实现在看来，他只是背上行囊的游者，做了回过客。

每一天都有风雨落在双肩，走过一程山水又是一程山水，赶赴的究竟是一条怎样的路？家又在哪里？

秦天明将要告别自己居住了10余年的家，没有送行仪式，只有刚从家里抱出的猫陪伴着他回到车里，他重又坐到副驾驶位上，随着车的启动离开，他生活过的楼房和他熟悉的小区景象，逐渐消失在他的视野里。

秦天明静静地坐在车里，他无心与秦力交流，车窗外闪过他眼前的美丽景色没有撩动他的心怀，自从退休以后他感到有些孤独，余生这条路好像没有同行者。这种心绪让他深刻地感到人只有在彻底失去的时候，才会入骨怀想曾经的拥有。也许美好，也许不堪，以前的片段则如影随形，时刻在秦天明脑海中浮现，比如说他上班时的年年岁岁、分分秒秒，他所遇见的人，他所经过的事，都很珍贵，只是如今都已经一去不复返了。这个时候，他禁不住问自己，如此放不下，究竟是爱上了怀旧的情调，还是过往的确值得回味？

有人说，一个过于怀旧的人，并不是因为过去多么灿烂，而是他不能安于现状。人世纷纷扰扰，谁又能说自己有足够的力量，可以抵御万千风尘。当你无法接受陌生的风景，不能适应崭新的生活，就必然会怀念曾经熟悉而温暖的事物。但秦天明是理性的，他提醒自己曾经的拥有已经给了岁月，他要用现实的平凡尘封往日的印记，立足当下的柴米油盐酱醋茶谋划明天的生活。

在他退休之初，有人告诫他，在生活中有很多父母在年轻时，辛苦奋斗攒了很多家产，但是，因为早早地把财产分给了子女，以为这样能获取儿女的孝心。殊不知年轻时精明，年老时犯糊涂，下场往往很凄凉，因为人性是最不能高估和揣测的，亲情也是如此，如果老了手里没有存款，子女们还有自己的孩子要供养，又有多大的能力去赡养老人呢？老人拿什么保障自己的晚年生活？所以，现实给出的警示是，老人晚年就要有贪财之心，要懂得使用自己的钱财，把钱财用在自己身上。要记住自己的钱自己先用，能留给孩子是情分，就算不留也无可厚非。钱是拿来用的，不是拿来传的。在这物欲横流的时代里，有时亲情也需要金钱来维持。

他听了以后没有反驳，只是在心里他很鄙视这类把子女关系看得如此悲观的想法，但他也不否认生活中有类似现象的存在，因为人的本性隐含贪图物质享受，并在消耗能量中获得快感，从而诱使我们过度占有，产生对物质的迷恋。但作为孩子的父母，他要用自己的行为教育和引导儿女，承认人离不开物质的事实。人为了活着，体现生命的存在，就得用物质喂养身体，包裹身体，满足身体的欲望，维护身体的运转，修补身体的残损。但又不能仅仅是呼吸着的行尸走肉，还要有思想，有追求，有情分，思考为什么活着、怎样活着。当我们渐渐老去的时候，要懂得在自己老年初始阶段，为自己安排好后路。其中，物质的储备很重要，因为我们要用它来满足自己老去光阴里的衣食住行，甚至是医疗费用。但是，不是一味地追求物质，占有物质。他奉行人生应该是个不断学会做减法的过程，减去无用的欲望和杂乱的心念，保持简单的心性，才能过好复杂的人生。学会放下，便会淡看荣辱得失，便会让脚步更轻盈，心永远不会疲惫。学会放下，放下了，心就宽了，生活也没有那么累了。

秦天明这一代人，年轻时也是生不逢时，好在他学习努力，考上了大学，只是在盛世降临时已步入老境，剩余的时间已经不多，更须十分珍惜，充分加以利用。不仅要保持身体健康，而且更为重要的是要活得快活。

近年来，政府从教育到就业，从收入到社保，从医疗到住房再到环境，等等，一件件看得见、摸得着、体会得到的实惠，让人民有了更多的幸福感、获得感、安全感。

秦天明感同身受，在他退休回到家的这段日子里，他痛苦地反思、反省自己，触及灵魂地解剖自己，从孤独、焦虑和不安的泥潭中慢慢地走了出来，心也变得平静。副驾驶座上，他一个姿势坐得时间长了，挪动了一下身子，车窗外不时闪过的路边绿地里矗立的雕塑吸引着他的视线。

"一会儿就进山路了，我们超过他们，在前面给他们带路。"紧跟在秦力车后由小孟驾驶的红车上，坐在后排的秦依然告诉丈夫小孟。

小孟说："不用吧，秦力应该认路。"

"我哥也没有来过。"秦依然转头看着母亲，"妈是导航，又来过，让妈指路。"

小孟说："好吧。"

发动机猛然加速的轰鸣声响起，小孟双手握着方向盘，加大油门提高车速超过行驶在他们车前由秦力驾驶的车。坐在秦力车内的秦天明望着秦力，会意地点头笑了笑。

秦天明说："你妈的职业习惯，别人都是她的学生，都得听她指挥。"

秦力说："我妈有智慧，这不也是您对她的评价鼓励她当指挥吗？"

秦天明淡然地一笑，他曾经是这样描述妻子老安的：外表看是棱角分明，其实言谈举止温文尔雅，内心也是薄冰筑的城墙，遇火则化，遇情则融，由于婚后生活安宁，脸上呈现的是平静与舒缓。但是，时光是刀，随着年龄的增长，她曾经俊秀的脸上也失去了往日的光华，岁月一刀一刀地在她脸上刻下了皱纹。

我们都将经历无力挽回的年华老去，在心底都会时不时地油然飘来一种情绪，只怪岁月无情。其实，有时候我们难以分辨，到底是岁月无情，还是人无情。客观地讲岁月依旧长青，是逝去的年华将它蹉跎。众生万相，也无相，我还是那个我，你还是那个你，昨日流光如今日，今日容颜已改。

他秦天明也一样，上班时有着一个伟岸的身躯，高傲挺拔，他的性格直率，喜怒哀乐，爱恨情仇，就算不表达出来，也会通过心性流露在脸上。特别是经过岁月的风霜，他的脸上存留的是沧桑，内心是用一砖一瓦细致堆砌而成，简单平实，只是体态与年轻时比有些佝偻，好似虚怀若谷。然而这一切，皆源于他人生的际遇。

闲暇时，秦天明对老安说，上大学是他实现未来梦想的第一步。而大学毕业到参加工作上班的转变，是他人生经历中一个极其重要的转折点。通过工作接触社会，使他明白了好多的道理。刚参加工作时，他在乎伟大与渺小，成功与失败。虽然政府机关不是经商做企业，成功了可以腰缠万贯，给自己给家人带来富足的物质，但是，政府机关可以提升自己的领导水平，仕途的路也可以越走越宽广。从普通的机关职员到部门副职的转变，是他人生经历中又一个极其重要的转折点。经过工作实践的锤炼，经历是与非的拷问，他幡然醒悟，职位本身并不十分重要，重要的是做了领导后那种获得更多人尊重的感觉。只是这一切随着他从工作岗位退下来而不复存在，现在他回头反省，带着那么一点点的感伤，不过也是对他生命岁月的告慰。

秦天明退休在家的这些日子，也是他闭关修行的日子。他在这段至暗时光里，不断地修正自己的生活态度，重塑内心的信念，审视余生之路，他感到生命的至美境界，应该是邂逅最真的自己，不需要多华丽，不在乎多成功，只要明白自己真正需要的是什么，在意的是什么，而不一定非要有很多的意义充斥，但是一定要活得有意思，内心要有一束光，照亮深埋在生命底处那无数迷人的景致，使一个比过去的自己更深沉与更健康的自我获得重生。

他主张，人老了尽量不要与孩子住在一起，更不要靠孩子养老，因为自己有退休金，有能力养活自己，而孩子的事应该由孩子自己来承担。这一点老安在认识上与他有分歧。老安认为孩子工作已经很辛苦，父母可以不花孩子的钱，不让孩子照顾，不给孩子添麻烦，但可以与孩子住在一起为孩子做点力所能及的事，还是需要尽点义务的。但是，后来还是秦天明的想法占了主导，儿女也顺应了他的意愿，支持他的选择。

秦天明的意愿是离开城市，找一静处，自己该干啥时干啥，且全心全意。吃饭慢慢吃，睡觉好好睡。他鼓励自己不要失落，不要在平淡中消沉，在无聊中消亡，他要当一个老龄社会的建设者，在心中燃起一团火，用余生染红夕阳，带动和感染更多像他一样的老年人感受到黄昏下的温暖。在秦天明看来，老年自有老年的风景。春天的芽到秋天当然要憔悴，夏天的花到冬天当然要凋谢。青春年少虽然美丽，但它会随时间的流逝而褪色。只有青春的心境，才是生命中一道不变的风景。所以，老年不是从年老开始，而是从对生活的厌倦、失望、冷漠开始。说到底，到了老年，最重要的是要有好的心态，心态好了，晚年生活俭朴也当富贵来享受。

上午的天空，阳光明媚，秦力和小孟驾驶的车，一前一后行驶在通往山顶的路上。

在秦力驾驶的车上，透过路旁树枝的阳光，一闪一闪地照在车内秦天明的脸上，他转眼望着驾车的秦力，深锁的眉头一时舒展开来。

秦天明说："马上到山顶了，上面可以看到海，可以看到城市，可以看到我们去的村庄。风景可好了！"

秦力说："时间还早，我们在山上歇一会儿，您可以多拍几张照片。"

秦天明说："好啊！"

秦天明降下车窗，直射在他脸上的阳光，好似打开了他心底深处那扇窗户，带着他的目光走向生命的原野，风儿熨平了他前额的皱纹，美丽的大自然好似在告诉他，假如你不够快乐，也不要把眉头深锁，人生本来短暂，为什么还要栽培苦涩？人生本多苦涩，若还总是愁眉紧锁，那该是多么痛苦的折磨。面对生活的纷纷扰扰，很多时候，要笑一笑，正如北大哲学教授周国平老师所言："不管生命多么短暂，我们要笑着生，笑着享乐，笑着受苦，这才不枉活一生。"

生活是五彩缤纷的世界，世界上没有两片完全相同的叶子，更没有两个完全相同的人；不光人与人不一样，我们生命岁月中的每一天也都各有迥异。我和他们不一样，我有我的生活。余生要活出自在，活出自我，活出精彩。秦天明和谐温暖的家庭让他有了自信。

秦天明曾经一心想着让孩子过得好，也都一直在为孩子付出着。儿子结婚，他操碎了心，一切都给儿子置办妥当，拿出了全部积蓄给儿子买房。后来有了孙子，他的妻子老安办了提前退休，也主动过去帮忙照看孩子。

如今孙子上学了，他也退休了，时不时地陪着老安开始接送孩子，打理家务。在他的心里觉得自己为了儿子也是值得的，就算没有了自己的生活，也没什么，只要孩子们好就行了。

坦白地说，在他心里也不是一点都没有为自己活着的想法。一天晚上，饭后和老安散步，看到路边公园里跳舞的人群，秦天明用充满羡慕的口吻对她说："我们几时才能过上这样的生活啊？"

老安回答："我随时都可以啊。"

秦天明怀疑："能放得下吗？"

是啊，后来看着其他的老人可以去跳舞，去旅游，去做自己喜欢的事情，他内心也是羡慕得很。越是羡慕，就越是想要去体验那样的生活。

压抑着自己的欲望，很多做父母的都是如此，总觉得自己的一辈子都是为了孩子，就毫无保留地为孩子付出，却早已忘了如何去过自己的余生。当他们付出一切后，再想要去过过潇洒自在的日子，已是奢望。一方面，生活已然如此，不是说改变就能改变的。另一方面，他们一辈子为了孩子，到老了也改不过来，依旧想为孩子操心。就算想要过得自在一点，也只能是心里想想，根本没有勇气付出实际行动去改变自己的生活了。

秦天明有一次回老家探亲，看到一个邻居老太，不过才六十来岁，却早已头发花白，身形佝偻，外表比实际年龄大上十来岁。

秦天明从别人那里得知，老太有一个不孝顺的儿子，不仅不给父母养老，反而每次回来都要找她要钱。老太若是不给，儿子就各种威胁，每次威胁之后，老太都会乖乖地给钱。要说老太可怜，其实都是她自己造成的。若是她以前不那么娇惯儿子，她如今也不会过着这样的生活；若是她不一味地纵容儿子，儿子也不会次次得逞。

没有哪个人希望自己过上这样的余生，这样的余生如何会自在？又如何能感受到幸福呢？

或许当事人心里也都明白，只是明白得太晚了，早已改变不了目前的状况了。所以，想要自己的余生过得好一点，就一定要早早地明白这个道理。在这个时间节点，提前预想一下余生的生活到底是一个什么样子，既显得有趣而且非常必要。提前预想一下，自己老了以后是追求生命的长度，还是要圆满生命的厚度，这看似是个荒诞不经的拷问，但却更具有非比寻常的意义。

这个时候，我们预想一下自己的余生，不是庸人自扰，而是给自己生命寻找尊严的机会。不用多想，每个人都希望自己晚年能够幸福安康，而这些所有的心愿能否实现，都取决于青壮年的耕耘和修为。因为万物皆是因果关系，我们在人生的春天栽下什么样的果树，在人生的秋天就会收获相应的果实。

秦天明相信余生所谓好，一定不是继续操劳，赚钱养家，替儿女操心，而是过着自己的自在日子，做做自己喜欢的事情，弥补一下当初的遗憾。只要能够活得自在，活出自我，就能享受到余生的好。即使你挣不了钱，养不了家，再也体现不了自己的价值。只要你想得开了，不再去追寻那些虚无缥缈的东西，好好地珍惜当下的生活，就能好好地享受自己的余生。

秦天明与老安列出余生计划，专门请教了专家，专家给他们的建议是这样的：人老了，最好的归宿有两个阶段。

第一个阶段：能吃，能睡，能动，身体健康，两个老人独立生活，安享余生时光。

第二个阶段：两个老人其中一个患病了，生活起居不能自理，老人照顾老人到了照顾不了时，最后让儿女照顾。

他们结合自身的实际情况，有这样一个安排：他们有一个儿子，一个女儿。儿子秦力，受过高等教育，博士毕业，在一家国有的研究所做科研工作，已结婚10年多，妻子小刘是小学老师，他们育有一子秦奋，已经是一名小学生，一家三口有自己的房子，单立门户过日子；女儿秦依然，研究生毕业，在一家医院做临床医生，已结婚4年，丈夫小孟在一家企业做高管，已生一女小名叫快乐，因购房有困难，与秦天明和老安住在一起。现在是老两口开始老年生活的第一个阶段，所以，秦天明和老安都特别坚持他们的选择。

车在行驶中，小孟在驾驶着车，车后排座位上，秦依然抱着小快乐，与老安并排坐着。

"妈，我支持您和我爸的选择。只是想让你们再等一等，等到小快乐大一点，要不外人会说我们有孩子了，就把老人轰出来了，戴上一顶重幼轻老的帽子，那我们多难看啊。"

"我们现在暂时还没有那么多钱，买不起房子，给小快乐请保姆，可以在楼里租一套房子，离得近有一个照顾。"开着车的小孟接着补上一句。

老安说："是不是重幼轻老、孝顺不孝顺我们心里有杆秤。你们也别劝我，别动心思动摇我们的选择，我和你爸都想好了，我们也来看过一次了，这里符合我们的想法，适合养老，适合我和你爸在这里共度余生。"

小孟表态说道："那房子租金我们付，装修费我们出。"

老安说："你们年轻人，花钱的地方还多着呢，留着吧。我们有退休金，付租金和简单装修都没有问题。"

秦依然说："那我们只好站着一边看啊，万事不求人，讲究，受我爸影响吧？"

老安说："别小看你爸你妈，我们也是讲究人呢，只不过是为了照看你和你哥我没有腾出工夫罢了。现在退休了，像你们说的，开始过我们想过的生活了。"

秦依然说："我爸说的要为自己活，这就叫活明白了！"

秦天明与老安想要的生活，就是半生沧桑归来，内心依然少年。于是，一个梦想诞生了，他们下定决心租下这个农家小院，要把它打造成属于他们自己的梦中家园。

今天，他们离开自己熟悉的城市，告别10余年由钢筋水泥筑建成的楼房，一路风尘驱车来到山顶，欣喜地将车停在公路旁一块开阔地中央，下车兼作途中休息，一览野外的自然风景。遥望远方是看不到尽头的辽阔大海，放眼近处，山不算高，但林木丛生，郁郁葱葱，山下是村庄和田野。

秦天明招呼和秦奋站在一起观赏景物的老安："来，在这里我给你照张相。"

老安回道："来，全家照一个合影吧。"

秦天明手持照相机招呼老安，老安招呼家人向她靠近，响应迅速的是孙子秦奋，然后，其他人以老安为中心围了过来，迅速排在她的左右。秦天明把照相机架好，又对了对焦，按下快门后他快步走到对面。听到快门咔嚓一声，大家又自觉散开了。

秦天明问："你们看出这里有什么特别的吗？"

秦依然说："没有。"

秦力也说："我也没有。"

秦天明又问老安："你看出来了吗？"

"有树，有草，有花。呃，你就给孩子们说哪儿特别吧。"

老安走向秦天明。

秦天明说："这就是一个极其普通的画面，没有什么特别的。"

"哦，原来是忽悠啊！"家人异口同声。

秦天明顿了顿，平静地说："我第一次来顺手拍了几张照片，回去闲来无事在电脑回放，突然有了发现！而且，越琢磨越有道理，越琢磨越深刻！"

秦奋从身后蹿了过来，好奇地睁大眼睛："爷爷，又有了新的故事？"

秦天明说："是啊，是故事，是普通风景后深刻的故事！"

于是，他像一名导游般带着家人游览风景，一会儿指指点点，口若悬河为家人深情讲解；一会儿又形单影只地站在一旁，环顾四野，放眼大海，回望城市，瞭望村庄，沉默不语；一会儿又兴趣盎然地手持照相机，好似要把这里的山丘、树林、溪流、在溪流中畅游的鱼儿，以及他可以感觉到的风景背后不仅仅是为尘世梦想而存在的真实力量，与风景和人物一样具有顽强生命力的美丽画面摄入他的镜头，存入他的心中。忽然，他好似有所发现，自己离开家人，独自走入林间，在一棵树前停下脚步，凝视着直入云天的树冠。他想，人的一生，就像一棵树，一年四季，自始至终，没有空缺。从春日破土而出的小苗开始，再到仲夏林间长成直插云霄的参天大树，从金秋时节的落叶飘逸飞扬，再到腊月寒冬也是傲然挺立在苍茫天地间的根根玉树琼枝，都在演绎着世间繁华的辉煌辞别与时节更替。一棵棵大树沉静默然地站着，高昂着头汲取天空降下的甘露，深情涵养大地之下的生命源泉，用它那最淡泊的宁静，默默感悟生命的无穷魅力，追求着属于自己平凡真实的理想。人生又好比爬山，上山时因为年轻兴致蓬勃，快乐而努力地向前走，一心想站在高处，看更美的风景。事实上过了中年进入暮年走上山丘来到山顶，四野空阔，无人等候的前方，只有一条蜿蜒下山的小路通向远方，天空中飘浮的云朵传递出一个空灵的意念，觉醒的生命逐渐迫切起来，而回归"家园"的脚步却变得异常沉重。

实在说，下山的路，对于归人，真的别有一番滋味。

秦天明对着身边的家人感慨道："你们看这东边是城市，这西边是农村，两种状态。城市适合创业，激情、活力，农村适合休养，安静、舒适。我们退休了，这不就是站在人生的拐弯处？我和你们的母亲选择到农村租一个农家院把它建成美丽家园，在这里继续编写我们的人生故事。"

不是时间抹去伤痛，而是岁月尘封了记忆。没有时间去想，去回忆。当秦天明面对这静美得让人驻足的景色时，他想心底坦然才是人生的佳境。此时的他对时光心怀激荡，对已经离开的城市少了些眷恋。他追问自己，为什么要让自己老气横秋呢？时光不可逆转，生命也没有逆行路，身体日渐衰老了，但心不能老了，而且不论年老年少，心态特别重要，心态好，生命就活力四射，熠熠生辉。

生命的活力重又回到了秦天明的身上，他体会到退休是此生通往余生的入口，此处叶落，别处花开。对很多人而言，退休只是新生活的开始，是人生的一个转折。需要的就是改变自己，让思维从以前的模式中走出，遵从内心的愿望，做自己喜欢的事，活出余生的精彩。

说不清楚从什么时候开始，秦天明喜欢上了退休生活，他真切地感到退休实现了人生自由，时间自由，没有了工作压力，少了人与人之间的钩心斗角、尔虞我诈的算计、口是心非的虚伪。退休是人生的第二个春天，年少没能实现的梦想现在都可以肆意追逐。

他提醒自己不要忘记心中许下的愿望，告别城市的喧嚣，忘记城里的灯红酒绿，寻一处悠闲之地，买不起别墅那就租一个农家院子，将其装点成梦中的花园，一阵风，一盏茶，一本书，一首歌，心如止水地静守四季炊烟，享受阳光清清浅浅的温暖。

"爷爷，那您说的美丽家园在哪儿?"秦奋悦耳的童声，把秦天明从逐梦中唤醒。

"来，你顺着我指的方向往远处看。"秦天明兴致勃勃地招呼秦奋来到他的身边，抬手指向远方，放眼林木繁茂的山野，每一棵有生的草木是那样的自由和谐，山峦在远处起伏，山脚下是一座座村舍。这片景致是秦天明的渴望，是他在喧嚣城市里渴望拥有的宁谧，是他一度苦闷人生中追求的片刻心灵自由。离开城市虽然不是他秦天明的主动选择，但他从心里赞美自然，赞美土地，赞美农业，赞美劳动与朴实勤俭的乡村生活。他梦想回到农村，试图从大城市的繁华出走，寻找着自己心灵的故乡，找回在心灵深处的那份"乡愁"。或许他像大多都市人一样拥有向往农村自然的田园牧歌情怀，美丽的大自然也就成了他离开城市找到世外桃源的余生追求。

乡村有秦天明儿时记忆中熟悉的村路、邻里；这里依稀可以找到唤起他儿时记忆中父母身影的痕迹。最重要的是，当他也老了，"乡愁"把他拉回年少时的岁月，故乡仿佛触手可及，归乡过平凡生活才是内心深处最真实的向往。

只是，这乡村真的是那么安宁？真的不会有故事发生？

其实，无论这片土地曾经是怎样的荒芜或者肥沃，秦天明坚信只要有人的地方，就会有情谊的温暖，只要有勤劳的耕种，此后就会遍地开满鲜花。

第三章

筑梦家园

秦天明决定离开儿女、离开城市到农村安度自己的余生。之前他犹豫过，在他的规划里，一次次地选择，一次次地否定，有时不是家人不同意，就是自己在要付诸实施时退下阵来。这一次他告诉自己不能再犹豫，他带着一种决然，为自己和老安的余生做一次选择。因为他的愿望很平常，只不过是想和老安，拥有一个小小的院子，在属于自己的世外桃源里，安于良田菜地自给自足。没有城市的喧嚣，只有淳朴的民风，与一湖碧水，与一片云彩，相安无事，平静度日，过着不知秦汉的生活，拥有世间最平常的幸福。

往后余生，遵从心声，过自己想要的生活。这就是有一个房子，房间不用太多，足够住下。一间客厅，用来谈天喝茶；有几间卧室，足够儿女及家人或是三两好友周末节假日来访，能很舒服地留宿；但厨房一定要大，还要明亮，平时和家人一起烹饪，虽不一定是山珍海味，偶尔也能在山里就地取材，亲手做糕点或是采摘各类野菜烹饪美食。

还要有一个院子，院子不用太大，但一定要有个花园。门口有一扇爬满牵牛花蔓又开着粉黄色花朵的拱门，旁边还要有一块种了多个品种的玫瑰园；院子的外墙是整面的花篱，上面爬满能够开出红黄色花朵的凌霄花，一到夏天整面墙都是花色的装点。还得留上一块地用来收集各类奇花异草。后院阳光一定要好，开一小块地，种上各类瓜果蔬菜，不用施肥，到山林里取回树叶和野草腐烂变成黑土撒在地里；也不用打药，等长了虫子，捉来扔掉就好。当然，院里必须还要有一棵柿子树，到了秋天院里的花谢了，树叶飘落了，枝头挂满金色的柿子，感受秋的辉煌与厚重。

秦天明和老安他们夫妻俩期望靠山而居的日子自在充实，以前因为上班顿顿快餐，如今终于有了时间让它变得餐餐美好；以前交往应酬不断，如今终于能陪家人，只谈土壤、花草；以前的天南地北，侃侃而谈，如今终于能守着一隅，怡然自得。

"再随心所欲地布置，过去没有实现的，通过室内布置满足一下梦想，比如再做一次领导。"老安对着秦天明，带着调侃笑着说。

秦天明说："那就布置成大座椅、长躺椅，桌上摆两副眼镜，看报纸一副，看人一副，墙上挂一幅大地图，书架里放上领导或伟人装帧豪华的文集。"

老安说："要是做企业家或商人呢？"

秦天明说："那就这样布置，墙上贴着英文字母的壁纸，用钱币叠成菠萝挂在墙上，买一个壁龛供一尊财神，天天祈愿'财源茂盛'。"

老安说："那要还想是一位艺术家，你怎么布置？"

"艺术家的特点是沉醉于梦幻。"秦天明看着老安想了一想说，"背后挂一个盘羊头骨，桌边放一个插画轴的瓷缸，桌上堆满大部头的书，纸烟拆开装在印有英文字母的专用袋子里，再用袋绳捆上一个大烟斗放在桌上。"

"不错的想象！"老安在生活中总是在不断鼓励秦天明，秦天明也是在她的真诚鼓励下把自己的想象发挥得很充分，"只是我们不是领导，也不是企业家，更不是艺术家，我们就是一个普通老百姓，我们的心愿就是有一个房子能满足吃饭睡觉，我们的期待就是有一个院子保障我们安静地生活，如此就心满意足了。"

这是老安的心愿，也是秦天明的期待。在旁人看来，也许显得过于平常，也许微不足道，但这就是他们所向往的，通过他们的努力和儿女的支持就可以实现了的。

今天，这是他们来到小镇住进农家小院的第一个早晨，秦天明起床走到窗前拉开窗帘打开窗户，一抹晨光照在他的脸上，心境在如水般流泻的阳光和窗外传来的鸟鸣声里，有点醉，有些恬。

这是他走出了人生迷茫，翻越了生命山丘，穿越了心灵迷障之后期待的一个安静的港湾，祥和的港湾，可以在这里沉思，回忆，或是在房前屋后的园子里，追寻着残存的美丽，享受着美好的天伦。

祈望在这里没有烦恼缠绕，只剩祥和安静。

这就是秦天明和妻子老安余生要筑梦的家园。

还记得上周六，为了统一儿女的意见，他亲自驾车和妻子老安带儿子秦力和女儿秦依然来到这里的情景。那天上午 11 点，他们首先来到小镇唯一的一家杂货店，一位姓陈的店主接待了他们。

陈店主心直口快地说："都快 11 点了，我以为你们今天不来了。"

说着他从店里迎了出来，闲坐在店前树下的几位上了年岁的老人，看到有陌生人到来，也都热情相迎，有的站了起来，年岁过高行动不便的也欠了欠身。

秦天明说："对不起，孩子们觉得村前的那个湖特别美就停下来看了一会儿，耽误了时间。"

陈店主说："来村子里的人都是这么说的。今后你们来了就可以天天看了。我去沏茶，先喝水。"

"不用喝水吧？"一旁的老安把目光从秦天明身上移向陈店主，"先看房。"

陈店主说："好，先看房。你们等一下，我取一下钥匙。"

"爸，需要开车吗？"秦力问秦天明。

秦天明说："我印象里就在前面，没有几步路，停在这儿就行。"

"走。"陈店主手拿钥匙从店里出来，带着秦天明一家顺路而去。

这是一个由自然村落的小集市慢慢发展形成的小镇，已经不是传统意义上单纯依靠农耕的农村，但小镇和乡村之间是连通的，它不是一个断裂的、二元对立的产物，不像城市和乡村之间有截然不同的形态。小镇上有一部分人经商或外出打工，但大部分都还是农民，他们在小镇周边都保有自己的土地以耕种农作物。

秦天明和老安选择到这里来安度余生，主要考虑这个小镇离他们原先居住的城市距离不到50公里，起伏的山峦由高向低的走势尾端，把城市和小镇隔离开，这里好像是另外一个世界，置身其中，让人感到在城里人都把时间比喻为金钱的时候，这里的村民依然没有太明确的时间概念，他们的时间只有早上、晚上，晴天或雨天，夏天或冬天，日出而作，日落而息，天热了光膀子，天凉了穿棉衣，既贫穷又富有，既辛苦也自在。

已近中午，陈店主带领秦天明一家走在村路上，路两旁的村舍有的院门紧锁，有的院门敞开着，偶尔有人路过，也大都是上了年岁的老人。这情景让秦天明多少有点意外，他从来都没有想到这里会如此清冷。年轻村民外出打工，把打工挣来的钱用来翻盖老房子。房子是变宽了，只是房里空荡荡的，留下年已古稀的老人守着房子，多少有些悲凉。其实，世间的事，从来都是有得有失。当你有钱了，修了房子，也给自己赚足了面子，却不知道同时也失去了人生最简单的幸福时光——一家人团团圆圆地在一起过日子。

现代社会的快速发展，促成大都会的形成，农村的劳动人口向大城市集中，农村逐渐没落。而秦天明却逆向行走，他离开繁华的城市，走向自然，走向土地，显示出一种回到小镇和农村寻找"乡愁"的姿态，试图在传统农业逐渐被现代农业替代的时代，再一次凝视传统农业文化的永恒面貌。

秦天明一家跟随陈店主来到村头半山坡的一个农家院子前，停下脚步回望村庄，绿树掩映下的村舍错落有致，老房子新旧材料交织，土黄色的砖，白色的钢构架，木色的屋面板，形成了画廊空间般的艺术效果；一条小河从山间而来，穿过村庄，在村尾的湖里形成一面镜子，辉映着苍翠的山峦，然后奔向远方的大海；一棵百年老树，像一位老人，站立在村庄的中央，见证着村落历史的变迁，如今以全新的生命姿态守望着这无比秀丽的村落，护佑着这里厚道朴实的村民。

这时的秦天明被眼前的景色深深吸引，有道是畅游天地间，看潮涨潮落，观沧海桑田，他清楚万事万物繁衍生息，没有永恒的美丽，能留下的只有此时，此心！他神情专注地凝视远方，待陈店主招呼他时，他好似如梦初醒般跟着陈店主进了院门。

"知道你们今天来，我昨天上午用了大半天时间收拾了一下。"陈店主热情介绍。

"你辛苦了！"秦天明真心感谢。

"这院子不小啊，有多大面积？"秦力惊讶地问道。

"不好算面积。房屋用地，有院门，没有围墙，就是用竹子篱笆围了一下，你怎么算面积？！"陈店主说。

"是这样！是这样！"秦天明家人心情喜悦地回应着。

"真美！花的品种不少，花色配种也有品质，看来房主很讲究。"秦依然喜出望外，一会儿闻，一会儿摸着院里正开着的花朵。

"可不，这是我弟弟的院子，他儿子就是学园林的博士，这孩子还在上学时就经常回来整理院子，下了不少功夫，路过的人都要进院看看。"陈店主口吻中带着些许自豪。

"那怎么就不住了呢？"秦力疑惑。

"我侄儿两口子在国外定居了，去年又生了二胎，把我弟弟、弟媳接去照看孩子了，一时半会儿回不来，托我有机会把院子租出去，这不秦总就来了。"陈店主说。

"缘分缘分！陈店主，今后就别叫我秦总了，我就是一个退休老头子，我们做邻居了，我叫你老陈，你叫我老秦吧。"秦天明接过话头。

"好！不过你还是有老总的派头。"陈店主爽人快语。

秦天明开怀大笑，其他人也受感染，一旁的秦依然与老安在不停地聊着。

"这就是我所想拥有的院子！有花，有草，还可以养鸡种菜。"老安心情欢畅。

"我也喜欢！我们回家商量一下，做一个设计，好好装修整理一下，我再投点资好不好？"秦依然说。

"我和你爸商量商量再说，听他的吧。"老安说。

"我爸不是叫您书记吗？书记说了算。他听您的，您嘛，就听我的。安老师，就这么定了啊！"秦依然调皮地扮了一个鬼脸给老安。

看来这个农家院虽然与秦天明和老安梦想的家园还有差异，但已经是非常接近他们的梦想了。院子安静地坐落在村头的半山腰，视野开阔，院内规划讲究，房前是养花种草的专属空间，一角有一棵会开花的树，树下是原房主用石板搭建的一张石桌，站在围墙边便可以放眼整个村落。房的背面没有围墙，一块长条形的菜地紧依山坡，向上是延伸出去的或高或矮或绿或青的绿草林木，还有一条通往林间的小路，把院落空间自然延展到院外，院内景观与院外自然景观既分割又相互连通，山坡与小院围合成自然的休憩空间。

秦天明一家走进屋里，屋内虽缺少家具陈设，但客厅宽敞明亮，透过超大的落地窗，前院的花园景观尽收眼底；三间卧室和厨房的门直对着客厅，更加突出了客厅的休闲和团聚功能，尤其是朝向客厅的挑空露台，极富设计感和现代感，空间的四梁八柱与挑空露台的巧妙混搭，既稳定也安静，既传统又现代，家的聚合力得到了张扬。

我们中国人生活的头等大事就是拥有一座房子，不管在哪个年龄阶段，房子占据着重要位置，年轻时讨论的是地段，年老时争论的是家和养老，但落叶归根的思想人人都有，好的生活才是最本质的追求，如果在乡村拥有自己的一块土地，再用心为自己建造一个属于自己的乐园，是世间的美好，也是圆满生命的物质基础。

但是，秦天明本身已经没有这个条件圆他的梦想了，他虽然出生在农村，但在城里上班没有农村户口，父母去世后，家里的宅子归了国家所有。今天好在政策许可，于是他租用了这个农家小院，不仅为了圆自己的梦，他也暗暗地下定决心在这自然的田园中拥抱生命的最后时刻。

房子是家的物质基础，但家不应该仅仅是房屋、彩电、冰箱等物质堆砌起来的冰冷空间。秦天明认为物质的丰富固然可以给我们带来感官的快感，但这快感是本能的、初级的，转眼即逝，只有精神的和情感的快感才能持久。所以，在他的认知里，房是家的形式，家才是房的灵魂。

秦天明与老安在选择离开城市到农村安度余生之前，也做了一些考察和论证，得出的结论也是既真实又心酸。

在秦天明和老安的感知里，一般来讲，父母的家是儿女的家，而儿女的家却不是父母的家。何况老人老了以后形象已不再光鲜，如果疾病缠身，那便是久病床前无孝子。女婿、儿媳又有几个能容忍一个不是生养自己的人待在家里，给予伺候吃喝，甚至端屎端尿呢？说得现实一些，在如今这个社会里，受传统文化的熏陶，50后、60后的人中，绝大多数可以做到伺候公婆、丈人丈母娘，而后代们又有多少人，能像自己的父母们那样任劳任怨去照顾自己的公婆与丈人丈母娘呢？

秦天明老两口认为，家应该有温度，因为家是同处在一个屋檐下、共同生活的眷属和所住的地方，可以甘苦与共地抵御生活的"冬天"。对于一个家庭中上了年纪的老人来说，看到儿女们高高兴兴，快快乐乐，日子过得风调雨顺，这个时候的老人觉得最幸福了。作为一个家庭中上了年纪的老人，和一家人吃着热乎乎的饭菜，全家人喜气洋洋，儿女孝敬，身体有病也有儿女照顾，嘘寒问暖，这个时候的老人最满足了。

秦天明想，他要好好地利用这个机会，把这个租来的院子当成自己的家，按自己的意图设计装修，当然他有自己的原则和底线。从小镇看房回到城里后，他一直处于高度兴奋的状态。是的，当我们厌倦了城市的钢筋水泥，当我们厌倦了城市的拥挤喧嚣，当我们奋斗大半辈子依旧买不起一平方米上万的城市房子，在农村拥有自己的一方天地，给自己一处净土，在自己安度余生的空间里纯净心灵，无疑是梦想的选择。

从小镇看房回到城里已是深夜，客厅里灯火通明。秦天明手拿着笔和纸坐在沙发里，与坐在一旁的老安在研究装修计划，秦依然端着一杯水从卧室中出来走向他们。

"依然啊，小镇出钱投资装修的事你就打住。我和你妈商量好了，这次装修我们拿意见，我们拿钱，我们装修，不用你和你哥拿钱。"秦天明和老安一边研究他们的装修计划，一边对秦依然说。

"嫌钱少？"秦依然说。

"闺女，那你就误解了我们的想法。"老安抬头取下老花镜对秦依然说。

"想自己做主自己说了算吧？"秦依然把手中的杯子递给秦天明。

"有点这个意思。不过我还是民主，这不在征求你妈意见嘛。"秦天明放下手中的笔和纸，接过杯子喝了一口水。

"但不要走形式哦，我妈很智慧，这次选择租农家院建设你们的美丽家园，也有我妈的功劳啊！"秦依然说。

秦天明一直觉得一个住得舒适的好房子，来自巧妙的安排和主人的眼光，而不是有多大的资金投入，本质上房子就是一个吃喝拉撒的场所，难点在于能够在一座房子里住出生活品质。他要改变观念装修房子，把装修的重点放在修缮和打扫上，修缮房子的边边角角维持基本的生活，打扫好室内和院子，种上喜欢的花草，也可以考虑在院子里做一个晾晒的台子，按照他们的生活，根据四季的变化，制作农村的特色美食，不用精装的房间、厨房、厕所，干干净净原汁原味的就好。

"所以，你妈的意见是小镇房子简单收拾一下，不用花太多的钱。其实，房子嘛，就像旅店，住进去的人就是旅客。住满时间了，离店就走了，什么也带不走。"秦天明讲出自己的观点。

"这是歪理邪说。您又不是旅客，您要长住的！"秦依然回应。

"长住能住多久？你看我和你妈都到这个年龄了。再说人生就是一场旅行，有开始就有结束。时间是有限的，懂吗？"秦天明固执己见。

秦依然说："要讲道理我懂。我只想让你们住得舒适一点。"

"当然，该收拾的我们还是要收拾好的。像卫生间还是蹲坑，年轻人可以，我们老头老太太就不适用，换一个马桶。另外，厨房的抽油烟机，我试了一下，声音太大，换一台新的。我要把厨房收拾得利利索索，给你们做想吃的，把你们的胃留住，让你们周周都来。"老安的意见，既尊重了秦天明的观点，也考虑到了秦依然的想法，听起来容易让人接受。

"跟你一聊时间都忘了。"秦天明抬手看了一眼手表，站起身来，走向窗台，伸手关窗户。

"早上6点起床，跑了一天，中午也没有休息，可是一点不觉得累哦。"老安嘴里是这样说，但身体的疲劳还是让她站起身子时，不由自主地伸了伸懒腰以缓解疲劳。

"看到你们的美丽家园了，我们都支持你们，您二老也有成就感，一高兴就忘了累呗，精神起了很大的作用，但也别忘了休息睡觉啊！"秦依然心疼地看着父母，"房屋装修重要，房间布置重要，家庭经营重要，但更重要的是人说睡草铺如果能起鼾声，绝对比睡在席梦思沙发床上辗转难眠好。"

"所以嘛，用不着羡慕和嫉妒他人的千般好，用不着哀叹和怨恨自己的万般苦，也用不着耻笑和贱看别人不如自己，生命的快活并不在于穷与富、贵与贱。奋斗，赚钱，能买来床，买不来睡眠，能买来食物，买不来胃口，能买来学位，买不来学问。人不能圆满，圆满就要缺，求缺才能平安，才能持静守神。"秦天明振振有词，越说越有精神。

"说得都是理。您还是把精神头留着点儿，别忘了明天买抽油烟机的事，现在好好休息。"秦依然截住秦天明的话头。

经过一段时间的忙碌，跑市场、选建材，组织和请工程队装修施工，添置家具，布置房间，秦天明在小镇的梦想家园成了现实。今天周六，儿子、儿媳妇、孙子一家，女儿、女婿、小快乐一家，齐聚小镇欢度周末。厨房里，老安站在灶台前，抬手摁了一下抽油烟机启动键，抽油烟机开始运转。

"嘿，还真灵，一换抽油烟机声音就小了。"老安点着灶台，熟练地双手配合开始炒菜。

"您不是常说哪有花钱的不是。"秦依然俯身，在水盆里拿起清洗好的一条鱼，直起腰转身放入一个空盘里，备菜台上已经摆上了几道做好的菜，"妈，鱼也都清洗好了，您看还需要准备什么？"

"做鱼缺料酒，让你爸到杂货店买一瓶料酒。"老安说。

"好，我去告诉我爸。要不我去吧。"秦依然拿起一块擦布擦了擦手，准备离开厨房。

"还是让你爸去吧，他路熟，镇子上的村民差不多都认识他，都主动给他打招呼，有的还叫他秦总。"老安说。

秦依然说："嘀，没来几天，就赢得这么高的拥戴了，那他下一步准备给镇子上的村民做什么贡献？"

"一个退休老头儿，无职无权的，能做什么？"老安把锅里炒好的菜盛入秦依然递来的盘子里，"不过自从我们搬来小镇后，他经常是和杂货店的陈店主走村串户的。"

秦依然问："哪个陈店主？"

"就是带我们看房那个。"老安说。

秦依然说："是他啊！能说会道，和我爸有一拼。"

"拼啥啊，图个开心吧。"老安关上洗锅的水龙头，接着点火炒菜，"不过我倒希望你爸他给自己找一些事做，当然，像他给我说的新农村建设啊，乡村养老啊，等等，这些都是大事，国家大事，靠他能做成吗？"

秦依然迎着老安的目光以笑作答。

"咳，有时我也想，至于说能不能做得成不重要，重要的是他想有事做，生活充实，我都鼓励他，从不说打击的话。"老安说。

"不愧智慧妈妈的称号！"秦依然撒娇地亲了一下老安，"差一点忘了，我叫我爸赶快到陈店主的店里买料酒吧。"

秦天明接到老安分派他买料酒的活儿，他愉快地起身出了院门，夕阳下明亮的天光把他的身影长长地投在地上。一路走着没有碰到路人，这在喧嚣的城里是绝无仅有的场景，所以，他自由自在地走小步迈大步，把满心的欢喜写在脸上。看来人生最美是夕阳不是空叹，暮色中的夕阳有着一种不言自美的壮丽，是一幅自然和谐的大自然之画。

宁愿俯首于花鸟，不愿折腰于世俗。抛却一切风尘杂念，信步于暮色黄昏之中，静静地感受季节的变换，锤炼风里来雨里去的独立与淡然，是现实生活中多少人期望而难以实现的梦想。

秦天明来到杂货店，陈店主从货架上取出一瓶料酒递给他。

秦天明说："你这儿的食品还挺全的。"

陈店主说："都是生活必需品，也不挣什么钱，就是服务。"

"店小，没有零钱找不开。"陈店主把一张100元现钞退给秦天明。

秦天明说："我也没有，那咋办？"

陈店主说："没有就不收了，拿走吧。"

秦天明说："这可不行！你卖我买，给钱天经地义。不给钱岂不成了抢吗？"

"就是一瓶料酒，问题哪有这么严重？都是乡里乡亲的，平时张家李家，缺啥拿啥，有钱就给，没钱就算了。你也是我们村里的人了，今后不要客气。"陈店主显得纯朴大方，真诚自然，没有买卖人那种虚套，他顺手取了一个玻璃茶杯，手提茶壶，给秦天明倒了一杯，然后又给坐在店前的几位老人续上茶水，"来，喝杯茶。"

"这……"秦天明从陈店主豪爽慷慨之气中回过神来，目光随着陈店主倒茶的行为回到陈店主的脸上。

陈店主说："要说他们吧，都是村里的大哥大姐、大叔的，村里年轻人都外出打工了，剩下就都是些老头儿老太太，70岁以下的都下地干活，平常到店里来的都是70岁以上的，年龄最大的陈大爷今年87岁了。他们在家没事，常到我店里来会会面，聊聊天，图个热闹。来了嘛，我就给他们泡一壶茶喝喝，都是普通茶，也花不了多少钱。"

秦天明说："你做得很好，应该向你学习。"

陈店主说："好多年了。平时比这还多呢，今天少了几个，也是快天黑了，有两个已经回家了。"

喝茶老人中发出了回应。老人甲说："老王感冒了。"

老人乙说："老张家好像来亲戚了。"

陈店主问："哦。老王吃药了吗？"

"好像吃了吧。"老人甲回道，过一会儿又补充说，"我也不清楚。"

陈店主说："吃了就好，我抽空去看看他。"

另外几个老人在点头，好像他们也知道老王病了。陈店主把目光收回转到秦天明身上。

陈店主说："你看中间那个，他姓陈是我本家，今年87岁了，有儿有女，有孙子有孙女，就是都不在身边，前年老伴去世后留下他自己，不管刮风下雨，天天都来，一坐就是一天。"

秦天明问道："那他们吃饭呢？"

陈店主说："我管啊，晚上我还管送他们回家。唉，当父母的也难啊，孩子在身边吧那叫没有出息，人前没有面子；孩子有出息有本事，人前有面子了，可是人飞了，不回来了，留下孤孤单单的父母。我有时候也问自己，现在这养孩子究竟为了啥？"

秦天明问道："那你的孩子呢？"

陈店主说："我的孩子算不上有出息，大学毕业当了公务员，后来辞职开公司了。每周能回来一次，他在公司挣的钱每月给我补一点。个体的，自己说了算。"

秦天明说："你也开店了，还需要你儿子的钱补你？"

陈店主说："你看这些大哥大姐大爷，管他们喝茶你收他们的钱？他们想吃一点店里的东西你好意思收他们的钱？一年到头，年年如此，能不赔能不补吗？所以我儿媳笑我说我这个杂货店应该叫福利店、慈善店。"

"我敬佩你！"秦天明肃然起敬，"你可以号召村里人大家一起来做。"

陈店主说："你是城里人，你有文化，见识多，你来给我们想想办法，这种状况是不是应该想办法改变改变了？"

秦天明说："我退休了，能力有限。但是，我觉得这里环境这么优美，这里的人不管是老少，尤其是老人，应该生活得更幸福！我愿意和大家共同努力。"

陈店主说："等你有空闲时我陪你到村里转一转，先熟悉熟悉。"

秦天明说："好啊，这瓶料酒我就先拿走，家里人还等着我吃饭。"

秦天明离开杂货店走在回院的路上，像一个普通村民，手拿料酒，脚步轻盈，他深切地感受到住在小镇的这些日子，天天沐浴在温柔的春风里，闻着绿草淡淡的清香，看着白云悠闲地漫过他的窗前。这些自然风物，再一次证明他选择到乡村养老是正确的。

入夜，窗外的景色已被夜色吞没，秦天明小院里的餐厅灯火通明，亮如白昼，宽敞明亮的餐厅与过去城中家里的客厅兼餐厅形成鲜明对比。圆桌上摆满了老安和秦依然精心筹办、亲手炒制的菜品，很是丰盛。

等秦天明入座后，老安从桌子中央的盘子里夹了一块鱼，放进秦天明的盘子里。

秦天明点赞道："啊，好丰盛！"

老安高兴地说："那就吃呗，我们也吃。"

"这个菜好像有点凉，是不是做好放的时间长了一点？"秦力夹了一口菜尝了一下。

"那就对了。你想爸天亮出去买料酒，天黑才把料酒买回来。"秦依然故意挑事。

秦天明笑着："珍贵啊！"

"爸，什么牌子的？"儿媳小刘问。

"爸，多少钱？"女婿小孟问。

秦天明说："我说的珍贵不是钱，而且这一瓶料酒没有花钱。"

秦奋一脸天真："爷爷，那您是占人家便宜。"

秦天明说："爷爷不是占便宜的人，爷爷给钱是他找不开，爷爷说珍贵是说买料酒受了一次生动且深刻的教育。"

"你怎么退休以后变得那么敏感，处处都受教育，再说谁敢教育你啊。你们说是吗？"老安转问大家，但没有回应。

秦天明解释道："我刚才买料酒，看到杂货店前面有十几个老人还坐在那里，不知道他们在等什么。陈店主一介绍，我才知道他们都是这个村的，年龄都比我们大，有一位今年已经87岁了。也都有子女，就是都不在身边，孤孤单单，无依无靠，从早晨到天黑，就闲坐在杂货店的树下，眼神里好像有一丝等待，又好像什么都没有。唉，这样一幕深深印在我的脑海里，酸酸的，知道吗？"

家人好像有点被秦天明的讲述打动，停下了吃饭。老安看到秦天明讲得动情，餐桌上欢快的气氛变得有些沉重，赶快打断他的话头。

老安说："我们不是挺好的嘛，你看孩子都围着咱们，陪着我们。"

秦天明说："是啊，越是这样我越不安。都是大哥大姐，我们生活在同一个时代，我们幸福，他们也应该享受幸福。"

秦力赞颂道："看来您是一个悲天怜人的老同志。"

秦奋追说："看来您是一个慈悲为怀的老爷爷！"

家人情不自禁地笑了起来，欢快的用餐气氛重新回到了餐桌上。一家人的晚餐就是这样在欢快中开始，又在尽情享受了熟悉的味道以后圆满结束，各自回到卧室休息。秦天明刚要躺下，突然响起两声"咚咚"的敲门声。

老安问："谁啊？"

门外传来秦奋向秦天明和老安道"晚安"的问候。

秦天明说："好，孙子，你也晚安。睡觉吧。"

老安关好窗户回到床上，秦天明已经沉沉入睡。她凝望着他安然的睡态，一丝冲动触发她的情怀，她想要把他唤醒，告诉他她的幸福渴望，但是，她控制住了自己，不去打断他此时也许正在上演的梦想。她深知秦天明是一个有梦想有追求有担当的人，但是，经历了求学、上班，结婚、生子，特别是在退休的初期，离开岗位，离开社会主体，他觉得自己是一个游子，过着一种没有归属的漂泊生活，人生开始有些迷茫，生命被焦虑笼罩。直到他选择和她来到小镇以后，才让他有一种梦回故里之感，仿佛是曾经的他为了迎接一场纷纷扬扬的瑞雪，而耽误一场姹紫嫣红的盛宴，做了春天里唯一一个缺席的人。在他对这个真实的世界获得了一个更加理性的认知后，他选择不向岁月屈服，他要重启自己的生命之路，活出不一样的精彩。但从内心讲，老安只想他们俩在一起恬淡地活着，不做冷傲的梅花，不做禅定的莲荷，不做淡雅的茉莉，只做一株平凡的小草，一粒悠扬的尘埃，一只无名的虫蚁，把这里当作梦里桃源，安稳自在，简单清宁地生活。

秦天明选择重启走向远方的路方向没有错，老安对生活寄予的愿望也是对的，因为他们两人也都明白这个道理：每个人都是独立的个体，每个个体都应该是完整的，爱不是控制和索取，爱是接纳和尊重。

于是，老安总是把她那温存的目光投给秦天明，这目光透露出爱的接纳和尊重，闪射出鼓励和支持。她关闭床头的台灯，依偎在他的身旁，感受他还算有力的强烈心跳。

今日复明日，明日非今日。秦天明身进小镇，心入村民。首先他把陈店主作为"引路人"，因为陈店主是这个镇的"老村民"，他的父辈、爷爷、爷爷的爷爷，总之，祖祖辈辈都生活在这里，对这里的村情民意最熟悉。村里有几位老人，哪些老人独居，哪些老人孤寡，哪些老人患病无人照料，哪些老人去世，等等，他都非常清楚。村里有多少亩土地，哪家的土地还在种植，哪家的土地已然撂荒，他都了如指掌。所以，秦天明一有空闲，他就去找陈店主"海阔天空"地聊，每天都带着沉甸甸的新收获回家与老安分享。

一天上午，秦天明与陈店主离开杂货店，边聊边走，不知不觉走到了邻村。这个村离秦天明入住的小镇大致有一公里，但村貌却差异很大，映入秦天明眼帘的是笔直、干净的水泥路面，路两旁铺的是草坪，种的是鲜花；村舍错落有致，一户一栋，一样的红砖灰瓦，一色的红砖围墙。这个感觉，与其说是进入了农村，倒不如说步入了城市别墅区，规划性突出，极富设计感。

这眼前的情境让秦天明有些恍惚，这是农村吗?!

看不到"房前屋后，种瓜种豆"的身影。农民祖祖辈辈形成的一种生产生活模式——利用闲散零碎时间种瓜种豆满足村民自给自足的生活需求，现在已被养花种草所取代，做饭吃菜却还要花钱去集镇上买。

看不到"采菊东篱下，悠然见南山"的美景。古往今来，多少文人墨客对陶渊明笔下描绘的那一道篱笆无限倾情，因为使用竹木柴草编制有碍观瞻，这里改为白色木条或塑料片形成统一，或用土砖砌成高墙。

见不到"鸡鸭鹅成群，猪牛羊成圈"的踪影。曾经代表村民富足生活的景象被改变，日出而鸣、日落而唱的鸡鸭鹅带着自己的交响消失在远方。城里人可以养宠物，但这村民家却禁养家禽家畜。

实在说，这让秦天明感到有点失落，以他的认知水平，他认为提高农民生活品质的环境治理非常重要，但如果以城市思维改造农村环境是有违初衷的，结果是得不偿失。

"过去这个村的村貌与我们村差不多，经过三年的改造，已经完全不一样了。前些年还有参观取经的，现在看不到了。这样一比较，你看我们村是不是有点落后？"陈店主停下脚步，把询问的目光转向秦天明。

秦天明沉思着没有回应。

"我觉得这样有点脱离现实，就代表村民向乡政府反映，政府采纳了我们的意见，我们村也就保持了原有的模样。"站在一旁的陈店主读出了秦天明的心思。

"及时建言献策，你给村里做贡献了！"秦天明夸赞陈店主。

陈店主说："我是直肠子，不顺眼我就说，不掩不藏。自然村嘛，你就得自然而然。"

"你说得在理。实际上，具有中国传统文化特色的乡村，经过数千年的历史积淀，形成了方方面面既丰富多彩又符合规律的自然生态和社会生态两大系统，山水田园、路树沟渠、屋宇院落，都经历了时光的磨洗、环境的考验、习俗的应对、物种的竞择，都具有存在的合理性。我们要尽到责任保护好，才能向后人有交代，才能传承好。现在提倡农村城镇化，但是，农村与城市还是有差别的。从生活空间看，农民的家里需要放置如铁锹、水桶、绳索、扁担等一些随时备用的简单农具，需要临时堆放刚刚收打下的农产品，大多数人家还要放置如机动三轮车等小型农机具，而市民不需要这些。从生活方式看，市民随时可到遍布市区的超市采购生活用品，但农村各种配套服务设施还很不完善，即便服务齐全，就目前农民的收入水平看，也无力承担超出支付能力范围的费用。对于有些日常消费的生活必需品，如瓜果蔬菜，大多还是在庭院附近自己种植。以城市思维设计农村的思路要改变，把选择权交给农民，让农民为自己谋划，才能使他们在乡村振兴的征程上不断增强获得感、幸福感。"秦天明自顾自地表达自己的观点，觉得有点说教的味道，停下话头，又明知故问身旁的陈店主，"怎么村里好像没人似的？"

"不是没有人，都是老人孩子，现在天气热，在屋里没出来。"陈店主接着补充道，"这就是你们城里人说的空心村，年轻人都外出打工了，剩下的是老幼病残。"

说着已是中午时分，头顶太阳直射地面，蒸笼般的热气扑面而来。秦天明放眼望去，道路两旁的院门紧闭，看不到有人出入。他想，过去老说"空心村"，今天他真切地感受了一把"空心村"的寂静，虽然天热，但内心由此生出一丝凉意。

改革的涛声唤醒宁静山村里的人，外面的世界太精彩，为了理想或禁不住诱惑的年轻村民纷纷背起行囊走四方，北上广，江浙杭，凭着他们的质朴和勤劳，吃苦流汗，钱挣到了，腰包鼓起来了，时装穿上身了，名表戴上手了，有的像城里人那样驾着奔驰宝马衣锦还乡，建了洋楼，修了老房，宽阔的公路穿村而过，一盏盏高挂的路灯照亮村舍、街巷。

但是，年轻的村民走了，乡村静了，静得只留下一两声鸡鸣和犬吠。地里的野草高昂着头压抑住庄稼的生长，留守村庄的人越来越少，乡村像新雨后的空山，寂寞得连老年人相见谈天说地都成了奢望。

村落空了，只剩下空寂的村舍，只留下孤独的老人和孩子。山的伟岸阻挡了村庄遥望远方，村旁的一池湖水注满了静默的温和，村中的一棵老树坚定着村庄的期望，好似村里一位敦厚的长者，真诚善良。

秦天明和陈店主站在树下，中午的阳光从树梢透过树枝斑驳地洒在他们的身上。中午，这是一天中最辉煌最美丽的时刻，午间是铿锵的诗意，给人以激情的力量。陈店主抬手指着一家新建不久的小院向秦天明介绍。

陈店主说："这是李老师家，他已经退休好几年了，每个月都能领到好几千元退休金。他老伴是我们村种田的，他们有一个女儿读到了研究生在城里安了家，家里就剩下李老师和他老伴两个老人了。前些年他把老房子拆了，建了现在的院子，留出了一块菜地平时种菜，还养了十几只鸡，挖了一口小水塘，养了十几条鲤鱼。上街逛市，串门访友，日子过得清闲，潇洒，有钱花，有肉吃，好多人都羡慕他们。"

秦天明说："一看这院子建得就很有时代感，又不失村舍的朴实，红瓦白墙，与村里其他村舍白墙灰瓦相比，虽然色彩反差大，但融入感强，如果房间布局合理，那住起来可能就更舒适。"

陈店主说："那是。李老师在城里有房，他把房子卖了。至于女儿那里，他说女儿的家再好也不是自己的家。他退休了，他要叶落归根，回到乡下养老。像他这种情况我们村里有好几户，过得像他这样幸福的也就是李老师家了。"

秦天明说："这是我们的传统，也有人说，每一个漂泊的人都有一颗归乡的心。只是比较悲哀的是，你看我，哪里有家，哪里是家？没有办法，来到了你们这里，你们收留了我。"

陈店主说："我们欢迎你啊，你就把我们村当成自己的家吧。"

秦天明说："人老了，大多数人不可怜，而且生活得幸福开心。城镇退休人员都有养老金，单靠养老金，就可以衣食无忧。退休了，又有钱，又有闲，又没家庭负担，又没繁忙公务，又没工作压力，又不必争名夺利，又不必看上级脸色，多轻松，多自在，多自由，多开心！困了就睡觉，醒了就微笑。远的我不知道，我周围的老年人大多数都生活得很开心！听说这几年国家也给符合条件的村民发放养老金，现在的老百姓多幸福啊。"

的确，每一个漂泊的人都有一颗归乡的心。国家有关部门近年发布的中国流动人口调查报告显示，平均每6个中国人中，就有1个是流动人口，客观来讲，落叶归根不仅是一种传统，更是一种符合我们中华民族传统文化的国情。

"当然也有差异，只是我想不通，城里也好，农村也罢，在养老上，为什么有的差异这么大呢?"一脸疑问的秦天明跟陈店主边走边聊,不一会儿,他们敲开了村民张大爷的家门。还算整洁的客厅内,触目可及的地方,摆放着各种叫不出名字的药。张大爷患有糖尿病、高血压、高血脂……身上还有5个心脏支架。老伴儿身体更不好,十年的带状疱疹,一直疼痛难忍。自己洗澡都洗不了,能动的就是穿衣,慢慢地走点儿路。上厕所自己没问题,但做饭基本比较困难,要经常吃中药。

"为什么不雇一个保姆?"秦天明问张大爷。

"花钱不够生气的!不敢说,不敢动,动不动就走了,动不动就不干了……"张大爷心中颇有芥蒂。

与陈店主分手,秦天明走在回家的路上,满脑子的老年问题、社会老龄化问题。老龄、空巢、失能失智……近些年,这些关键词越来越频繁地进入大众视野,引起人们的重视。全国老龄委曾经做了一个统计显示,预计到2050年,我国老年人口将达到峰值4.87亿,占总人口的34.9%,每2.87个人中就有1个老人。

"老有所养、老有所依、老有所乐、老有所安",我国已搭建起以居家为基础、社区为依托、机构为补充、医养相结合的中国特色养老服务体系。

"随着经济和科技的发展,生活水平的提高,医疗条件的改善,人越来越长寿,养老问题越来越突出,社会老龄化问题越来越严重,单靠政府恐怕政府也负担太重。"秦天明越想心里越沉重,让人感到进入老年以后的一种焦虑。人们只要正常活着,都会有老年的时段,这也包括他秦天明。这个时候,不得不承认,模样上就是越来越多的白头发,脸上是越来越多的皱纹,皮肤逐渐失去了弹性。面对每况愈下的身体,内心有说不出的滋味,是酸,是苦,是欣喜,还是悲伤,已无从说起。心里不接受,不承认,也要往前行。

每个人,从出生,走过青年,经过壮年,再到老年,家始终难舍难分。养老,秦天明再一次把思考的聚焦点集中在家。他认为居家养老作为社会养老服务体系的主要形式,得到了社会普遍的认同。它跨越了种族、社会制度和地域的差异，是人类社会的共情表达。在他看来有4个优势：

可以心随所愿，按照自己的意愿安排自己的余生，不受管束，不受拘束。爱着家，惦着家，住着家，自成一体，自成一统，自由自在。

可以心随所思，安守独处，安静生活，体悟温暖人生，圆满生命意义，不与他人争长论短，乐得安宁不惹是非。

可以随心所欲，自己想吃什么就做什么，坚持自己的饭自己做；自己什么时候想睡觉就睡一觉，睡不着了看书看报看电视任由自己的兴趣。

可以心随所为，穿自己爱穿的衣服，看自己想看的风景，生命不止，运动不停，以健康生活迎接每一天清晨的日出，以优雅姿态送别每一天傍晚的日落。

如果还能与孩子家人同住，子女绕膝身边，时常嘘寒问暖，相互交流，就会使老人有一种被记挂、被重视的感觉。

秦天明十分清楚，这是退休进入老龄被理想化以后的养老生活，现实的退休养老生活其实与理想中的差距较大，也严峻得多，具体得多。

"是啊，我们的传统文化倡导的是以小养老，国家的保障政策本质上也是如此。我们国家的保障政策大致起始于20世纪90年代，没有基础，像我们这些六七十年代参加工作的，缴纳保障经费的时间不长，退休了，退休金缺口部分采取以新养老的办法补充。可是，现在是新人少了，人口红利没有了，老人却越来越多，家庭的负担越来越重，国家的负担也越来越重啊！"在这一点上，老安的看法与秦天明的忧心高度一致。

老安说："我也大约计算了一下居家养老的成本，如果一个人处于不能自理阶段，那么请一名护工的费用，也要在5000元以上，护工会陪伴老人，按摩喂药喂食，协助大小便，推轮椅出去散步，而如果家里人要忙工作，再请个保姆买菜做饭洗衣拖地，至少还要3000元以上，还要为护工和保姆提供食宿。"

"这样一比，住养老院就算便宜的。"秦天明说，"最近我关注了一下网上的报道，城里有宾馆式养老中心，有中式、美式、欧式、韩式、日式、东南亚式多种风格房间选择，配备了国际医院，36平方米的标准间，半自理的每月5800元，不能自理的每月8600元，还不包括餐费，如果需要特护，有一房一厅和两房一厅包房两种选择，最高达15000元以上，一般退休老人及一般工资家庭承受不起。"

这是现实，更是事实，是现代养老的本来模样。

如果一个家庭有老人健康长寿到最终不能自理的时候，老人又希望居家或住养老院养老，那么这个家庭在保障老人的生活时就没有经济实力再给即将老去的自己攒钱养老了。这种中国式的养老，说来说去，其"家庭的温情，最终都毁在缺钱上"。

"我回忆我是什么时候开始思考这个养老问题的呢？印象中大概在五年前就开始了，因为每个人都要面对养老这个问题，就是闭着眼睛也躲不开。"秦天明看着听他讲述的老安，微笑着说道，"这有点像我在结婚前，为了找到一个像你这样有情有义的女人相守一辈子，也悄悄地做了相关的心理准备和知识准备。"

老安回应道："最后女子你是骗到手了，现在是养老，你得出什么结论了吗？"

秦天明有点悲观地说道："仔细分析起来现实很骨感，你看在家养老，有的家庭中年轻人为了结婚能有房子住，不得不贷款购房成了'房奴'，还要养育孩子支付教育经费，是入不敷出；加上物价上涨，房子和墓地也在涨价，已经涨得你没办法用你现有的养老金，去给公办或是民办养老机构支付高昂的养老费用了，只能在家养老，当个养老奴，与家人抱团养老。"

老安不像秦天明那样语带悲观，她轻松地说道："你这么一说，让人感到养老有点比得了绝症到医院让人倾家荡产还要恐怖。弹尽粮绝，有点危言耸听。"

老安认为，秦天明所触及的问题层面，是较为个别的表现，不具有普遍性。近年来，经济的全球化戏剧性地改变了年轻人的生存境遇，一方面国家的繁荣有赖于他们挣脱地域的束缚，走自己的路，去任何能够找到工作的地方，做任何喜欢的工作，同任何自己喜欢的人结婚，创造和实现人生的最大价值。另一方面老人的境遇就大大不同了，他们老了，离不开家了，已经创造不了价值了，他们只期望有一个稳定的社会、富强的国家为他们的养老提供保障。

于是，正如老人所愿，政府为他们构筑了这个时代的梦想。为了让人民大众过上更加幸福美好的生活，有更好的教育、有更稳定的工作、有更满意的收入、有更可靠的社会保障和更高水平的医疗卫生服务、有更舒适的居住条件和更优美的自然环境，政府不断加强社保基础性功能建设，不断健全社会保障制度，切实兜住社保底线，避免出现生存危机。近年来，国家社会保障改革勇闯深水区，打破城乡分割、职业分割，看病报销再也不分"城里人、乡下人"。我国的社会保障制度无论从它的覆盖面与扩大的速度，还是从保障水平提升的速度来看，在世界社会保障史上都是罕见的，赢得了全国广大人民群众的高度认可。

"在城里，你看社区养老，它集合了家庭养老和机构养老的优势，既可以让老年人就近养老，少了离家的乡愁之忧，又有了更多的归属感。生活不能自理的老人，尤其是有些老人不能下楼需要家人或者专业人员陪护的，社区可以提供送餐和医疗帮助。其实是很人性化的一种养老方式，政府在推广，也受社会的普遍欢迎。"老安对秦天明说，"可能在农村，养老问题会比城里的保障水平要稍微差一些，但你看我们住的这个镇子里的老人不是也很幸福吗？"

据统计，我国老年人口总数约占世界老年人口的1/5，60岁以上的占亚洲的一半，农村和城镇各占一半。在农村，90%以上的老人依靠家庭赡养。过去是子孙几代一大家子住在一起，有饭吃，有房住；现在儿女成家另立门户，有的进城打工常年不回家，不过虽然老房子只剩下老人有点孤单，但这些老人基本上还是不缺粮吃不缺钱花。

秦天明骨子里也是乡下人，他平日里行走在小镇乡间小路上，看到村里人的质朴，他反省自己有时的装模作样，心生惭愧，也对他们的纯朴心生敬意。在他的心里，城市是农村青年筑梦的地方。改革开放以来，有多少青年为了梦想，一路风尘踏上人生的漫漫征途。先求学后进城，再娶妻、生子。然而，他们对这个城市倍感陌生，甚至一无所知，却依旧一往情深，奋不顾身地投身于此。一定有些什么，让他们如此痴迷不已，也许是城市蕴藏着的人生梦想，也许是灯红酒绿的诱惑激情，也许是……

年少时的秦天明就是怀着走出大山的梦想，辞别生养自己的父母，背上行囊来到城市里的，现在驻足回首，发现在城里也是上班，也是娶妻生子，然后努力创造条件让自己的孩子受到良好的教育，过更好的生活，只是没有实现当初立志要让自己父母晚年过上幸福快乐生活的梦想！

也许，现在的年轻人追逐的梦想实现了，进了城、挣了钱、回村盖了新房。但是，对父母那份关怀、关心、关注、关爱，在追逐的路上丢失了，父母病了也只能孤独地躺在床上熬时度日。

城里和农村老年人的生存困境，都不同程度地表现为生活上的困难和精神上的孤独。只要政府关注养老，全社会关注养老，老年人自己关注养老，老有所依、老有所养、老有所乐的养老愿景就会变成现实。秦天明思考了一个天大的问题，老年人养老与社会老龄化问题，是中国的，也是世界的，关系到人类社会的未来发展。他可以思考，思想是自由的；他可以感叹，但不可伤身；他可以行动，从自己做起，但要凭他的一己之力实现改变，只是一个梦想而已。

客厅里，阳光从窗户一角斜射进室内，显得温和而安静，仿佛天长地久。秦天明静静地坐在沙发上，翻读着手中的书。他那年少时有着男性的阳刚与厚重、表现出正直与坦诚的品格，自从退休来到小镇，却以女性般的委婉温柔变得如小品般简单和宁静。这里的生命气息，只显示出这小小的一个角落，有人在这里生活着。

老安站立在窗边，手执喷壶给窗下一盆草花洒水洗叶，从窗外透进的阳光在银色的喷壶上流动。这生活情景平凡无奇，却使人缅怀人生的过往，好像人类忽然记起自己的本分，不再对伟大与壮丽有非分的幻想，只想在这里做一个平凡的自己。

秦天明认为：人活着就要有一点精神，有一分热，发一分光，为社会多做一点贡献，不要虚度了自己往后余生的最后岁月。

过去在城里，秦天明除了给汽车加油外，没有其他开支。他银行卡里的钱即使一个月只有1000元也够花，甚至无处可花。反正家里的油盐酱醋不用他买，日常开支也由女儿支付，总之，他不用为花钱操心，过得还心安理得。现在他离开城里到了小镇，生活处处需要花钱，但他不用为花钱发愁，因为他和妻子有雷打不动的退休金，保障他们的日常生活需要绰绰有余。

所以，有时他愉快地追问自己：我的生活真的需要这么多钱吗？他感到"如果一个人，满足了基本生活所需，便可以更从容、更充实地享受人生"。

秦天明一边看书，间或一边与老安聊天，他告诉老安，他要和她一起帮助镇里那些无人陪伴的老人做点事情，比如陪他们说说话，给他们做做饭，帮他们取取药，给他们提供尽可能的帮助，因为他清楚养老确实是个大问题，政府要搭台，社会要参与，大家都各尽所能，这才是解决养老问题的根本出路。

老安点头赞同，在她心里也有这样的想法。这是一对夫妻经过多年磨炼以后的默契，他们在生活中可能为一些琐事争吵，但他们认为在对待一些有分量的问题上，经过争论，可以求同存异，达到高度的一致。比如，在他们身体都健康的情况下，为村里的老人做义工。

秦天明眼里有光，心中有爱，他坚持用自己喜欢的方式度过余生，不在别人的议论中纠结，不为别人的意见所左右，日常生活就是每天早上起床，打开窗户、铺床、冲澡、刷牙、喂狗、喂猫、清扫屋里院内的垃圾，然后，去镇里那些生活自理有困难的老人家做义工，整天的时间都被打扫卫生、陪人聊天、帮助做饭、代替打电话等许多事情占满。

村里纯净的阳光，给了秦天明足够的温暖，也激起了他对这里的挚爱，好似少男少女蠢蠢欲动的激情，他要无所顾忌地在这里挥洒。但是，乡村已经没有秦天明记忆中的样子，乡村所塑造和影响人们的生活方式正在逐渐消亡，没有了鸡犬相闻的奏鸣，没有了炊烟缭绕的人间烟火，人与人之间有点像住在城里，邻里之间不相往来，既不分担忧愁，也不分享快乐，村里变得有些沉寂，连风吹过都没有一丝的声音。

秦天明认为这世间不应该是这番景象，我们生活的这个时代好像从来就不缺少问题。翻开报纸，打开电视，每一天都有灾难、冲突、抢劫、淫乱、诈骗等消息，每一天都有人因此受苦或死去，而我们总是要等到灾难近在咫尺，才意识到问题的严重性，比如粮食危机。秦天明漫步在午后的田野里，面对本应产出粮食的土地被撂荒触景生情，他不是孤独无聊而无事生非在心里臆造一个对象然后去谴责，而是出于对人们共同命运的忧虑和对人们自身行为的反省。

秦天明发现，人们的生活条件不断改善，身心的痛苦却并没有减少。由恶劣的生存环境导致的疾病的确比以前少了，取而代之的是层出不穷的"现代病""富贵病"，如高血压、痛风、肥胖症。在经济相对发达地区，人们的精神压力普遍较大，失眠症、抑郁症的发病率非常高。我们知道巨大的精神压力不仅会带来心理上的痛苦，也是众多冠心病、肿瘤等生理疾病的重要诱发因素。

这并不是说物质进步本身增加了人们的痛苦，只是很大一部分人却陷入另一个极端：认为只要物质丰富了，一切问题就能迎刃而解，人们就再不会有痛苦。所以就贪婪索取、恶性竞争，尽可能多地占有物质资源，以为这样就能获得幸福。其实不然，物质的确可以给人带来满足感，但仅限于感官上的满足。而人之所以有别于动物，却在于他不仅需要感官上的满足，还需要精神上的充盈。

秦天明到了小镇以后的这段日子，他像吃了灵丹妙药，大脑一下子由昏沉变得清醒，心态由老态龙钟一下返老还童，眼前的一切让他觉得既陌生而又熟悉。他突然觉得自己有好些事没做，突然觉得有一个梦还要继续，突然觉得有些人还要惦记。

他今年61岁了，退休一年身体好像老了许多，但他也庆幸自己依然活着。他私底下与秦依然聊天，他说退休了，不需要人围着他、陪着他，他还想做一点点有益之事来证明自己还是一个正常的社会人，一个对社会有用的人。

"我们能对他人的喜怒哀乐感同身受，这种能力与生俱来。"秦天明对着秦依然说，"看见另一个人生命受苦，我们会本能地生起恻隐之心，尽管不是所有人都表现出强烈的同情、怜悯并实施帮助的行动。我不能袖手旁观，漠然视之吧。"

秦依然说："您知道吗？被人怜悯的滋味是不好受的。"

"我们是平等的，不是同情和怜悯。因为我们在帮助别人当中受到教育，到了我们老到需要在别人的帮助下生活时，我们就会有一个好的心态，优雅地过好老年生活。"秦天明说出自己的本心。

秦依然说："我还真没有爸您考虑得那么深入，我只想人老了，应该由他的孩子照顾。"

"老实说，这是靠不住的。"秦天明看了看秦依然的表情，补充道，"不是孩子不孝，而是一旦孩子成年后，他会有他的工作，他也会有他的孩子需要养育。准确地说，指望孩子照顾一个老人特别是失能的老人有点不现实。"

秦依然说："这不是孩子愿意不愿意做的问题，失能老人需要的是专业化照护，如果不专业的话，有可能摔坏了老人，也有可能摔坏了自己。"

"我也纠结。按理说发展这种专业化的老年照护服务，是一个老龄社会必须要做的事情，也是政府应该考虑解决的社会问题。"秦天明叹了一口气，"唉，我看老年照护所面临的挑战，也不是家庭中一孩、二孩，甚至四孩就能解决的问题。我和你妈只想做点力所能及的事，这样总比站在一旁冷眼旁观好。"

秦力来到他们的身旁，安静地在一旁听着，他觉得眼前的父亲不是老了，简直就像一个热血青年，浑身散发出青春的活力。秦力说支持父亲，也一时找不出支持的理由。秦力要说父亲母亲感性、冲动，但他不忍心泼冷水，怕伤害他们的一腔热情。他只想说人越是到老的时候，越要懂得让自己保持一颗平常心、快乐心，这样老年生活才能过得安详、平和，才能健健康康地度过晚年的最后一段光阴。因为心宁静了，才能致远。

年轻时秦天明就是这样的执着，他曾经告诉儿女说假如你认为要做一件事，不必四处宣扬自己的想法，只管安安稳稳地去做，值不值得，时间是最好的证明，自己的人生，得自己负责。但是，如今他毕竟老了，创造不了价值了，他需要得到孩子的支持。只是一贯顺从的儿子不表态——尽管秦天明心里也能猜出几分，儿子和女儿的态度一致——他不免心生感慨。

这讲到了因果。一个有着优良传统又福气满溢的家庭氛围，虽然有时候不见得有什么明明白白的祖庭宝训，但是，祖祖辈辈宽以待人，善于帮人，乐于助人，足以让后生晚辈耳濡些智慧。秦天明的父亲、爷爷及以上辈分的老人，在故乡乐施好善的家风有口皆碑，虽然他的父亲及其他长辈已去世多年，故乡已没有了亲人，他作为传承人有责任坚持传承这种良善的家风，他也一直在用自己的行为给儿女做榜样，但是，儿女平时言语中表露出独善其身先管好自己事情的一些想法让他有点意外，他在心里追问自己：难道这个时代人与人之间不需要相互帮助了吗？

我们只关心自己，以及周围的几个人、几件事。在这个小圈子之外发生的事情，不过是一条新闻而已。有人遭受灾难，经历痛苦和死亡，又不是我们造成的，再说，我们又能做什么呢？

我们有自己的车、有自己的房子、有自己的办公室，尽可能地不需要别人。我们能否过得幸福快乐完全是自己的事，与其他人没有关系，只要自己有能力得到自己想要的东西就行；至于其他人是否幸福，也与我们无关。

人与人之间变得如此的冷漠，相信自己与万物是分离的，不认为自己该对他人、社会和整个世界承担什么责任。

秦天明多少有些沮丧和伤感，他认为现代社会人与人之间的相互依存度实际上是更高了。我们生存的基本条件——衣、食、住、行，每一项都依赖他人的劳动。城市化意味着人口不断密集。无论是工作还是生活，我们都是越来越多地与其他人共享一个狭小的空间。每个人的言行不仅影响到自己，也影响到其他人的生活。合作共存，不仅是出于良善的愿望，更是出于生存和发展的需要。

人人都希望过上幸福美好的生活，这本无可厚非，但是在追求幸福的过程中，我们要考虑其他人，不仅是现在生活在这个地球上的人，还包括以后要生活在这个地球上的人，以及与我们共享这个世界的动物，留出足够的空间和可能性，让他们能实现自己的幸福生活目标。

傍晚时分，这是一天中最美的时刻，那种温暖恬淡的落日余晖，让人放下一天的忙碌，卸下一身的疲惫，尽享安逸和温馨。秦天明先是一个人，后来秦依然和秦力先后来到他身旁，陪他田野散步回到院里，然后进屋坐在客厅的沙发上伸了伸腿，身体虽感有些疲乏，但精神爽朗，心情愉快。

"说归说，做归做。您和我妈可以按照自己的选择来生活，我和依然的任务就是帮助和支持你们实现愿望。"秦力把手中的茶杯递给秦天明，等待附和的目光转向秦依然。

"我们是您的儿女，在您的影响下长大，您有十分的爱心，我们有百分的暖意。但是，养老是社会问题，是国家大事，关系到每一个人。作为百姓，我们微不足道，而且，您也老了，身体和精力也大不如年轻时期。"秦依然观察着秦天明的神情变化，"您二老的义工刚进行了两个星期，爸您感冒了一次，如果说有点原因，是因为被雨淋着凉了，那我妈也碰巧感冒了，是不是做义工早出晚归没有休息好引起的呢？"

老安说："这是我和你爸都没有想到的。当初，我们计划到村里三户独居老人的家里做点力所能及的事，谁知道两天后，就有十多户人家打电话联系我们，有的因为不会用智能电卡买电找我们帮助，有的因为不会用手机找我们教一教，还有的独居老人身边带有孩子，知道我过去是教师，要我帮助辅导作业。总之，什么情况都有，现在我们是电话不断，一天忙到晚，很充实，就是早上出门精神不错，晚上回来就觉得有些疲劳。"

秦依然说："这就是老了的表现，不服不行啊。"

秦天明心里清楚，有时想做的事也许初心很好，但结果可能与预期有差距，特别是人老了以后，面对好多事情是力不从心，是心有余而力不足。所以，人需要正确地认识自己，但如果总刻意地设计自己的行止就活得太精细太累了。他想起自己上大学时，哲学老师给他们讲的一个故事：古代哲学家苏格拉底被人们称为最有智慧的人，但他却不以为然。他认为一定有人比他更聪明，为了求证，他去寻找最有智慧的人。于是，找到一位以智慧著称的政治家，跟他交谈之后，发现此人并没有多少学识；然后，他又去找了最优秀的诗人和手工艺人等，发现他们有的高傲自大，有的自以为是。最后他明白了一个道理，他说："跟别人相比，我一样一无所知，但我和他们不一样的是，他们不知道自己的无知，而我知道自己的无知。所以说，认识到自己的无知才是最大的智慧。"

经过半个多月的义工实践，秦天明承认做义工不是他想象的那样简单，不仅需要热情和体能，也需要有专业技能，像患老年病以及高龄失能老人。要纾解独处老人的负面情绪、解决个人身体和生活等方面的困难，更需要具备这方面的专业知识。

人生是行一程，暖一程，以清风明月的姿态，安岁月静好，将万物的韶华篆刻成风景，守山水明澈。这一种风采，不在云端，不在峡谷，在我们不够宽阔的心里，却足够从容。有些诗意，是抱朴守拙，退静归真。即使只在一页纸上，也可诗行种蔬，瓜棚藤架，菈路韭畦，纷红骇绿。若守得一分天真，便获九分真趣。如果想快乐，就得学会心平气和地与自己相处。挽一缕风悬于眉梢，让四季从心底流过，只管优雅，而后于万千繁华之上静默成一池水的温和。

一个周六的午后，为了不惊扰家人午休，秦天明和老安走出家门来到院子里，老安寻到一把剪刀俯下身子修草剪花，秦天明拿着手机一边接听电话一边漫步看景。

"谁啊？"老安有点好奇。

"我们单位的同事，没有想到他会打电话给我。"秦天明结束通话走向老安，"我们单位的一把手换新人了。我退休一年多，换的换，退的退，走的走，新人来的来，再回单位都不认识了。"

老安说："可不，上回儿子说他的档案材料缺一份我们单位的证明，需要我的原单位提供，我回学校连一个熟人都找不到了，好像我和这个单位就没有过关系，一点归属感都没有。"

秦天明说："也搞不清楚怎么社会越发展，好像越没有人情味了呢？如果说这就是我们推动社会发展的目的，我自己宁愿回到从前。"

老安叹了一口气说："只是回不去了。过去想念了写一封信，逢年过节串个亲戚，走路坐车，不辞辛苦，不怕路远。现在信息、交通发展了，发一个短信，打一个电话就能代替写信了；逢年过节也不用走路坐车，远的坐高铁，近的自驾车，当天去当天回，没有距离了，只是那种血浓于水的亲情淡了。"

人生就是一场盛宴，酒阑人散后，剩下的只有空虚落寞。

秦天明退休一年多，没有了出门逛街、看电影约会的快乐，这才发现居家过日子，竟然平淡到如此地步。重复的空间与作息，就像墙上的挂钟，一圈又一圈，周而复始。

老安这样对秦天明说："过日子不是每天手牵手去电影院，你要学会洗衣做饭，像正常人一样生活了。"

这就是寻常生活，我们要学会接受，并理顺它的脉络。世间总有千般万般求不得，不如学会接受生活的庸常岁序，然后从百分之九十的平淡中，试着把生活向幸福那头靠拢。

在家的日子，也是闭关修行的日子。秦天明和老安从城里搬来小镇开始余生生活，安静独处时渐渐醒悟：如果我们的日子是不可避免地进入人生至暗的岁月，那么我们需要调整生活的态度，重塑生命的信念，审视余生的末路，等到度过艰难时刻，也许就能获得一个更深沉与更健康的自我。他们相互鼓励、彼此安慰：不要失落，不要在平淡中消沉，在无聊中消亡。当一个生命的建设者，承担起自我建设的责任。到了老年，他们体会到只有"放得下"的人，才能活得踏实，活得洒脱，活得快乐，活得长寿。

老安直起腰，放下手中的剪刀，拍了拍身上的灰尘，眼望站在一旁好像又陷入沉思的秦天明，她不惊不扰地独自转身回屋了。

院里的围墙上爬满绿藤，枝头上或花朵盛开，或花蕊含苞待放。一条黄狗静静地趴在一角不被惊扰地睡着觉，好像不是在看家护院，而是和主人在分享着这美好的午后时光。这时，秦天明走到黄狗的身前俯下身子摸了摸狗头，黄狗睁开眼睛看了一眼主人，算是打了招呼接着又闭上眼睛睡了。

秦天明闲庭信步，看看花草、看看飞过院子的小鸟，很是专注，也很惬意。他顺着围墙来到后院菜园，公鸡头冠鲜红峥嵘，全身羽毛发亮，像金银一般闪烁耀眼，雄赳赳，气昂昂在菜地里走来走去；母鸡带着一窝小鸡，在菜地里刨土，引导小雏鸡觅食虫蚁。见秦天明走进，它立刻张开双翅，让所有小鸡躲入翅膀下，不露一点踪迹。

秦天明给自己一个笑脸，他好似看懂了这群小生命不想被打扰的神情，知趣地转身在一阴凉处欣赏着眼前的一花一景。西下的阳光朗照小院，斑驳的光影随着微风跳动。

秦天明回到屋里，秦依然迎面从厨房里端出刚刚清洗好的茶具，放在客厅的茶几上。

秦依然问："在院里转一转很舒服吧？"

秦天明说："是啊，你不是告诉我人老了也要有自己的兴趣吗？不要因为自己老了就对什么都不感兴趣，每天就是吃饭、睡觉，每天站在门口盼望着儿女回来看自己。"

秦依然说："这就好，身心愉悦，这就是最真最美最快乐的养老，要坚持哦。"

这是生活中的一件平常事，做起来不难，可以日复一日，成为每一天例行的公事，不觉得厌倦烦琐；每一天做，都有新的领悟；而且每一天都自然做，没有功利，没有虚荣，没有表演，这会不会就是修行的本质？

秦天明说："只要不刮风下雨，我天天如此，午觉起来都到院里站一站，看一看，再转一转，回屋喝茶。来吧，想喝什么茶？"

秦依然说："当然是把您的好茶拿出来品一品。"

"普通茶。不过在我看来，茶都是树上的叶子，没有普通与珍贵之分，只有喝茶人的口味区别。我这茶也是原单位退休老同志送的，当然可以说是珍贵的。"秦天明从茶几抽屉里取出装茶的茶罐，拧开盖子闻了闻，"常喝茶，少生病。茶中的有效物质能抗菌、抗病毒、抗辐射等，还能提高免疫力，减少很多疾病的发生。"

秦依然说："常喝茶，心态好。茶中的营养物质可以有效缓解精神压力，少点精神压力，多点海阔天空。"

秦天明定格自己的行为看着秦依然。

"哈哈，我们两个人好像在给茶做广告。"秦依然心情怡悦地烧水沏茶，也自觉有点搞笑，"妈，快来喝茶。"

老安从房间里出来，与秦天明并排坐在秦依然的对面，一本正经地纠正道："姑娘，这叫品茶。"

秦依然回应："啊，安老师，这么高雅啊！"

老安说："优雅，优雅地品茶。品茶论道，谈天说地，广聚朋友。"

秦天明故意并略带一点挑衅的口吻说："我只听说，很多时候喝茶都是在聊怎么做生意，琢磨怎么赚钱。"

秦依然调和道："你们两个人的观点都正确。茶是越喝越清醒，思路越来越开阔。"

"对啊。"秦天明紧接着秦依然的话头，"自从我们来到小镇，几乎每天我们都喝下午茶。边喝茶边回忆，边喝茶边反思。"

"讲一讲感受。"秦依然看着秦天明和老安。

老安把目光转到秦天明身上，意思是由秦天明来满足秦依然的期待。

秦天明也不推辞地说："姑娘，是这样，退休了，过了一阵子，我感到人生好似拐了一个弯，拐弯之后，我才发现生命中不应该只有工作，还有生活，还有家庭，还有妻子孩子同样重要……你知道，退休以后，名利已经不重要了，真正重要的东西，是家人是健康是宁静是幸福，道理就那么简单，但只有退休以后才能体会得到。"

"深刻！"秦依然给秦天明续上茶水。

秦天明说："年轻时，如果有人提问你，上帝只能让你保有一样你认为生命中最心爱的东西，其他的都得舍掉，你也许是先把老婆或丈夫给舍掉，然后呢，咬咬牙，把酒也舍掉了，再然后，咬咬牙，把孩子也舍掉了，最后，剩下的就是事业，干出一番惊天动地的事业！确实是这样，好多人都会这样回答，为了理想！我也是这样。"

秦天明喝了一口茶，他讲得很认真，秦依然和老安听得很投入。

秦天明说："当然，你的投入和付出也会得到回报，财富、名誉、地位，作为一个男人或女人，该有的你都有了，但是失去的也很多，而且，退休以后，随着年龄越来越大，外面的世界对你来说越来越没有吸引力，注意力慢慢回到了自己的内心，回到了自己的生活。"

生活中，我们大都喜欢在寻常的日子里，按照自己的口味，或清爽，或苦涩，给自己泡一壶茶。但人生这道茶，却不容许我们随意冲泡，失了分寸，就会成为一生的苦茗。比如你把一片冰心掷入壶中，待到茶凉人散，又该何去何从？

阳光，因风雨的掩映而更加温暖；晨曦，因暗夜的交替而愈加珍贵；清茶，也因有人牵挂愈生温润。而我们也会明白，自己的人生终究要自己掌控。

周六、周日，是秦天明和老安夫妇期盼与家人聚会的日子，无论过去在城里居住，还是现在搬到小镇，他们坚守这个具有仪式感的习惯，在这个日子到来时，全家人聚在一起，吃饭、喝茶、聊家常，血浓于水的亲情以最通俗的形式得到最真诚的表达。只是在周日下午，家人离去以后，到了周一家里就只剩下老安和秦天明老两口，就显得有些清冷孤寂，好在小镇房宽有院子，好在女儿心怀惦念也总是给秦天明和老安制造惊喜，使他们的余生平添了别样的情趣。

一个周一的上午，老安正在收拾厨房，突然传来秦天明的招呼声。

秦天明招呼道："老安，你过来一下。"

"什么事啊？"老安应声从厨房里出来。

秦天明说："你来看看依然送我们什么好东西了！"

"不就是一幅画吗？油画？！"老安来到秦天明身旁，把目光投向秦天明手中刚打开包装的油画上。

秦天明说："你看依然这孩子都当妈了，生性还是那样调皮。"

"你不喜欢？"老安转向秦天明，一句看似不经意的明知故问，追逼着他无处隐身，他那饱经沧桑的脸上泛起一丝掩饰不住的羞涩。

"嘿嘿嘿，这幅画确实画得很美、很生动。"他低头看着手中提着的这幅油画，是法国画家布歇画的《躺在沙发上的奥达丽斯克》，画中之人是追求感官喜悦，渴望幸福甜美的裸体圣女，她口唇半张，趴在斜榻上，身边摆放了一些东方的丝绸珠宝等饰品，整幅画面在一种虚幻的异国情调中夸显着女性的激情，有着现世的体温，也有着现实的欲望。也许画家通过画笔对人类原始欲望的描绘，来满足现实生活中对欲望的幻想。

这是人类不可亵渎的本性，神圣但不神秘。尽管如此，秦天明也只在曾经的夜深人静中有了闲情，在那属于自己心底的秘密处追问，我们都是人类，但人类也是"动物"的一种，随着社会文明进程的推进，高度"规范化"的社会群体生活，让人们身上的"动物本能"受到婚姻和"道德"的束缚，即使难以承认，在现代社会中进入婚姻之后的双方，也会因为种种"牵绊"而减少，甚至缺失一种"合法"、合理的欲望陪伴。那么，人究竟应该如何爱？如何追寻婚姻中的"欲望"？

退休前，老安在学校给学生讲如何看待早恋、如何处理恋爱与婚姻的关系时，她带着自己的主观感受剖析自己，认为婚姻中的欲望，如果任由它的自然性、动物性、本能性、内心冲动性的释放激发，冲破自我而发泄，是一种性情完全自我的私欲，是对向往纯然美好的人性光芒的泯灭。只有婚姻才能约束欲望，约束爱情，才能让婚姻有了载体与实质内容，才会将性情私欲、爱情志趣融为一体。

秦天明退休了、老了，已经离开了繁华的城市住进了乡村，没有了灯红酒绿的诱惑，眼前万物皆平庸寻常。但这并不代表他清心寡欲了，不表明他已经吃惯了粗茶淡饭，不想知道玉粒金莼是怎样的佳肴美味。因为他是人，一个有着七情六欲的普通人。他爱老安，他们之间年轻时的欲望，不仅仅是为了繁衍，但现实是生下孩子待孩子长大后，受传统婚姻所赋予的"唯一"繁衍之责尽到了的思想所困，爱的"欲望"成为一种按部就班，甚至可有可无的"东西"，少了些期待和激情。

作为妻子，对于老安来说，她爱秦天明是她的天性，与秦天明结婚生子是她的本性，为此，她与秦天明在乡村这间属于他们夫妻俩专有的晾晒灵魂情感的卧室里，超越世俗民风地、大胆地将女儿送的这幅油画挂在床尾的墙上，营造一种情深浪漫的氛围，上演属于他们自己的生命活力。他们两个人的独处生活是安静甜美的。

一天中午，秦天明和老安正在吃午饭，放在茶几上的手机铃声响起，秦天明放下手中的筷子，回身拿起手机，接通电话。电话那一端传来"喂"声。

秦天明接电话："女儿，吃饭了吗？"

"我还没有说话，你怎么就知道是我？"电话听筒传来秦依然的声音。

秦天明说道："现在没有人给我打电话了。要是来电话就是你或你哥。"

听筒里秦依然说："不习惯吧？"

秦天明说："刚开始有点。不过现在我已喜欢上这里宁静的时光，你会觉得惊异，一切都那么安静，然后我听轻松的音乐，然后我会躺下思考。"

听筒里秦依然说："思考人生的价值。是什么让生活对您有价值？"

秦天明没有马上回答，停顿了一下，他说："有时候，我会觉得自己老了，时间到了，那也许是我情绪低落的某一天，我也会对你妈蛮不讲理。我会说一旦老了，不能干活了，不，我说我已经做不了任何贡献了，我净在花钱。"

听筒里秦依然说："有时情绪低落也是正常。"

"我不是一直这样，然后我会慢慢想通。嘿，事情就是这样，顺其自然吧。"话头挑起，秦天明接着说，"欢乐生活，早晨早早起床，吃早饭，看报纸，步行到村头巷尾散散步，遇到村民聊聊天。然后回家陪你妈做午饭。午后打个盹儿，客厅很安静，光线也很充足，我就躺在沙发上，睡醒了出门散步，或看书，或看电视，或听音乐。特别是看书，我愿意在晚上看。"

在这里的每一天，秦天明期待夕阳后的黄昏。在这个时候，尽管寂寥，但那简短的时光却真正属于自己，可以肆意地想自己的心事，待到夜幕降临，人已入睡，鸟雀无声，整个村庄沉沉入睡的时候，他打开床头灯，开始阅读。

刚退休的日子，秦天明是足不出户，少了应酬，多了闲暇。上班时想读一读书没有时间，现在终于可以静下心来，一偿夙愿。他喜欢在寻常的日子里，徜徉在一本书里，重读岁月的温润，在别人的故事里感动着自己。他态度鲜明地抵触现代人在手机上读书、看新闻的习惯。他认为这样容易让人迷失在手机里，忘了吃饭，忘了上学，耽误工作，影响休息。

朝看晨曦，沐浴夕阳，春来赏花，秋望水长。秦天明和老安来到小镇的日子就这样简洁明朗，生活就这样日复一日，分秒而过地如水流淌着，推动着岁月的变换流转。

在一个周三的午饭后，秦天明躺在沙发上，手交叉放在肚子上，聆听着虫鸟在盛夏的中午静静地呼吸。不一会儿，他平和、安静地打着盹儿睡着了。老安收拾好桌上的餐具，放到厨房后没有清洗就回到客厅顺手拿起一本书，静静地坐在一旁看着，还时不时地转头看看秦天明，害怕翻动书页的声音惊醒打盹儿的秦天明。

老安喜欢这种与自己相爱的人在一起独处度日，秦天明刚到小镇有些不适应。老安也很理解，因为这是人性使然。年幼时，我们害怕独处，黑夜到来时，我们总习惯待在父母的怀抱中；上学后，我们觉得独处是一种尴尬，下课时我们总会结伴上厕所、结伴吃饭。同学之间，总会炫耀自己有多少多少朋友，认识多少个外校的人，以显得我们不那么孤独。但是，人的本质就是孤独的。孤独是生命圆满的开始。在如今快节奏的生活中我们总是想着如何社交，而忘记了独处。社交可以体现一个人的外在价值，但独处能塑造一个人的内在价值。平庸的人，选择热闹来填补生命，优秀的人用独处来成就自己，实现生命的饱满。

在一个雨后的下午，秦天明走出院门，走上从村里、穿过田野通往山间的乡村小路。小路旁是一条相伴而流的小河，从山中蜿蜒流过村庄，河水悠悠缓慢地流淌着，没有波澜，整个村庄显得寂静、专心、安分，有一种让人慢下来的自在悠闲。秦天明逆流缓步而行，远处的山峦自北而南，蜿蜒起伏。山上的一片树林，虽不繁茂，但也树高林密。林间的湖中，汇集着山上岩石与峡谷间冲下的雨水。天未放晴，一阵风雨过后，空气中弥漫着各种植物释放出的原野乡土味道。

秦天明停下脚步，眼前是一片山野墓地。安葬在墓地中央的那一座坟，就是陈店主向他介绍的村里曾经的一位长者，活的时间非常长，99岁高龄去世。一辈子德高望重，村里人对他就像对神一样敬重，后来他去世了把他埋在墓地的中央位置，而且，他的坟比其他坟高大。

站在墓地前，雨后阴沉的天色，泛起了秦天明心底一种说不出的哀伤，仿佛那"清明时节雨纷纷，路上行人欲断魂"的情景呈现在他眼前。

他还记得在小的时候，每到清明节这个日子，父亲和母亲都要带他去给爷爷奶奶上坟，也就是在一次次的上坟中，知道了清明节与我们传统的以美好、团圆为核心的多数节日不一样，概括起来，清明节是既热闹又伤感，既相聚也面临离别，既活着也思考死亡。长辈们告诉他，不管长大后有多大出息、离家有多远，都不能忘了在清明节回乡扫墓祭祖。这个时候，父亲就会告诉他秦姓家族是什么年代迁移到这里来的，培养了多少有出息的人，做出了多大的贡献，产生了什么样的影响。年年如此，反反复复絮叨家族的陈年往事，他也没有觉得反感，总是听着，还表现得那样认真。

记得父亲对他说："人这一辈子啊，只有站在这里，才知道自己是从哪里来的，最后到哪里去。"

年少时不懂父亲说这句话时的肃穆和苍凉，待到明白了其中的事理时，自己早已漂泊异乡成了父亲，也成了游子。生命是一种轮回，我们的来处是父母，生命的延续是子女。祖祖辈辈，根源相系。一个家族再枝繁叶茂，扎向大地的根，却只有一处。

生者寻根，逝者归根。

今天的秦天明也老了，他想过退休以后回到自己的出生地，但是，回不去了！

其实，这世间的人，都是疲于奔命地行走在纵横的阡陌荒凉中，不知道最终根植何处，又将回归哪里。在生命的深处都渴望此生能够找到一处灵魂栖息的地方，在那里蓄养情感，安身立命。也许这里并不是故乡，看不到儿时纯朴天然的风景，但这里却胜似故乡。

秦天明离开墓地，漫步在山间，雨后的山岭寂静无人，地上长满厚茸茸的绿草，大地如同被穿上一层绿衣。他迈步在蒙蒙山雾里，心神清静，空灵迷幻中，仿佛踏入一段与树之灵魂相交的、前世与今生的缘。他驻足在如画的风景里眺望远方，想找回流失的记忆，就像他小的时候一样，每当雨后，他就会放下课本，独自一人走出家门，爬上山顶看山的干净与巍峨，看云的自然与洒脱。品味那份与天地同来、与日月同在的寂寞，这种寂寞丝毫不带尘世的烟火，不闻红尘的喧嚣，自得其乐。只是现在的他，耳边的潺潺溪流，好似一首清雅悠扬的古筝思乡曲，倾诉着游子对故乡的思念，秦天明对故乡的那份记忆，就这样在不经意间伴着悠扬的琴声，一点点地复活起来了。

秦天明年少时的故乡如今已经变了模样，但他那种对故土和亲人浓浓的思念和依恋没有变，只是人们常说：父母在，家就在，父母不在了，家也就不是故乡了。离开故土的他，只能默默地将对故乡的爱收藏在心底。但是，常常有欲说还休的离愁缠绕在异乡打拼的秦天明心坎，他每次在梦里，都会梦到母亲年轻时那乌黑的长发和空气中飘散着的他熟悉的发香。小时候，他时常依偎在母亲的怀中，听母亲讲河神的故事。对他来说，母亲就是那条小河，有着清澈的眼睛，有着丰盈的乳汁，有着对自己细水长流的爱。母爱如水，他如河旁的小草。从小到大，那条母亲河源源不断地滋润着他，陪伴他成长。乡愁，是一种难以言说的爱，是一种复杂的情感，是一种对故土和亲人浓浓的思念和依恋。远在城里的秦天明，为了所谓光宗耀祖的理想，不得不走进一座他不熟悉的城市，在那里上学读书，上班成家，饱受思念之苦。其实，他大学毕业后也没有非要立志在异地他乡干出一番轰轰烈烈的事业，或者在这座城市安营扎寨。因为在他心中，父亲也曾有在城里工作的机会，但是为了与爷爷奶奶团聚，尽到孝子的责任，他毅然放弃了这个机会，回家孝敬父母、养育儿女。

但是，为了自己想要的生活，秦天明却义无反顾地离开了故乡，离开了生养自己的父母，迷失在纵横交错的街道中，找不到回家的路。只是到了现在，在他退休来到小镇以后，这里像故乡一样的朴实仁厚如初，无须与外面的世界争宠，也不会为任何人改变初衷。在这里没有灯红酒绿的繁华，没有打马江湖的豪情，也没有阳春白雪的雅逸。有的就是一份与天地合一的朴实，一份不惊不扰的纯然。这片土地，令人敬畏，又平凡得让人感动。它怜惜自然，生活在这里，无须太多的岁月修为，也不必有丰富的人生阅历，只要有一颗感恩的心，守护自己的信仰，就不至于流离失所。

秦天明从山间回到院里，阳光一扫上山时的沉郁，蓝天如洗，万里无云。他没有忙着进屋，而是观赏着小院令他欣喜的景致，那开在院里的小花，独自优雅，那份香息一直弥漫在院子里，萦绕在秦天明身旁，让他忘了还有烦忧，还有薄凉。这时，老安从屋里取出一件长袖衣，披在秦天明身上，为他御寒。

秦天明自言自语地说道："我来不及认真地年轻，待明白过来时，只能选择认真地老去。"

"这是谁的名言？"老安站在秦天明一旁。

秦天明说："台湾作家三毛。"

"三毛爱旅游，喜欢行走，一路走来，有欢喜，有伤痛，也有落寞。只是她没有想开看透，以自杀的方式结束了她宝贵的生命。其实，在我看来人生有一抹暖阳，几缕清风，清洗心底的燥热与烦忧，给自己一方宁静的天空，在云淡风轻的时光里，可以喝一杯清茶，可以静静地阅读，可以想想那些逝去的美好，品味人生的甘苦，这是多么令人向往的美好生活啊！"

存一颗素心，淡看世事，淡看人生，心中便常存喜悦。在安静中，倾听内心的声音。

秦天明望着空中飞来飞去的小鸟，听着它们发出的欢声鸣唱，体悟着大自然生命激昂的魅力！他感到放弃俗世的繁华与奢靡，量体裁衣到乡村与妻子过着俭朴的生活，饮山泉水，吃农家菜，亲近大自然，这是他余生做出的明智选择。

第四章

劫后余生

转眼间，一年过去了，秦力和秦依然观察到他们的父母已经习惯了小镇的生活，他们也希望父母一直保持这种状态，就这样生活下去。

但是，假如再过几年，父母逐渐苍老，没有了往日的体力，种菜、喂鸡、养花、行走也都不便了，要让他们放弃城里工作来小镇伺候父母，老实讲不现实。他们的应急准备就是把父母再接回城里，由儿子或儿媳妇，女儿或女婿轮流护理。只是到那时他们的父母还愿意回到城里吗？这是一个待解的题目。

小镇客厅的双人沙发上，有好些时候在中午吃完饭后，秦天明就静静地躺在那儿，睡着了发出呼噜呼噜的呼吸声。其间，他会突然深吸一口气，仿佛盖子盖下来一样，鼾声停了，几秒钟后紧接着就是一声长长的吐气，被黏液阻挡的气管随着吐气被冲开，这个过程听起来好像有人在他胸腔里摇晃装在气管里的鹅卵石一样。但之后，就是悄无声息的寂静，直到一个新的循环重新开始。

生命就是在一呼一吸中显示它的存在。

但有的时候鼾声停的时间长了，坐在一旁看书的老安就会走过去，轻轻地推秦天明一把，鼾声再起，又进入了下一轮循环。

起初，老安对秦天明睡觉打鼾也有些不适应。一天晚上，秦天明鼾声大作，突然又停了，她急忙伸手用力地推了一把秦天明。

"啊，怎么啦？"醒来的秦天明睁大双眼，惊魂未定。

老安祭出危言："赶快去看医生，万一睡眠时停止呼吸，从此醒不来，那实在遗憾。"

秦天明云淡风轻地说："哪有因为打鼾看医生的，若真能睡死不是比病死更好吗？"

说得倒也轻松，但是，老安放心不下。为此，她还是到医院去咨询了一下医生。接待她的医生告诉她，随着年龄的增长，呼吸道肌肉张力减弱，因此，比较容易打鼾，或者睡眠终止。打鼾时，可以轻轻地推一下对方的肩膀，鼾声就停了。之后，老安就是这样按照医生教的方法，一以贯之地坚持下来。

一天凌晨，天还没亮，老安推醒了鼾声大作的秦天明。

"又打鼾了？还是在说梦话？"少顷，老安带着年少时的挑逗口吻，伸手打开床头柜上的台灯坐了起来，"梦见谁了？"

"梦里是你，床上是你，眼里还是你。"秦天明转过身，睁开惺忪的眼睛看着老安。

老安说："说梦话吧？"

秦天明说："听起来很浪漫吧，这就是事实。退休了，同事淡了，朋友慢慢远去了，孩子也不经常在身边了，余生可不就我们两人共度吗？"

老安说："又忧伤，又幸福啊！"

秦天明说："好好珍惜大好时光。天快亮了，反正也被你搅得睡不着了，起床，带你到附近的海边早市买海鲜。你去给我找一双运动鞋。"

"可能就放在门口的鞋柜里。"老安下床，出门打开鞋柜看了看，没有找到想要的鞋，接着回屋，"鞋柜里没有。我听村民讲海边海鲜市场离这里有十来公里远嘞！"

秦天明说："十来公里要我开车不就十来分钟的事。嘿，你要不多嘴告我的状，说我开快车被警察抓，依然也不会收我的车钥匙不让我开车。记住教训哦。"

　　老安说："看来在这里住没有车还真不方便。补偿一下，咱们找时间悄悄买一个电动车，这样你也可以带我到附近逛，今天选坐公交认认路。"

　　对于如今进入"花甲之年"的他们二位来说，在退休之后的生活里，每天清晨醒来最幸福的事情，就是把彼此打扮得精精神神，穿着得体地出门。

　　他们要去的地方，是距离小镇不到十公里的一个海边码头早市。这时，天幕缓缓拉开，从海岸望去，一艘艘渔船不时地鸣笛，向岸边驶来，渔船停稳后，船上的渔民从船上卸下捕捞的海产品，摆到早市的摊位开始贩卖。

　　满头白发的秦天明和老安紧紧牵着彼此的手，迈着稳健的步子走在热闹的早市购物人群中。老安轻轻扯了一下秦天明的衣角，两人一番商量后，终于在一个摊位前停下脚步。她俯下身子，蹲在一个装满海物的摊前一边翻看海物，一边与一位还未脱下防水打捞服的年轻摊主攀谈起来。"老板，大丰收啊，能挣多少钱？"老安问。

　　"五六千吧。阿姨，我现在还不是老板。"青年渔民微笑着。

　　秦天明说："将来就会是，先提前叫一叫。"

　　青年渔民乐呵呵地说："谢谢鼓励，那我就努力吧！"

　　老安说："你现在出一次海就能挣我一个月的退休工资，那一年下来不就是老板了吗？"

　　青年渔民："我们是风里来雨里去，很辛苦，有时遇到台风，还有生命危险嘞！"

　　"不过能当一个渔民也挺有意思的，你看这些海物多好看。"老安从装海物的袋子里拿起一条色彩斑斓的鱼，像看艺术品似的欣赏着。

　　秦天明接上话头："这么美，哪舍得下锅。"

　　老安说："真好看！"

　　"不用舍不得。我们渔民讲，今天人吃鱼，明天鱼吃人，公平。"青年渔民看着秦天明笑着说道。

　　"今天人吃鱼，明天鱼吃人。细想起来可不就是这个理。我很好奇，你这个年龄，是毕业了还是在校生？"秦天明问。

"去年毕业，学经济管理的，也为自己算了一笔经济账。如果毕业在城里找一份工作，一个月也就是三四千工资，我当渔民，出一次海就是五六千收入。现在攒一攒钱，积累一些经验，开一个公司，就像阿姨说的，我就可以自己当老板了。"

青年渔民满含自信。

"小伙子有理想，我们期待着。"秦天明点头赞许。

"看你们俩不像是本地人?!"青年渔民疑问。

"哦，这个啊我们是城里的，退休了在这里租了一个院子养老。"秦天明自我介绍。

"我们这里环境多美啊，有山有水，适合养老，等我有钱了，我就开一个养老院，把你们城里退休的老同志都吸引到这里来。"青年渔民说。

"有的聊！我就是到这里来退休养老的，你可以找我谈体会，方便你留我一个电话，我约你。今天就不耽误你的生意了。"秦天明好像发现了知音。

"好。这是我的电话。"青年渔民顺手递了一张名片给秦天明，"你们先采购，我找一辆车顺道带你们回村里。"

"不麻烦了，这里坐公交挺方便的，我们也没事，再逛一逛。"老安说。

"以后常住这儿了，你们可以买一台电动车，到海边看风景，说来就来，比坐公交方便。"青年渔民说。

"这个建议好！"秦天明高兴地说，"回去就买，对吧？"

秦天明牵上老安的手，离开眼前的摊位，走向下一个摊位，走着走着突然停下了脚步，两人抬头，四目相对。

"……"秦天明看着老安，老安寻思摇头。

老安说："我们为什么来？"

秦天明说："为什么来？"

老安说："我们不是来买海鲜的吗？"

秦天明说："对啊，买海鲜。"

老安说："那你怎么没买？"

秦天明说："对不起，我忘了。"

"我也忘了！"两人相视一笑，异口同声道。

老安说："那我们去买两条鱼，再买两斤虾，等周末孩子们回来做给他们吃。"

秦天明说："还是分头进行，你来计划周末吃的东西，我去买电动车。"

老安的微笑算是对秦天明的应答，然后，他们分头行动。

接近中午，秦天明从郊区集镇的一个销售电动车的店里推出一辆电动车，一名电动车销售员跟在身后。

"充一次电能骑多少公里？"秦天明问电动车销售员。

"骑个30公里没问题。平时电表指针指向黄色区域时，你就要注意充电了。这个车性能很好，终身免费保养，你放心骑。"电动车销售员说。

"好的，谢谢！"秦天明跨上车，启动骑出车店进入街道，汇入车流，骑往回家的路上。

小镇院里，老安站在鱼池边向鱼池里抛撒鱼食，鱼儿欢快游动抢食。这个鱼池是整修小院新建的。小院围栏爬满了牵牛花，盛开着不同颜色的花朵，地里也种上了几种不同的蔬菜，鸡舍敞开，几只鸡跟着黄狗来到院门口，老安以为秦天明回来了，她快步上前打开院门，探望无人，回身退步把院门关上进屋了。

这时，秦天明骑着新买的电动车，沿街而行，显得很是惬意。他骑到一个拐弯处时，被一辆突如其来的电动车撞倒。路过的骑车人、行人停下向躺在地面的秦天明围了过来，一名妇女伸手要去扶起秦天明。

有道是世事变化无常，当你沉静在某种妙不可言的喜悦中，却不知有悲伤的事情正在某一处悄悄将你等待。当你以为柳暗花明时，却不知转眼就是山穷水尽。正所谓：祸兮福所倚，福兮祸所伏。

"别动我！"秦天明不幸进入这样的情形中，一分钟前他满怀喜悦，不到一分钟就意外地被撞倒。

"是我撞的你,对不起。"撞车妇女一脸紧张。

秦天明怒视撞车妇女。围观人群中传来"要不要叫救护车""要不要报警"的讲话声。

秦天明伸了伸腿,动了动胳膊,试着慢慢地站了起来,他显示出的状态,看来没有受到重伤。

"前面有一个医院,我陪你去做一个检查吧。"撞车妇女迅速靠近秦天明。

秦天明扫了一眼撞车妇女身旁依偎着一名受到惊吓的小女孩,动了恻隐之心,情绪也稳定了下来,一下子变得温和起来。

"你看你车上还带了一孩子,骑车小心一点好不好。"秦天明又活动了一下身子,"没有什么大事,你带着孩子走吧。"

撞车妇女说:"那我给你留一个电话,如果有事就联系我,是我的责任,责任全在我。"

"有必要吗?"秦天明有点犹豫,因为他活动身子自如,尽管围观的人群中传出一句"有必要"的提醒,但他还是大度地做出谅解的选择,"你走吧,不用留电话。"

秦天明回家以后,起初想不说骑车被撞这件事,主要顾虑到如果孩子知道了连电动车也会不让他骑。但是,他还是告诉了老安,只是他没有料到老安又告诉儿子和女儿。虽然儿子和女儿考虑到这里外出的确存在交通不便而没有反对他继续骑电动车,但也给他提了具体的要求:不准骑快车,不准酒后骑车。这两个不准也是开汽车的规定,只是后面两条让他觉得受到限制,有点麻烦:一个就是不准单独骑车外出,骑车外出必须有老安同车。另一个就是一周要向女儿秦依然通报一次他日常的身体情况。现在,客厅里的老安拿着手机接听秦依然的电话。

"依然,我来回走信号也不好,你打座机吧。"老安收起手机走到放座机的茶几前,不一会儿,她听到电话铃声一响,拿起听筒接听电话,"你爸啊,他能吃能睡的,挺好的。"

"妈,血压计您会用吗?给爸测血压没有?"听筒传来秦依然的问话声。

"今天早上还测了。我看一下哦。"老安顺手拿起茶几上的一个小本，戴上老花镜，翻开小本，举起听筒与秦依然通话，"喂，依然啊，今天早上测的是高压135，低压82，平常也和这个差不多。"

听筒里传出秦依然讲话声："噢，不错。另外，吃饭也得按时，也可以少吃多餐，不能饱一顿，饥一顿，生活要有规律，养成好习惯。"

此时，厕所里传来秦天明呼喊老安的声音。

老安对着话筒说："好好好。你爸叫我，我一会儿再给你打电话。"

原来是秦天明发现自己小便带血，老安急忙放下电话进了卫生间走到便池旁，映入眼帘的是残留在池中的血水，凭她自己掌握的生活常识，觉得异常，便迅即分别告诉了城里的儿子和女儿。

秦力接到电话后，请假急匆匆地赶到秦依然家。

秦力问："怎么啦？"

"我刚和妈通了一个电话，妈说爸尿中有血，血把尿都染红了，听声音还有点急，所以我叫你来商量一下，要不去一趟小镇看一下情况。"秦依然说。

"会是什么情况呢？"秦力心里犯嘀咕。

"谁知道，妈说得也不清楚，我心里也不踏实，你要抽不出时间我先过去看一下。今天我倒休，我有时间。"秦依然说。

"我刚开完会，工作也布置了，向领导请了假，一起去，坐我的车。"秦力突然显得有些紧张，他急切地拿起放在沙发上的公文包转身出门。而秦依然就显得平静得多，可能与她当医生的职业有关。她拉上门，确认门锁已经关好后，跟着秦力上车出发了。

车流、人流，这喧嚣的城市，人头攒动，人声鼎沸。

秦力驾车驶过繁华的街区，进入通往小镇的公路上。他从车的后视镜里，看到后排座脸上有几分疲惫的秦依然，关切地说："昨晚在医院值夜班了吧？要困就打一盹儿，小睡一会儿。"

"哪睡得着觉啊。满脑子的官司，给孩子请保姆，单位评职称，爸妈又要经营自己的美丽家园。"秦依然很无奈，叹了一口气。

秦力说："要我说这些都是大事。单位评职称我帮不上忙，不过我觉得现在评职称还是比较公平的。"

秦依然说："公平是公平。名额有限，竞争激烈啊。"

秦力说："给小快乐请保姆这事，你要忙不过来，你嫂子小刘可以帮忙。"

秦依然说："不用。我到保姆市场看了几个，也算是面试吧，其中一个还不错。"

秦力说："至于老爸老妈经营美丽家园，我开始也不太理解，你看农村人一个劲地往城里挤，你是城里人还跑到农村，难道农村条件比城里好？去了一趟，实地看了看，才觉得他们的选择是对的。退休了，城里没有你的事了，孤独。到农村呢，环境优美，适合养生，想干事有的是事可干，比如种花种草，种粮种菜，养鸡养畜，等等，都很有意思嘛。"

"嘿，你讲得还很深刻，那我倒要问你，看病呢？"秦依然突然抬起身子，手扶驾驶座的后背，贴近秦力追问道。

"争取不病嘛。"秦力驾车盯着前方，说话口气听起来有点故意而为。

秦依然说："这话从你口中说出，我很意外。"

秦力说："怎么讲？"

秦依然说："这本来是不可能的事，你认为可能，要么无知，要么故意。"

秦力说："不是说一切皆有可能吗？"

秦依然说："你是学工科的，在你工作的领域，也许一切皆有可能。我是一名普通的医务工作者，在医学方面我们有一个共识，那就是人生有三个不可抗拒：衰老、患病和死亡。所以，先辈们昭示我们，与衰老做情人，与患病做邻居，与死亡做朋友。"

秦力说："那我就不明白了，为什么人们还要花费那么多的钱保健美容，看病吃药？！"

秦依然说："人说整容美容唤不回青春，看病吃药只是治愈了病，不是治好了病就不得病，别忘了只有死亡才能给衰老和患病画上句号。"

"这是医学，关系到医疗。深刻！"秦力是由衷地认可。

"其实，大家也都明白衰老、患病和死亡是事实，但还是要花钱，甚至倾家荡产地整容美容、看病治疗，就是为了满足心中的那个愿望。"秦依然感到秦力接受了她的观点，心里得到了满足，"爸妈决定来郊区生活，我开始不太接受，但又不好直接反对，他们要按自己的愿望生活。但是，这个年龄段容易得病，一旦有病了，要挤出时间带他们看病，也不是那么容易的。正好这次你也来了，利用这个时间带爸到医院做个检查。"

这是秦依然的意见，她对秦力说要利用这个时间，给秦天明查一查体，其实准确的表达是，她要利用秦天明尿中有血的症状，借势连哄带吓地让秦天明去医院查体。因为过去她为秦天明专门安排过查体的时间和专业的体检医院，而且秦天明原单位每年也组织体检，但他总是以自己身体基础好为借口逃避了。这次她要顺势而为，抓紧时间落实。

"有啥好检查的?!"秦天明坚持说道。

"没啥好检查那告诉我们干什么?"秦依然态度明确。

秦天明说："我只是让你妈看一看。我过去从来都没有过尿中带血的情况。可能是有炎症，多喝水自然就好了。"

秦天明俨然是一名医生，自己给自己下诊断结论。当然，他不愿意到医院做检查，还有一个原因是嫌麻烦，他心里想自己从来就不关注看病吃药的事，医疗卡也没有用过，看病吃药那是别人的事情，与自己无关，以为岁月可期，来日方长，以为活着就是一种常态，身体基础好就不会出问题。但是，人生苦短，随着岁月的流逝，人老了，生命那不堪一击的脆弱便表现出来。

"那是过去，您现在什么岁数了？去吧，为了安全起见，去医院检查一下。我的爸爸，查查体有那么难吗?"秦依然口气柔和，有点哄的语态。

"你就是医生的思维，太敏感，过度反应。"秦天明一时还没有接受秦依然的建议，他认为趋利避害是所有人最根深蒂固的一个思维习惯。脱离痛苦、寻求解脱，只要一感到不舒服马上就寻找慰藉，住院找医生，不给自己留一点时间去认知和体验，不给身体留点机会实现自我疗愈，天热要开冷气，天冷要烧暖气，风吹日晒很辛苦，出门要坐汽车。就这样忙个不停地找舒适的生活，我们不但错过体验四季的乐趣，而且身体变得越来越脆弱，越来越容易受伤害。"偶尔尿中有点血丝，到药店买点消炎药吃一吃不就好了吗？"秦天明说。

"我当然愿意是这样的一种情况，但事实会是什么样的结果，您是想象，而我也说不清楚，只好去医院，我给您挂了一个专家号。"秦依然看似征求意见，其实已经给他做好了安排。

"不去不行啊？"秦天明想得到一旁的老安和秦力的支持，但他们和秦依然的态度是一样的。

老安劝道："去吧！"

秦天明虽说还不是那么情愿，但毕竟命重要，身体健康重要，人到老年要服气，要服老，老了就不能用年轻时的感受估价老了以后的身体，老了以后会逐渐感到，一个人的生老病死，就是一种生活常态。生命也如同自然界的四季一样，有春夏秋冬，有四季变换，这是自然界中万物的规律。所以，虽然是父亲，是一家之长，可以倚老卖老，但他更知道讲理，他坚持少数服从多数的原则听从安排。

秦天明到了医院就是一名普通的患者，他安静地坐在医院门诊室候诊区的一条长椅上排队等候就诊。在他前面，一位高龄老人，独自就诊。老人拄着拐杖，颤颤巍巍地走进医生办公室，吃力地在医生对面的患者就诊椅上坐下，他的手不停地颤抖着。

医生和老人交流病情，老人听不清楚，也听不明白。医生重复几次之后，实在没办法，只好把目光投向等候就诊的患者问有没有其他人陪同。老人眼神闪烁，时不时看一眼后面排队的人，他的表情好像还是没有听懂医生说的是什么，医生把开好的处方笺递给老人，老人起身走出医生办公室。

老人就诊这一幕秦天明尽收眼底，他专注地目送老人离去的背影，以至于没有听到医生呼叫他的名字，在秦依然的提醒下，他才回过神来，走进医生办公室，接受医生的诊断。

"你们是?"医生问站在一旁的老安和秦依然。

秦天明赶忙解释："这是我的爱人，那是我的女儿。"

"我现在给他检查，请你们保持安静。"医生说。

"好的。"老安、秦依然异口同声。

"身体有什么特别的情况吗?"医生问秦天明。

秦天明回答道："尿血。之前都很好，一夜一次，有时一觉天亮。"

医生问："夫妻生活，平常有吗?"

"嘿嘿，有。"秦天明有点难为情地笑着，赶忙转移话题，"老伴好，儿子女儿好，我自己做饭，自己打扫卫生。"

医生说："来，躺上去，脱掉鞋。"

秦天明听从医生的指令躺在检查床上，老安屈身帮秦天明脱掉脚上的鞋子。医生开始检查他的眼睛、耳朵等部位，用听诊器听他的心脏和肺部的声音。

秦天明伸出手，一双健康的手。

在寻诊问诊过程中，医生需要做出判断，在众多的现象中找寻异常，然后做出诊断。

"情况不错，思维敏捷，心跳有力。"医生给出初步诊断意见，"问题是你的危险在于能不能维持目前的状况。尿血是一个问题，需要进一步检查。"

医生让秦天明张开嘴，伸出舌头。

"你没有明显的肌肉乏力，很好。我观察你从椅子上站起来的时候，发现没有用手臂支撑自己，你一下就站起来了，这是肌肉力量良好的表征。"医生的口吻从严肃一下子变得轻松。

"谢谢大夫!"秦天明舒了一口气，一旁的老安解除了紧张的担忧，秦依然还是一脸的平静。

"好了，你起来吧。"医生回到自己的座位，对秦天明说，"偶尔的尿中带血，尿频尿急，或是尿不出尿，或前列腺肥大这些症状都是正常的，也是常见的老年病。"

"大夫，你说得很对！我就说在家吃点消炎药，别来给医院添麻烦。"秦天明带点附和。

"医生给患者治病是使命，医生的工作是维护病人的生命质量。这里包含两层意思，尽可能免除疾病的困扰，以及维持足够的活力去积极生活。大多数医生只治疗疾病，以为其他事情会自己解决。还有衰老，衰老是我们的宿命，生命到了这个时候也容易患病，会提示我们死亡总有一天会降临。"医生一边整理桌上的听诊器，一边写诊断意见，"其实，死亡都是稀松平常的事，随时都有可能发生。不管是60岁还是70岁，每一天都在碰运气。比如突发心脏病，就此撒手人寰。但是，衰老伴随而来的老年病或者衰老虽然早晚会来袭，就像日落一样无可避免，但它有一个过程，我们可以在这个过程中通过适当的锻炼和保养来推迟它的到来，延缓它的进程。"

秦天明像学生听老师讲课，端正地坐着，安静地听着。

医生说："衰老是每个人的必经之路，一个人不管他多有钱、地位多高，也不能抵抗岁月的侵蚀，必定走向衰老。特别是男性朋友，身体在衰老的过程中会向我们发出明确的信号。对于身体给我们的衰老信号，切不可忽视，要懂得接收身体的信号，并通过合理的调养来延缓机体的衰老。有些信号就得来医院进行专业的解读，然后对症治疗。"

医生放下手中的笔，将一页诊断意见书递给秦天明。

秦天明看了诊断意见书后，触电般地抬起头来，紧盯着对面的医生。

秦依然上前从秦天明手中抽过诊断意见书看了看，平静地对秦天明说："别紧张，按医生意见住院检查。"

"早发现，早诊断，早治疗，对你对家庭都有好处。我的诊断结论是你再做几项基础性检查后，办理住院，做进一步的检查或治疗。"医生嘱咐以后，接着呼叫下一名患者就诊。

"我印象中医生说没有什么大的问题。"秦天明有点自言自语地在老安和秦依然的陪同下走出医生诊室，他转头问秦依然，"如果住院，会出现什么情况？医生会怎么处理？"

心有不安和焦虑的秦天明与刚来时的样子形成反差，他望着秦依然的情景不像是父亲，倒像学生请教老师，口吻变得这般谦恭温和。

秦依然说："没有大问题不是说没有问题，要真是膀胱有问题，那就手术呗。西医就是动刀子。"

秦依然作为医生，要是面对一名不认识的普通患者，也许就直截了当地说"癌症"或"肿瘤"，这是医生的坦诚。但是，面前的是她的父亲，而且她现在也不是医生身份，是父亲的女儿，在谈癌色变的现代社会，她变换一种语境温柔地安慰父亲，这传递的是亲情，是关爱和希望。

但愿天下所有的医生，都能把患者当亲人！

秦天明说："我们单位一名退休老同志，今年也有七十好几了吧。在我退休前他有一次去单位顺便到我办公室聊天说，有一段时间，他总是尿频尿急。他说白天还可以应付，晚上一般来说要起夜五六次，严重影响了他的睡眠。"

秦依然问："后来怎么样？"

秦天明说："他住院系统地检查一次，就想做一个手术彻底解决这个问题。等到他做完相关的检查后，泌尿外科医生给出最终的诊断是，前列腺肥大引起了排尿障碍。医生建议不用手术，只要用一些药就会得到改善。"

秦依然说："老年男性出现前列腺肥大是常见的症状，未必都要手术。只要患者口服药物后，症状就可以明显改善。特别是那些良性的前列腺增生患者，其实就是器官老化了，诊断正确后每天睡觉前吃一片药，就能将夜尿次数降到一夜两次，不影响生活。症状轻微的话就把它当作正常的衰老，与症状和平共处；如果出现严重的问题，还是要找医生采取相应的治疗。别把衰老当病治，但也不能把所有的病都当作衰老，关键要看程度。"

秦依然顺着话题，专业且平和地向秦天明介绍人进入老年后的一些常规体检指标，她说有些指标"超"标，没准儿有好处。人到老年，器官功能退化，很多健康参考指标也应该有所变化。秦依然以高血压为例，对秦天明说，以前的标准认为，一个人的血压超过120/80毫米汞柱就是血压偏高。但是老年人是不是要按照年轻人的标准呢？最新共识认为，高龄老年人，比如80岁左右老年人，高压不超过160毫米汞柱、低压不超过100毫米汞柱都属于合理范围，用了降压药后，会适得其反。70岁左右的老年人，高压不超过150毫米汞柱、低压不超过90毫米汞柱就没有问题。长期的研究和临床观察发现，血压低给老年人造成的问题比血压高要多。比如：有的老年人血压低了可能会突然摔倒，进而带来一系列的健康隐患。

"那我还需要住院吗？我也没有感到哪里不舒服啊？"秦天明听了秦依然的介绍，有些不安的心稳定了下来。

"到医院了，按医嘱办吧。其他几项的检查结果，我看了也都建议住院检查治疗。您就当是一次体检，把住院当成老年健康风险排查。"秦依然伸手由上至下地轻抚秦天明的后背，"听医生的，还是听您的？当然听医生的啰。"

在门诊时，医生是这样告诉秦天明的：我们的身体是个强大且复杂的生态系统，它有着任何药物所不能代替的超强自愈能力，身体自带的免疫力可以抵抗绝大多数的病菌。我们的身体机制就是无比聪明智慧的感应系统，它可以第一时间感知我们身体细胞的不适感。并且它有着专门的语言，会第一时间提示我们该注意休息保养了。但很多时候，我们总是忽略身体给我们发出的信号。总是认为这是大惊小怪，靠自己的意志力完全可以抵抗过去。殊不知这样做，很多时候会把小病拖成了大病，把大病拖成了绝症，最后留给自己的只有无尽的悔恨。

虽然他离开了医生办公室，但医生的这一席话仍然在他耳边回响。

"那……"秦天明问秦依然。

秦依然说："没有那，听医生的。已经快两点了，哥你带爸吃饭，顺便也给妈和我带回来一份，妈跟我去办住院手续，看今天能不能安排住进去。"

秦天明已经没有了刚才的自信，他像小孩一般紧跟在秦力身后，回头看到的是秦依然带着老安往另一个方向走去的背影。

医院综合大厅人头攒动。秦依然和老安排在缴费口队伍的中央。这时，在门诊看病的那位80多岁老年患者站在缴费窗口，收费员不耐烦地甩出一张50元的现金，只听其抱怨道："需要96.5元，你给我50元干什么？"

老人不明白对方说什么，排在他后面的人告诉老人后，他颤抖的手慢慢地打开钱包拉链，取出100元纸币递向收费员，然后接过收费员找回的零钱装进钱包，颤悠悠地转身离开队伍……

秦依然收回凝视的目光，紧攥着手中的缴费单，生怕丢了似的。老安站在她的一旁，在包里找东西。

秦依然说："您又忘带什么东西了吗？爸的身份证在我手里。"

老安从包里拿出了一张银行卡递给秦依然，秦依然没有接。

老安说："这卡给你，我们有公费医疗，可以报销。从这卡上付押金吧。"

秦依然说："得，您收起来吧，我哥把他的工资卡给我了。"

"你爸说不花你们的钱，我们有。"老安说得很有底气。

"有多少？"秦依然把头靠向老安，老安与她轻声耳语。

秦依然说："就这一点家产，留着等爸住院时您给他买点他喜欢吃的。"

"也不知道你哥带你爸找到吃饭的地方没有？"老安不安地说，"都快1点了，不知道他们吃上饭没有？"

秦依然安慰老安："妈，放心吧，有我哥带着他，还能吃不上饭？"

这时已是中午时分，秦力带秦天明吃饭的地方，是一家紧挨医院的普通饭店，来这里就餐的人群里，有的穿着病号服，有的手里端着盛饭的碗或专用的饭盒。因为吃饭人多，秦力发现一张靠窗的小桌正在翻台收拾，他迅即过去安顿秦天明坐下。

秦天明接过服务员递来的菜谱翻了翻，然后转手给了秦力。

秦力说："爸您想吃什么，我来点吧。"

秦天明说："都是什么口味？"

秦力说："普通家常菜，是东北风味的，茄子炖土豆，地三鲜，大葱蘸酱都有。"

秦天明说："来一个茄子炖土豆，一个大葱蘸酱，再来一碗炸酱面，我就这些。"

秦力说："正在饭点上，换一个口味。来一条红烧黄鱼，一个炒虾仁，一个烩炒圆白菜，一个大丰收，两碗米饭，再来一份汤？"

"汤就不要了。"秦天明牵挂着老安和秦依然，"那你妈和你妹她们吃什么？"

"单点给她们打包。来，服务员，点菜，再给我们沏一壶花茶。"秦力把菜单递给服务员，又给秦天明倒了一杯白开水，"先喝着，等茶泡好再换。一上午了，也没有喝水，您是不是有点紧张？被依然吓的吧？"

秦天明说："她倒没吓我。你爸我今年60多岁，之前还没有住过院，今天说要住院，确实有点紧张，心里犯嘀咕，我怎么啦，真的老了？"

秦力说："别那么伤感，现在75岁以后才是老年。我相信您的身体没有问题，即使是有点小毛病，像您这样的身体底子一扛就过去了。再说了医院的医生就是守护神，一切都会好的。"

不一会儿，服务员就往桌上端菜了，秦力给秦天明身前的菜碟里夹了一块鱼招呼他吃。只是秦天明平淡的日子终结于在家的一天早晨的一次小便，自己发现尿中有血，他首先告诉了老安，老安又告诉了女儿，然后就这样来医院门诊，再然后医生建议他住院检查，如果有空着的住院病床，之后他就得住进医院，至于会有怎样的结果，眼下还说不清楚。就像他秦天明以为自己退休以后就可以自由自在地安排自己的生活，但是，命运的随机出牌，他预感突然的患病住院，那自由自在的向往就像海滩上垒起的沙堡，转眼间潮水一来立刻被冲垮。

退休作为另一段人生的开局，实在让秦天明觉得有些不尽如人意，可现实既然已经如此，又能怎样呢？只能接受！因为事实是前几十年的辛苦工作，早就埋下了健康隐患。加之进入老年后，由于身体机能减退，人就变得脆弱，容易生病。

今天，是秦天明住进医院的第一天。上午，一名医生领着几名助手及护士来到秦天明病房的床前。这是一间普通的病房，依次并排放置了三张病床。

"你叫秦天明?"一名护士弯腰查对三床中间床头的卡片。

"是。"坐在床上的秦天明点头应答。

护士问:"今年62岁?"

秦天明答:"对。"

护士查验信息后往后习惯性地退了一步,一名男性医生往前挪了一下步子。

"我是你的主治医生,平时有什么事可以找我和值班医生,医生值班室紧挨护士站,离这个病房不远。"靠前站立的医生向秦天明示意胸前的工卡,"我姓王,你可以叫我王大夫。"

秦天明说:"谢谢,王大夫。"

"给你们添麻烦了。"一旁的秦力接上话题。

"不客气,这是我们应该做的。你们是家属?"王大夫扫视一旁的秦依然、老安问道。

"这是我儿子、女儿,这是我老伴。"秦天明介绍道。

"好。"王大夫接着仔细地询问了秦天明一天的生活,秦天明一一作答。

"我通常5点或者6点醒来,好像已经不需要太多的睡眠了。在感觉良好的情况下,会洗澡,穿衣服,吃药,喂狗,吃早餐,上午养花,种菜,吃午饭,打盹儿半小时,下午是看书,散步,吃晚饭,看电视,听音乐,然后睡觉。"停顿了一下,秦天明又接着说道,"我还坚持每天晨练一小时。"

"有时买菜,还亲自动手做饭。"老安补充说。

"挺好的嘛。"王大夫微笑地说。

"你看我吃得下,睡得着,好好的,还住什么院啊?"

秦天明表现出几分自信。

"医院不仅管睡得着,重要的还管醒得来。"王大夫告诉秦天明,有些人一生病,就忧心忡忡,无法安心治疗,结果越病越重。但有些人生病后接受现实,积极配合医生治疗,于是病情控制得好,哪怕是绝症也能长寿。秦天明听后获得了一个启示，生命对未来最大的奢侈，就是珍惜现在。现在的每一天，就是未来时光中最好的一天，是往后生命中身体最健康的一天。

王大夫对秦天明说道："你安心住院，接下来我尽快给你安排检查，我们走了。"

房内的人在与王大夫一行打招呼道再见，唯独秦天明的心思还停留在王大夫说的睡得着和醒得来的揣摩中，他自言自语地说出声来："睡得着，因为放得下，醒得来呢，要健康。有道理，这王大夫挺有水平的。"

同房的病友听到秦天明的感叹，病友甲赞同道："这个王大夫对病人挺负责的，对我们的态度也好。"

"你们是通过介绍认识的？"秦天明询问住在他左右的两位病友。

"没有人介绍。我是前后住了三次院，三次他都是我的主治医生。"病友甲说。

"我是第一次到这个医院住院，听说他医术好我就挂了他的号，然后就住进了这个科。"病友乙说。

"爸，你看大家都信任他，你放心了吧？"秦依然抚慰秦天明。

"我放心，我命大福大，我还有好多事要做，我还有好多福要享受的。"秦天明神清爽朗。

秦依然说："我和哥就得走了。晚上我回医院值班，哥回单位加班，我明天下午来。"

秦天明庆幸自己既有爱自己的妻子，又有自己爱的儿女侍奉。他愉快地起身下床，与老安一起把秦力和秦依然送走，病友甲、病友乙把羡慕的目光投向他俩。

"路上开车慢一点，到家发一条信息。"老安嘱咐儿女。

"爸，那我们走啦！"秦依然亲昵地说道。

"我没事，你们走吧，有你妈在这儿就行。"秦天明送儿女走出房门。

"儿子是工科博士，在研究所搞科研，女儿是医生。他们都忙，平时我们也不常见，这是老秦病了他们才请假的。"老安回身介绍道。

　　病友甲说："他们这一代人，一方面工作竞争压力大，不努力就下岗。另一方面养老养小，负担重，小孩上学学费贵，有的都上不起学，如果再有家里老人病了，病也看不起，像我这次住院，好在公费报销一点，要不病了就是等死。"

　　"我是黑龙江的。我们那里前几年开矿还可以，这几年开矿受限制了，一大批人没有工作吃低保，我们两口子都是低保户，这次看病住院的钱都是借的。"病友乙把目光投向秦天明，"你得的什么病？"

　　"怀疑膀胱有问题，待查。"秦天明背靠床头坐在床上，从他的精气神上看，他的确不像是有病住院，倒是像一位健康的人外出旅游住的是宾馆。

　　这次秦天明患病住院，将老安全天候的伺候和孩子不分昼夜的探视打包在一个空间之内。突然间，家庭角色被急剧放大。对于秦天明和他的这个家庭而言，这是前所未有的经历。他在年轻时总认为未来很遥远，总自信地念叨着儿女将来能够照顾年迈的自己，总感到妻子也能够陪伴自己，特别在自己需要的时候。今天真到了这一步，生活的确也没有欺骗他，妻子儿女都在为他治病忙前跑后。但是，病在自己身上，恢复健康还是需要靠自己。人老之后，尤其是病了，自己不能做身体的主，免不了需要有一个或两个侍奉的人。他感到有老安做伴，这是他今生今世最大的福气，即便年轻的时候吵吵闹闹，但此刻，老伴的手好温暖，眼睛好漂亮。曾经的吵吵闹闹现在想来自己都后悔了。眼下即便是面对生老病死他都不会害怕了，因为有老伴的温暖，有老伴的安慰，有老伴的陪伴，他就能走出生命的黑暗，迎来人生的曙光。

　　住院的第三天，秦天明来到他的主治医生王大夫面前，英雄般地挺直身子，听从王大夫的宣告：检查结果，膀胱出了问题，不幸的是膀胱癌，是癌症中的一种。

　　秦天明一听愣住了，还没有等他回过神来，王大夫补充道："幸运的是早期，治愈的概率高。"

　　秦天明如释重负地舒了一口气，脸上有了微笑，看来检查结果没有击垮他。在医生办公室里没有出现人在受到惊吓时，被残忍撕扯下常规面具以后，赤裸裸地暴露出灵魂的惊恐与求生的场面。

不经意间，身体强壮的秦天明，竟然成了癌症患者。这也许就是秦天明人生的分水岭。生命的有限性这个沉重话题陡然地摆在他面前，让他直面"死亡"这个生而为人的最根本焦虑和恐惧。

"你到底活得怎样？"

"你还想怎么活？"

这原本或是在生命的某些瞬间才会进行的灵魂拷问被提了出来。既然死亡恐惧的影响如此之大，那么如何才能够规避恐惧？

"死亡恐惧是回避不了的。"王大夫告诉他，"人只能带着这个恐惧，更充分地活，活出你的意义和价值，活出你的欢笑和泪水。"

医生就是医生，与患者为伍，同死亡战斗，经历的次数多了，也就看清看淡了死亡。但是，患者不同，患者与死亡之间的战斗是直接的，面对面的，而医生只是患者的助手，所以，当人生遭遇不测，身体患病遇到磨难，生命走入低谷，没有任何人能将你从生命的泥潭中拉出，唯一能够依靠的人只有自己。

"你自己还有什么意见？"王大夫问秦天明。

"我是战士，癌症是我的敌人，我们势不两立，我要战胜癌症，希望你帮助我。"秦天明说得很坚决。

王大夫问："那么你同意采取手术切除的方法，动刀子彻底解决？"

秦天明答："我同意。"

王大夫问："还征求家人意见吗？"

秦天明答："我自己为自己做主。"

"好啊，那我们就为你手术做准备，请你不用担心。"王大夫回应了他的意见。

做手术的这天，女儿秦依然不顾秦天明的反对请假陪他。术前等候区，老安和秦依然站在秦天明躺着的担架推车旁，秦依然的手轻抚秦天明被床单盖住的肩膀："爸爸，您别担心，我有预感，您这个手术一定会成功，相信我，我的预感一向都是很灵的！"

秦天明说："我一点都不害怕，手术不成功，你就守着我呗。"

秦依然说："好，我给您买个轮椅，天天推着您出去玩！"

听这么轻松的一说，秦天明也一下子解除了压力。所以，手术前，医生都希望患者有亲人陪同，有亲人在身边的感觉，可以最大限度缓解病人的紧张和忐忑。

秦天明可以说是在与家人和护士的说笑声中被推进手术室的。正如秦依然的预期，秦天明的手术是成功的，整个手术用时不到三小时，在推进手术室时有说有笑的秦天明，在术后大脑意识逐渐恢复清醒中被推了出来，然后回到了病房。

秦依然发现秦天明嘴唇接连动了动，她用一个小碗倒了一些水，然后找了一根棉签在碗里浸湿后小心翼翼地抹在秦天明嘴唇上。

"没事吧？"老安轻声问。

"术后口渴，想喝水，"秦依然放下手中的碗退后了一步，又招呼老安靠近她，"妈，您不用担心。我爸得的这种癌恶性程度低，早期发现，今天又及时手术祛除了病灶，要说麻烦就是后期治疗性恢复，要定期做膀胱的冲洗。"

"冲洗操作复杂吗？有没有副作用？"秦力追问。

秦依然说："不复杂，只要会，在家做都行。"

秦力说："那等爸出院后做冲洗，可以请你们医院的同事，把他接到家，这样就省得来回到医院，来一趟医院实在是太费劲了。"

秦依然说："也是一种解决办法。不过抽空我也可以到我们院泌尿科学一学，冲洗没有什么技术难度，容易学，相信我一学就能会，学会了我亲自来给爸做冲洗。"

老安说："允许吗？"

"在我的印象中，没有明确规定，我倒是担心爸能不能接受我给他做。"秦依然看着老安。

老安说:"你爸年轻时也没有住过院,也没有躺在别人面前一丝不挂过。为了治病,我看他会配合吧。"

秦依然说:"要是这样,那就省事了。"

住院的日子,秦天明如同一只关在笼子的鸟,每天等待主人喂食,有时他会焦躁不安地下床在屋里踱来踱去,有时他会停下脚步看着窗外辽阔无边的天空,好像要插上翅膀展翅飞翔,又发觉自己的一双翅膀好像被捆住了。他渴望行动自由,每一天都孤独地远眺窗外,希望有人经过,心生悲悯帮他逃生。

术后几天他感觉身体恢复得不错,伤口不疼了,精神头也足够了,他不需要像刚手术后的两天静躺在床上,现在可以下地自由地活动,他几乎忘了自己是一个病人,时刻想着如何才能脱离住院的束缚,早日出院还他往日的自由逍遥。

"自由啦!"秦天明脱口而出的这句话,表达了他此时心中的渴望和对邻床病友即将出院的羡慕。他转眼看到病友乙床边收拾好的行李包,带点玩笑似的说,自以为对方会做出回应,但病友乙孤零零地睁大眼睛凝视着房顶无言以对,他狐疑地起身下床走过去,关切地问:"怎么啦?不是准备出院了吗?"

"你认为我还有救吗?"病友乙眼里盈满泪水,发出的声音有些颤抖。

秦天明面对眼前的情景,有点不知所措。

病友乙说:"对,我要出院了。"

"出院不是自由了吗?"秦天明又突生疑问,"哎,不对啊,医生不是说这两天给你安排手术吗?"

"肝癌,已经晚期了,他也没有钱交手术押金。"病友甲凑到秦天明耳边轻声说。

"怎么不早说呢?那么远来了,医院也住进来了,不就为了治病吗?钱不够我们先给你凑一凑,做了手术再想办法。"秦天明劝慰道。

"哪儿还有什么办法。"病友乙一脸的绝望。

"办法总会有的嘛。你看我，为了这次住院手术，我把手里的股票套现出来交住院费，而且，我这只股票正在往上涨嘞。钱算什么，命还是重要的。"病友甲说。

"这些我都知道，我也想好好活着，在我当初刚查出肝癌时我四处求医，花掉了我所有的钱，我爱人因为照顾我也提前办了退休。为了给这次住院凑手术费，我又厚着脸皮借钱，你们也知道钱也不是那么好借的，亲戚朋友该借的已经借过了，再找人家借自己都没法开口。唉。"病友乙发出一声绝望的叹息。

病房气氛沉闷，大家面面相觑。因为他们三人都是癌症患者，他们要进行自我的审视，人生但凡陷入这样的困境，一开始往往把更多的关注点聚焦在死亡上面。对于死亡这个话题，人们向来又讳莫如深，不愿意去触碰，连想都不愿意想，更不要说去准备。但死亡不像考试，可以让你复习；不像结婚，可以让你先谈场恋爱。死亡总是猝不及防。当我们面临死亡的时候，在情感回归与自我价值回归中，重新回看生活时，慢慢地明白只有体验过死，才能更好地生。

"医生告诉我，我的癌症已经到了晚期了，再做手术不但达不到预期效果，而且还影响生活质量，建议我回家服药治疗，说不定还能出现奇迹。"病友乙说得有气无力，在他的脸上没有出现对奇迹的期盼。

"也是，反正都是晚期了嘛……"秦天明顺口一说。

老安急忙伸手拽了一下秦天明衣袖，示意他别往下说。

"对不起啊。"秦天明意识到说得有点不妥，赶忙道歉。

"你说得对。"病友乙起身下床，扑通一下卑微地跪在了秦天明面前，抬头望着秦天明，盈满眼中的泪水夺眶而出，"但是，我想活！我求医，我住院，就是为了活下去。我不到五十，街道说还可以给我找工作，我还要挣钱还我欠下的债。我儿子明年高考，他还要上大学，我要帮助他实现梦想。我有父母，他们快八十了，我要尽孝，我要赡养他们，我要为他们送终，我怎么能先他们而去呢?!"

这是生命的呐喊，其实，这时的生命如同草芥蝼蚁，毫无尊严可言。

住院期间，秦天明看到病友乙的妻子，为了给丈夫治病，被生活的重担压得几乎趴下，有一天晚上夜深人静，他听到这位妻子暗示丈夫说："如果是我到这般地步，我就去死……"

这话有点委婉，但谁都能听懂，秦天明愤怒得想抽这位妻子的大嘴巴，他认为做妻子的太无情了，但是，他控制住了自己的冲动。

妻子接下来的话更直接："你怕死吗？你想死吗？"

这句话意外地使秦天明冷静了下来。

是这位妻子无情？不是。是妻子的错误？不是。追根溯源，贫穷才是原罪。假如这个家庭丰衣足食，那么对于病友乙患病的治疗就不会成为家庭的负担，或是妻子的负担。然而，贫穷固然是导致患者治疗不能继续的主要原因之一，但比贫穷更可怕的恐怕还有人心。不信我们打开电视或者在网络上稍微浏览一下社会新闻，层出不穷的家庭纠纷、空巢老人老无所依的问题不是同样在困扰着物质条件相对优越的人吗?! 这种因为贫穷和薄情心冷"不得不死"的结局，真的让人觉得特别心酸、沉重，又无力。

病友乙痛苦绝望的述说，更加撩起人们心底的同情和怜悯。老安上前伸手要将病友乙扶起，一看力量不支，其他人急忙上前帮助搀扶。

秦天明将手搭在病友乙的肩上安抚道："回去找中医看看，吃吃中药，保不住像医生说的那样出现奇迹。"

这时，病友乙的妻子手提一个装有患者住院资料的透明塑料袋推门而入，她径直走到病友乙面前，顺手将地上的行李挎上肩，然后回身搀扶病友乙起步往门外走。

老安连忙从钱包里抽出一沓钱，塞到病友乙手中。病友甲也深受感染，他迅即把自己床头的水果收拾进一个塑料袋里，送到中年妇女手中。

没有言语，只有慈悲的行为为病友送行。但是，病友乙和妻子没有任何反应，收了钱，收了物，却只有一个冷漠的转身，也许，这一转身就是永远的别离。

送走病友乙后，安静的病房里，老安用小喷壶给秦天明床头柜上的花篮喷水，喷壶喷出的水状与花篮中的鲜花，映衬得老安的身影似童话中的慈母那般甜美。是的，我们相信内心慈悲善良的人，无论他的年龄多大，容颜是否姣好，但他们骨子里透露出的那种洗尽铅华的美，让所有与之相处的人，都能感到安然而平静。

"我说你们就不该给他钱。"病友甲的话打破了病房的宁静，声音不大，却震撼了沉思中的秦天明，他睁着眼听着。

"我和你一样，从小父母和老师都教育我们，要当一个热情善良的人。因此，年轻时刚进入社会的时候，单纯的我都会秉持着热情、热心、热诚的态度与人相处。凡是见到别人有困难的时候，都会毫不犹豫地伸出援手，虽然得到了某些人的感恩和回馈，但更多的，只是得到了无限的失望。"

"我有这样的经历，只是觉得自己有能力，还是应该帮助那些有需要的人。"老安接话。

古语有云："善为至宝，一生用之不尽；心作良田，百世耗之有余。"老安相信怀揣一颗良善之心上路，将善意播撒，总会生根、发芽、开花、结果的。

而带有成见的病友甲持有不同的观点："我们的心软和善良，最终只会害了自己。所以随着阅历的增长，慢慢地，我学会了拒绝当一个'老好人'。懂得了善良要给对的人，帮忙也要分事情、分人，而不是盲目地去帮。"

"如何分辨？"秦天明问。

"很多时候，懂得感恩的人，值得帮；性格和自己合适的人，值得帮；对方足够真诚的，也值得帮。除此之外，人应该学会'冷漠'一些，这并不是看着别人有困难见死不救，而是世界上不需要那么多'救世主'，就算你不帮，他也自然会有解决的方法，没必要去做这种'滥好人'。"

秦天明听着有些恍惚。

"老年之后，对人对事要适当地抱着冷漠的态度。不要因为别人看起来很可怜，你就生出怜悯之心。你可怜了别人，但当你需要帮助的时候，谁又来可怜你呢?"

秦天明陷入思考。

病友甲说:"我们都不是什么道德圣人,只是一个再平凡不过的老百姓,不必过多地去做一些吃力不讨好的事情。"

秦天明清楚,人生难免会有这样的不如意,那样的不幸遭遇,小到夫妻矛盾,大到经济危机。其实人每时每刻都可能在承受着来自生活不同的苦难和压力,这是人生常态。

怎么看待和处理这些事情,就意味着你会拥有怎么样的人生。其实生活过得是好是坏,和物质有关系,这是基础,我们不是生活在真空,我们也要衣食住行。但是,人还有七情六欲,有丰富的精神世界,有崇高的人生追求。秦天明要坚持自己信守乐于助人的价值观,尽自己的力量帮助别人。想到这儿他精神爽朗起来,踱步来到窗前,无意间被窗外不远处停在停车场的一辆豪华跑车所吸引。

车上,一名穿着得体的中年男子站在车上,挥臂撒着百元纸币。只是很奇怪,百元大钞从空中飘着慢慢落地,围观的人却没有一个俯身拾钱,而是惊愕地看着车上撒钱的中年男人,听着他发出的绝望而歇斯底里的狂号。

"命都没有了,要钱何用?!"

男子发出的声音极具穿透力,一次呼喊即是一个浪潮,冲击着路过的人停下脚步,住院的患者推开窗户。只有工作在岗位上的医护人员好似置身事外一样该干什么就干什么。

"老秦同志,请你把窗户关一下。"

"哦,好好好。"凝神窗外的秦天明听到护士的喊声收回目光,回身关上窗户,回到自己的病床前,"马上接收新住院的了?"

"对啊。"护士在更换病友乙曾住过的床上的被褥床单,"一有出院的,我们就得赶紧换。等待住院手术的患者排着队在外面等着住院嘞。"

"这才是一床难求啊!"秦天明看到护士迅速完成被褥床单的更换离开病房后,声调回到了正常的交流,"好在还有一些得不起病、治不起病的人,要不医院哪保障得了那么多人的需要。"

病友甲说："据我了解，不是有些人，是很有一部分人得不起病、治不起病，尤其是像我们这样得了大病得了癌症的。我住了三次院，做了两次手术，前前后后花了我一辈子省吃俭用存下的60万元。我想我要没有这些存钱，可能今生就没有这个缘分认识你们了。"

"相比较，看来我还是幸福的哦。虽然退休了，没有攒下多少钱，但是养了两个孩子。"秦天明话语中带着几分欣慰。

"养儿防老，只是苦了孩子。"老安说。

"唉，我就一个孩子还出国了。你看你们两个孩子，也都在身边，多幸福啊！"病友甲有几分羡慕。

秦天明和老安的确感到他们的生活是幸福的，尤其是秦天明这次意外患上膀胱癌后，他体认了生命就是如此残酷，疾病和死亡无时无刻不环伺四周，人就像被狼群包围，随时可能受到致命一击。所以，他告诉自己应该趁着还健康，趁着还有时间，趁着还有点余钱，好好享受自己的生命。尽管他还在接受住院治疗，但秦天明认为自己身体基础好，过去一直没有患过病，没有吃过药，战胜膀胱癌他有强大的信心。而且，他并不老，退休不等于就老了。他始终认为他有强大的基因传承，他的爷爷活到96岁，他的奶奶活到89岁，他的父亲因为意外60岁就去世了，但他的母亲活到了70岁，这样推理，他的逻辑是他活到80岁是没有问题的。这是他生命的支点，像一棵盘根错节的大树，深深地扎在生命的沃土中，不惧任何风吹雨淋。再加之他有美满的家庭，孝顺的儿女和深爱自己的妻子。

追根寻祖，父辈强大的基因，使秦天明的生命有了归宿，这个时候，他没有了不安和空虚，有的只是坚定。

"走吧，王大夫不是让你到他办公室去一下吗？"一天上午，老安叫着秦天明离开病房，来到了王大夫的办公室，秦天明恭敬地坐在王大夫的对面。

"你也坐吧。"王大夫礼貌地让站在一旁的老安坐下，然后对秦天明说，"紧张吗？"

"不紧张，有你在。"

"对了，不用紧张。今天我要告诉你个好消息，你明天就可以办理出院了。"

"真的?!"秦天明喜出望外。

"真的。经过检查和会诊，你的膀胱癌手术很成功，恢复得比预期效果好，你可以过上正常人的生活了。"王大夫转眼看老安，"比如你们两人的生活也不会受到影响。"

"哈哈，老了啊。"老安愉快地回应王大夫。

"嘿嘿，谢谢!"秦天明满脸笑容。

"我作为你的主治医生，这个阶段的治疗就结束了。按照医疗流程，在你出院时有几个问题与你做一个交流。"

"那我记一下。"秦天明准备起身找纸笔。

"不用，你听我说就行了。"王大夫告诉秦天明，癌症作为一种慢性病，其中：1/3可预防；1/3可通过早发现、早诊断、早治疗达到治愈；1/3不可治愈，但通过适当治疗可控制，获得较好的生活质量，延长生存期。这是世界卫生组织给出的科学结论。

秦天明患的这种类型的膀胱癌，就是属于通过早发现、早诊断、早治疗达到治愈的效果，他已经取得了初步的成功。

王大夫告诉秦天明，大约有30%的癌症死亡源自5种主要危险因素：①高体重指数；②水果和蔬菜摄入量低；③缺乏运动；④吸烟；⑤饮酒。如能尽可能避免上述病因，就可避免部分癌症的发生，这样癌症就能成为可控的慢性病。

世界卫生组织的报告指出，倘若不幸"中招"，又未能早期发现，那么，积极地带瘤生存、与癌共处，应成为一种不错的选择。

王大夫提醒秦天明，提倡"与癌共处"不是不进行治疗，而是在积极配合医生的基础上，尽可能调整自身状态，回归相对正常状态的生活。对于癌症患者，"正常状态"应当是包含一些改变，比如有些东西要少吃，有些活动不能做，工作节奏要重新调整，例行服药检查要成为日常生活的一部分。

"你能记住吗?"王大夫停下讲述，端杯喝了一口水。

"能。"秦天明听得十分专注，以至于对老安的注视没有了反应。

王大夫对秦天明说，你还可以尝试一下用调整心情的方法，来克服恐惧，与癌和平共处。

一是把恐惧说出来。找个可信赖的朋友，敞开心扉。研究证实，只要将不良愤怒、恐惧等说出来，就有助于这种不良情绪的缓解。

二是做你过去想做而没做的事。很多人都有梦寐以求想做的事，却苦于没时间，此时不妨开始实施，也能转移你对癌的过于关注。

三是以积极态度去生活。但不要强求自己总保持乐观，因为没人能一直如此。在积极面对的同时，也要留给自己闹点小情绪的时间。

四是花更多精力去做一些健康改变。比如，在自己戒烟的同时，还应劝说周围吸烟的朋友戒烟。

五是锻炼。

王大夫为秦天明或者说他负责治疗的癌症患者对患癌和与癌共处所做的分析、提出的康复意见，像善意地编织了一个故事，又把故事当成真实娓娓道来，语气是那样坚定，使秦天明不由自主地沉浸其间，尽管还心有疑问，但他相信是对的和真的。这是正面的健康心理诱导，这算不上自欺欺人，因为人要学会自我调解，才可以获得更多的快乐和满足。倘若一味探究和执着于真相，那将会失去许多美好的想象过程，失去原本追求的意义。

秦天明经历一场大病，病魔使他对人生有了幡然醒悟，他渴望的是重生，他认为只有重生才可以找回人生曾经丢失的一切。他深切地感受到，在人生的关键时刻，那些被你奉为人生价值的东西，比如财富、名誉和地位，都帮不上什么忙，真正有用的，是那些一直被你忽视的东西，比如亲情的支撑、家人的陪伴。

术后回到家康复的那些日子里，秦天明一次次想到这样一句话：爱是人生所有的意义。

自从秦天明出院后，秦力和秦依然把更多的时间用来陪伴家人，每周雷打不动要去小镇看父母。以前总觉得让父母生活得衣食无忧安稳舒服就是孝顺，其实父母根本就不在意吃什么好的穿什么新的，就像秦天明现在总说：人老了，再好的东西吃到嘴里也没滋味了。也就是儿女、家人的陪伴，能够让他们真正感觉到开心！

中国的父母含蓄又克己，他们心里的愿望常常是不直接对儿女提出来的，拿秦天明自己来说，孩子们每次去小镇，他都是老早就站在院门口等，他其实特别盼望他们经常来，早点到，但当孩子对他说："爸，我说回来就会回来，您别到院外等了啊？"

"我哪是等你们啊，我是在散步锻炼身体呢。"

但当每次孩子走的时候，他心里又依依不舍，总要送出门外，看着他们离开消失在自己的视野里。即便如此，也还要找一个借口："我正好要去买瓶酱油，顺便送送你们吧！"

特别有意思，这就是父母的爱，看似平常，却很真实纯情。

秦天明心想，这以后他的生活就该是安然自若，没有风波，没有起伏，且身体健康。当然，他清楚这是他的主观愿望，客观事实是我们生存于这个浩大的世间，每一天都要与拥挤的人流擦肩，每一天都要看到生老病死，每一刻都会有不可控的意外发生。没有谁可以像闲云野鹤一样，自在来往，不受拘束。比如他自己，一小时前他还小便顺畅，一切正常，现在想小便却尿不出来。儿子秦力把他扶到卫生间，帮他转过身子，本来是站着解决，手术后医生建议他坐到马桶上，秦力只好站在一旁等候。

他告诉秦力说："一会儿就好。"

一会儿就是半小时过去了，秦天明还是一点没有尿出来。这时，他感到他的膀胱开始痉挛，但他极力控制痉挛带给他的痛苦，只是枉然，他情不自禁地呻吟起来。

"看来还是给我导尿吧。"

秦天明强忍着膀胱痉挛造成的疼痛，在秦力的帮助下颤颤悠悠地站起身回到卧室，躺在床上接受女儿秦依然给他导尿。

这个过程中，他一直紧闭双眼。导尿管插进他的体内，尿液一下子奔涌而出，那一刻的舒畅感无疑是强烈的。

"好了。"秦依然顺利完成导尿，双手麻利地收拾术后用具，"哥，你把尿倒一下。爸，还不到2点，您也午休睡一会儿。"

"好。"秦天明表情放松开来，他问秦依然，"以后还会出现这种情况吗？"

"这很正常，以后还要给您按时做膀胱冲洗，也是这个操作流程。您休息吧。"秦依然转身出了房间。

夏末秋初的午后时有暴雨，但暴雨多不持久。一旦汹涌回荡的雨声歇止，小院屋后山中林间那一片惊人的蝉声便接连唱响。这仿佛是一曲生命的咏叹，激越又感伤，高亢也悲凉。

劫后余生，微尘与世界都如此发声。

秦天明午休醒来，他打开门扇，强烈的阳光照射在他的脸上，他定了定神，眨了眨眼，小院的景色映入他的眼帘。秦依然在剪枝赏花，秦力和老安在菜地锄草，秦天明起步走进了这生活的场景中。

"回家真好！医院真不是人待的地方，住20多天的医院就好像过了一年，都快把我给闷死了。"秦天明脱口而出。

"有点伤人，你闺女不是人啊，她可是一年四季都在医院。"老安提醒。

"好了伤疤忘了疼。医院刚给您治好病，一出医院就说医院不好，啥人啊。"秦依然戏谑地说。

"我说的不是那意思。病了不去医院去哪儿，看病当然还得去医院嘞，这次去医院不仅治好了我的病，还证明了当初我建议你上大学学医是无比的正确。"秦天明得意地说。

"我们家您是受益者。您看刚才要不是我学医会导尿，您是不是就得忍痛去医院。去医院就得排队，还得挂号，还得缴费，还得等到您疼痛得晕过去，然后再轮到护士给您导一下。您害怕不害怕？"秦依然转眼看着秦天明，目光带着点恐吓的意味。

　　"人说疼痛得要命，这次住院，我的体会是疼到极致了，真是疼不如死。我手术后躺在病床上，麻药一过劲儿，那时候疼得我想真不如死了算了。"秦天明讲起来仍然心有余悸。

　　"现在知道了健康有多好了吧。"秦依然说。

　　秦天明放下一切浮躁喧嚣，深刻反思健康与生命的意义，留下了"活着就是王道"的无限感叹。跟疾病过招后，谁都会顿悟："健康贵过一切。"

　　是啊，若时光倒退，他定然不会为了所谓的人情世故把应该用来锻炼身体的时间用去应酬，为了所谓的名利搞得自己经常寝食不安。

　　人生哪有如果?! 人生只有因与果。

　　秦天明对家人坦言："自从一场大病后，突然发现身体虐不起，它真的会报废。看来健康面前，人人都是肉体凡胎，没有谁享有特权。"

　　秦天明尽管在小镇住的时间也不短了，但他没有被村民随着性情起居的生活习惯浸染，不管头晚几点上床睡觉，只要不是刮风下雨，他都坚持每天清晨天光微明就起床，沿着通往山间的小路，步行一个小时左右，走进山中。有时，他走累了，总会寻一个地方，找一个净处，在一棵树下，面迎朝阳，闭目盘腿，用意念引导心绪，告诉自己，今天又是新的一天开始，听该听的东西，看该看的东西。不看不值得看的东西，不听不该听的东西，明目净耳，耳聪目明，爱物惜福，心怀敬畏，心生光明，身增能量，意念整合，接轨浩瀚无垠的天空，在大开大合中宽广和升华人生的境界，让精神保持高远久长。

　　他采取这种方式天天坚持，结合锻炼体格，调整自己的心绪，磨炼自己的心性，综合提高自己的健康素养，是依据上次住院时他的主治医生王大夫向他介绍关于意念影响健康的养身研究理论成果实践而行。

　　记得王大夫向他介绍说，美国的大卫·霍金斯博士是一位医生，在美国很有名，他医治了很多来自世界各地的病人。他研究发现："人的意念振动频率如果在200以上就不易生病。"他所称的意念振动频率可以简称为磁场，设定一个人最高的振动指数为1000，最低的振动指数为1。

大卫·霍金斯研究发现，凡是患病的人一般都用负面的意念主导自己的心绪，他们喜欢嗔恨、发怒，动不动指责、怨恨、嫉妒、苛求他人，凡事自私自利，只考虑自己，很少考虑他人感受，在不断指责别人的过程中消减自己的能量，在这些人身上找不到任何与爱相关的因素，只有痛苦、怨恨、沮丧包附着全身，通常振动频率低于200。研究表明，这种心态也是导致癌症、心脏病等发病的原因。

秦天明听了觉得这不是什么高深理论，在生活中处处可见，凡是患病的，大多是愁眉苦脸，没有笑容，心胸狭窄，爱发脾气。但出于对科学的敬畏，他没有打断王大夫的介绍。

大卫·霍金斯在研究中发现，没有爱会生病。心怀慈悲、心胸宽广、有爱心的人，他的磁场能量很充足。当诺贝尔和平奖得主特瑞萨出现在颁奖会上的时候，美好和感动盈满全场，她的磁场使全场的氛围变得美好祥和，让全场的人都感受到了她的能量，她的振动频率高达400以上。这些人身体健康，不易患病。

秦天明认同这个观点：心情愉悦，吃得香，也睡得好。

王大夫告诉秦天明，意念力法则为我们的身心平衡指出了一条通往健康的路径，当你对价值观及生命意义有过深刻的思考，精神自然就会"自我归位"，站到蓝天虚空间，意识自动自发，细腻、清纯，无比和谐，规律运行，气场可以穿透周围的一切，找到自己该做的事、该爱的人，灵魂必然变得通透灵明，天性必然得到酣畅淋漓的自由发挥。

秦天明按此锻炼身体感受到了正向能量。今天他锻炼结束回到家，先是洗澡换衣，把自己装扮利落后来到客厅，然后坐下喝茶。这已经形成了他的一个日常流程，天天如此，照此循环。不过今天是星期六，孩子们都回来了，平日由老安泡茶，今天由秦依然代为泡好送上，之后与家人聊起天来。

"你们还记得跟我住一个病房从黑龙江来的那个病人吗？"

"记不清了。"秦依然和秦力摇头。

"就住你爸右边床的那个病人。"老安补充道。

"放弃手术出院。我们院也有这样的患者，癌症晚期，治疗价值不大，加上有些治疗要自费，没有经费保障就放弃了，这很正常啊。"秦依然觉得这是明摆的事，没有什么可疑问。

秦天明说："你说得正是。钱和命，谁重要？钱重要。没有钱，得了病，治不起，等死。另外，健康重要，没有健康就没有快乐。我以前顿顿吃大葱蘸酱，顿顿都能吃出新味道，就是喜欢。这次住院手术后，回家第一顿就吃，怎么吃都没有当初的味道了。"

"这个收获有价值。过去我说生活要有规律，要养成良好的生活习惯，不要吃剩饭剩菜，影响健康，没有人听，反倒说我不节约，矫情。"秦依然说。

"这是我们这一代人的生活习惯，家家如此。"老安说。

"这是坏习惯，就得改。我爸手术后这是恢复期，饮食非常重要。对了，我明天出差，到外地参加一个学术会，我把这几天爸吃的药标记一下，妈您跟我来。"秦依然强调。

老安工作时当老师，退休以后却经常以学生的姿态出现在家里，唯命是从，听从指挥，任劳任怨。她按照秦依然的安排，从卧室里拿出秦天明的药箱放到餐桌上，箱里装的都是秦天明术后康复用的药。

"妈，给我一支笔，我给您标记一下。爸您也过来。"

秦依然打开药箱，招呼秦天明来到她身前。

秦天明说："你妈记住就行吧？"

秦依然说："万一忘了呢，吃错药可不是小事。"

秦天明说："我相信你妈，你妈自称是天才，年少时也是地区华罗庚数学竞赛第一名。"

"光荣属于过去，你说呢闺女？是在省里得的，不是全国竞赛，也不是国际竞赛。"老安透过老花镜镜片用余光瞟了瞟秦天明。

"要不您常说您的基因好，我哥遗传了您的基因读了博士，我呢当然是遗传我爸的基因，止步了研究生，只好凑合吧。"秦依然一边说着，一边把一张白纸裁成小条，写上字，一一向老安交代说明。秦天明戴上老花镜靠近老安身边，目光盯着药片和秦依然写的纸条。

"这是饭前吃的，这是饭后吃的，这是吃饭时一起吃的，记住哦"，秦依然把分好的小药袋装回药箱，顺手拿起针剂液体，"咳，这咋办？"

"好办。附近有一个卫生院，挂一个号，帮助扎一针，输一下。"秦天明表示心中有数。

"过去没有跟卫生院打过交道。"秦依然望着秦天明和老安，还是有点放心不下，"要是不给输，就让我哥来用车拉您到我们医院找我同事输，我提前给他们打一个招呼。"

秦天明说："不用来回折腾，放心吧。"

秦依然回应道："那好吧。"

秦依然出差的第二天正是秦天明打针输液的时间。吃完早饭，秦天明和老安一前一后走在通往小镇卫生院的路上。小镇卫生院在村的西头，距离他们住的小院不到三公里。路途不远，路上车也不多，只是村路不像城里沥青路那样平坦，石头路面有些高低不平，秦天明看到老安走得不稳落在后面，他停下脚步望着自己的妻子，看到她曾经笑容嫣然的脸上已经布满了皱纹，体态显得有些许疲惫，不禁感叹道："原来我们都老了。"

一直以来，他都依赖着妻子。年轻时仗着身体不错，喝酒应酬，熬夜社交，加班拼搏，肆意挥霍健康，不知道人的身体是很记仇的，到了退休，健康的小船说翻就翻了，得了病，住了院，做了手术，命回来了，可如今已到了年迈，他的生活，他的生命，乃至于他的一切已经离不开妻子了，这时他陡生疑问：她靠得住吗？她能守候他们的约定吗？

她也老了，身体也开始出现一些毛病，想要执子之手相伴到一起离开的那一刻，是追逐一个遥不可及的美好愿望?！还是拥抱一个情深意长的功德圆满?！

当生命走到此时，秦天明的思想虽没有了年少时的美好憧憬和澎湃激情，但却像秋天一样，成熟了很多，学会了淡然、务实、接受、面对；他的内心更像秋天的大地一样，在经历浮华之后归于平静和安宁。不再停留在外表的浮华，就连高大威猛的身躯也有点弯曲，显得那样低调内敛。

他自然而然地伸手要去牵老安的手，老安有所顾忌地没有迎接。

"不怕村里人看到笑话？"老安下意识地抬头扫视了一下左右。

秦天明说："嘿嘿，那在城里你怎么允许？"

老安说："城里和农村当然有差别，入乡随俗，要自觉遵守乡规民俗。"

秦天明说："上纲上线的，不是看到你手中提着药走路不方便嘛。小心脚下，马上到卫生院了。"

秦天明和老安就是这样你一言我一语地说着，听似在拌嘴，实则在戏爱。不知不觉中两人来到卫生院，秦天明坐到了乡村医生就诊室桌子的对面。

"老先生，不是我不给你开，而是我无权给你开处方。"乡村医生冷漠地告诉秦天明。

"那我问你谁能给我开？"秦天明追问。

"这是规定。你的病不是我看的，手术不是我们给你做的，药是你自己带的，我就给你开处方，出了人命谁负责？"乡村医生振振有词。

"我们给你立字据，不就是输一次液，我们自己负责好不好？"老安手提药袋，语气平和。

"你们自己负责我也不能破这个规定。"乡村医生面无表情。

"我×××的，你怎么那么死性！"秦天明看到乡村医生没有半点的通融，情绪一下子被激了起来，一句粗话脱口而出。

"你怎么骂人！你应该有教养！"乡村医生愤然站起，怒目盯着秦天明。

"去你的教养吧！"秦天明怒气燃爆。

老安见此紧张气氛，凭她对秦天明的了解，如果再持续下去，秦天明大打出手都有可能。她机智地对秦天明说，有一种药忘带了，借口离开乡村医生，撤离这个可能爆发"战争"的地方。

回到家，老安迅速地为秦天明沏了一杯茶。秦天明喝了一口，直觉得甘醇味美。也可能因为去卫生院来回的走路，口渴想喝水了，也许是因与乡村医生的口角之争口干舌燥，满足了想喝水的欲望，恢复了平静。

此时，门铃响起。老安出门，迎进了一位不速之客。

"我姓张，叫张丽，上月初就是我骑车把大哥给撞了。总觉得对不起大哥，应该向你们说声对不起，问问伤到哪儿没有，需要我做什么，又找不到你们，碰巧刚才在卫生院看到你们了，去杂货店问陈店主才知道你们原来住这儿。他说你们一家人可好了。"

这位张丽满脸赔着笑，进门还没等坐下，就急忙说出自己登门的用意。

"我姓秦。让你见笑了。情绪一上来，我没有控制住自己，冷静一想，那医生也没有错。下午我们进城去医院输液。"秦天明刚刚平复的心绪又被搅起微澜，好在他也理性，收敛起心底的不快，礼节性地把张丽迎进屋里。

"我原来是市里第三医院的护士长，为给女儿看孩子提前办理了退休。如果你们相信我，我来给大哥输液，反正药也是配好的。"张丽接过老安端来的水杯，又补充说道，"我现在就在给我女儿的婆婆扎针输液，她得的是肝癌，有时需要补充一些液体，去一趟医院太麻烦。"

"可不。我们主要是这两天孩子出差了，才想到就近去卫生院。"老安陪张丽聊起天来，秦天明起身回房休息去了。

人天生就有一种"主动送上门没好事"的潜意识，同时又有一种"不能轻易得到的才是最好的"思想。按理，张丽主动上门服务，对秦天明来说也算是排忧解难的义举，他应该表现出高兴和感谢，此时的他却与此相反，有些冷漠与拒绝。一来他感到人不熟，二来他认为还是女儿好，家人好，非万不得已不求人。家人的话才爱听，也中听。所以，他拒绝了张丽带着道歉的登门服务，硬是等到秦依然第三天出差归来，从城里赶来小镇已是夜晚，才把液体输进体内。

第二天上午，餐厅墙上钟表指针指向9点，清理干净的餐桌上，秦天明顺从女儿秦依然的指挥，挽起一只胳膊的衣袖，平直地伸向秦依然。

"还是闺女好吧。不管刮风下雨，不管工作还是休息，就是出差也得想着赶紧回来，昨晚给您输完液是不是都快10点了吧。我爸始终第一！"秦依然展开血压计开始量血压。

"那我是你爸啊，把你们养大，也该享受享受了。"秦天明一副理所当然的样子，"唉！就是人老了，不中用了，一身都是病……"

秦依然说："可不是！血压高、血糖高，不过还好，用了药血压基本正常，血糖也还稳定。严格讲来这不叫病。"

秦天明问："那叫啥？"

秦依然说："衰老。"

秦依然对秦天明说，一个人身体的健康状况在25岁时达到顶峰。这也就意味着，从25岁开始，人就开始衰老了。为什么30岁左右的人感觉不到自己衰老呢？这是因为25岁之后到45岁以前，虽然一个人已经开始走向衰老，但衰老的进程比较缓慢。过了45岁后，衰老的速度开始加快，50岁时很多人感觉自己明显见老。60岁之后，衰老的速度再次加快。

"你的血压正常，但还是要坚持吃药。"秦依然带着医生的专业神态收起血压计。

秦天明得意自己养了一个女儿，特别是患病以后，他的这个感觉得到无限的放大。他心怀感激，感谢命运的眷顾，因为他这个年龄段，国家政策只允许生一胎，他稀里糊涂有了儿子以后，在老安又怀上第二胎时，恰巧他出差外地培训三个月，待他结束回来，才知道老安怀孕已经快四个月了。他心怀愧疚和不安，好在组织宽宏大量，他受了一个处分，得了一个女儿，这已经让他十分心满意足了。因为患病，家的作用在他心里拥有了无与伦比的崇高地位，如果让他在金钱、地位、事业和家庭方面做出选择，他会毫不犹疑地选择家庭。他不是不爱金钱，不是不爱地位，也不是不爱事业，但是，就像俗话说的那样，即使家有良田万顷，也只能日食三餐，纵有大厦千间，也只能夜眠三尺宽。

他选择爱家庭，因为家里有陪伴，家里有温暖，家里有幸福。在他需要的时候，守候着他，围绕着他，给他力量。在他住院时，医生对他说原本他患的膀胱癌要严重一些，但发现早，治疗及时，手术又成功，在这样的情况下他的身体一天天得到了恢复，现在除了每天坚持服药和隔一段时间做一次膀胱冲洗之外，对他的日常生活没有产生太大影响。当然，由于生病，身体虚弱，有些事情想做而力不从心，比如对他的妻子不能尽到像年轻时那样满怀激情的义务，对此，他心存愧疚。实在说，从检查出他患膀胱癌住院治疗，到近两个多月的病后康复，是妻子老安陪他劫后重生。当初，刚查出他患膀胱癌，面对压力山大的秦天明，老安总是说："不用害怕，劫后余生接着就是劫后重生，患病会使你收获意外的惊喜。"

刚出院的一些日子，秦天明还有些病痛未除，老安就像母亲哄孩子一样安抚他："坚持，有我陪着你！"

面对用药后的不适反应，老安没有一丝一毫的埋怨，默默地为他清洗排泄物和呕吐物。

重获新生，一次家庭的聚会上，秦天明饱含热泪："这场意外患病，让我对自己的生命有了一个新的认识，也让我看到了比实现什么自我价值更珍贵的东西！现在我不再需要什么了，我很满意了！"

从此以后，秦天明把家人放在生命中最重要的位置，把陪伴家人作为往后余生的使命，把还有些不安的心思收回。因为这世间，从来都不是平等的，你卑微到尘埃去爱一个人，也俘获不到一颗不爱你的心。他提醒自己，等不到的爱便别等了，免得等伤了自己的心，等没了自己的尊严。与其让自己爱得一文不值，还不如就此不爱，保留一点体面给自己。

"风里雨里，有我陪你！"这是唯有亲情，才能做出的深情承诺。

秦天明挨过治疗期，他的家终于再现了往日温馨和美的生活。"褪去所有争强好胜，经营健康，经营家庭，经营自己喜欢的一切。"他告诉自己说，"既然幸运地活着，余生就要活得通透、活得绚烂。"

家人看着秦天明这一番劫难之后的岁月静好，不禁感叹："人生受过的苦难，都会以另一种方式得到偿还。"

第五章

虔诚朝圣

　　夕阳下的日落色彩斑斓，远山好似镀上了一层酡红色，原野上的树木、绿草尽情地泛着彩光，像似饮醉了的黄昏那般迷人。秦天明身披晚霞，走在一条乡间的小路上。这是一条村民用碎石铺就的小路，从村里、田野穿过通往山间，起于村里的村舍，到了山里却寻不到路的终点。岁月在流逝，村民也已经换了一代又一代，但路两旁的树，作为见证者，始终安于自己的位置，看尽过往村民日出而作、日落而息的身影。

　　秦天明昨天去医院做了一个复查，这是他罹患膀胱癌手术出院处在康复期间，医生为了掌握患者癌症切除后癌细胞变化的动态医疗跟踪措施。

　　秦天明不愿去医院，也怕去医院。因为去医院，一般没什么好事，在医院过路之处，病房、走廊、大厅里到处是人，老的、少的、生病的、陪伴病人的、哭喊的、沉默的，每个人都受着煎熬。这里的人要么步履蹒跚，要么坐在轮椅上，要么躺在担架上，在他们的脸上，都挂满了痛苦。即使是陪伴患者的亲人，也都心情沉重。对秦天明而言，一说到去医院，他心里便充满着忧伤，他深深体会到，人这辈子，除了生死，都是小事，只要能够健健康康地活着，包括不来医院，就是人生最大的胜利，也是人生最大的赢家。只是他现在周期性来医院复查，每次看到那种情景，着实让他有点心惊胆战。在他上一次做膀胱癌手术的住院期间，医生告诉他，这个世界上95%的人是病死的，只有5%的人是老死的，绝大多数情况是前者！每个人都绝对不要心存侥幸，不要盲目乐观。相反，要保持清醒，因为患者家庭，特别是患大病的患者家庭，有60%的家庭会因为家有患者，儿孙们会变卖家产甚至举债借贷来帮患者支付欠医院的债。而那时候患者估计是昏迷不醒的，什么都不知道，但家里人清楚，所以爱护自己就是减轻家人负担！

他牢记医生的嘱托，见到医生他像一名学生一样恭听点化，也像新入职时的员工一样倾听医生教导。在他上次手术出院时，医生告诉他出院以后，要结合术后治疗注意养生习惯的培养，今天不注重养生，明天注定养一堆医生！可悲的是你养了医生也不管用，而最可悲的是很多人连养医生的机会都没有。阎王叫你三更走，绝不留你到五更！而80%的人把积攒下来的钱放在离开这个世界的最后一年全部交给医院，最后还是得很不甘心地上路！

今天你健康不代表明天你还健康，不代表10年后依然像今天这样，量变到质变的过程是悄无声息的，但结果是令人胆战心惊的。我们有的花钱去旅行还可以理解，可以接受，但是花钱买药，谁都觉得接受不了。只是病了，不但要承受病痛的巨大折磨，而且，治病不花钱行吗？

秦天明深有体会，在他膀胱癌手术后进行恢复性治疗期间，每一次吃饭说是七分饱，其实药物反应强烈，呕吐后留在胃里的哪还有三分，其实胃里装的全是药，吃进肚里的也全是钱。

为了保持身体能吸收足够的营养，秦天明出院后，他坚持下午午睡醒来，先沏一壶茶，喝一小时左右，给自己身体补充补充水分，然后出门沿着村里的小路漫步到山里。

但是，昨天在检查结束时，女儿秦依然上前询问医生情况，医生不确定的回复让他疑窦丛生，脚步有些沉重。因为前几次的检查，医生的回复都很明确，都说恢复得很好。结果会是怎么样呢？也许这就是人们常说的无常带给我们的惊恐和不安，它粉碎了我们对安全感、确定性的幻想，本以为牢不可破的观念、思想会改变，本以为相伴终生的人不是生离就是死别，健康的身体会突然被疾病打垮，一帆风顺的事业会转眼间破产。四季更替，人事代谢，我们的身体、情绪、思想，无一不在无常变化之中。当我们意识到自己脚下随时可能踩空，又别无选择地接受无常带来的意外。

其实，无常不好也不坏，它既意味着有得就有失、有盈就有亏、有聚就有散，也意味着有失就有得、有亏就有盈、有散就有聚。无常像一个面貌丑陋、内心温柔的怪人，如果你不熟悉它，会害怕见它的脸；一旦你了解它，就能与它愉快相处。因为生命中的一切都是无常的，无常不是人生的一段过渡期，而是整个人生，不管你愿意不愿意，都必须与它终生相处。

秦天明自从患病后，他的脑神经比他身体处在健康时脆弱、敏感。这时来自家人的关爱，哪怕只是一句真诚的问候、一个体谅的微笑、一个谦让的表示，都会给他带来安慰和鼓励。这些也只有家里和家人能够给予他。

他怀揣心事结束徒步锻炼漫步回到家，坐在客厅沙发上的秦依然起身迎接。

秦依然问候道："爸，回来啦。"

秦天明说："呃，回来了。"

"有点不舒服？"秦依然看到秦天明脸有疑虑，小心翼翼地问。

"没有啊。"秦天明说，"检查结果出来了吗？"

"哦，原来为这个啊！"秦依然呼喊厨房中的老安，"妈，您过来一下。"

过了一会儿，厨房传来老安的应声，但没见她出来。"我在收拾厨房，你有什么事？"

"没事找您聊聊不行啊，快来，一会儿我来收拾。"秦依然带着命令口吻。

"有啥好事？"坐在沙发里看报纸的秦天明，摘下老花镜抬眼看着秦依然。

秦力放下手中的书，把椅子往秦天明身边挪动。这时老安端着洗好的水果从厨房里出来，递给秦依然。

"给我爸吃。"秦依然接过转递给秦天明。

"依然，把复查报告的情况给爸妈说说。"秦力说。

秦依然表情严肃，老安表情急迫。

秦天明有点紧张。出院后他期望历过此劫，以后的日子里可以海阔天空，只是在他脸上依旧感到焦虑，特别是在服药后出现药物反应时就更加明显。

老安说："说啊，自从查出你爸膀胱癌到现在，我是担惊受怕，说话都得轻言细语，不敢大声了。"

秦天明说："你们相信吗？平时跟我说话就高八度。"

"过去我妈是当老师的，声音小学生听不清，职业性表达，爸您不是说话声音也大吗，大闹卫生院。"秦依然话一脱口，发现秦天明拉下了脸，赶快做了一个道歉的鬼脸。通常这个时候她应该会转移话题，改变一下不愉快的氛围，但她没有按照常规的思路做，她想既然已经挑开了话题，就要把它说个彻底，"生活中，总会发生一些不开心的事，也会遇到个别不讲理的人。如果我们一直记着，放不下，心里窝着火，生着闷气，那多累啊。"

"要说到卫生院的那档子事啊，我也是当事人，当时你爸还是很有风度的，我们好话求助，就是那医生确实态度不好。"老安站在秦天明一方打抱不平。

秦力轻声道："有时候，会有一些人，故意为难你，和你争，与你吵，在我小的时候您二老不是教育我们，平时要忍得一时之气，才能免得日后百日之忧吗？"

"生气，是一种负面情绪，怒气在心中，排不出，小则会影响食欲，坏了心情，大则会影响健康，伤了身体。您生气，等于替别人惩罚自己，您生气，只会让别人暗自得意。"秦依然借题掷地有声，"所以，换一个角度处理，干吗生气，您气的是自己，难受的是自己，别人又不会心疼您。而且，您越是生气，人家越开心，您气得越久，人家越欢喜。这样不就中了对方的圈套了吗？！"

老安说："这事确实把你爸惹火了。对方态度冷冰冰的，没有一点同情心，要说我也生气。给不了微笑，给我们一点点热情总可以嘛。"

秦依然说："可能是那位医生当时情绪也不好，要理解。再说医生整天面对的都是患者，没有那么多的笑脸，他也是人，工作和生活中也有烦恼。"

老安同意秦依然的观点："这我理解。你爸也是暴脾气，一点就着。那天要是我不在场，你爸都可能出手，那场面我都有点紧张。"

"嘿嘿，你妈要不拉我我真想揍他。"秦天明带有掩饰地自我解嘲。

秦依然息事宁人地劝慰秦天明说："爸，这事就过去了哦，我们今后就不再提了，回到我们家和和美美的幸福时光。"

"大吵伤身，小吵怡情。"秦天明觉得女儿讲理，但他不想自己尴尬，就掩饰地"哈哈"一笑地回应了一句，"我这是小炒啊，炒点小菜丰富一下餐桌。"

"这是偷换概念。"老安评理道。

秦力说："不管咋说，我们始终站在爸这边！依然，说正事。"

"啥正事？"秦依然假装糊涂，她看一眼秦力，然后目光转向秦天明，"昨天取到的复查结果报告，爸手术后的各种指标基本恢复正常。"

秦天明一惊，猛然高兴地站了起来，情不自禁地抬手拍老安的肩膀："当初你说得对，医院就是守护神，医生就是救星，没有治不好的病，只要有信心。"

秦依然和秦力内心的喜悦溢于言表。

老安如释重负地舒了一口气："我们家总算过了一道坎儿，老秦也算渡过了一劫。你们的爸病好了，你们就好好工作，我们自己照顾好自己，今后少给你们添麻烦。"

秦力说："父母养育孩子，孩子长大后照料父母，我们自然要这么做的。下一步，趁您二老身体还不错，我和依然商量安排你们出去旅游，也看看外面的风景。"

秦天明不由分说接过话："我看前期住院治病吃药花了不少钱，虽然公费也报销了一些，但还有一部分要自己出，旅游这事眼下是不是就不安排了？"

秦天明嘴里虽然这么说，其实心里也是思七想八的。的确，现在是老了，可以什么都不做了，但是，自己还能动，时间很充裕，曾经想去看风景，因为上班没时间，养家没有钱，反正是有很多理由和不具备的条件，心里想"等以后吧"等了很久。到了现在退休，结果等来了一场梦，因为风景在梦里展现过。现在退休正是时光倒流，他真想在有生之年多去几个地方看一看风景。他的心里对许多地方有着深切的向往，在有生之年要亲自走一遭。这是一种宿命的依恋，魂牵梦萦，不可摆脱。或许是一座繁华的城市，也许是一座孤独且古老的小镇，也许是一处开满鲜花的烂漫桃林，又或许是一片辽阔无垠的沙漠。有时候，一片落叶，一粒水珠，一朵云彩，都会令他魂思神往，感动不已。

老安说："要旅游，我们报一个老年团，费用我们自己出。"

秦依然说："妈，您是不是有私房钱？"

老安平静说："有啊。"

秦力半信半疑地问："妈，您真有啊？"

秦依然说："有多少？"

老安抿嘴一笑："你们两人，你说是多少？"

"嘁！您以为我不知道，您就那么一点点退休工资，我一算就清清楚楚。"秦依然话锋一转，"爸，妈，这次旅游您二老还是听我和我哥的安排吧。"

"好，听你们俩的。"秦天明乐呵呵地把头转向老安，"但是，我年轻时想去一趟西藏，工作忙没有去了，又想借退休前这段时间去，说实话机票都买好了，跟你妈一说，你妈说影响不好，再坚持到退休，我就悄悄地把票退了。现在退休了，也没有顾忌了，这次就去西藏吧。"

秦力摇头否定："去西藏不行。虽然身体恢复不错，但那毕竟是高原，海拔高，心脏压力大。依然，你是医生，从专业的角度提一个建议。"

秦天明坚持认为，有些地方，此生是一定要去的，只有亲历了远方的山水，让虚幻的梦成为鲜活的真实，才不枉来人间走过一遭。

其实，爱上一个地方，不需要缘由，这世间任何一个角落，都可以栖居灵魂。秦天明选择去西藏旅游，主观上只是想要探寻在藏族人心里虔诚占有什么样的位置。为什么许多藏民前往寺院朝拜，他们一步一叩首，俯首大地，虔诚得让人为之落泪。这些人不分男女，不分老幼，不分贵贱，都是以同一种方式，抵达心中神圣的殿堂。他们无须许下诺言，为了心中的信仰，愿意风雨兼程，长跪不起。他们都是一个个平凡的朝圣者，背着行囊，转着转经轮，为的是朝拜庄严的佛祖。他们从不同地方来到这里，带着前世的约定，无悔于今生。在这些人心中，佛是神圣不可侵犯的，是他们此生精神永远的寄托。这里的大自然，也呈现出一种超凡脱俗的静美，静美得即使一粒尘埃的下落，都会将其惊扰。在这方充满灵性的土地上，这里的人善良、安静平和，以慈悲为怀，心如青藏高原的天空般洁净无尘。

每当秦天明想到这些场景，他就会情不自禁地问自己：你幸福吗？是否感到能够安稳地活着就是一件很幸福的事？

秦天明表达着自己的渴望，但女儿没有答应，因为他们没有时间陪父母们去旅游，只能选择他们认为安全的地方作为旅游地。

"这样吧，让我们为您二老做一次主，去国外，马来西亚，我哥在那里工作过一年多，自然风光好，也能满足我爸平日热爱照相的喜好。"

秦依然像是民主会的召集人做了一个结论，看似在征求父母的意见，其实她和秦力早就商量好了。父母也明白这样的安排，所以，也就表示服从这个家庭形成的旅游决定。

在一个家庭里，老人和小孩，同属于弱势群体，听安排是基本的行为准则。但是，不是所有家庭的老同志都那么明事理，有的年老不服老，自己要说了算，捍卫"老大"的地位不动摇，家庭关系紧张；有的炒股热情完全不输年轻人，把炒股当作老年生活的重要部分。但是，在跌宕起伏的股市中，老人必须注意由于情绪波动造成的身心损伤。左手K线图，右手心电图——何苦！

秦天明在出院时，医生就建议他最好不要炒股，相比股市，花市更让人舒心。现代生活实践与医学实践证明，老人养花不仅是闲情逸致，而且是一种益康、益智、益寿的行为。秦天明遵从医生的建议，刚出院时觉得不错，五颜六色，养眼、好看，时间一长，兴趣日益减弱，他想男人应该带着自己心爱的女人出去旅游，所以，孩子的安排正合他意，他心想要好好抓住这个机会看一看年轻时渴望看到的风景，怡悦心情，享受快乐。

秦力带着家庭形成的决议，来到一间旅游公司的门店办理有关手续。这是一个空间不大，但布置较为讲究的旅行社门店，几名工作人员，有的在柜台前接待前来咨询或办理旅行业务的顾客，有的安排在厅里小圆桌上填写材料。秦力被一名工作人员接待，填写表格。

"你的材料已经全了，看看机票有什么要求。眼下也是旅游淡季，机票打三折。"旅游顾问审核秦力提交的材料以后说。

秦力说："我父母年龄都不算大，但我父亲刚做了一个手术需要坐得舒服一点。"

旅游顾问介绍说："按照这个行程计划，你父母出发那天正好我在班，我来帮你协调协调，办理登机时安排坐到头排座位，宽敞一些，伸伸腿，坐久了站起来活动活动也方便。"

秦力说："谢谢！我想请你查一下如果买头等舱是什么价？"

旅游顾问说："现在头等舱机票也在打折，打完折和旅游旺季经济舱价差不多。"

秦力说："那你就订头等舱嘛，整个行程要坐十来个小时，行程时间也不短。"

旅游顾问说："旅游一般是能省则省，你这是孝顺都有了。行，我来办。你们就按这个时间准备吧。"

秦天明和老安夫妇是幸运的，养育了在外人看来都很有出息的一对儿女，工作不用他们操心，孩子的收入也达到了中等水平，做到了衣食无忧；他们夫妇也是幸福的，孩子很孝顺，他们想做的事孩子都为他们做了，这是不是就算是幸福的人生了呢？

秦天明心情怡悦时，总是站在夕阳下凝思遐想。

拥有健康，并把它保持到临终的那天，赢得寿终正寝的告别，这算不算是生命圆满的结局？拥有智慧，修持德行，不为迷障所诱，不为邪欲所动，并且日积月累，使它随着年岁闪烁着人性的光芒，这算不算是人格的高尚？

有些人就像蚂蚁一样殚精竭虑地敛金聚宝，他们头脑简单，满口奋斗，却完全不知道为了什么而奋斗。

秦天明有时会情不自禁地对老安表达自己的感受："这样的一生，尽管他有着真诚执着的追求，也仍然像头戴锥形小帽的小丑一样，在舞台上伸着手，转着圈，点着头，哈着腰，跑来跑去，哗众取宠地去博取观众的掌声。"

当然，仅仅是为摆脱贫困而奔波，同样，与为敛财而不择手段一样最终上演也是一出人生的悲剧。台上演员流血，台下观众似乎也在流泪。

秦力的推门而入，打断了秦天明的沉思。

"爸，妈，这个行程安排紧不紧？"秦力从旅游公司办好出游手续回到小镇，进门将手中一套旅游证件及材料整理好装在一个塑料袋里递给秦天明。这时，秦依然在清理药品，老安在折叠衣服装箱。

秦天明接过秦力递给他的一沓材料说道："就这样，不调整了。一个小国家，10天还不够啊？"

秦依然说："在国外可不能这样说，这会影响国家与国家的关系，我们国家的外交政策是国家不分大小，都是平等的。"

秦天明笑着："姑娘，你爸懂这个理。"

"懂就好。另外，东西嘛路上能少带则少带。照相机重，别累着了哦。"秦力提了提照相机包，试了试重量。

老安说："没有关系，累不着你爸，我是骆驼我也任劳任怨，我背。"

秦依然说："爸，您感觉到幸福吗？一家人都以您为中心，都围着您转，都是您的助理啊。"

"是啊，所以我幸福，但我也知道自己姓秦。"秦天明的回应有点保留，因为他对此有自己的认识，他感到幸不幸福，不是泛泛地看表面，一般而言，幸福是"成功人士"的谈资，似乎跟普通人毫无关系，仿佛只有那些名人、有钱人才配谈幸福。而生活中凡夫们也热衷于向"成功人士"学习如何获得幸福，效仿他们怎么去发财致富，可是他们忽略了一个事实，那就是幸福学不来，模仿不了，发财致富也不等于幸福、成功。他体会幸福应该是超越物质之上的心理感受。并且，幸福也有一个时间性，现在幸福不等于将来也幸福，年轻时幸福不等于老了也幸福，人生幸福意味着获得了生命的善终。淬炼心智、净化心灵，保持知足常乐的心态。一切财富的获得属于成功，一切快乐的感受属于生命，一切幸福的享受属于人生。

整理好旅行所要带的东西，秦天明与老安的朝圣之旅今天启程，启程地中国，打卡地马来西亚。在通往机场的路上，秦力驾车，副驾驶座是秦依然，后排座上是面露兴奋的秦天明和老安。

秦依然从身旁的手包里取出一沓裁剪整齐的纸条，转身递给秦天明："这都是常用语，去车站，找厕所，住酒店，不明白时掏出来问一问，我都标注有汉语。"

秦天明接过细看："标注了这么多啊。"

"马来西亚人讲英语，有这些纸条就管用，不过中国裔马来人不少，有的能讲中国话，但他们大多讲客家话。"秦力驾车望着路的前方。

老安问："那他们就能听懂中国话？"

秦依然回答说："他们能听懂您讲，您听不懂他们讲。"

"今天这么快就到机场了。"秦天明望着车窗外由远而近的航站楼自语。

秦依然说："兴奋、期待呗。您二老先别激动，等我哥把车停稳了，时间来得及，我们给您二老把登机手续办好。"

秦力嘱咐："路上要相互照顾啊，尤其是我爸。"

秦依然强调："别忘每天按时吃药。"

秦天明回应道："放心吧，我们也是成功老龄化的人。"

"还很前卫啊！这是一个新词，您达到了这个标准吗？"

秦依然感到意外，还有些好奇。

这是秦天明患病出院时，医生与他交流的内容，他听得很入耳，所以还记忆犹新。

王大夫说，成功老龄化（Successful Aging）是指老年人达到生理、心理的最佳状态，具有较高的人生满意度。在老年阶段人生意义拥有的水平越高，成功老龄化的可能性越大。而如果在老年尚处于意义迷茫，这就会带来抑郁、焦虑、暴躁等消极反应。人口学专家常常将"成功老龄化"作为老龄治理的基本策略。一位社会学专家说，处在20多岁的年轻人，这个阶段他们的职业、生活伴侣和自己的生存状态还不确定，所以要努力追寻人生的意义。而当到了30岁、40岁和50岁时，婚姻、家庭和事业都稳定了，上有老、下有小的生活也会让他们的生活目标更加明确，这时候意义探寻减少了，人生价值的确定程度增加了。到了60岁以后很多事情就发生了变化。因为退休让人们失去原有的身份，健康问题开始出现，一些亲友逐个离世，那么就需要重新反省人生的意义，因为曾经拥有的意义已经不再适用了。

有研究称，40岁以后的人群会少有新的人生追求，而如果人生前一阶段没有达到预期，到了晚年就会有意义丧失感，那么就会面临焦虑、暴躁、愤怒、抑郁充斥的晚年生活。

此前有研究表明，人生目的强烈的人群有更低的死亡率。所以，临床医生可以对一些患者制订针对性的护理方案。

医生可以用人生意义评估与识别脆弱人群。此外，可以增强积极因素来提高迷茫人群的健康程度，而不是仅仅限于吃药。

王大夫夸奖秦天明，说秦天明虽然患了膀胱癌，但丝毫不影响从他身上透露出的那种大气睿智的气韵，依旧可以看到他的从容淡定，沉静平和。

秦天明听了有些惶惶然，他的人生到了现在，还是第一次听到外人给予他如此高的评价，他觉得有些恍惚，他问自己是真是假。当然，在他的经历中，比如上班有利用价值时，曾有人求他办事说过类似的话，现在他已退休，已无利用价值，在医生面前他就是一个普通患者，所以，他感到医生的评价是客观的、诚实的，没有讨好，没有吹捧，没有虚假。但是，他告诫自己，要保持清醒。"谢谢医生，我真的没有你说的那么好。"秦天明表现出谦卑真诚，显示出低调内敛，他要求自己不要在别人面前处处以过来人自居，自己骄傲的是拥有过去，而别人掌控的恰恰是未来。对于曾经有些虚荣的他，表扬、赞美或是吹嘘，就是欲望的诱饵，他要修剪自己的欲望，这世上的烦恼莫不是因欲望而生。有欲望，而又未达目的，便产生了烦恼。正如佛家所喻："身在荆棘中，不动则无痛。""寡欲无求"才能虽身在凡尘，心却超然物外，不受诱惑，不生痛苦。清淡为人，无得之喜，也无失之忧；无防人之心，更无害人之意。淡泊以明志，宁静而致远。不失足于人，不失色于人，不失口于人。

真实会比假装更让人觉得可靠、可爱，与其虚张声势，不如诚实面对自己。

到了机场，进了候机大厅，秦天明也走出了思绪，回到正常的生活中。他和老安手持头等舱机票，从绿色通道验票后进入机舱。虽然乘客较多，但头等舱位于机舱前部，且宽敞舒适，空姐漂亮热情。他们落座后，环顾左右，熟悉的面孔就只有他们两人，平时顾及不好意思表达的情感，现在可以肆意妄为一点。

秦天明手里拿了两个苹果，两手倒来倒去，温情地问老安："喜欢哪一个？"

老安笑着，眼里尽是喜悦和崇拜："这个太老套了，从结婚玩到现在几十年过去，我们换一种方法吧。"

秦天明说："好啊，怎么玩？"

老安说："我讲个故事给你听。"

秦天明说："老鼠爱大米的故事？"

老安摇了摇头，开始讲起了故事来。她说世界上有一种动物，早上，他用四条腿爬；中午，他用两条腿走；晚上，他有三条腿却步履蹒跚。

老安问道："听过吗？"

秦天明说："世人皆知。答案很简单，这是人。"

老安说："你不能假装不知道，猜一猜后回答，这样我讲起来才有情绪。"

秦天明说："嘿嘿，我明白怎么当你的学生了，接着讲吧。"

老安说："这样讲这个故事答案过于简单，因为它抹去了生活里的细节，但却简单明了地概括了人生的三大阶段：幼年、青壮年和暮年。在三个人生阶段中，青壮年时期因为对自由的渴慕不易产生孤独终老的想法，尤其是在35岁以前。然而到了35岁以后，随着年龄的增长，想法多多少少会发生变化，因为老年人的生活开始闯入了我们的脑海，年轻时以为自己可以解决的问题，随着年龄增长，会逐渐发现仅凭自己努力无法解决的问题会越来越多。当生命步履蹒跚地进入三条腿阶段，我们可能会在打喷嚏的时候赌上性命；在怦然心动时，发现那不是爱情，而是心律不齐；吃饭不敢吃饱，因为要留下肚子喝水吃药；就是出去旅游，结果也是没看多少风景，而一直问厕所在哪儿。人生可能不再迷茫了，但记性差到时常会迷路，如果大脑萎缩，又患上阿尔茨海默病，不知道吃喝拉撒，不认识人，那就更悲催了。"

"讲得好深刻啊！"站在他们身后的一位空姐微笑着，"飞机已经起飞了，有什么需要随时告诉我。"

老安回应空姐说："谢谢你，没有。"

"你应该说暂时没有，假如你一会儿又有需要呢？"老安与秦天明相视一笑。

秦天明把目光转向窗外，航行中的飞机飞行在云层中，时而阳光照窗，时而云朵扑窗而来，在地面上感到雄伟壮阔的高山河流，从飞机上往下看，显得是那样苍茫渺小。只是这时坐在飞机上的秦天明，心底涌出了高处不胜寒的苍凉，站在高处看世间风景，陡然发觉芸芸众生，奋斗一世，争夺一生，有的人所谓人生成功了，赢得了财富万千，换来了河山万顷，然而满身的伤痕却成了自己沉重的包袱。这些人看似人生披上了华丽的盛装，只是不可一世、喧嚣一时后谁来为他们疗伤？生活有谁生来就是掠夺者？总是逼迫到无路可走，才决意和命运背水一战，结局不过是成王败寇，败者萎落成泥，王者风华绝代，同样是数十载的光阴，长短不同而已，又有多大的区别？

老安问："你在想什么呢？"

"啊，我发现我自己现在活得是越来越抽象了。"若有所思的秦天明被老安唤回，"离现实的物质世界越来越远，离纯粹的精神世界越来越近。一开始只是出于无奈，因为退休了，不产生价值，也没有利用价值了。现在是越来越喜欢了，心中越来越受用了。"

老安说："人说识时务者为俊杰，这叫接受现实。只要爱不是抽象的，与人交往不是抽象的，生活不是抽象的，你就还是一个人，不是一个神。你是渐悟还是顿悟的？"

秦天明知道他还没有顿悟的基础，他感到其实人到60岁以后，生命才开始不断地得到领悟，他明白了要与自己和解，面对自己的现在，放下年轻时的执拗、轻狂，淡泊宁静、云淡风轻地过好每一天。

每个人都是自己的主宰，就算你再伟大，在别人的世界里，你也只是个配角；哪怕你再不堪，你的人生之旅还得自己走。

秦天明向老安投去了年少时才有的深情目光。不承想，他年少时想把最好的给老安，他年老后惊喜地发现自己赢得了一个世上最好的老安。他下决心要守住她和与她在一起的日子，终日相依偎，每时每刻在一起，从早晨口角到夜深叮咛。一生所求不多，不要不老的青春，只要一个时光抢不走的爱人。

老安了解秦天明深入他的骨髓。眼前的秦天明，虽仍是凡夫俗子，但心态特别好，把岁月修为到了风吹来就翩跹，雨蒙蒙就美出诗意，在生命一天凉似一天的光阴中，做到了随遇而安。不属于自己的就让它腾开空间，好让适合自己的依次来临，人生中有许多美好的存在，都正碎碎念着你，惦记着你，伸开双臂等待迎接你。

"欢迎您！"

秦天明和老安乘坐的飞机正点到港，被地接司机送到宾馆后，他们很顺利地办理了入住手续，整个过程没有他们想象的复杂。初到异国他乡，人生地不熟，他们进房间后，老安开始清理行李，秦天明打开照相包，擦拭照相机，为明天的出行做好准备。

到了晚上，秦天明上了床却睡不着，在他的心里，对于世间的风景，总会有一种难言的向往。他认为有些风光，或许一生都无缘相见。但是可以在某本书，某张照片里，或某个人的言谈间，有一知遇的邂逅，也算是圆梦，也可以得到精神上的满足。这段风景，可以在秦天明"咔嚓"一声的照相机里拍成静止的画，无论在何时何境，都可以穿越摩肩接踵的人流，与之邂逅，和一个隐藏起来的灵魂对话，表达他的难忘。

他踱步来到窗前，打开窗帘，夜空下星光和灯光交织。宾馆地处半山腰，他透过窗户往外看去，夜色尽收眼底，对于马来西亚这个国家，这一片土地，秦天明充满好奇。过去，他在儿子的口中听说在这片土地上的自然风光，就像一本经书，神秘又耐人寻味，内容精深，蕴含着难以言说的禅意。今天他来了，他可以不为美味佳肴静居独处看书喝茶，但他却愿意为一段迷人的风景跋山涉水不辞艰辛。

老安问："兴奋?"

秦天明答道："兴奋和期待!"

是秦天明影响老安入睡，还是老安本来就没有睡着装睡? 不管怎么说，都是因为来了而兴奋，为了明天的风景而期待。

第二天上午，公园门口人头攒动，秦天明眼戴墨镜，胸前挎着照相机，紧随其后的老安身背照相机包。秦天明将在公园门口临时买的拐杖递给老安，老安试了试感觉合适，两人向公园入口处走去。

秦天明和老安向缆车走来，游人正在上缆车，秦天明和老安在其中，缆车启动，由下而上往山上升起。

缆车到达山顶，秦天明与老安从缆车上下来，与下山的游客偶然擦肩，年轻的、年老的，男的、女的，或善意说话打招呼，或友好地点头报以微笑。他们之间有何缘分? 也许大可不必抱此等期望，但这的确是件不容易的事。至于其中的情味，在彼此的心中是否有融会的瞬间，只有自己才能体会。

"表独立兮山之上"，可曾留得几分的念想呢?

人与人的邂逅在于缘分，人和风景的相遇也在于缘分。他来到这里，山色秀美，空气清新，让他的心灵终归找到了一种归宿的平静。

世事苍茫，而我们与生俱来就带着一个谜，行走于苍茫之中。每一座青山，每一条河流，都有无法言说的故事；每一株草木，每一块石头都有无法破解的谜底。我们还能凭借岁月遗留的细碎痕迹，另外找到些什么？或者说，这美丽的山河，又还能给我们留下什么？

人海漂泊，人生下来就一直在寻找存在感，每一天都有那么多的邂逅和相逢，为什么偏偏擦肩的是你和我？每一天都有那么多相约的缘分，为什么日复一日等待的还是你和我？

世间万物都是有情有义的，无论是一粒尘沙，还是一只虫蚁，都可以酝酿出非同凡响的悲喜。我们可以背上行李打理包袱去远方追寻别人的故事，迷离的时候，相信总会有一株植物、一缕阳光，守候在我们追寻相逢的渡口。

公园山脊的路上，游人如织。你走你的路，我看我的景，但游客都朝着同一个方向行进。

秦天明手拿照相机，老安身背照相机包，迈着轻盈的脚步，坚定地走在人群中。他们是一会儿快步，一会儿慢行，一会儿走在人前，一会儿落在人后，就像是走在人生的路上，总在赶超一些人，也总在被一些人超越。人生的要义：一是欣赏沿途的风景，二是抵达遥远的终点；人生的秘诀，寻找一种最适合自己的速度，莫因疾进而不堪重荷，莫因迟缓而空耗生命；人生的快乐，走自己的路，看自己的景，超越他人不得意，他人超越不失魂。秦天明和老安走在通往庙宇的路上，他想，也许每一个来这里的人或许心灵深处都怀着一个心愿，祈望神灵的成全护佑。

他走着，头顶着蓝天。原先他的脚步还落地轻柔，顾虑脚步声大了会惊扰其他信徒的朝圣，但是，他走在其中，才感觉到信徒们是自由的，可以随便大声说笑，无所顾忌。

他在寺庙的殿堂前停下脚步，暖暖的日光照彻山河大地，让信众享受大自然给予的平等和仁厚。这庙堂算不上宏伟壮丽，但是，精美而雅致。奈何朝圣的人太多，他秦天明也只是浪涛下的一粒沙尘，实在是渺小得太微不足道，只好在离佛门前的一个游客相对较少的地方踮起脚，仰望圣佛。

透过佛堂大门，可以看到慈祥的佛睁大眼睛，赐福于前来朝拜的信众。

秦天明凝望着，表达对佛的虔诚。

老安背着照相机包，因为天热，脸上汗水顺着脸颊往下流淌。秦天明虽然粗心，此情此景，他对于老安的相守相伴，在心底油然升起深情的感动。他从衣袋里掏出纸巾，为老安擦去额头上的汗水。

秦天明说："人多，佛堂里不让照相，你先去，把包放我这儿。"

老安说："那你在这儿歇会儿，那边正好空着椅子，坐下喝点水。"

他们的一举一动，一言一行，溢出了恩爱，显示了进入老年伴侣的情深义重。

秦天明目送着老安走向佛堂，迈进佛堂的门槛。

对于宗教，秦天明没有太深入的研究和思考，在他的思想深处留下的记忆是这样的：基督教否认希腊诸神，相信宇宙间上帝是唯一的真神。认为肉体的存在即是罪恶，现世的一切权力、财富都是虚幻的，最后是要受末世的审判，追求精神上永世的光荣。

代表基督教的《圣经·旧约》故事中非常重要的主题——亚当、夏娃偷吃禁果，被逐出伊甸园。上帝创造了最早的人类——亚当、夏娃，他们住在伊甸园，无忧无虑，没有欲望。但是，最后两人违背了上帝的意旨，偷吃了禁果，有了羞耻，有了欲望，因此触怒了上帝，被赶出伊甸园，也就是基督教教义中人类"原罪"的来源。

伊斯兰教继承了犹太教复生日审判和天堂的教义。佛教引导尘世间要在现世修行，以求得一个好的来世，超脱六道轮回的痛苦。

而佛像存在的目的，也不只是引发视觉上的美感，而是提供给信徒朝拜，唤起信徒心中对神明的那份虔诚。

现实生活中，我们走进佛堂，佛像威严而慈祥，信徒心怀念想，祈望有求必应，在我们沮丧的时候给我们安慰，困难的时候给予我们帮助。一直以来，我们坚信不疑，我们虔诚朝圣，为了我们心中的愿望，我们充满了期待，我们一直在盼望着生命的奇迹。

秦天明在小的时候，父母带他去寺庙烧香磕头，他就不像别的孩子那样对抗，而是顺从父母的旨意，烧香也好，磕头也好，都一一遵从，虽然这个年龄段他还不明白烧香、磕头与他有什么关系，他全凭心性，想敬时他就点香敬上，想磕头时他就跪下叩首，心底倒也纯净。到上了高中，父母再带他去寺庙烧香磕头，他变得积极主动了，因为，他听说人们热衷烧香、磕头，原来是可以许愿的，个人要有什么愿望，在佛祖面前许愿后就可以实现。他这时候烧香、磕头，就是许愿佛祖，护佑他考上大学，到城里上班，娶一位漂亮的姑娘做妻子，据说妻子漂亮能给丈夫带来好运，然后成家生子。

他一路顺风顺水，实现了他当初的愿望。这是不是佛祖保佑的结果，他真的没有去想这个问题。但是，随着年龄的增长，阅历的增加，对这个世界的认知越来越清晰，最终发现这世间没有那么多的奇迹，有的只是那百分之九十九的平凡。

这一刻，那个曾经鲜衣怒马、一日看遍长安花的少年就死在了心里，活着的是白发上头、世俗均沾的秦天明。

似乎到了这个点，就是定向的终结。可是这个世界上我们还有意识，还有主观能动性，还有数不胜数的东西，只是需要换一个视角而已。

在无从解释的疑惑面前，秦天明在心底发问：我们到底该相信什么，不该相信些什么？或许我们该相信清风白云一样悠闲自在，不惊不扰，像那些虔诚的信徒，相信佛的存在，相信每一片白云，都有无可言说的灵性？

经济的富有或许使新崛起的商人眷恋现世的富足逸乐，更甚于对天堂或诸神的向往。

佛解析着："人"是什么？

他看到现实，看到了部分人的堕落。他看到了人前的青春，也看到人后的衰老。

生命在"召唤"的是什么？

"召唤"是人性最灰暗时刻的一点光亮吗？

秦天明眷恋青春的亮丽，却又看到生命的衰老；他眷恋物质，透过物质看到了人性的贪婪；眷恋美，却揭发了丑；渴望新生，然而死是生的结果。

一段时间，尤其是刚退休时，他陷溺在对过去的失意中，带着隐匿的孤独，看到自己一生的追逐与内心的挫败。现实毕竟不是理想，它充满了鲜活的杂质，充满了生命的呐喊和叫嚣，充满了人性的愤怒、焦虑、狂喜、嘲讽。他也曾一度陷入迷惘，因为他不确定宗教对他个人会有什么影响。他想到他的一位朋友，家中并不富裕，自己也过着俭朴有如苦行僧般的生活，却特别热心，尽己所能，乐于助人。相反，他耳闻的有些人以宗教之名编造妄语，心里明知那些所谓的神谕纯属虚妄，却仍然死抱住不放，有意装模作样来蒙骗他人。他们有的并没有因身负圣职而具有更加高尚的品格，而是欺世盗名，过着肮脏、腐朽的生活，还口若悬河地装着虔诚讲上一通大道理，却从不以行善者的身份躬身力行。这一切，使他深感人性的虚伪。他苦思不得其解，在现代社会中，有的背叛规则，追求感性的解放，追求激情，追求个人的冒险，追求自我从群体中走出来，追求孤独，追求宁为玉碎的悲剧情操，不屑随波逐流，也不屑向世俗妥协，甚至以离经叛道为荣，厚颜无耻地鄙视俗世的庸庸碌碌。

我们期待别人来救赎，却不知道只有自救才可以救人。我们在自己的沧海里，讲述别人的桑田，却不知有一天，自己的桑田恰是别人的沧海。人生这局棋，若执意要按自己的主观意志走下去，结果往往是满盘皆输。

走出家庭，走进现实生活，走向山川大地。秦天明站在殿堂门外，他的心想问一个在婆娑世界里度化众生的佛，可知世间的烟火。

佛不是一个虚无，佛也是人的化身，因为参透世间一切，才置身事外，悠然于云端。

秦天明坐在佛堂边的椅子上，仰望湛蓝无比的天空，好似天空倒映出他从青年到壮年，从壮年到暮年，从年轻的意气风发，到老年的苍老颓败影像。他看到自己满脸的皱纹，一脸的茫然，仿佛有着无限的感伤，又仿佛有着无限的悲悯。

　　曾记得，在秦天明住院时遇到的一名癌症患者对他说，在自己诊断为癌症晚期时，变卖了自己的房产，出家拜佛，祈求神灵的护佑。癌症患者听说只要心怀诚念，顶礼叩拜，就能化悲为喜，离苦得乐。于是，他抬腿迈进大殿，虔诚地跪在佛像前，双手合十，默念着，祈祷着。这时，他的精神好似再也没有了往日的爱恨情仇，被禁锢的灵魂挣脱世俗的枷锁，像放飞的雄鹰自由地飞上了蓝天，天空是那样的辽阔无边，生活是这样的美好多彩。

　　"若你们心怀诚念，不存疑惑，不但能行无花果树上所行之事，就是对这山说，你挪开此地，投在海里，也必成就。你们祷告，无论求什么，只要信，就必得着。"

　　于是，这位癌症患者带着僧人的感召离家来到一个边远的寺庙，每日跟随一名出家人虔诚祷告。他说，他的精神再也不被患癌肉体所禁锢，像是要挣脱枷锁释放出来，一个崭新的生活展现在面前。他用尽全部的热情，渴求身体的康复，他决定要长期住下去，臣服在神灵的脚下，虔诚地礼佛诵经。只是有个念头一直在折磨着他，那就是他知道这样下去，意味着他的家人将会牵挂他，落下自私的名声，他在俗世一直的好名声好形象将暴露在众目睽睽之下受到谴责……但是真到了那一天时，霎时他释然不再顾虑了，他怀着喜悦之心担下了这份自私，在寺庙里住了下来，一次早上诵经他觉得在佛堂光辉神圣的穹顶之下，自己是那么的渺小、微不足道。其结果，依然是癌症结束了他生命的一呼一吸。

　　在这个充满幻想的婆娑世界里，万物皆是微尘，微尘也可成佛。人因为有了信仰而对生活心存期待，那些居住寺庙周围的人，相信神与佛的存在，世代匍匐在青山脚下，一边与神灵对话，一边以护种果树为生，过得简单安宁，逍遥自在。在他们眼里，所有的草木都有灵性，所有的山水都有诺言。每个人都是佛的信徒，每个人都有纯粹的心，而心里都种着一株菩提。

　　秦天明上班时，想得更多的是诸如权力、财富、名气、地位，这样与他年少时梦想活得风光相吻合。但如今，突如其来的患病，唤醒了他处在沉睡中生命的觉醒。

辩证地解析，一个生命个体，具有它的物质性，也有它的精神性。大多数人认为人是精神性的存在，但秦天明认为人也是物质性的存在。灰飞烟灭，灰是生命，烟是精神。

第一，你是一个生命，你因此才会在这个世界上生活，才会有你的种种人生经历，是生命的物质载体。

第二，你不但是一个生命，你还是一个独特的生命个体，能够明确地意识到自己从哪里来，可以主导身体，知道要到哪里去，是精神的存在。

第三，你虽然是生命个体，但与宇宙万物相通，你的存在与虚无只是变换了生命存在的方式，因为你有一个灵魂依然存在。

外在的力量，诸如权力、财富、名气、地位也许可以让人活得风光。但内在的力量，才教人流连在生命的意义里饱满丰盈。当然，在尘世间我们终归是一个生命。我们需要形式上的满足，也追求内在恢宏力量的支撑，并透过这些追求去发现自然的生命，牢牢记住个体就是一个生命，经常去聆听它的声音，去满足它的需求，这是本质上的需要。这些需要，平凡而永恒，不可复制，独一无二。我们得对生命负责，去实现生命价值，成为真正的自己。

秦天明认为他应有自己独立的信念，他是他自己的主人，做人有原则，生活有热力，不在俗世中随波逐流。谁也无法代替他所需要的人生旅行。他只有一个人生，不应有虚度与颓废。

秦天明举步迈进庄严的大殿门槛，面对佛的慈祥，他凝视片刻，点燃了一炷香，双手合十恭敬地献入香炉。透过迷离的烟雾，在他眼里的这尊佛是慈祥，没有站在遥不可及的那般高处，等待朝拜人的翘首远望，而是融入俗世，与朝拜的人一同感受世态炎凉。

佛堂是庄严的，光照虽然不够充分透亮，却显得庄重安静，有几多神秘，使人觉得来到教堂就是为了卸下心灵上的包袱，从而追求精神飞扬的一种激情，一种喜悦。感受到宗教激情与世俗欲望对幸福的渴求，在宗教高昂的情绪下包装着对现实权力与财富的贪恋，仿佛是充满装饰音的咏叹调，使人情不自禁，也跟着陶醉赞美起来。

秦天明看到与他先后进入佛堂的一名年轻高挑女子，服饰艳丽，打扮入时，她迈着轻盈的步伐目空一切地行走在朝拜者的人流中，即使她高昂着头进入佛堂，却也瞬间放下了身段，在佛像前五体投地地叩首顶礼，好似已经全心地放下了进入殿堂之前那不可一世的傲慢，站在最低的位置，坦然接受面前的一切，不再顾虑自己也是俗世间尘埃中的一粒。

秦天明随着朝拜者的涌动踱步在佛堂里，他的眼光被供着一尊尊的佛像和挂满一幅幅的红色鲜艳条幅深深吸引，也随着身体的移动，空间的不断转换，在映入眼帘的场面被更新时，那年轻跪拜女子的身影强行闯入他的视野，他想是什么支撑这条美轮美奂的生命呢？是财富还是精神，是信仰还是智慧，让俗世间普通的生命不会沉湎在肉体之上，也不会沦陷在生活的痛苦里悲凄，实现一种从肉体转向精神与灵魂的超越？！

对于宗教信仰，秦天明没有刻意地拜读专著解疑释惑。在日常的生活里，他只是遵从自己的内心直觉，乐善好施，乐于助人。这使他摆脱了束缚获得自由，成了自己的主宰，去尽情领略现实生活的欢乐与苦涩。

秦天明感到，寻求解惑的过程，就像在一个无边无际的迷宫里突围，没有一个正确的向导，你就永远都被困在里面，原地打转。有的人居无定所地过着安宁的日子，有的人却在豪华住宅里一辈子逃亡。所以，他认为进不进佛门拜佛，离不离开红尘皈依佛门，只是修行的起点和外在的仪式，内心的诚服才是人一生的精神修行和灵魂修为。

带着拜佛的体验和心灵的追问，秦天明走出了佛堂，来到了他刚才落座的长条椅边，老安从长条椅上站起来。

老安说："你要是累了，咱们再歇一会儿？"

秦天明说："不，你看这里的景色，鬼斧神工，实在是太美了。"

"别崇洋媚外啊，我们美丽中国景色好的地方有的是，只不过以往出去都是到此一游，现在可以有时间放慢脚步欣赏风景了，"老安从包里取出水杯，打开杯盖递给秦天明，"喝点水吧，还是挺热的。"

秦天明接过水杯说："是啊，过去是赶时间，出去一趟总想多去几个地方，现在时间是自己的了，可以自主安排，可是如果没有好的心情也不行。"

老安说："那要是这样说，身体也很重要。别累着了，要不孩子该说我没管好你了。"

秦天明说："我虽是做了手术，但是身体已经恢复得很好了，这是医生说的，也算是过了鬼门关的人，你看佛都在保佑我吧。"

秦天明从包里取出照相机，回身端起，将镜头对准在太阳照射下闪着佛光的佛堂楼宇，"咔嚓咔嚓"的快门声响起。

"势不可使尽，福不可享尽，景不可看尽。"

人生苦短，但须适情怡性。娱悦身心固然重要，但贪一时之欢、逞一时之快以及奢华糜烂绝不可取。

秦天明从景区回到宾馆已是夜晚10分，但他余兴未尽，觉得旅游是那么的刺激，可以看到过去没有看过的风景美色，旅游又是那么的来之不易，年轻时腾不出时间，这令他对外面的世界更加贪恋和向往。他那终于被放逐的心，就像夜空中的星星不知疲倦地闪烁着，忘记了自己大病初愈后不喝酒、不熬夜的医嘱，被酒色诱入陷阱。其实，人生有许多陷阱都是自己亲手挖的，以为可以捕获别人，掉进去的往往是自己。世上有尘网、情网、名利网，你舍不得什么，就会被什么网住。世事当是如此，有舍有得，不舍不得。只是谁又有把握得到的就一定会比舍弃的多呢？

秦天明打开水龙头，洗下脸上的灰尘，走出卫生间，不顾疲劳，邀请老安去酒店的酒吧消夜。老安虽说是无条件地服从，脚在走，但她在心里却犯着嘀咕，她想白天刚去了寺庙朝圣，晚上就去酒吧是不是不够虔诚，或是人性的虚伪？

佛教有"五戒十善"，基督教有十戒，伊斯兰教也有很多关于禁忌和限制的圣训。这些道德规范都以来世的奖惩来规劝和警告现世人们的行为。遵守戒律或圣训者死后进入天堂，违反者则进入地狱。除开宗教法庭外，这些奖惩不是在现世而要到来世兑现。现世的一切劳苦困顿，似乎是为了要准备死后在另一个心灵的世界求得荣华的补偿。

　　老安了解秦天明，严格意义上讲，秦天明是一个唯物论者，有自己的政治信仰，不信宗教、不信鬼神、不信来世，没有来自宗教信仰的道德约束。上班时，他的行为在政治信仰的约束之下，个人的现世追求和个人的生活欲望虽然受到限制，倒也安稳合群，利己、利他、利人，他如今退休了，闲聊时她问他，他告诉她，他就是靠着他的政治信仰，有了家，有了事业，有了富足的生活，有了丰盈的人生，所以，余下的人生依然坚守自己的政治信仰不动摇。想到这里，她的脚步也不再犹豫地大步向前。

　　酒吧独立于酒店主楼左前方的一栋二层小楼，夜色中从落地大窗透出的灯光璀璨迷离，酒吧里的男女老少，不同国籍，不同肤色，不约自来，在这里或喝酒嬉闹，或唱歌跳舞，只为将炽热的生命活力演绎到底，似乎只有他们可以肆意妄行，可以醉倒在澄澈的月色中，不管不顾。这是一场无心的约定，夜来相聚，天明散去，谁也不问谁来自哪儿，又将往何处去。今天的相逢或是明天的相聚，也可能是永远的离散。只是这些都不很重要，他们要的是当下，是理所当然的拥有，是落崖惊风的决绝。

　　秦天明和老安在酒吧招待的引导下，绕过正在表演的舞台，在一张酒吧桌前落座。

　　舞台上的激情表演正在进行，秦天明端起桌上的酒杯，深情地凝望老安，他依然认为年轻时老安甜美的笑容、曼妙的歌喉，虽然算不上是熙攘人群中最美的凤凰，但也呈现出相当出类拔萃的修养与气质。

　　也许是酒吧的酒太过让人迷醉，又或许是老安的温柔笑容和撩人的眼波太过让人痴迷，他们眼神相交的刹那便有了心灵的交集。

　　秦天明说："来，干一杯！"

　　老安举杯优雅地抿了一口，她要抿出生活的快乐，抿出夫妻的情深。

　　秦天明举杯一饮而尽，他想无论是福是祸，他都要让自己沉陷。因为至今也没有说清，身体的快乐和精神的快乐何种更令人销魂蚀骨，也许只有真切地体会过，才能道出哪一种快乐更适合自己。

　　秦天明感到自己对世事醒悟晚了一些。原来人的心都是这般柔软，渴望柔情与幸福。倘若每个人都心存善念，安于平淡，在属于自己的地方像花开一样微笑，如莺燕一般歌唱，那该多美。

　　老安微笑着主动举杯，她感到此时的秦天明已经放下了心中的负累，因为，没有谁愿意作茧自缚，纵为一个虚无的梦远赴天涯，也当无悔。

　　秦天明又是一饮而尽。在这里，他只是一个游子，是游客中一起游戏人生的过客，根本不想去介意谁的身份，他们要的只是今朝有酒今朝醉的快意。

　　人说酒逢知己千杯少，秦天明是干了一杯又一杯。要是往常老安看到这样的情形就会劝一劝他，不要喝多了，特别是不要把自己喝醉了，但是，今天她没有出言劝止扫他的兴致，她试图进入秦天明情感的最深处，感受和分享他因受酒的温情而激昂出的那份生命的快意与愉悦。

　　人为什么非要等到千帆过尽，百味皆尝，才知情的可贵、知己的难觅呢？其实能陪我们走过这一生、见证这一生的人，真的是寥寥无几。人生是一场苦旅，偶尔有知己相伴，也是一种欣慰，至少在心灵的原野上不会太过孤独。

　　然而我们的一生，纵然曾经有过知己，也不会一直陪着你走下去，人生漫漫，岁月悠悠，我们一直在改变，身边的人和事也随着在改变。无论情愿与否，身边那些熟悉的身影永远会如走马灯般流动，最后淹没在人海茫茫里。

　　情到浓时，倍感分离是煎熬，是苦难。秦天明患病住院的那天晚上，老安因洗澡回家了，那晚就他一人时，黑暗中心里陡升一种担忧，生怕哪一天，就和老安分离，那时候他对老安在温床上许下的誓言，也就无法兑现。

　　只叹世间良宵苦短，人生长路漫漫。

　　虚幻的世界里，各种繁华过眼，渐渐我们懂得，凡事不能停留在表面。世间的风景万千，无非是内心宁静和谐，在心底深爱着的是一个有着本真面容的人，为你引领方向，红尘相伴，与你清水煮茶，浅笑而安。尽管有些情景看似五味俱全，却入不了你的柴米油盐。

深夜的酒吧，灯光依然迷离，推杯换盏依然热烈，在这里找不到半点的庄重和优雅，只有肆意宣泄的酣畅淋漓。

今夜秦天明喝醉了，他是在酒吧的最后一盏灯关了以后，几乎是在老安的搀扶下，踉跄着一步一步穿过长廊回到酒店的房间。虽然视线有些模糊，但老安温情地为他换衣更装的一举一动在他眼里是清楚的，虽然醉意蒙眬，但他明天回国结束这次旅游的不甘搅动得他心绪难平。他知道，这里的风景很美，但是，一处也不属于他，无论他自己是多么想要珍惜，把它当成自己的国，自己的家，但终究是一厢情愿。他清楚自己只是无数来过这里的游客之一，是匆匆过客，离开就离开了，也找不到他和老安来过的任何痕迹。这里也不会因为他们的离开而冷清，来自四面八方的游客依然纷至沓来，依旧欢声笑语。

这个世界很大，大到离别后永生都不会再见，这个世界很小，小到路过转角就会再次邂逅。不管这个世界是大还是小，遇见时要感恩相遇，珍惜分秒的相聚，那么即使下一秒别离，也不会心留遗憾。告别时一定擦干眼泪，以微笑相对。转身时一定优雅从容，也许有一天这一切还会再入梦境。

早晨，老安起床了，秦天明醒了但赖在床上。

老安说："我已经饿了。"

秦天明说："那你先去吃。"

老安拿着秦天明的一件T恤，站在床前看着他，秦天明报以微笑着直起身子接过T恤套在他赤裸的上身。

老安坚持说："现在去人少，可以安静用餐。"

秦天明拗不过老安的执意："好吧，现在就去。"

老安等着秦天明洗漱完成后，他们一同来到酒店一层餐厅，各自端着一个餐盘，一前一后地在盛满食品的餐台箱里选用自己喜欢的食品。

老安说："有钱难买老来瘦，好些人是肉也不敢吃，蛋也不敢吃，就怕吃多了长胖！你看我，想吃就放开吃，只要不撑着。"

"嘿嘿嘿！"秦天明看着老安手中端着盛满食品的盘子，脸上呈现出会意的微笑，"'老来瘦'也不一定就是健康体形，做个'微胖'的人更健康！微胖的身材可以提高免疫力、保护重要的器官，你看你，圆润饱满微胖，气色更好，更有福气。"

"走，那边那桌坐的那位好像是中国人，我们过去和她共进早餐。"老安心情愉快地引领着秦天明，走向就餐区一张靠窗的桌子。

"你好，请坐。"已经在这里用餐的老人礼貌地与老安打招呼。

老安和秦天明落座后，一边吃一边小声地与老人聊起天来。

老安主动搭讪："你是从中国哪里来旅游的？"

老人说："不。我是日本人，我从东京来。"

秦天明说："哦，你的中国话讲得很好啊！"

老人说："我在中国工作，前前后后算起来有20年，也算是半个中国人嘛。"

秦天明说："你今年有——"

老人说："哦，我今年84岁。"

老安说："不像！你平时都吃什么补品？做什么运动？有什么长寿秘诀？"

老人与老安和秦天明聊天，脸上始终挂着微笑，语气也是柔和平静。

老人指了指自己脸上。

老安不解，把目光转向秦天明。

秦天明说："笑？"

老人说："对，最好的活法就是一个字：笑。笑容是最好的保养品，是最便宜的冻龄秘方。微笑也好，哈哈大笑也好，人说爱笑的人生才会有精彩，才会优雅丰盈。"

秦天明微微点头赞同。老安看着这位银发童颜，穿着讲究的老人，眼里充满着敬意。

"当然，也要处理好与子女、与朋友的关系。相处好了，彼此都不累。你知道我的难处，我体谅你的辛苦。不想说话或暂时没话题聊的时候，就各做各的事情，互不打扰，各自安好。"老人思维清晰，很善言谈，"天晴了，就出屋走一走；有闲时，就出来喝茶、聊天、下棋。有心事不要压在心里，免得闷出病来，多跟老友聊聊，心里就会痛快许多。"

"你说得是！"老安点头认可。

老人说："到了这把年纪，我们不必太牵挂孩子。儿孙自有儿孙福，不为儿孙做马牛。也不必太在乎物质。钱多钱少，够花就好。我自己的退休金都花不了多少，只要身体没毛病，我每年都出来旅游一次，觉得喜欢就多住一阵子。"

身体和生理上的年纪可以老去，但是精致的晚年如果依旧保持着年轻的心态，不断地发现新鲜事物，也不断地尝试新鲜事物，人生就不曾真正地"老去"，于是在满头银发后大大方方地穿着"情侣装"，展示夕阳下生命的妩媚。

这就是秦天明和老安梦想的老年生活，他们也曾怀疑梦想真就是梦想，但相遇这位日本老人，具体说应是共进了这顿早餐后，此时此刻他们找回了信心，感到他们的梦想就在现实的生活中，就在眼前这位日本老人身上。

一路步履不停地旅行，一路遇见美好的人物和风景，离别时总是情不自禁依依不舍，总喜欢说一句，相忘江湖，各自安好。

秦天明和老安与日本老人彼此心里都清楚，完成这顿早餐后，起身也就是离别，尽管他们还有许多的话要说，转身之后，从此人海茫茫，再要重逢已是渺茫。人世间，每个人都是浩渺天地的一粒微尘，从哪儿来，就要回哪儿去。

命运使然，总有些人会徘徊在我们的世界里，就像我们会在他们的生命中如约而至。

在秦天明心里，与日本老人的相见，引发的问题一直在向他提问：生命长寿了，但人生意义何在？

留不住的是时光，生命的长寿就像梦一样。在人口老龄化社会的背景下，这个问题已不限于哲学思考，不仅仅是自我超越的精神疑问，也成了与健康、长寿息息相关的医学问题。

物质条件的改善，医疗条件的不断提高，虽然与长寿有关系，但另一个重要的因素，就是对待生活态度是否乐观，在心里是否放下了恩怨，放下了名利，放下了焦虑，放下了忧愁。俗话说小时福不是福，老了福才是福。人到老年，健康是福，健康是人生最大的本钱，人什么都可以缺少，就是不能缺少健康。家庭和睦，儿女孝顺，就是幸福。健康身体的每一个部位都要安住在当下，定于中达于外，不出本位，又自然与其他部位有机结合，形成一个和谐的整体。每一个部位各就各位，各司其职。眼睛管好"看"，耳朵管好"听"，嘴巴管好"说"，胃只管"消化"，肺只管"呼吸"……身体的每一个部位该哪儿动哪儿动，一动全身俱动。五脏六腑各司其职，独立运行，而又连成一体，动则全身俱动，通透畅然，生机勃勃。每一个部位的功能都被唤醒，都被激活，自然而然地展现出本部位的灵明通透，本部位的生机活泼。

但这也仅仅是心存温暖，梦想生命每一天都有阳光。只想心存感激，梦会变得绚丽芬芳。其实，生命坚守的并不是人生的春夏与秋冬，而是一点点美好的愿望。

在一个陌生地点，爱上它的夕阳，道别时投去不舍的目光，只能再看它一眼，日后在心中，将化为一种现象与期待。

秦天明踏上归途，坐在飞机里望着机窗外，浮云朵朵，自由自在。他心想做天空中一朵浮云，与凡尘一切荣辱擦肩，至于那些匆匆来去的粉尘，是别人的烟火，实在说他无暇顾及。尽管如此，可他还是会为这里的风景、这里的寺庙以及由此而生的一些虚妄的美丽而迷失，为与日本老人短暂相遇这份没有结局的故事而惆怅。此时，他闭目回想，因为也有些难以割舍，他心生感伤，因为也有些景触动了他的心。

世间多少事，无言可说，无象可形，只是一朵云彩往来，一缕清风游走。我们可以抓住的也不过是一些虚幻，却还是甘愿为虚幻沉迷。记忆时而给我们厚重的内涵，时而又像是浩荡的洪荒，走进去，看到的是大漠孤烟，短横残月。有些变数是天意而为，有些却是人定。

一般人都相信命运，秦天明也是如此。他认为每个人从生下来，冥冥中就命定好了一生的路程，安排好了生离死别。但这并不意味着没有任何转弯的余地，因为命运也不能只手遮天。既然人生如戏，我们也可以以假乱真，滥竽充数也非就是过错。我们应当承认，在充满无奈的人生里，虽然做了岁月的傀儡，被生活逼迫到无处藏身，但是，我们责任在身，尘缘未了，我们不能一走了之。

生命中苦难多于幸福，灰暗多于明媚。然而，这并不意味着生命中没有幸福、生活中没有明媚。恰恰相反，正是在苦难的磨砺和灰暗的笼罩之下，生命才显得耀眼夺目。有一个阿拉伯寓言故事是这样讲的：

一位盲人在路上夜行，手提一盏灯。

路人见状，疑惑问道："你不是看不见吗，为什么还要点灯呢？岂不是白费蜡吗？"

盲人回答说："这灯我是给自己点的也是给别人点的，别人安全了我也就有安全了，我不会因为看不见撞到别人，别人也不会因为看不见我而撞到我。"

找到了悟生命真谛的智慧明灯，在无尽的长夜里照亮我们人生的前路。

秦天明从梦中醒来，他睁开惺忪的眼睛，定了定神，确定自己旅游结束回到了家里，而且已是早晨，窗外的太阳透过薄如纱幔的朝雾浸染到树叶上，到处都散发出阳光的气息。

秦天明带着朝圣般的虔诚完成这次旅游，心情格外舒畅。其实，俗世里的每个人都有一趟终点不同的朝圣之旅，志同道合的人在旅途中演绎一幕幕遇见与离别。但是，旅途中的故事，就像闪在身后的风景，即使再怀念，即使再无法忘记，都已经成了过去。

秦天明知道，人生中有许多东西是可以放下的。只有放得下，才能拿得起。尽量简化我们的生活，就会发现那些被挡住的风景，才是最适宜的人生。千万不要过于执着而让自己背上沉重的包袱。

　　丢掉身上背着的包袱，简单轻松前行，拂开那些飞扬的灰尘，浮华的风景散去，才是真正适宜我们的生活。

　　人生荣枯有定，岁月幻灭无声。也许秦天明活着，只是为了一个接着一个地做梦圆梦，一个梦圆了，再接着做下一个梦。那他下一个梦谁又是他梦中的主角？

第六章

向死而生

走过多少春去秋来，始终无法丈量红尘的路程到底有多远。你累的时候，也不能停歇，因为时光一直匆匆追赶，从此处到彼岸。直到有一天你止步，意味着生命历程的结束，而你也完成了生存的使命。有些人厌倦凡尘，一生只求颖悟超脱，做佛前一株安静的草木，沾染禅的灵性；有些人却愿意离开禅境，甘愿落入尘网，流散于乱世，清醒又疼痛地活着。

秦天明结束自己人生的一次朝圣之旅回家，他想这之后他要好好地活着，渴望生命的时间再延长一些，去处理他认为未了的事情，去遍尝世间所有的美好。他把这个想法告诉老安，老安给他讲了一个林语堂讲的故事。一个人从地府去往人间投胎，他对阎王说："我投胎人间，有些条件你要答应。"

那人继续说："我要做宰相儿、状元父。家宅四周有一万亩田地，有鱼池，有果实；有一个美丽的妻，一些妖艳的妾，她们都待我很好。要满屋金珠，满仓五谷，满箱银钱，而我自己则要做公卿，一生荣华富贵，活到一百岁。"

阎王笑道："如果世间有这样的好事，我自己便去投胎了，哪还轮得到你？"

故事讲到这里，老安笑着告诉他，人老了，就心静如水地待在家里养老，不要奢望不切实际的想入非非以及幻想的可能性，那是不现实的。因为日常且慵懒的生活，总会把人的一些最本质、最宝贵的东西压制、扭曲，但灾难却往往会把它们唤醒。归根结底，这里面有一个最朴素的东西，那就是对世间美好的向往，对鲜活生命的留恋，对衰老与死亡逼近的恐惧。就像很多时候我们都在满怀期待地等着一个美好的结果，但事实总是以坏的结果成了结局。那不是因为上天不眷顾我们，而是因为我们太过于幻想，生活中，总有一些突如其来的不幸会提醒我们：每个人都应该学着去面对无常，去接受打击，去扛起生命的重负。

听了老安的故事，秦天明觉得有些扫兴，只是不幸的是老安讲故事的声音尚未消失，他午后打盹儿醒来，一个连续不止的咳嗽几乎让他窒息，等他喘过气来，这时已经躺在一辆救护车上。

急速行驶的救护车不断发出刺耳的鸣笛声，打破了山的宁静。救护车里，秦天明挣扎着要从担架上坐起来，同车的一名医生、老安和秦依然劝他躺下，因为他的鼻子上插着吸氧管，躺着的体位有利于他呼吸氧气。但他倔强地还是要坐起来，他要看一看车窗外自己所熟悉的山、熟悉的树。车的速度很快，窗外的一切一闪而过，他分不清闪过他眼前的是山还是树，只有一片模糊，一片蒙眬，迷迷糊糊、似睡非睡地等他视线清晰时，已是躺在医院急诊室的床上，输液管中的液体正一滴一滴地进入他的体内。

秦天明睁开眼睛，房间里的陈设都一件一件地展现在他眼前。这是一个单人间贵宾病房，房间面积虽然不宽，但设施完备，整个房间的氛围，除了病床以外，都是按日常生活中家的房间布置的，显得温馨。

"你的检查时间安排在明天上午，我一会儿就下班了，你还有什么事？"这是秦天明本次住院的主治医生赵主任。

秦天明说："没事。这房间条件不错，一个人住休息不受影响。只是我住合适不合适？"

赵主任不解："你是指？"

秦天明说："我是说我是一名普通患者，住这样高级的病房，按我的医疗标准是不能报销的。"

赵主任说："是的，但是普通病房已经住满了，根据你的病情又急需住院检查，征得你家人同意，就安排你住进来了。"

秦天明没有回应，有些冷漠，也不够礼貌。

"谢谢赵主任！"一旁的老安赶忙补上一句。

"毕竟治病重要。情况是这样，是你女儿通过她在我们院工作的同学协调，也正好空闲调整出来给你用。而且外面还有不少等着住院的患者，因为没有病床住不上院。"赵主任带着职业的神态，浅浅一笑，转身离开病房。

蹲在床头柜前整理物品的秦依然转头扫视了一眼秦天明，她心里十分明白她的父亲心地善良，从小就教育他们长大以后不能以势欺人，参加工作以后不能以权谋私。在她毕业分配到医院当医生后，秦天明多次与她聊天告诉她，听说她工作的医院病人很多，普通患者通常需要提前好几周甚至好几个月预约、排队，才能得到一次检查或医生问诊的机会。鉴于这种情况，秦天明的心情总是沉重。如果他清楚今天因为他住院女儿四处找关系，那后面的病人就会等更长的时间，特别是有的重症病人多耽搁一天病情就会恶化，耽误治疗，而有的病人从外地来，为了省钱住在条件很差的旅馆里等待住院接受检查，每多滞留一天就要多花一天的住宿费，对很多贫困家庭来说，一天的住宿费也是不小的负担。不管怎样，我们还是应该尽己所能地去帮助他们，让患病的得到及时有效的治疗，所以，女儿这样做，其实违背了父亲做人的一贯原则。秦依然理解父亲生气的原因，做医生不公平地使用医疗资源她也有不安，只是情况特殊，她父亲的患病症状很严重，她一时还没有告诉他，他也可以算是危重病人。

"老秦啊，我们都到这个年龄了，看病吃药，报销感谢政府，报销不了还有孩子支持。"老安安抚着秦天明。

"妈说得对，还有我和我哥呢，您就安心治病养病。"

秦依然寻到了为自己掩饰不安的话题。

在老安还没有弄清秦天明产生情绪的原因时，她对秦天明讲起她任高三班主任时的一段经历，她说那年她班里有一个国外归国的学生，年龄在17

岁。在一次班上组织召开的以"谈人生、说理想"为主题的班会上，学生发言时说，他的父亲是一个在行业里都是非常有地位和声望的人，他们家很富有，吃穿住用可以说是最好的。不久前他的父亲查出患有肿瘤，全家人非常难过，尤其是父亲本人，终日生活在死亡的阴影里，极度恐惧，痛苦不堪。此时此刻，他一生积累下来的财富、得到的地位不但无法让他的痛苦有丝毫的减轻，反而因为执着，让他更加痛苦。

说到这些，这个17岁的学生深有感触：很多人都会把财富、地位当作人生的理想目标并为之奋斗，但当他们不得不离开这个世界的时候，财富和地位对此不会有一丝一毫的帮助。

老安讲这段经历的用意很明显，就是想让秦天明不要吝惜钱，看病花钱不要有顾虑。其实，在这个问题上她对秦天明存在误解，因为秦天明在对待精神和物质两个方面，他还是看重精神方面的多，主要是他的生活已经摆脱了物质的影响，平时他对待旁人，特别是对待他认为的弱势群体也是心怀怜悯，尽自己所能为别人提供帮助，所以，当听到女儿为他住院找人托关系，他心里自然不高兴。而老安的这一番话也没有反映出他此刻的心情，但是此刻他身体虚弱，无心思做出回应。他对身旁的秦依然说："自从我旅游回来，我发现自己的皮肤很干燥，嗅觉退化了，夜间视力变差了，很容易疲劳，前两天还掉了一颗牙，思路也不像过去那样清晰了。我以前看报纸半小时就可以看完，现在需要一个半小时。而且即便如此，也不确定理解了多少，记忆力衰退带来麻烦，如果我回头去看我读过的东西，我知道我看过了，但是有时候并没有真正地记住，还是短时记忆的问题，很难接收并存储信息。偶尔我的情绪有些低落，我觉得我有反复发作的抑郁，令我不舒服。"

"有时候还因为一点鸡毛蒜皮的小事跟我争吵呢。"老安说。

"这不是您二老的常态嘛，吵了一辈子，别再吵了，和解吧。"秦依然劝说道。

"我们早就和解了，你看我都让着你爸，对吧？"老安示好，秦天明脸上露出了笑容。

"明天查体，做好配合，爸您躺着休息吧。"秦依然给床头柜上的水杯续上水，然后，仔细地端详秦天明，因为在她电话咨询时有关专科医生告诉她，肺部有癌细胞的人，身体会有三个异常：长期咳嗽，经常发烧，指关节肿大。但秋冬季易发发烧咳嗽，做平面CT和胸片不易发现，如果做增强CT查是否患肺癌的准确率会更高。

"干吗老看着我？"秦天明当然看不出秦依然现在这样看他是为什么。

"想您呗。"秦依然的回应极具掩饰性，也符合情理，当然，她的目光深处，是要看一看秦天明的表征是否与患肺癌的表征相似。

秦天明问："你明天陪我检查吗？"

秦依然答："对啊。"

秦天明慨叹："有闺女真好！"

秦依然说道："我哥今天要主持一个会，本来他也要请假，是我没有让他请假来。给您做检查有我在就行。"

"有你在就没事。"老安补上一句。

秦天明变换了一下体位，躺下休息。下午的阳光温柔地照进病房，没有了讲话声，房间很安静。

第二天上午，医院检验科影像室的医生为秦天明做CT照相检查。秦天明躺在CT照相平板台上，仪器在他的身体上来回移动，一名医生专注地盯着仪器视频窗口显示的图像和数据，指挥秦天明身体配合。

"吸气，呼气。"

"吸气，吸住。"

"好，呼气。"

室外，老安和秦依然站在挂有CT标牌的门口，他们没有坐身前的椅子，只是站立着，忧心地等待着，望着紧闭的门。

老安不安地问："你说你爸不会肺上出了什么问题吧？"

秦依然说："我看不会吧，就是咳了咳。"

老安说："说不准。我感觉不好，有一次我发现你爸咯的痰里带有血。"

"那没有听您说过。"秦依然看着老安。

老安说："他不让我给你们说。他说他膀胱癌刚好，已经闯过了鬼门关，他命大福大，癌症不会再找到他。"

"所以我们都不用担心嘛。"刚刚赶来的秦力走到老安身边。

"那我心里也不踏实，检查怎么那么长时间？"老安还是忧心，"哎，你不是在开会吗？"

秦力说道："那是我爸，他做检查我能不来吗？"

"耐心点。也该检查结束了。"秦依然搀扶老安。此时，影像室门开了，秦天明缓步走出，他们迎了上去。

"需要坐一坐吗？歇一会儿？"老安上前问秦天明。

"这来回地照，时间真不短，还是回房休息。"秦天明有些疲倦。

通往病房的一条走廊，秦依然搀扶着秦天明，老安伴随身旁，秦力走在身后。

"秦奋呢？"秦天明问老安。

"你孙子上学啊。"老安补充道，"今天是周二。"

"我以为今天是周六呢。"秦天明目光落在秦依然脸上，"影像结果多长时间能出来？"

"不会太长时间，我问了一下，一小时后吧。您先回房，我一会儿去取。"走在身后的秦力接话。在把秦天明送回病房后，他一转身就来到了医院检验科结果查询处，一位值班的医护人员在整理刚收到的一沓影像片子，并分类放入相应的格子柜里，然后回到座位抽出一份。

"谁是秦天明的家属？"

秦力应答："我是。"

"这是秦天明的CT片，有什么问题可以去找患者的主治医生咨询。"

秦力点头从医护人员手中接过装影像片子的袋子，抽出看了一眼又重新装回袋子。人说隔行如隔山，他虽然也是博士，但他不是学医的，影像片他看不懂。此时，更加着急想知道检查结果的秦天明已经来到了医生办公室，他的主治医生赵主任接待了他："你别急，等你儿子取回片子我看看是什么情况再说好吗？"

秦天明说："会有什么情况吗？"

"还真不好随便下结论，但愿什么事都没有。"赵主任看了看有些焦急的秦天明，欲言又止，因为他已在医院内网上看过CT影像室传在网页上的CT照片情况，他还要对照影像片子做进一步的确认，便劝秦天明回病房等消息。

对于病情的诊断，中医靠医生的望、闻、问、切，靠来自一线临床经验的积累；西医依赖仪器设备，患者的病情由仪器提供的数据给出诊断结论。这时，手拿装有CT影像片子的秦力没有直接去医生办公室，而是回到了秦天明住的病房，却只看到母亲一人。

秦力问："我爸呢？"

"一转眼，就不知溜到哪儿去了。"老安看向病房卫生间，门关闭着，门上的玻璃也没有透出灯光。正在疑惑时秦天明推门进屋，与秦力的目光相对。

秦力问道："爸，您去哪儿了？"

秦天明说："在楼道里走一走，老躺在床上，没病都躺出毛病了。结果出来了？"

秦力说："片子取到了，还没给赵主任看。"

"不会有事吧？不急。"秦天明看着秦力手中的片子，故作镇静，装作若无其事的样子，"赵主任应该在办公室。"

正像秦天明说的一样，赵主任在他的办公室。接过秦力送来的CT片反复地审看，确认无疑后，他转身看着坐在一旁的秦力。

"这么说吧，在看你拿来的片子前，我已经在我们院内网上看了CT室传来的影像片子。"他顿了一下，神情严肃地说，"很遗憾，从片子影像看，你父亲患肺癌已经到了晚期。"

秦力以为自己没听清楚："什么晚期？"

赵主任肯定地说:"肺癌。"

秦力说:"不可能吧?! 不可能!"

"请相信科学,相信仪器提供的依据。给你父亲做的是增强CT,肺部片子成像很清楚。不过我们还会采取其他方法,做进一步的检查,但要改变结果,凭我的临床经验几乎不太可能。"赵主任语气肯定,回答毋庸置疑。

秦力被电击一般瞬时震蒙,过了好一会儿,他才有些恍惚地接过赵主任递给他的一杯水。

"我作为医生除了表示同情,接下来就是制订一个适合你父亲病情的治疗方案,争取有一个好的治疗效果。"赵主任看到处在打击中的秦力,心怀同情,"现在家人要保持一个良好的心态,患者才会坚强,才能增强患者战胜癌症的信心。据我了解你父亲患膀胱癌手术后恢复得一天比一天好,在他心里以为自己终于熬出头了,但很不幸他又患上了肺癌,坦率地说这场疾病可能将打破他对未来的希望。"

秦力眼睁睁地看着赵主任,一脸的无助。

赵主任说:"之后的治疗,患者的配合很重要。你父亲入院时我见到他,觉得他和我的其他患者不一样。很多病人预感病情严重大都满是悲伤难过,而你的父亲虽然敏感,预感住单间病房可能情况不妙,但是他的嘴角形成了两道向下的肌肉线条,这个表情表现出了他的坚强,这对治疗是一个积极的因素。"

秦力佩服医生的观察入微,他知道他父亲在政府机关工作,职业养成了无论是事业上,还是对子女的教育,平时表现都比较强势。但是,这是患病,而且是肺癌晚期,灾难突如其来,他还能承受得住吗?

秦力说:"我想不通。咳嗽、着凉、休息不好,也是最近的事,得病初期到晚期总得有一个过程吧,他虽然去年做了膀胱癌手术,可是恢复得很好啊,前些日子还出去旅游,也没有什么肺癌症状啊?"

赵主任说:"肺癌有它的直接表征,也有它的潜伏期,在这期间容易被忽视。不过,我会安排一次专家会诊,再做进一步的确认。"

赵主任告诉秦力，癌症的发生是因为癌细胞的造反，但其实癌细胞最可怕的地方，不是它会造反，而是它会隐藏，它在潜伏期间，可以欺骗人体的免疫系统，偷偷地搞破坏，造成免疫力低下和免疫失调等问题。免疫力低下，一般是因为人体衰老造成的。当衰老来临的时候，人体的免疫系统也会变得"老迈"，它也会和人一样，有时候会老糊涂，这就会导致一些癌细胞成为漏网之鱼，这也是为什么大部分癌症患者都是老年人。如果正好身体处于虚弱的时候，身体中出现了癌细胞，那也很容易躲过免疫系统的捕杀。所以有些人虽然看上去身体很好，即使年纪不大，但是也可能会得癌症。

秦力眼睛盈满眼泪，他强忍着不让泪水流出眼眶。记得他父亲秦天明上次膀胱癌治愈出院时曾对他说，他的身体基础好，经过那一次大病劫难，他要按着80岁到90岁的年龄安排他的生活。这还不到一年，意外的肺癌晚期检查结果，可能击碎他遥不可及的80岁、90岁的生命预期。秦天明所遭遇的不幸，作为儿子他虽没有感同身受，但却有切身之痛。回到病房，看到秦天明剧烈地咳嗽，强忍着的眼泪终于夺眶而出。

"怎么样？"秦天明因咳嗽视线模糊。

"不急，不急。"秦力上前轻拍着秦天明的背部。

"我问你检查结果！"秦天明的问声好像是吼出来的。

秦力没有回答，他把目光转向母亲老安，老安展开给秦天明擦拭嘴唇的一张纸巾，上面满是秦天明咯出的鲜红血痰。

顿时，这房间里没有了声音，寂静得让人感到窒息，好像在场的人都停止了呼吸。但是，窗外初秋的阳光穿越窗户，不合时宜地把丝丝暖意送进房间，与房间里冰冷的气氛形成强烈的反差，人们不禁要问谁是那红尘掌舵人，时而翻云，时而覆雨，时而又风平浪静。有人说，山雨欲来风满楼，可许多时候，灾难来临之前，天空明朗，白云闲荡，丝毫察觉不出有任何的不祥兆头。所以，我们不能太轻易相信自然风物，阳光不一定给人快乐，烟雨也未必就会带来忧伤，在不能预测的命数里，我们大可以安心地活着，也许我们不能不为昨天的过错承担后果，但可以不为明天的故事背负太多。

　　秦天明清楚世间之事不可能事事顺心如意，也不可能件件如愿以偿，他只感叹这一切来得太突然，让他措手不及。一开始，他只是咳嗽，背部疼痛。到医院做胸部X光透视显示，他的胸腔里有积液，之后医生用一根长长的针抽取了液体样本，送去检验，出乎意料，他不是一般的普通感染，接着这次再做胸部增强CT检查，结果是肺癌，并且已经扩散到胸腔内壁。

　　人之其老，风烛残年，苟延残喘，命系一线。

　　他以为自己已经渡劫，膀胱癌治愈出院，这之后就可以安然无事了。但是，人一辈子都在高潮、低潮中浮沉，在欢乐、痛苦中磨砺，只是他还没有领略到高潮的愉悦与欢乐的幸福，低潮的焦虑和痛苦的悲伤就奔袭而来，裹挟着将他推入渡劫的苦海。如果手术，接下来就是实施手术切除、术后的放化疗，他的身体将承受苦痛煎熬变得虚弱，变得力不从心，昔日一展雄风的荣光将随着生命的老去失去青春的风采。

　　想到这里，秦天明忍痛地笑了，只是他笑得很隐忍，笑得很无奈，笑得全然没有往日那么坚毅与从容。毕竟，怕死是每个人与生俱来的本能，在大家的心目中，癌症就是不治之症，得了癌症就意味着死亡。虽然他在一年前经历过膀胱癌手术患病住院治疗，且一段时间卧床不起成了需要照顾的失能病人，也算是经受了生死考验，而且，在家人亲情的温暖下，在医院医生的帮助下，他奇迹般地战胜了癌症的围攻，取得了胜利。现在癌症再一次向他发起挑战，他告诉自己仍然不能退缩，要鼓起勇气，直面迎接癌症向他发起的战斗。但他也提醒自己不能仅凭经验盲目应战，上一次的敌人是膀胱癌，这一次是肺癌，也就是说敌人已经变了模样。为取得这场你死我活的战争的胜利，于是，在他的妻子老安和儿子秦力离开病房，为他下一步的治理做准备，病房里就只有他一人后，他起身下床打开手机搜索，查询了解肺癌这个敌人的凶恶面目，就像兵家部署战争做到知己知彼，然后赢得百战百胜。

　　手机搜索显示，中国的癌症发病率和死亡率都排在世界第一。有关统计显示，2018年1810万新增病例和960万死亡病例中，中国分别占了380.4万和229.6万。

肺癌的发病率为11.6%，死亡率是18.4%，都是排名第一。在发病率上，排在肺癌之后的依次是女性乳腺癌、前列腺癌、结直肠癌，而在死亡率上，排在肺癌之后的依次是结直肠癌、胃癌、肝癌。

男性癌症患者的死亡率高于女性患者。1810万新增病例中，有950万是男性，女性是860万。

中国之所以癌症高发，主要致病因素有7个，包括饮食不当、抽烟嗜酒、电离辐射和紫外线、病毒感染、久坐不动、熬夜肥胖、滥用药物。

从上面的数据来看，全球每新增100个癌症患者，就有21个是中国人。中国每天有超过1万人确诊癌症，每分钟有7人确诊。

美国哈佛大学公共卫生学院预计，未来30年，中国死于肺癌的人数将高达1800万，也就是说每分钟将有1个人死于肺癌。

秦天明看到这里，战胜癌症的信心几乎荡然无存。但是，他还是给自己鼓劲打气。是的，癌症正在威胁着广大中国人民的健康，而且长期以来，癌症都被认为是绝症，一旦得了癌症相当于宣判死刑。直到现在还是有很多人相信这种说法，但这种说法在他秦天明身上要努力争取给予修正，癌症不是绝症，只是治愈率并不高而已。他查阅到，按照1975年的诺贝尔生理学或医学奖得主戴维·巴尔的摩（David Baltimore）接受媒体采访时所说，能够真正治疗癌症的方法很少，大多是延长寿命，并不能真正治好癌症。他这么说的道理是，即便是早期发现的癌症，通过手术切除，然后又做放疗又做化疗，也没有人能保证这个患者被"治好"了，因为癌症仍有可能复发。我们现在常用5年生存率来衡量。如果患者在治疗后，在5年内没有出现复发转移，则认为患者已经"痊愈"，患者出现癌症复发转移的概率已经非常低了。也就是说，让癌症患者看到了治愈的希望。其实，时下的癌症治疗技术已经进步了很多，许多癌症只要发现得早治疗得早，5年生存率很高。还有不少人通过药物治疗控制肿瘤发展，做到长期带瘤生存。

秦天明战胜癌症的信心增强了，家人为支持他的战争正在费尽心力。已是夜深时分，休息区人已不多，老安一家围坐在一起，表情有些凝重，因为治疗癌症的过程是漫长而痛苦的，它所需要的付出，不仅仅是患者自己承受病痛，患者的家属还要承担非比寻常的物质负担和精神压力。

"爸得的这种类型的肺癌是晚期，恶性大，在医学上即使手术切除肿瘤，然后化疗放疗，再结合吃药，存活率也不乐观。"秦依然眉头紧锁。

"你爸膀胱癌刚刚恢复，又查出得了肺癌，你们说是不是这就叫老天的安排。"老安看着秦力和秦依然，她没有被迅雷一般降临的灾难轰得头昏眼花，在家庭遭遇灾难时，她要保持家庭主心骨应有的风度，冷静地应对和处理。

在这纷繁冗杂的尘世间，大多数的人都是浮躁的，特别是在遭遇生命的磨难时，大都表现出手足无措。但有一种人，他们面对惊涛骇浪从容不迫，面对生活的风险冷静淡然，因为他们心中保有一份安静，正是这一种"静"让他们能够在生命中积蓄奋勇的能力。

一个安静的人，向来都会比别人多一些气质，多一种能力，多一点气场，安静本身就是一种力量。有一个很特别的现象，一群人之中，往往最安静的那个人，最有实力。

因为安静的人他们不在乎以声音压倒对方，反而是内在的沉稳安定让他人心生敬佩。老安就是这样的人，孩子们围着她就有了主心骨。

"奶奶您别急，有我爸，有姑姑，有我们，爷爷的病会治好的。"秦奋满怀信心。

这是被秦天明患癌绑架的亲友团，也是为他与癌症展开战争提供经费物质保障的坚强后盾。当然，要取得这场战争的胜利，医生及医护工作者才是主力军。带领这支队伍的司令就是主治医生赵主任，次日他与秦天明的家人坐在医生办公室，一起研究制订治疗方案。

赵主任说："肺癌患者的存活期有限。我说过，你父亲患的这种类型的肺癌恶性大，是晚期。"

秦依然问："那下一步的治疗？"

赵主任说："处在这个阶段的患者，治疗方案一般来讲就是两种。一种是积极治疗，一种是保守治疗。具体来讲，积极治疗就是手术，切除肿瘤，控制癌细胞的扩散、延长存活期；保守治疗就是放疗或者化疗，或者干脆就是吃药，特别是当前比较推行的就是靶向药，有的靶向药临床效果还是不错的，也能达到控制癌细胞扩散、延长存活期的目的。"

秦力问："我爸这种情况，你建议采取哪种方案？"

赵主任说："救死扶伤是我们医务工作者的使命，对于生命我们是不放弃也不抛弃。但是，医学也有无奈，包治不了百病。像你父亲这种情况，就看有没有治疗价值。我们医生认为的治疗价值就是存活期，通过治疗能让患者恢复健康，存活下来。而家属的治疗期望可以这样讲，家庭为治疗的付出和生命的存活是否能达到预期，直接说就是值不值。"

"我好像明白了一些，我父亲即使是通过手术，存活期也非常有限，但是，他是我们的父亲。"秦依然态度明确。

"我作为他的儿子，也愿意为他哪怕多活一天，付出我们的所有！"秦力紧跟。

"我感动，我理解。但像社会讲的那样，一个家庭出现一个癌症患者，从此，这个家庭的命运也就改变了，希望你们的家庭能闯过这一关。我尽快给你父亲安排专家会诊和手术。"赵主任看到秦天明家人态度一致，接着说，"其实癌症也没那么可怕。说这么多，我只是想说，现在治疗癌症的技术已经相当先进，方法也非常多，尽管仍有很多未攻克的难题。但随着对基因和免疫系统等认识的加深，医学的进步，医疗技术的发展，相信癌症治疗在不久的将来会有一个质的飞跃。至于患者个人，如果已经得了癌症，就该调整好情绪，克服恐惧和焦虑，积极配合治疗。虽然这是很难做到的一点，但千万要记住，癌症治疗过程中，好心情的作用也是很重要的，它能让我们的免疫系统更好地工作。"

结束与赵主任一起研究秦天明的治疗方案，老安连忙回到病房，她担心时间一长秦天明找她。也不知什么原因，自从秦天明上次患膀胱癌住院治疗开始，他就特别黏着她，像一个带着外出逛街的小孩，一步离开立即就找，时间一长已成常态，老安习惯了，她也尽可能做到随时都在秦天明的视野里。

也许，这就是亲情和陪伴的作用，尽管不能减轻秦天明患病的苦痛，但亲人们在情感上的抚慰，让他感到被关注、被关爱、不孤单，没有被遗弃。因为被关爱不仅是心理需求，也是生理的需求。从小到大，每个人都需要被关爱才能生存、成长，以及健康地生活。对于别人的善意、关爱，我们似乎天生就能领受其中的美好。任何友善的表示，不管多么微小，哪怕是陌生人一个真诚的微笑，也会触动我们的内心，让我们感到欣喜。

秦天明也在反省自己，他有时有很强烈的贫乏感，觉得自己各方面都不够令人满意。这种情况在现代社会表现得尤为突出，尤其是在大城市，人们或多或少都会被一股莫名的焦虑不满困扰。

这个时候老安就会找话开导秦天明，要学习欣赏自己生活的亮点。情绪低落的时候想一想其实自己还不是那么惨，至少还有人在关心自己，还有地方栖身，还有一份国家给予的养老金保障自己的养老，自己也不是一无是处。

秦天明因为上次膀胱癌切除后，通过一段时间的康复性治疗，又坚持定期的检查，各种指标都指向正常，这次意外检查出他患了肺癌，给他造成了沉重的打击。如果按照以往的做法，出现这么大的打击，他一定是暴跳如雷，惊慌失措，四处寻医找药。但是，毕竟有了上一次罹患膀胱癌的经历，他私底下想逆习惯而行，想不急于住院，先是放松下来，让自己内心开放，去深切而清晰地感受那被打击的痛苦。虽然同样会惊慌、压抑和懊悔，但他惊奇地发现自己的心里有一个柔软的东西，那竟是对自己、对自己的亲人的一份悲悯，因此他又放弃了自己的想法，听从家人和医嘱安心住院检查治疗。但凭他的直觉，他隐隐约约地预感到自己全力以赴、苦心筑梦的美好家园即将遭受灭顶之灾。想到这儿，秦天明悄悄地落下了眼泪。一般情况下，当人们遭受打击时，心量会变得狭小。而且，最好整个人都能缩进一个核桃核里，自以为有一个坚硬的外壳保护就会安全，但实际上一种强烈的感受却顷刻间瓦解了秦天明心里根深蒂固的期待，安度余生的向往是这般虚无和不堪一击。

"怎么去那么长时间？赵主任怎么说？"秦天明急切地问刚进病房的老安。

"这次可能比上一次治疗膀胱癌要复杂一些，时间也会长一些，但你也不要害怕，你会明白，所有的福分总会在某天照到你的身上。"老安安慰病床上的秦天明，表面上显得很平静，其实在她心里也满是焦虑和忧愁。

"我早就说过，我命大福大，我一定能打败癌症的攻击！"也不知道秦天明是否在老安的安慰中获得了战胜癌症的力量，或许是面对未知因病魔而生的不安与恐惧彼此安慰露出假意的笑容。只是下一步的治疗问题来不得半点的假意，也不是选择题，而是必答题。

选择治，让患者承担更大风险与病痛；相反，选择不治，可以让患者享受倒计时的生命。

选择A治疗方案（手术）或是选择B治疗方案（保守治疗），这个过程既要求表达，也要求倾听。

"我很抱歉事情成这个样子，让你面对这样的选择。"赵主任这样说，让人听起来有点置身事外。

"我希望事情不是这个样子。"秦依然也很直率。

赵主任说："如果时间不多了，对你父亲来说最重要的是什么？如果真到了临死的时候，你父亲会有什么愿望？"

这是确定手术后在术前赵主任与秦依然交换意见。当她为父亲选择手术签完字，拖着疲惫的身体离开医院时，突然意识到：啊，天哪，我还不了解他真正的愿望呢。已经决定手术，也没有告诉父亲，好在与医生确定的手术时间离今天还有三天，还有时间与父亲商量。秦依然想到此，急忙掉转头返回医院，走到秦天明的病床前，告诉秦天明：为了争取一个活命机会，三天后给您做手术，但是术后的化疗和放疗带来的副作用您愿意承受多少？如果放化疗无效——

秦依然看到秦天明露出的恐惧、愤怒或茫然失措的样子，她没敢把话说完就停住了话头。

秦天明静静地坐着，一言不发。他手里拿着一摞从网上搜索打印下来的各种治疗方案。其实，他已经给赵主任看了一遍，赵主任告诉他：我愿意改变自己的观点，但是，这些治疗方案要么针对的肿瘤与你的很不一样，要么不符合治疗条件，还没有能产生奇迹的方法。

简单的观点是，医学的存在是为了抗击死亡和疾病，这当然是医学最基本的任务。死亡是我们的敌人，但是这个敌人拥有优势力量，注定是最后的赢家。我们付钱给医生是为患者做化疗和做手术，而没有付钱让医生花时间去讨论患者是选择手术还是保守治疗哪一种更明智。但是，医生的责任，是按照人类本来的样子对待病人。人只能死一次，他们没有经验可以借鉴。

赵主任将手中为秦天明早就准备好的三张A4复印纸递给他，上面印有"医生与患者三种医患关系示意图"，文字配着插画形象地表明三种医患关系。

家长型：我们是医学权威，目的是确保病人接受我们认为对他最好的治疗。我们有知识、有经验，负责做出关键的抉择。

资讯型：告诉患者事实和数据，其他一切由患者来裁决。医生是技术专家，病人是消费者。医生的工作是提供最新知识和技术，病人的任务是做出决定。

解释型：帮助病人确定他们想要什么，形成医患之间的共同决策模式。

秦天明展纸逐页阅览后，抬起头来看着赵主任。

"我与你的关系，就是第三种解释型，也就是我履行医生职责，给你提供你所需要的帮助，与你一起努力战胜疾病。"

可以认为整个社会对于医疗都存在一厢情愿的希望，一种无效甚至无望的痴迷。赵主任表达出这样的思考，是具有高尚医德的表现。因为在漫长的治疗过程中，我们很难区别，疾病的治愈究竟是身体自我康复的结果，还是成罐药品和外科手术的作用。如果你认为切除缝合你身体的某一部分有利于你的健康，那你就大错特错了，任何一个医生都清楚，那不过是挽救生命的一种尝试。健康是你的权利，更是你的责任。任何医疗的有效与否，都和你的修复系统有关。所以，你该为你的健康负责，医生只是你的助手。

只是，面对疾病时，医生与患者所能想到的方案几乎都是对抗性治疗。眼下，对于罹患肺癌的秦天明，就是手术。

人世间真是世事难料，悲喜无常，秦天明极力让自己在等待中平静，却还是被严峻的事实伤得无以复加，这消息彻底粉碎了这些年来他坚定不移的信念。这个梦就这样残忍地破灭了，甚至不给秦天明一点喘息的机会。

秦天明想，这次治疗是到了他该做决定的时候了，无论手术成败，他都要孤注一掷。上一次的患病已让他疲惫不堪，这种整日惶恐不安的日子，真的是煎熬。

秦天明同意选择做手术，医生告诉他如果要手术，像他这样的癌症晚期风险很高，且存活的概率仅有50%，甚至可能加速病情的发展。

秦天明记不清是哪位圣贤智者的告诫：纵使，我们都知道这一生，最终宿命都是一样指向死亡，但也要敢于和命运搏斗，遇见自己，看见世界。

生老病死，原本就是一个生命的自然过程，但似乎很多人往往重视"生"，却有意无意地回避"死"。

无论时代如何变迁，重重枷锁却依然牢牢地桎梏着我们的灵魂和自由。

秦天明心底那种好死不如赖活着的价值认知，就像一把重重的枷锁，牢牢地桎梏着他。他很清楚，如若选择放弃治疗，病痛得到了解脱，同时也意味着他的生命很快就要结束了。因此，他坚定地要活，即使承受痛苦他也无所畏惧。

问题是他现在患病了，而且病入膏肓，身心疲惫，抗争或是挣扎，已无济于事！

当然，每个人的世界观都应由自己去建立，盲目或被迫接受他人的观点都是对生命的不尊重，但是，封闭内心、固守成见同样是对生命的不尊重。

有的人这样说：我活着是因为我生出来就是活的，就得活到死，尽管活着没有意思，也无可奈何。

秦天明半躺在病床上，秦力、老安和秦依然站在床边，听医生给秦天明做手术前的交流。

赵主任说："给你做手术的时间已经安排好了。"

秦天明说："我不知道。"

赵主任说："那这就是我正式通知你和你们家属吧。"

秦力说："我很担心。"

赵主任说："我们精心组织，争取做到万无一失，如果有意外，我们也准备了两套应急预案，请相信我们。"

秦天明眼望着秦力和秦依然说："我也怕手术后成为你们母亲的负担，害怕不能再照顾自己，也无法想象生活会变成什么样子。"

秦天明对老安无怨无悔的陪伴感到不安，所谓冷暖自知，闲淡由之，人生苦乐从来都是自己独尝，却偏偏惊扰了那么多人的生活，特别是给家人和亲人带来那么多的负累。

"我会陪着你，愿意照顾你。"老安看着秦天明，表达得非常肯定，那么无怨无悔。

她感到，像秦天明到了面对生死，面对疼痛的时候，似乎更需要身边人的陪伴和照顾。因为被人疼爱、关心、照顾的幸福是用多少钱都买不来的。

但是，她无怨无悔的付出真的是那么值得吗？

有一则故事中讲到这样一位妇人，她每天超负荷为家人忙碌，严重透支了身体，后来生了一场病，死了。

死了见到上帝以后，妇人以为自己如此善良，将来一定能上天堂，但令人想不到的是，女人最后竟然下了地狱。

妇人很不服气，向上帝诉苦。上帝听到妇人的哭诉以后，并没有说太多话，而是让她直接看看她离世后，家中发生的一切。

原来就在妇人死后不久，男人就重新续弦娶了别的女子，但是这个女人远没有自己贤惠，只会吃喝玩乐和赌博。很短的时间内，女人就把她曾经在世时含辛茹苦积攒的一点家产，统统挥霍一空。

在把家产败完以后，狠心的女人打起了孩子的主意。竟然为了得到一点继续赌博的钱，把妇人的孩子卖给了人贩子。孩子的父亲知道自己的孩子被卖掉后，就辞掉工作去找孩子，没想到最后也在寻找孩子的道路上，出了意外受了重伤。而妇人的孩子，也因为没有人营救，被人贩子砍断了双手，成了在大街上要饭的乞丐，成为了人贩子的赚钱工具，并且时刻受到毒打。

妇人看到这里，神经早已经崩溃。

这时上帝才说出要她下地狱的原委："如果你能够善待自己的身体，健康地活着，你的老公和孩子，依然还是那么的幸福。"

妇人看到这些情景，满腹悲伤，号啕大哭："不，谁也没告诉我，我应该先爱自己。"

虽然这是个故事，且一看就是假的，但是背后所折射的道理，却是无比真实的。有时候我们爱遍了世人，却唯独忘了爱自己，这是一种巨大的悲剧。

老安虽然没有像故事中的那位妇女那样悲哀，她的身体也非常健康，她的家人也非常爱她，但是，活在这个多情又无情的世界上，除了父母、兄弟姐妹这些拥有至亲血缘的人外，试问还会有多少可以亲近的人?!

诚实地说，和我们相识的人，和我们亲近的人，在我们需要的时候能够给予我们帮助的人，几乎屈指可数。

照顾秦天明是老安生命中的唯一，因此，在她心里并不觉得这份责任是一个负担。随着退休回家个人生活的内容变窄，她把自己照顾好秦天明及家人当成实现自我价值的人生追求。

"如果情况恶化，你有什么要求?"赵主任问秦天明。

秦天明停顿了一会儿，两臂用力想坐起来，但他已无力完成这样的动作，秦力见势把他扶起。秦天明缓了缓对赵主任说："有人做伴，有人说话。"

秦天明医治求生的愿望是撬动生命之手的支点，正因为这个愿望的存在，他生命的挣扎给他和他的家庭，重重地涂上了一抹真正的悲剧色彩。

到了做手术这天，秦天明躺在手术担架推车上，家人在一旁陪伴。奇怪的是都沉默无语，也许是将要发生的事实在是太过重大了，对于秦天明是生死关，对于这个家庭无疑将面对严峻的挑战。

秦天明时而闭目，时而睁眼看着空白的房顶，表面看似平静，其实，他的内心波涛汹涌。他追问自己，你秦天明漫步红尘，笑看浮世，生生死死，是否感到只不过烟云一场？

但这红尘真有几个人，可以做到漠然置之，忘记名利，忘记感情，忘记曾经拥有的一切？当有一天，你从工作岗位上退下来，是否梦想，要安静地生存于世，从此过上不惊不扰的日子？是否这样，就可以一笔勾销人生过往的纷扰？

爱过的人，可以丢弃，犯过的错，可以饶恕，许过的诺言，可以不必兑现。无论从前是荣辱，是悲喜，都已支付给岁月。活着的人，继续在人间蹉跎，承受莫名的风雨。死去的人，交出一生的时光，从此风烟俱净。

秦天明把目光投向面前手术室的大门，有了上一次患膀胱癌进手术室的经历，他已不再感到恐惧。他想今天即将开启的这扇门，也许意味着死。死可怕吗？他问自己。其实只有死，才可以给人生彻底画上句号，句号意味着结束、干净、了无牵挂。看过世间繁华三千，回归原始的大自然，看风景天成，过往的沉浮，真的不那么重要了。死去是解脱，活着是承担。

但是，英雄的死法，应该在战场，马革裹尸。英雄还有一种死法，就是死在红颜的剑下，做鬼也风流。他秦天明虽算不上英雄，难道就只能死在病床上？如果生命真是已经无路可走，是否还会出现绝路逢生的奇迹？

秦天明在生与死的手术室门前，发出了谁能告诉他，谁会告诉他的追问。其实，在赵主任征求他和他的家人对治疗方案的意见时，他的儿子秦力这样说，生命是基础，生命是根本。死去原知万事空，人死如灯灭，灯因发光发热被人们使用，如果灯灭了，不再发光发热了，灯就失去了价值，失去了意义，万事皆空。因此，我国法律不对失去生命的"人"审判和定罪等。不仅如此，很多荣誉也不眷顾丧失生命的"人"。诺贝尔奖是全球最高荣誉的奖项，也不颁发给过世的"人"，无论多么伟大，无论对社会做过多大的贡献。

儿子秦力是学工科的，对生命价值的表述，简洁，概括，有高度，也有深度，给予秦天明对于生的启示。女儿秦依然是学医的，她对他说的一番话，使他对于生的渴望更加强烈。她对他说，著名的音乐家贝多芬有一句名言：扼住命运的咽喉。贝多芬一生疾病缠身，经常受到上帝眷顾，但贝多芬同时也是一位顽强的勇士，他极力挽留生命，与病魔英勇斗争，谱写出大量经典乐章，实现人生价值。另外，有一位亿万富翁在临终前说："如果可以，我愿意用现在拥有的所有财产换回青春。"

此为留得青山在，不怕没柴烧。

亲情助燃了他生的欲望，但恐惧死亡好似一剂饱含魔力的毒液，在没有注入秦天明体内时，他表现出的是英雄气概，是无所无惧，是视死如归；当它进入秦天明的血管，悄无声息地侵入秦天明的骨髓，肉体连同他的灵魂都被腐蚀，而且没有解药。

人心深不可测，人心不足蛇吞象，他也有过一闪念，追求长生梦想生命无休无止，只是这世上谁能拯救谁?！唯有自救才能解脱。那些追求长生不老的人，自以为有钱就能实现目标，实则是迷惘至极。

当然，已经推进手术室，平直躺在手术台上的秦天明生命是清醒的，他的灵魂不迷惘，他的身体有活力，当护士将盖在他身上的一块白布揭开，在无影灯下，他的身体一览无余，没有阴影，也没有了生活中的隐私，当然也没有了情感中的羞怯。医生护士各司其职地围在手术台周围，在主刀医生的引领下，配合默契，没有喧哗，手术器械放下和拿起的交换声很协调，静听富有节奏，像一曲正在奏响的乐章，时而平缓，时而低回，似乎要把他带入生命最深处的地方，去探寻人的本来面目。

生命是什么？当主刀医生的手术刀剖开秦天明的肌肤，那涌出的鲜血告诉我们：生命，向内而生。

向内，不是封闭、狭隘，而是开阔、融合。

向内，不是自私、自利，而是责任、使命。

向内，不是在深山老林中寻找，而是在红尘喧嚣中醒来。

秦天明没有知觉地躺在手术台上，现在他已沉睡入梦，在梦里他仿佛看到人吃着人，暴风雨将要来临，毁灭即将来临，他不知道要逃往哪里，生命只是一连串无可救赎的绝望。

但是，清醒时他也对医院医治好他的病抱着幻想，幻想着明天就出院，幻想着与家人用餐，幻想着与老朋友见面，似乎又隐隐约约地感到焦虑和不安。他会住院很长时间，身体瘦骨嶙峋，虚有其表，弱不禁风，失去生命的力量，藏在他体中的癌细胞会不时提醒他，他会忍着疼痛，但神情恍惚，仿佛预感着惊恐的大事将要发生，他无助地瞪大眼睛，似乎等待着悲剧命运的来临。

秦天明梦着，在暗郁的黑色海面上，波涛汹涌，在摇摆脆弱的木筏上，有人等待死亡，有人哀叹命运，也有人努力向遥远的海平线呼叫摇手，祈求最渺茫的一点求生机会。这场面，仿佛透着一线人性求生的意志之光，它借灾难的绝望反衬着人类不朽的生命毅力。

沉郁黑暗的天空，旷野沉默无言。

静静的住院大楼，窗户透出幽微的光亮。秦天明手术结束回到ICU病房，他平直地躺在病床上，戴着呼吸机，表情乏力，但意识恢复，能够听从指令。

站在床边的赵主任要秦天明用力握紧他的手，用双脚蹬他，并把双腿抬离床，然后对一旁的家人说：体征正常，手术成功。

活，人之本能渴望；活着，人之存在印证；活好，人之生而求索；活得有意义，人之为人境界。不孤立地活，不自私地活，不胆小地活，不猥琐地活，这就是活得——敞亮。

"这次手术给你切掉的主要是涉及肿瘤范围的区域。"赵主任术后次日查房时对秦天明说道，"是重点区域。"

秦天明问："你能给我说一下情况吗？"

"肺癌细胞已经扩散。"赵主任看了看秦天明，为了降低悲观情绪，他接着补充道，"我们会请肿瘤专家来会诊。化疗对术后恢复也很有效。"

秦天明默默地听着，低头看着盖在他身上的床单，然后抬眼问："我会死吗？"

"不会，不会，当然不会马上就死了。目前虽然没有治愈的办法。"赵主任退缩了，连忙解释道，"但是，手术和之后的化疗可以起到抑制癌细胞扩散的作用，目的是尽可能延长你的生命。"

"你用的那句尽可能延长你的生命，听起来太……"秦天明不想显得尖刻，但对死亡的焦虑，对痛苦的焦虑，已经使得他心底敞亮不起来了。

"这也是直言吧。"老安插语解释。

"听起来很刺耳。"秦天明不依不饶。

一次谈话并不涉及所有问题，接受个人的必死性，清楚了解医学的局限性和可能性，这是一个过程，而不是一种顿悟。

囚徒般的住院生活，让秦天明感觉自己身上尚存的能量一点点地在渐次消耗，往日对生活的激情也悄然淡去。他像一棵枯草，需要阳光和雨露的滋润养护，才可以重生。是的，他害怕死亡，他渴望重生。

夜晚的月光，轻柔地洒落在他的床上，将他难以入睡的情形展露在夜色里。

实在说，人有时心累导致精神压力大真的比病痛还要让人难受，因为病痛慢慢可以缓解，然而心累，如果找不到正确的方法排解出来，它就会在人的内心不断地积压膨胀，直到崩溃。

夜深人静，秦天明翻来覆去，他想得很多，现在在他的记忆里，最清晰的是他的同事。几年来，也就是在他退休以后吧，其实单位的同事与他音信全无，他只能守着过往的片段温馨疗愈别后的伤痛，明知道是一场没有结局的等待，可他依然痴情地期待相见的时分，欺骗自己或许会有奇迹发生。然而他的痴情等待，换来的是全无音信。

今日的我选择在别人的故事里追忆，明日又会有谁立于窗前眺望远方，假装怀想今天的我？

东方既白，朝霞晕染的天空，格外醉人。此时，早起的清洁工开着卫生清扫车在清扫散落街道上的落叶、纸屑等垃圾。车过之后呈现的是宽敞洁净的街道。秦天明疲惫地收起纷飞的思绪,像卫生清扫车将垃圾收入车厢,沉沉地入睡了。

秦天明在期待和隐忍中,又煎熬地度过了一段时间,在住院的这段时间,他极力让自己心平气和地对待每件事、每个人。他整日沉浸在回忆往事中,尽管很痛苦,但他做到了。

秦天明住院期间,他每天早上天还没有亮,就在床上盘腿打坐,在他的心里好像隐藏着一个不为人知的焦虑和痛苦的心灵,好像饱受人世折磨,祈求自我救赎。在秦天明看来,人病了,需要医院带给他妙手回春的康复,需要医生手到病除的治疗,更需要以情为药的关怀。他正是抱着这份对医院和医生的期待,以及自我求生的强烈愿望,使得他能够熬过患病的至暗时刻,迎来此后的术后出院。

一天上午,赵主任告诉秦天明可以出院了,他仰面号啕大哭!

他觉醒了,好像经过漫长、寒冷、幽暗的冬天,春天再度来临;好像度过沉滞悠长的停顿死亡,生命再次诞生。应该说他可以得到的,已得到了,得不到的,任他是如何拼尽一切,也都不属于他。他理性而平静地接受了这个结果。当下他已经不怕死,只是他的淡定,带着那么一点遗憾。

看到他面对生死如此镇静,表现出坚强的样子,家人倍感欣慰。其实,他自己也不敢相信自己坚强,因为在坚强的外表里包装的是一颗脆弱的心。但他别无选择,他只能用坚强来武装自己,坚强是他唯一的选择!

生活中,总有一些突如其来的不幸会提醒我们:我们能做的就是在力所能及的时候,做到不留遗憾。而且,上过手术台的人都知道,生死是要独自面对的,再爱你的人也只能被关在手术室门外。所以,我们应该学着去面对无常,去接受打击,去扛起人生的重负。应该了悟,人生可控的事实在太少,面对无常和生死我们无能为力。所以,古代圣贤智者警示世人:

“未来的一天可能发生的事,今天也可能发生。”

“一个人不会比另一个人更脆弱,也不会对未来更有把握。”

"死神在哪里等待我们，是很难确定的，我们要随时恭候它的光临。对死亡的熟思也就是对自由的熟思。"

"年老的会死，年轻的也会死，任何人的死同他的出生一样身不由己。"

"如果我们怕死，就会受到无穷无尽的折磨，永远得不到缓解。死亡无处不在，犹如永世悬在坦塔罗斯头顶上的那块岩石……"

"你活着时，就是个要死的人。"

"你的生命不懈营造的就是死亡。你活着时就在死亡之中了。"

"世界万物是不是也与你同步呢？许多东西不是和你一起衰老吗？在你死亡的那一刻，多少人，多少动物和生灵也在与世长辞！"

如此，这是不是"你活到现在，就够受恩宠的了"？我们本已是地球的幸运者？是女娲造人时那样随手而捏，然后又随机抓出一个交给了死神？试问命运赌盘上的幸存者该不该感恩？

出院回到家，秦天明想起床出去走一走，这样的想法对于一个健康的人来说是再平常不过的事了，但是，他无力迈腿，只能像残疾人一样，让老安扶着下床，然后再坐上轮椅推着。

思想是自由的，但受到行动的制约。这是多么可怜的场景！

生命的尊严，就是思想自由和行动自由。他的生命还有尊严吗？

出院后，他看似打了场胜仗，却没有赢得些什么，没有感受到经过治疗得到康复的快乐，从知觉来讲，他活得并不敞亮，视力虽然正常，但出院回家后他一直耳鸣，耳朵里有回声。医生告诉他这是正常术后反应，不用惊慌，无须服用其他药品，过一段时间症状就会自然减弱。但是，一段时间过去了，耳鸣还在耳鸣，医生的话成了善意的谎言，当然他无须介意，只是每天要服用一大把的药片，而且，不适反应比较大，影响他的食欲和睡眠，今天尤为明显，吃什么吐什么，吐得他筋疲力尽，从厕所摇摇晃晃地回到床上，仰面躺着，想到不知道哪一天突然就没了生命的恐惧，他的眼泪从眼眶里滚了出来，他没有管它，而是任由眼泪滚落在他的脸上，然后沉沉地闭上眼睛，像入睡又或是昏迷。

老安进入房间，她走到床头，弯下身子，侧耳靠近秦天明头部倾听他的呼吸，感到呼吸微弱，顺手拿起床头柜上的手机，接通了秦力的电话："你爸不行了！"

秦力接到老安电话，就像是接到了战斗的命令，他快速做出反应，要来救护车一头钻进车里，来到小镇接上秦天明，又坐上疾驰的救护车，在高调的鸣笛声中越过山谷，穿过街巷，驶入车流。

这一幕幕就像是电影里的快闪镜头，秦力来不及细辨，直奔医院，在医务人员的协助下把秦天明送进医院门诊急救室。

"听起来，看起来，都像是肺部感染，化疗可能造成了内脏损伤，可能触发了潜在的隐性病，我们会进行全面检查，几天内能出检测结果。"赵主任这样告诉秦力，"住院吧。他身体很虚弱，先输些营养液，恢复一下体力。"

病房里，秦天明又睁开了眼睛，老安坐在床边陪伴着他。挂在输液架上的液体，正沿着透明的塑料管输入他的体内。

人活着真不容易，明知以后会死，还要努力地活着。人活一辈子到底是为什么？复杂的社会，看不透的人心，放不下的牵挂，经历不完的酸甜苦辣，走不完的坎坷，越不过的无奈，忘不了的昨天，忙不完的今天，想不到的明天，最后不知道会消失在哪一天，难道这就是人生吗？

在医院，每天有无数的肿瘤病人被推进来，同样又有无数的病人被推出去，只不过他们不再是活着出去的，他们中的大多数人，最后都会变成一具冰冷的尸体。

但是，其他急性的心血管疾病，来得快去得也快，很多病人都是在极为短暂的痛苦下，走完了自己的一生。而癌症，却是个漫长且极度折磨人的疾病。据专家研究表明，癌症的痛苦主要源于生理和心理。一来，癌症引发的癌痛会让人痛不欲生；二来，知道自己将不久于人世，心情极度焦虑。

所以，在癌症患者到了无法医治时，医生会将这种情况告诉病人，只是大多数医生即便在被追问的情况下，也不情愿做出特定的预测。40%的肿瘤医生承认，他们有时提供给病人的治疗安慰大于治疗。在"顾客永远是对的"

这一现实背景下，医患关系越来越错位，医生尤其不愿意摧毁病人的期望，尽管对过于悲观的担忧远远多于乐观，而且谈论死亡极其令人忧虑。很多癌症病人很多时候并不是死于疾病，而是知道自己得了重症心态发生了较大的变化，这个时候患者的身体器官会因恶劣的情绪发生改变。针对这种情况，有丰富临床经验的医生，一般采取告诉患者家属的方式，通告患者的病情。

在医生办公室，赵主任对前来了解秦天明病情的秦依然说："我有一个坏消息，对于你父亲的病，化疗已经不起作用，二期癌细胞已经扩散到你父亲的肺部和骨髓，进一步化疗已经没有意义，我们已经尽力了，他的肺部受损了，但是，我们可以经常定期为他抽出积水。"

秦天明的女儿秦依然是学医的，一开始得知秦天明的检查结果最终为肺癌时，她就清楚癌症几乎肯定会终结她父亲的生命，经过手术、服用药品，到现在已经几乎是无药可服。

是继续治疗还是放弃回家？这是检验我们对待人体的了解深度和对待生命的态度。

人体由细胞组成，这些细胞都要经过未分化、分化、衰老、死亡这几个阶段，从而构成了人体结构和功能的衰老和死亡。

细胞的衰老和死亡是一种正常的生命现象。人体内每时每刻都有细胞在衰老、死亡，同时又有新增殖的细胞来代替它们。

然而疾病是一个身体性的概念，并提醒人们身体的有限和脆弱。所谓沉重的肉体，灵魂要飞翔，身体却将我们拖坠到泥土里。尤其是中老年之后，对疾病有多熟悉，就对身体的脆弱有多了解。我们心灵固然愿意，肉体却软弱了，结论是灵魂不得不屈就身体。

出院前，秦天明突然生出了想抽烟的欲望。其实，在他诊断患肺癌时，医生就告诉他抽烟影响肺部健康，在他年少时父亲发现他抽烟也强令他戒掉。现在，他真的患了肺癌后，他的妻子老安和孩子对他说，他可以想干什么就干什么，当然也包括抽烟，于是，便有了借口。这时，他打开床头柜的抽屉，取出前几天他让儿子给他买的一盒烟，抽出一支躺在病床上抽了起来。

实际上，他年轻时有一段时间是烟不离手的，后来老安怀孕他才戒了，现在又开始抽了，戒烟时的承诺已经没有了意义，他再一次在烟面前投降，成了烟的俘虏。在病痛中他接受折磨，品味苦难，从而感受死亡，认识死亡。即使是病魔让他喘不上气，即使离死亡边缘还有那一口气，他依然是那样镇静。没有挣扎，没有咆哮。他告诉自己，病痛越是逼得我走投无路，死亡就越是令我镇定。

"那么，如果你再这样继续抽烟，就相当于自杀。你的病很严重，不允许你这样。"赵主任走进病房劝诫他。

秦天明说："你的意思是，我要死了？"

赵主任说："我不该说这样的话，但你的确不适合继续这样抽。"

秦天明说："抽和不抽，结果不都一样吗？"

赵主任耸耸肩膀。这样一副视死如归的样子，实在使他无言以对。

"确实很严重，但放弃了未免有点可惜。"赵主任停顿了一下，移开话题，"好吧，我给你开点治呕吐的药，吃吃看，到时候告诉我效果如何。"

秦天明冷漠地说："谢谢医生。"

病房的气氛有点凝重，但医生没有在意秦天明发泄出的情绪，他平静地转身离开了病房，留下的是静默。病房里一片死寂，秦天明迷茫地抬起头，其实在他脑子里他很清楚从生到死是宿命的安排，但他又心有不甘，他想凡事也该有一个例外吧，可能的机会就是借助医院之力和医生之手，扶起即将倒下的生命支点，只为做自己的英雄，打破或改变宿命安排的终局。殊不知，他病中求生的愿望，仅仅是把他生命的死亡时间做了往后推迟的主观安排。随着病情的一天一天恶化，肿瘤依然在一边伺机将他推回宿命的旋涡，他无能为力地悲伤着，挣扎着，吼叫着，病魔对秦天明的攻击也越发激烈。这是一场不死不休的战斗！最真实的情况是无效的抗争成了迎接生命最盛大终点的助燃剂。

生命的时间在看似漫长却依然短暂之间仓促而逝，梦想再美好总归还是梦想，残酷的现实是肺癌把秦天明再一次地逼到死亡的边缘。他虽然手术了，化疗了，服药了，该想的办法几乎都试过了，但病情没有像他期待的那样得到改变，他从老安脸上的沉重表情看到了问题的严峻。这一年来，他经历了抗争，他诅咒病魔，宣泄情绪，对家人，有时也对医生表达愤怒，释放痛苦和焦虑，但病痛也教会了他如何隐忍，只是被病折磨的心，流血不止，已不忍触碰。他要赶快逃离这里回到自己的家，回到他的卧室里，悄悄地濡血自疗。

自从秦天明出院回到小镇，每当夜幕降临，村民都回到各自家里，村庄也卸下了白日的粉黛显得无比宁静的时候，他时常躺在床上噩梦萦绕，当梦醒之后，他想起身下床出去走一走，但他的双腿已经动弹不了了。

世间万物，都活着，都还有呼吸，都身不由己。

有时，秦天明对老安说："我已经不害怕最后的日子，当然，也不盼望最后的日子。"

秦天明在漫长的与病魔的抗争中怀疑过医生的无能，渐渐地他明白了医生的无可奈何，现在是思想和认知达到了和谐统一，病痛发作时他心平气和，保持了就像日出日落一样的心境。

端坐在床头，盘着腿，闭住眼，保持打坐的姿势，以此消解病痛的折磨。从他的状态看，他的从容度和耐受力已经接近佛家的程度。

生是死的开始，死是生的结束。向死而生，它并不是英雄主义，死亡的意义是新陈代谢。直面死亡，向死而生，既是宇宙的态度，历史的态度，伦理道德的态度，其实也体现为一种精神力量。

第七章

聚力祈愿

"当你老了，你的归宿在哪儿？"

这是一个人一生中比天还大的问题。秦天明过去想过，年轻时他为此努力，为此付出，人生也算是丰盈，到老了，身边有深爱自己的妻子，有挚爱的儿女，并且又有了第三代——孙子和外孙女，他已经为自己的人生交出了一份满意的答卷。

一个秋日的午后，大病出院的他，坐在轮椅上，沐浴在秋日的暖阳里，看着院中的一草一木满是欢喜，如果这个时候要问他人生的归宿，那他一定脱口而出：在家里。

"人真的到老了，你的依靠是谁？是你挚爱的子女，还是相依为命的伴侣？"

如何才能"老有所依"？如何才能"老有所养"？

要回答这个问题，找到具有普遍性的答案，原本就比找到人生的归宿要艰难得多、复杂得多、丰富得多。或许秦天明还需要用生命存在的时间，去感受、去体验、去找寻它的本相。

曾经有位学者深情地告诉我们："这个世界上，有一种爱，亘古绵长，无私无求；不因季节更替，不因名利浮沉，这就是父母的爱啊！"

曾经有位作家生动地启示我们："所谓父女母子一场，只不过意味着，你和他的缘分就是今生今世不断地在目送他的背影渐行渐远，而他用背影告诉你，不必追。"

秦天明松开紧攥着老安的右手，追望着从他眼前飞过，又飞向蓝天，最后消失在远方的一群飞鸟，他想他和老安不就是这样在后方守望着儿女奔向远方，哪怕看到的只是一个背影吗？因为，父母爱孩子是本性，是本能的表现；而孩子爱父母是人性，是需要深入领悟的自觉。

如今，他和老安都老了，而且，他大病在身，如果他们的孩子无力反哺养育自己的父母，承受不了赡养之重，他们会不会落入"养儿防老"成为一个美好假说的境地？处在风烛残年的他们是否只能展开想象在假说中找寻慰藉？

秦天明从自己对父亲的养老的事实，直面今天他与儿子女儿的生活状态，导出类似或者接近的结论。

他想到他自己，大学毕业上班后的第三个年头，父亲为他操持完婚礼的第二年就去世了，去世时他不在身边；他结婚的第八年，他的儿子六岁，一次偶然出差，为他看护儿子的母亲却突患疾病，当他从外地赶回家里时，母亲已撒手人寰。

这是他今生永远的痛！

此时的他也已进入了晚年，当回想那时自己含泪送别母亲的情境时，他猛然觉得有点迷惘，这难道就是"老有所依""养儿防老"的结局吗？

老安推着坐在轮椅上的秦天明在小院里走走停停，行走时她用手扶着轮椅的双把，停下时她伸出一只手握住秦天明的手，害怕彼此在不经意间离开了，可以看出他们都在极力控制着一种情绪，都在珍惜眼下的分分秒秒。

"会好的。"老安对秦天明说，"我们会渡过这一关的，是的，虽然很艰难，但医生会有办法，为我们找到正确的治疗方式。"

秦天明没有回应，只是默默无语。

老安很清楚，她的鼓励是苍白和无助的，因为秦天明的复查结果出来后，医生与家属交换意见时她也在场，医生是这样对他们说的：秦天明患的是从左肺开始的非小细胞性肺癌，已经发展到了晚期，手术时发现癌细胞转移到胸腔及胸腔内壁的多个淋巴结，这种程度已是不治之症，即便是化疗或是服药，正常或非正常用药治疗，对于病人及家属也是安慰大于治疗，患者的存活期也就在一年左右。

医生的结论，对于患者和患者的家人，是残酷无情的。

开始，医生建议给秦天明服用厄洛替尼，但是这种类化疗药会引起瘙痒，粉刺似的脸部皮疹，还带有一种麻木的疲惫感。

秦天明努力让自己接受这一次次治疗的打击和各种化疗的副作用，并保持自己的乐观精神。但是，他的病情一点点地加重，越来越感到筋疲力尽，呼吸也越来越困难，几个月的时间就像老了好多，后来体力不支，行动只得借助轮椅才能满足他生活上的需要。对于秦天明或像他这样失去行动自由的患病失能老人，仅仅是去一趟洗手间，都将耗尽生命所有的力气和尊严，才能最终抵达几米外的地方，生命表现得如此软弱与悲凉！

家人尽管知道秦天明患病最终会进入到眼前的场景——慢慢坐着轮椅才能行动，但心里还是觉得悲伤，悲伤的气氛犹如尘埃，每时每刻都在他们身旁浮动，困扰着他们的生活。这是生活在现代医学时代的每个人都将共同需要面对的问题。在这个时候，我们希望医生怎么办？或者换一种方法追问，如果你患上了转移性癌症，或者任何相似的晚期，或者不可治愈的疾病，你希望你的医生怎么办？这个时候你的家庭怎么办？

因为医疗费用的飙升已经成为支付治疗的强大威胁。癌症这类病症的开支几乎遵循一种特定模式，在进行治疗的初期，花费很高。之后，如果一切顺利，花销会逐渐减少。而对于致命性癌症患者，开支曲线呈U形，晚期费用会再次上升。

秦天明的儿子秦力及儿媳小刘，家庭生活本来很幸福，丈夫是博士，工资不高但有课题奖励，妻子是中学老师收入稳定，给他们孩子提供的都是最好的教育资源。到了现在，孩子读小学，因为秦天明疾病开始了漫长的治疗经历，大量的经费花销汹涌地扑向这个新生家庭，来日细思极恐。

秦力想到单位的一位同事，家庭经济压力大，她的丈夫也是一名工学博士，为了一个月能多增加2000元的收入，她建议丈夫放弃了原本已签就业协议的国家专业研究所，学非所用地屈就到一家民企工作，一个月能挣到一万多元的工资，但也是入不敷出。在她的婆婆因为白内障完全无法自理后，她的丈夫为了照顾母亲无奈地辞去了工作。于是，因为经济困难问题，夫妻二人吵了无数次架，最终离了婚……

眼下的自己呢？父亲的患病，以及由此带来的支付治疗费用的压力，令他不堪重负。年少时他的父亲秦天明曾告诉他，一个人一生会遇到很多的困难，背负很多的压力，但不要把自己变得不堪重负，把前途描摹得暗淡无光，好似这辈子都处在黑暗中，这大概是为了逃避而找出的最拙劣的借口。他教导秦力说，所谓一个人的长大，即便是面对惨烈的困境，在选择前，有一张真诚坚定的脸；在选择后，有一颗绝不改变的心。保持良好稳定的心态，绝不能让心情生病，能笑就别选择哭。

是啊，他也想坚强，也想笑，但他坚强不起来，也笑不出来。相反，他想哭，事实上自秦天明患病以来，他已不止一次地悄然流泪，一半是因为秦天明身患癌症，病情不断加重，他又无能为力帮助他；另一半是给秦天明治病，靠他现在的工资支付治疗费，特别是到了晚期，各种自费药价格高，已经无钱可付的悲哀。他倍感生活是如此艰难，摆在他眼前的天空是灰蒙蒙的一片。

也许，人生经历过程中的绝大部分事，总是艰难和苦痛相伴。想一想上学时，要日复一日地沉浸在学业里，每日都要为成绩提心吊胆。工作后，既要承担沉重的经济压力，提起精神面对职场上的纷纷扰扰，又要照顾好一家老小，不管多苦多累，又是多么的无奈！记得父亲在他刚上班遇到困难，心情苦闷时给他讲台湾当代作家林清玄的一件趣事。有一天，林清玄的朋友向他讨要一副字，考虑再三，他写下了四个字：常想一二。

朋友问："这是什么意思？"

林清玄说了这样一段："人生不如意事十有八九，我们生命里不如意的事占了绝大部分，因此，活着本身是痛苦的。但扣除八九成的不如意，还有一二成是如意的、快乐的、欣慰的事。我们如果要过快乐的人生，就要常想那一二成好事，这样就会感到庆幸、懂得珍惜，就不至于被八九成的不如意所打倒了。"

那他现在的一二成如意的、快乐的、欣慰的事在哪里呢？他要找到它们，品一品味道，在品尝中拨开灰色的迷雾，激发他战胜困难的力量。这时他想到了母亲老安，她是健康的，而且在秦天明患病以后，她替他们做了应该由子女做的事，分担了他的忧愁；他有妹妹秦依然，她学医，当秦天明的治疗需要家属拿意见时，她帮助他出主意，治疗时她四处找药寻医，保证了秦天明整个医疗过程的及时顺畅。这些算不算是他人生一二成如意、快乐、欣慰事的源泉呢？他认为算。父亲是退休以后不到一年罹患膀胱癌做了手术，紧接着查出肺癌。先后两次患癌事实，几乎击碎了父亲退休幸福养老生活的全部理想。对此所付出的心力、精力和财力，都是在老安的带领下，他和秦依然共同完成的，遇到的困难也是共同想办法克服的。像这次患肺癌手术后，为了调整秦天明抑郁痛苦的心态，秦力和秦依然商量找到主治医生赵主任，提出出院回家服药。赵主任同意了他们提出的申请，在办理出院的头两天，为秦天明做了一次增强CT扫描检查。在等待结果的秦力和秦依然俩满脑子都是父亲的病。做医生的秦依然开始查找关于治疗肺癌的资料，了解出院以后选择什么样的方法才能控制父亲的病情，即便无法根治，维持现状也好。作为儿子的秦力，想的就是筹措资金，以保障继续治疗所需。秦力回忆那天的情境，依然历历在目：

秦力和秦依然站在病房外的楼道里，疲惫和忧虑交加。

秦力说："我在反思为爸选择做手术是不是明智。"

秦依然说："这是一个两难选择，不做手术病情可能会恶化，缩短他的寿命。"

秦力说："可是，爸就是相信医院，相信医生，认为什么病一到医院，一找医生病就全好了。"

"是啊，医生一般都会给患者以鼓励，特别是重病患者，他们都会说你不是快死了，而只是病了，只需要保持平静的心，接受治疗，然后就会出现非常好的效果。"秦依然与秦力交换了一下目光，"这有什么错吗？我是医生，我也是对我的患者这样讲的。的确，医生掌握身体病理学的复杂机制，也掌握阻止疾病的许多发现和大量技术。这个医院在治疗肿瘤方面医术也是过硬的，是否手术尊重患者，听医生的应该没错。"

秦力无语，要说错可以说谁都没有错，秦天明求生手术没错，赵主任围绕秦天明的病理展开的治疗也没错，那还有什么纠结，有什么可说的呢？

人世间太多的无奈会让你感到唏嘘，太多时候，成年人的沉默不语，不是没话可讲，而是难以启齿。比如说，秦力为父亲治病花钱，明知道这是徒劳无功的行为，但依然还是这么做，如果他很有钱也就无所谓了，问题是现在他已经没有钱了，还得想办法去借，去筹措经费保障秦天明治疗的需要。

心酸千万种，无处倾诉心最苦。

秦力想，他在小时候，无忧无虑，但却不知足，一直在盼着早点长大。因为年少时觉得长大就是幸福，长大以后就可以自己做自己的主，想吃什么就吃什么，想穿什么就穿什么。但是，真的长大才知道，原来，长大后自己可以做主了，只是自己想要吃什么穿什么，不是别人给你的，那是需要你自己努力，需要自己付出，需要自己拼搏才能得到的。于是，长大后你要不断地努力和拼搏，即使负重，或是摔倒也要挺起腰继续前行，但每每都是被生活的重担压弯了腰。

秦力年龄接近40岁，却已经有5年的腰疼史，最严重的时候卧床不起，平时生活无法久站久坐，医院去了很多次，没有大毛病，但也无药可医，这是一种折磨人的慢性疼痛。他曾胡思乱想，莫非上辈子自己是个作恶多端的恶人，才会遭受如此折磨？可不管原因是什么，结果就是这样，他躲无可躲，避无可避。

长此以往，也是在不得不接受的过程中，他的心态越发平和，渐渐地感到，一个人只有不过度地沉浸在自己的痛苦里，才能获得幸福，在慢性疼痛面前，他能给自己的，只有一个好的心态。

这样做的结果就是妻子小刘很多时候都会忘了他是一个腰不好的人，当某天她看到他腰疼得无法站立的时候，她会惊奇地问他："你腰还疼啊？"

秦力不认为妻子不关心他，反倒觉得自己这样没有什么不好，与其以弱者的姿态自怨自艾，不如笑着和疼痛握手言和。

这也许就是坚强的代价吧！

人一旦患病，身体的其他毛病也就显现出来了。秦力发现上班时那种朝九晚五，一坐就是一天的工作，缺乏运动，使人看起来很胖，但那是虚胖，时间一长他的身体就付出了代价。首先是体质不好，40岁要是跑步稍微距离长一点就气喘吁吁的。他的腰痛发作间隔也越来越短。这些表象看起来是身体问题，其实，是秦力潜意识里缺乏自我暴露，隐藏自己的苦痛，长期压抑自己的情绪、想法与需求造成的。抱着这样的为人处世心态，在社会上与人交往没有朋友，在单位与同事相处没有知心，时常形单影只。现在他失去了生活的平衡，一方面要工作养家糊口，另一方面要背负赡养父母的责任，生命被中年的危机所包围，事业无成，或者说不够有成，钱也不太够花。他想突围，如果自己的事业风生水起，钱也用之不尽，天光正耀眼，人生正当年，这样的生活境况，他也就不会陷入中年危机的包围之中。然而，命运没有给予他这样的安排，他所工作的单位是一个研究所，从所长到一般职员，生活工作两点一线，除了工作在单位，下班就回家，对社会上的事他就像外星人一无所知，更不要说利用工作之余到社会上做"兼职"挣"外快"了，谈收入只有那点"死"工资，屈指可数。但你不要就此认为在这里工作的人会觉得乏味，他们中好些人是乐此不疲，抱着对事业的信念和追求，对待工作充满了工匠精神，"干一行，爱一行，专一行，精一行"。个人生活中，他们像永不停歇的陀螺一样，尽管上有老下有小，他们总能做到对老人笑脸相迎，对孩子热情相拥。而这样的人，往往也是过得最开心、最幸福的。

秦力打心眼里敬重他们，也无怨无悔地在自己工作岗位上兢兢业业，但他回到生活中，眼里时常带着一丝酸楚，有时他自嘲地对自己说：能做到这样有点像超人。我们这些奔向中年的人是头顶夕阳——上有父母需要赡养，怀抱朝阳——下有孩子需要抚育。我们想放空自己，忘记烦恼，没有痛苦，像在青春时期那样肆意追求自己的梦想，闲云野鹤般地享受生活，幸福开心地活着，这是修行的人，与我们好像还有很远的距离。

秦力体悟到，所谓中年危机，本质上是财务不自由，所以，解决危机的最好办法，就是想办法多挣点钱，或者努努力，让事业不断向前。即使挣得不是想花就有，但也要满足一般需求，够吃够喝，保持知足常乐的心态。如若主观上努力，心态上知足也不能解决问题，那就只好认命。

认同了这个道理以后，秦力生活的天空好像开阔了许多，顿感人生豁然开朗。上班时，平日对他可有可无的同事，特别是中年同事，他都能换位思考，他想他的世界可能在下雪。虽然他习惯了自己扛，也有能力自己扛，但他也需要哪怕一丝丝的温暖。

秦力实现这样的改变和转变，使他的工作生态环境有了质的提升，工作氛围更和谐了，同事之间的关系也更加融洽了，下班回到家里，时光静好。他想如果日子保持这样的宁静，该多好。平时他小心翼翼，他害怕生病，他也没有生病的权利。一次临近周末，偏偏还是不小心感冒了。如果他去小镇看望父母，就可能会把感冒传染给父母，那他们的身体哪里受得了？可如果不去，父亲还等着他回去，向他倾诉攒了一周的心里话。

于是，他给自己加大了服用感冒药的剂量，潜意识告诉他：你没事，你的感冒很轻，你已经好了，你不会传染给父母。但是，身体素质的下降就像是一堵无法穿越的墙，它面目可憎地挡在你面前，喷嚏依然打着，体温还是38摄氏度属于高烧，提醒着秦力正视自己正在慢慢老去。

记得有一天上班到中午午休时间，他感觉头晕迷糊，去单位附近的药店测了测血压，高压160，药店服务员惊讶地问他五十几了。他很不爽，他在心里问自己：我看起来有那么老吗？我还不到40岁血压就这么高了！以前我听说高血压有遗传，但爸妈血压也都正常。于是，他开始反思自己的生活习惯，是否因为早晨习惯性喝咖啡？是否因为晚上看书时间过长？他拼命地寻找原因，急于给高血压一个合理的解释，便打电话问妹妹秦依然。秦依然安抚他说："没关系，我上次量血压，也是比以前高出了不少呢，血压这东西，本来就是会随着年纪增长而增加的，不过，人接近四十，要特别注意健康状况。不管你是否愿意，也不要小看这些变化，这都是身体发出的健康隐患信号。我们也算人到中年啦！"

秦力的一位同事老王就在前几天感到眼睛看东西模糊，有一只眼看什么都是重影，开车上街，经常看到前面很多人。他今年才53岁，自以为身体很健康，就以为是眼睛的毛病，到医院一检查，医生说，这是心脑血管病的预兆，幸亏来得早，如果来晚了，可能开着车就晕倒在方向盘上了。

秦力的母亲经常告诫秦力，身体要有不适，就得到医院找医生及时看病吃药，身体健康最重要，只有身体健康了才有事业，才能承担起养家糊口的责任。他深知他在母亲心中的地位，他从小就听母亲的话，而且，他学习很好，成绩优秀，每次拿奖状回家，母亲都非常高兴！这时他就会凝望着温柔貌美的母亲。在他的记忆里，母亲有一双大眼睛，瓜子脸，时常露出羞涩的笑容，有时笑起来像一个小姑娘。如今，工作、生活让曾经美丽水灵的少女变成了现在老态龙钟的样子。

他感激母亲，不仅因为她给了他和妹妹生命，抚养他们长大，还因为在秦天明患病后她朝朝暮暮的陪伴伺候非常辛劳，他们下决心好好地照顾她的晚年生活，让她衣食无忧，健康快乐！

秦力看见母亲日渐增多的白发，看见母亲内心深处那凝重的忧思，他深深地感到内疚。

的确，朗朗乾坤，昭昭日月，人生中有些事令人匪夷所思，无法参透。秦力深感父母生养他，一方面是责任，是繁衍，是家族的传承；另一方面也为他们自己老有所依、老有所养提供支撑。但是，到了今天需要兑现的时候，他却令他们失望，向他们提供的赡养也非常有限。

悲哀至极，失望至极。

我们说，如果人生是一场赌博，当我们拼尽一切，打算拍案下注时，才发觉自己原来没有赌金。世间的短刀长剑，就是这般不经意地将我们的梦想宰割，虽看不到斑斑血迹，其实早已伤痕累累。

今天是星期六，如果不是秦天明患病住在小镇，按常规他就会带他的儿子补课，也利用儿子补课时间放松一下一周工作的疲劳。但是，父亲的身体越来越差，情况最坏时，一天要换几次护理裤，要经常地给他翻身换体位，给他按摩背部和手脚，给他擦洗身体，防止得褥疮和肌肉僵死。母亲平时一个人在家，还得做家务，再照顾父亲，根本忙不过来。作为儿女，他和妹妹也只能在节假日，从城里赶到父母住的小镇，尽一点责任。

今天，秦力驾车穿越街巷行驶在去往小镇的路上，坐在副驾驶位上的秦依然疲惫地闭上眼睛，沉默不语。

"陪我说说话呗，到小镇差不多还要一个小时嘞。"

"我不想睁开眼睛。我感觉每天从睁眼那一秒钟开始，时间就不是自己的了。"她转眼看了一下秦力，又闭上眼恢复到原来的状态，感叹道，"一天里，我很少有时间放空自己，有时连续几周都要值夜班，白天是吃不好，晚上是睡不好。"

现代年轻人，身处高速发展、快速变化的社会转型阶段，面对"不前行就会出局"的竞争激烈形势，他们不得不加快生活节奏，过着"倍速生活"。他们渴求成功，期待实现自我超越、自身潜能的激发，上班是忙碌的，老实说他们没有时间去思考人生的意义和人活着的意义，他们认为活着就是上班，讲情怀是一种奢侈。因为每天他们都得为了生计和生活奔波忙碌打拼，每天都得为了追逐一些不属于自己的东西而耗尽心力。

秦力说："大家不都是这样吗？"

车行至十字街头，红灯亮了，秦力把车稳稳地停在斑马线前。眼前闪过的人流行色匆匆，脚步急切，行人都急忙地各自向着不同的方向奔走，旁人搞不清他们究竟是为利，还是为名。可是，人群中也有个别人抢着红灯往前挤，等过了红灯又停住了脚步，像是等同伴，抑或是因为自己脚步太急，等待丢失的灵魂？

有一位老人幡然醒悟地警示我们：人生的终点都一样，这是宿命的安排。我们为什么要显得那么着急地往终点跑？身体与灵魂，必须都在路上，因为人生是个过程，而不是结果。

在墨西哥，有一个寓言这样表述：一群人都在往一个方向走，急匆匆地赶路。突然，其中一个人停了下来。旁边的人很奇怪："为什么不走了？"

停下的人笑着说："我走得太快，灵魂落在了后面，我要等等它。"

一心追逐时光反倒会荒废生命，别走太快，等一等你的灵魂。

每个人都有变老的时候，只是变老的速度太快，都来不及好好享受青春年华，你就老得哪里都去不了了。

社会学家也许会教育我们：别让欲望、忙碌和物质蒙住了你的心，别让你的世界里，只剩下匮乏和失控的自己。偶尔停下来，想想自己当初为什么而出发，为什么而辛劳。

秦力驾驶的车离开闹市区，行驶到山间快速路上。秦依然打开车窗，山风吹拂她的长发，她睁开眼睛，蓝天白云下五彩缤纷的大自然，给予她无限美好的馈赠，她的脸上露出了快意中的舒心。

行路不在远，在于真。怀抱着一颗光明的心，行走在光明的路上。见山见海见虚空，去看见、去听到、去呼吸、去感受这个世界的本源，也看清自己在世界中的位置和角色。当你在山河行走中找到了你自己，明了了人生的意义，内心就会自然而然地心平气和，云淡风轻。

生命觉悟的当下，气场天成。

秦依然说："哥，你说时间这东西是不是太奇怪了，小时候你越盼着它快点，它却越慢，那时候一个枯燥的午后都熬死人。"

秦力说："现在长大了，希望时间能慢点，结果它跑得飞快，一路狂奔就把你拽到了34岁，把我拽到了快40岁。"

秦依然说："一个人如果活80岁的话，那么大体上20年就是一季，你已经快40岁了，那你不就进入了人生的秋天了啊？"

秦力说："可是，秋天应该是成熟的季节，而我成熟了吗？没有自己的科研成果，也没有扎实的物质基础。做儿子，赡养父母不到位；做丈夫，没有给妻子坚强的依靠；做父亲，没有给儿子提供良好的教育。"

"你不要把自己想得那么不堪。其实，人做不到十全十美，也根本不可能做到，怎么办？你像我面对从我手中医治无效走到生命终点的老人，我在心里对他们说我尽力了，我也说我无能为力，保持我内心的释然。你看我也向40岁奔了，只是我想我还是一个小孩，天真地不相信自己已经是个中年人了，所以不时表现出与年纪不符的天真、任性、过分娇情。会买一大堆毛绒玩具，会因为别人一句话耿耿于怀很久。有时看着年轻人熬夜、喝酒、唱歌，也忍不住跃跃欲试。"说到这里，秦依然不禁叹了一口气，"但人家熬个通宵，回去睡仨小时就满血复活，我通宵之后三天都半死不活。"

秦力说："专家说这个时代的通病，就是心理成长追不上生理成长和年龄增长，每个人都在时间的洪流里，活得错综复杂。"

"我曾经以为掉头发只是男人才会面临的问题，如今竟然也出现在了自己身上。生完我们家孩子，一次洗头后发现洗脸池满是头发，我愣了一阵子，回神过来心里也有那么一丝凉意。"秦依然看着后视镜中的自己，接着说道，"上班和同事闲聊，我们外科的冀医生是个性情豁达的人，她说掉头发就掉呗，掉头发也没什么，我也开始掉了。我附和着她说我早已经想好了，老了要买何种款式的假发。"

秦力说："你们这些当医生的，平日和病人打交道，见惯了生死，心态好啊！"

秦依然说："衰老是无法避免的，它可能只是比预想的来得早了些，就像我们科的李医生她妈妈70多岁了血压也很正常，而她自己今年才41岁，就比你大一岁，低压95，高压140，她的妈妈现在耳聪目明，她现在却感觉到听力有些微下降了。而且，更让她感到纠结的是她发现她丈夫有了外遇。"

秦力说："我以为男人才有中年危机，没有想到女人也有中年危机。"

秦依然说："而且，女人的中年危机比男人还多一条。男人的中年危机是事业和财富，女人的中年危机增加一条，你知道是什么？"

秦力说："不知道。"

"是脸。现在社会有一种很不好的导向，就是过分推崇不老女神。娱乐媒体也不知安的什么心，整天说这个明星到达颜值巅峰，那个宛如少女，搞得我们普通女人都特别自惭形秽，感觉自己活成了垃圾桶。但是仔细想想，这多扯啊，他们推崇的女星都奔七十了，再怎么天生丽质保养得当，也跟少女挨不上啊。这些基本常识我们医务工作者还是懂得的。"秦依然讲得很自信，"人的颜值巅峰一般在24岁左右，使劲往后拖一拖，30岁也到顶了。到了40岁，那必然是要往下滑的，世间根本没有不老女神。年老色衰这个词很难听，但这是事实，必须直面。当然，我不是说四五十岁女人就不能美了，而是到了这个年龄段，就别过分在意外表美。保养一下有必要，但不要整天盯着脸上那几根皱纹较劲，别跟少女比紧致，否则容易心情不好。哥，你和我嫂子结婚，是不是也是因为她长得漂亮？"

秦力说："英雄爱美人，男人爱漂亮，人之常情嘛。"

秦依然说："所以，女人中年危机有一方面是来自你们男人的外表协会心态。我要问问你，我嫂子也会老的，如有一天，你在她漂亮的脸上看到皱纹和斑点，你就不爱她了？"

秦力说："我是不会的，这太浅薄。中年以后比什么，男人拼事业、比财富，女人拼精致、比气质。对吧？"

"博士就是博士，有学问。人在一定程度上得认命，包括整体命运和个人命运。整体命运，就是所有人都是要走向衰老，都会人老色衰，这是自然规律，谁都逃脱不了。"秦依然停顿了一下，"至于个人命运吧，我认为一个人此生所能到达的高度，是他的天赋、成长环境、个人努力、所处时代等综合起来决定的，这个高度会有一个范围，但如果不是发生奇迹，人很难跳出这个区间。就像鸭子有鸭子的活动范围，雄鹰有雄鹰的生命轨迹。不出意外的话，最努力的鸭子也不如最没用的雄鹰飞得高。就像我再努力，再加班，有再多临床的积累，也成不了专家。所以，不要过于苛责自己，暗自苦闷，责怪自己不如人家。因为并不是所有你熟悉的人都应该有类似的命运，人和人如此不同，盲目比较只会徒增烦恼。"

"烦恼何止这些啊！"秦力一脸的感慨，"像我们这些进入中年的人，交往圈是新人进不来，旧人又在离开。你有没有发现，我儿子小学三年级，以我们成年人的眼光看，他们那么大的孩子外表都挺不合群的，不太懂礼貌，也不会社交性微笑，但一遇到差不多大的小伙伴，他们瞬间就能搭起伙来，掏心掏肺地聊，欢天喜地地玩。而我们中年人，就正好相反了。表面看着特热情，跟谁都能笑呵呵地聊几句，但心是贴着封条的，想掏你几句真心话，没门。我经常在电梯里遇见邻居，一唱一和聊得特别热烈，但出了电梯就不记得对方长啥样了。"

秦依然说："按心理学解读，就是中年人防备心理太重，心根本打不开。偏偏眼睛又很毒，谁有什么心机、猫腻，一眼就看出来了，看出来就忍不住离远点，很多朋友就这样疏远了。新人进不来，旧人又在离开。所以到最后，认识的人越来越多，朋友反而没剩几个。"

秦力说："是啊。我就是在现有的几个朋友里，也能明确地分出能说心里话的，不能说的；能一起做点事的，不能做的；能借钱的，不能借的；等等"

秦依然说："哥，你是太过精明，某种情况下是令人讨厌的。"

秦力说："我也是生活所迫，生活所累把我塑造成这个样子。"

秦依然说："谁说不是。这你清楚，上大学的时候我是特看不起中年妇女，觉得她们庸俗又虚伪，一开口就是鸡蛋涨价了，近亲远房甚至是多年不联系、八竿子打不着的亲戚又来了，你这个新发型好看，其实根本不好看。现在到了自己也快成中年妇女了，才知道人总是不可避免地走向庸俗。"

秦依然检视自己，过去讨厌的别人脸上的讪笑、讨好、尿、俗，现在全出现在了自己脸上，甚至有过之无不及。生活这把杀猪刀，最先杀的就是人身上的锐气、傲气、不服气，然后再给你抹上泥土味的庸俗气。她回望自己的经历，人生活到30多岁，谁不得卑躬屈膝几回。曾经走出校门压低声音求职面试，现在即将到来的孩子入托上学，你还不得给老师送去一个笑容？你心气再高，高不过粗粝的现实；你骨头再硬，硬不过日子里的难。人生大体都以40岁为界。如果刚到30岁还有点桀骜不驯、狂放不羁、硬着脖子不服的，过了40岁，像她的哥哥秦力，被生活治理得服服帖帖。服了，也俗了。

秦力的手机铃声响了，响了一阵之后依然不停。

秦力说："依然，你接一下。"

"啊，我接？"望着车前方的秦依然收回目光转向秦力。

秦力说："你接吧。"

"喂，是妈啊，怎么啦？"秦依然将放置在车挡位前的手机拿起接听，手机传来老安急切的声音："你爸不行了，你们快来吧！"

"妈，您别急，我和我哥马上就到。"

秦依然接听电话后，和秦力做出快速反应，她一边打电话联系救护车，秦力一边驾车提速赶到小镇。已经先期到达的救护车闪着应急灯停在小镇家门口，穿着白色工作服的医护人员正从家里抬着躺在担架上的秦天明向救护车走来，他俩上前伸手护着担架一起上车，很快到达了医院。

医生办公室，医生助理、秦力和秦依然聚在赵主任身旁，可以看到办公室其他医生在按部就班地工作。

赵主任说："我与你们的父亲沟通时间不长，但交流很顺畅。他表示听医生的治疗安排。我感到他是因为呼吸受阻感到恐惧，在交流中我也感到他仍然没有放弃治疗，有强烈的求生欲望。"

秦力和秦依然表示认可，也表达感谢。

赵主任说："实在讲，目前也没有什么药能够起到理想的治疗作用，现在的用药只能改善改善病状，减轻患者的痛苦。"

"从吃药这个角度，你们还有什么建议吗？"秦依然问赵主任。

医生助理插言说："我倒是听说有的患者面对这种情况，通过非医疗机构，或者非官方，直接说就是联系'线人'找药商，从社会上购买散装药服用。"

秦力说："我们也打听过，据说连药名都没有。"

医生助理说："我接触过一个病人，他也是患癌症中晚期了，出院后自己在社会上买药吃，而且说服用后效果不错。好像他说是印度产的。"

"我的病人有的也服用过。但是，我们作为体制内医院，医务工作者，是不允许为患者做这样的推荐的，这也是一种违法行为。药是走私的，药理不清楚，也没有临床的效果报告，患者或者家属选择这种药服用，是自我行为，我们不主张。"赵主任提出警示。

医生助理有点不安，赵主任把目光从医生助理身上转向秦力和秦依然。

"我明白，我也是医生。"秦依然说。

"你们不要有顾虑，我们只是作为患者家属抱着一线希望，在医院已经无法医治的情况下，我们自己也想为我父亲做一点努力。"秦力心存感激。

患病吃药是普遍的选择，但是，谁能说吃药就能治好病？

在对患者进行治疗方面，人们普遍走入了一个误区，那就是吃药一定能够治病。很多时候医生和患者之间，往往会出现一种非常耐人寻味的情况，那就是医生经常束手无策，但是病人却满怀信心。而事实上人类的很多疾病，靠药物或者一些人为的治疗方式，都没有想象中的效果。更进一步地说，即使少数看上去能治病的药物，像肺癌到了晚期这种病也只能延长病人几周到几个月的寿命，医生能做的事情，并不比教堂的牧师多多少，但秦天明还是挣扎着，梦想着能够实现逆天改命。

"我求求你们帮助我，让我多活一些日子。我的好日子才刚刚开始怎么能结束呢?!"在病房里，意识已经清醒的秦天明在绝望中求生，"医生说手术不行还可以吃药，国产药不行还有进口药，你同学不就是药商吗？别放弃我。"

秦天明的求生几乎是哀求，老安也求助地看着刚刚从医生办公室回到病房的秦依然，好像秦依然就是他最后的救命稻草，就是他生命的希望。

老安说："为了你爸，找找你同学，求他帮帮忙吧。"

秦依然很无助，她顺势趴在秦天明身上，无所顾忌地放声大哭起来。这情景是悲伤的，让观者心生同情。

她是一位临床医生，虽然不是负责治疗癌症，所学的专业也与此关联不大，但是，她毕竟在医院，从书本上或者听同事介绍，对癌症的治疗现状也有所了解，就目前的治疗状况，至少在治疗晚期癌症上，人类发明的药物和治疗手段，基本上都是疗效不明显的。

有关资料显示，国际上尽管每年要花费上千亿美元用于研究治疗癌症，尽管在治疗癌症方面有一些科研创新，但晚期癌症患者的死亡率依然和50年前差不多。现在用来治疗晚期癌症的大多数方法，不仅只能给病人的生命增加短短几个月非常痛苦的时间，而且还会让患者的家庭付出沉重的经济代价。但是，秦天明是养育她长大的父亲，现在，他丢失了抗击病魔的盔甲，医生判断和预知他死亡的结论带给他的是对生命的漠然，病魔作为亡灵的摆渡者，将秦天明的生命推向死亡之地。他如果继续活下去，就必须用家人的财产在这条死亡线上打一个结，争取在死神收割他生命的时候使死神颗粒无收。面对严峻的现实，秦依然已失去了用科学理性处理和解决问题的能力，在亲情面前，她痛苦地做出了非理性的选择，现在就去为秦天明买药。

一脸疲惫哀伤的秦依然一边寻思着，一边走着来到了医院大门，看到路过她身旁行色匆匆的行人，她停下脚步抬头仰望天空，此时乌云翻滚，原来天要下雨了。她犹豫了一下想回身或许是等雨过之后再出发，但她满腹心事想不了这么多，也顾不了这么多了，就这样毅然迈开脚步汇入人潮，走在通往公共汽车站的街路上。她心绪有点乱，她的父亲秦天明肺癌晚期，医院复查手术后化疗也没有控制住癌细胞的扩散，现在已经转移到肺部及淋巴多个器官，服用大量的处方药症状也得不到改善，医生也无法可施，只好剑走偏锋，找做药商的大学同学帮助。

正常来讲，秦依然是学医的，她的同学毕业后大多在卫生医疗系统工作，她又是在职医生，医疗资源应该是丰富的，但是，由于她性格内向，从心理学上划分，她具有圣母型人格特征，不愿意与人有更多的正常交流，缺乏人与人之间足够的亲密关系与社会认知上的支持。生活中除了与家人相处，她基本上是独来独往，总是不好意思说出自己内心真实的想法，不愿意麻烦别人来帮自己，有什么事情尽量自己去想办法解决，一般不主动寻求别人给自己帮助。她从心里鄙视社会上和生活中那种人与人之间相互利用形成的"交换"关系，她的社会朋友少有几个。

这是一种危险的病态自卑人格，不愿意麻烦别人，也不愿给人提供帮助。她的母亲老安深刻地告诉她人和人之间，概括来讲就是一种"交换"关系。你在单位上班，与领导的关系，是老板与员工、酬劳与劳动付出的关系，是一种"交换"关系；你和朋友之间，彼此是知音知己，互相交流生活感受，畅谈玩乐，高兴事说出来一起笑，烦心事讲出来能彼此安慰分忧，这是友谊与情感上的一种互换；夫妻之间，彼此结合，完成传宗接代之事，相伴一生，彼此扶持，相濡以沫，更是一种"交换"关系，以传统社会讲，男耕女织，合作与交换，都包含在其中了，离开了其中一个，另一个也无法有效生存运转，无法完成生物繁衍。

父母与子女之间的关系呢？难道还可以用"交换"形容吗？老安肯定地告诉秦依然，这虽是一种与生俱来的天然关系，但依然具备"交换"的特征，古话说"养儿防老"，转化成现在的话就是：你养我长大，我陪你变老。不是吗？亲情是一种特殊而天然的感情，以爱为基础，是爱的"交换"。"交换"并不是一个不好的词语，它只是表达一种客观本质，没有褒贬的指向性。

年龄的增长，阅历的丰富，秦依然万事不求人的孤独性格特质得到了改观，她也学着与人交流，与人沟通，帮助别人，也接受别人的帮助。

"你好，我是秦依然。"秦依然在与同学通电话。

"我知道。你是大医生，忙得好久不联系了。"听筒传来一个女声。

通电话的是秦依然大学女同学，本来是被政府卫生部门录取，报到后嫌工资太少，自愿放弃后到一家私营公司，做起了药品买卖，由于经营有方，市场对路，这几年是赚得盆满钵满。她曾联系过秦依然，推销她经营的药品和医疗设备，但为了避嫌，秦依然一直有意识地与她保持距离，但她们之间的联系是顺畅的。

女同学说："见或不见，依然思念，联不联系，都没忘记。我喜欢这样的方式，怎么着，我有什么可以帮助你的吗？老同学。"

秦依然说："噢，也没有什么，就是……"

女同学说："就是什么，在同学面前还那么客气啊，说，我尽全力。"

人说生命里的挚友，就像夜空中的星星，虽然不一定时时看到，但我们知道，他们就在那里。秦依然想她的这位同学，毕业后没有挚友般交往那么密切，但她与她大学本科五年，学习上互相交流，生活上同吃同住，积累下来的情谊是纯真的，她相信真正的情谊，从来不会因为时间而搁浅，也不会因为不见而疏远，很多时候，不打扰也是一种在乎，不联系也是一种珍惜。于是，她说出了当下她遇到的困难，请她给予帮助。

秦依然说："我爸得了肺癌，已经晚期，手术后化疗没有得到控制，现在已经转移到肺部及淋巴多个地方，处方药对他已经失去疗效。"

女同学说："你打算怎么办？需要帮你联系生命关怀医院吗？那里可以提供相关的服务，减少癌症晚期带给你爸的痛苦，让他安静地度过生命的最后阶段。"

秦依然说："我想过。但我爸求生愿望强烈，他要在家吃药，坚持活下去。所以，我请你帮助私下买一种药。"

女同学说："什么药需要私下买？我们公司销售的药很全。"

秦依然说："没有药名，只能私下从美国或印度买，专治癌症的靶向药。"

女同学说："我听说过，我们公司不做这种药，这是违反规定的。"

秦依然说："那就不为难你了。"

女同学说："唉，都到这个时候了，还有啥为难不为难的，我来给你想办法，你明天把款汇到我们公司账上，先来一个疗程。"

秦依然说；"谢谢！药费我晚上一两天给你汇过去行吗？"

秦依然得到同学的帮助已是感激不尽，但她手中的确没钱，还需要向人借钱筹款，又不好意思向同学说出实情，道出自己囊中羞涩，只好赶紧借钱筹款。

"我想见你一面，占用你几分钟。"秦依然在单位打电话给自己楼上的同事。

"我正忙着，你电话上说吧。"话筒传来一个男声。

"上次借你的钱我想推迟一点时间还你。我爸又住院了，经费有点紧张，想再从你那里借一些。"秦依然一改往日快嘴快舌的语气，走到楼道里，压低了声音，对着手机与她通话的是她的同学加同事。

男同事说："现在我手头也紧张，上一次借的你有就还，没有就算了。"

对方回答是明确的，当然，对于秦依然来说也多少有点意外，她是一个爱面子的人，没有十分的把握她是不会轻易开口向人借钱的。她感到这位同学加同事不会驳她的面子，结果还是被拒了。

其实，不管你是小学、中学，还是大学同学，在一起学习期间培养的情谊，从毕业的那一刻起，便已慢慢变淡、变质了，同学们再也不是当初的美好，也再也回不到那时的纯真了！即使日后同学的聚会看似是满满的回忆与友情，但在别人的眼中，那是炫耀与演出的主会场。你可以在同学面前回忆那逝去的青春时光，而大家则都在相互估量着每个人的价值。这不能怪同学们变得如此势利，其实那都是人性使然，也是社会的现实。

古语说得好：穷在街头无人问，富在深山有远亲。人一旦落魄了，别人就会想方设法地躲着你，似乎你的落魄就是一个瘟疫，靠近你就会被传染，会导致别人和你一样落魄。社会历来就很现实，如果你有钱，你说什么别人都觉得有理；如果你没钱，无论你说什么别人都不会信。如果你有钱，别人都会想尽办法来接近你，情愿被你呼来喝去，情愿为你鞍前马后操办一切；但如果你没钱，何况你还要借钱，自然人人都会躲着你，没有一个人乐意来帮你。

秦力对秦依然感慨说，生活的磨难也并非就是洪水猛兽，著名翻译家傅雷先生是这样表达他的爱与恨的，他说："人一辈子都在高潮、低潮中浮沉，唯有庸碌的人，生活才如死水一般，只要高潮不过分使你紧张，低潮不过分使你颓废，就好了。"秦依然也深知岁月并不能一直静好，只有经历风暴的心灵才会长大。

秦依然夜晚回到家，一家三口躺在床上，躺在她和丈夫小孟中间的小快乐已安然入睡，她因为下午向同事借钱被拒心潮难平。

秦依然说："我张口向他借钱也犹豫半天。我们是同事还是同学，我和他大学毕业一起分到这个医院，上次爸住院我找他借了2万，很爽快，把工资卡给我自己去取的，这次他不借我了，可能他手头也紧张吧。"

"都在体制内上班，靠工资养老养小也是不容易。"开着床头灯阅读的小孟接了话。

秦依然说："我们俩要不换一种方式工作挣钱？"

"换什么方式，你别胡思乱想啊。"小孟猛然坐起，惊愕地看着秦依然。

"这是被逼的。爸前期住院、手术、吃药已经花了不少钱，接下来的吃药也需要钱，这不能都压在我哥一人肩上啊。我说换一种方式就是你留在体制内，我到企业去挣钱。正好我一个同学开了一个医疗器械的公司，据说收益不错。"

"现在企业也不是想象的那么好挣钱的，民营私营企业风险大，说不定哪天企业就不行了。"其实，小孟只说了他想说的一半，还有一半是公司老板是男的，在他与秦依然恋爱期间也追求过秦依然，他心存顾虑，担心一起工作时间一长，他们日久生情。

秦依然说："这我知道，我也想过，那怎么办，人说养儿防老，我能做什么，好无奈啊！"

秦依然对小孟的想法心知肚明，她只是不想把它揭开，即使揭开，情感上的事谁又能说清楚。自从结婚之后，老公对自己的态度大不如前，有时候她回他电话晚了点，回家的时间迟了点，就会疑神疑鬼，满心猜忌。她心想，在这个工作如此繁忙的时代，要求别人秒回，本来就是一种苛责。

她的母亲曾经对她说，在婚姻中能获得幸福的女人，总会把握好与另一半的界限与距离。夫妻间，只有互相牵挂却又不互相牵绊，才能肩并肩走得更远；只有保持亲密却有间，深情却不纠缠，才不会在爱里患得患失，最终失去自我。太远，显得陌生；太近，又彼此束缚。只有偶尔陪伴，偶尔独处，才能让彼此的关系恰到好处，持久而亲密。

婚姻远比恋爱接地气、琐碎、复杂和艰辛，在对未来期待的同时，一定要秉持落地务实的态度。怀孕时，她满心欢喜地以为自己拿着幸福的号码牌，会和爱人一起奔向美好的明天。生完小快乐她才发现自己想得太简单了！生完孩子，她奶量不足，一夜要喂好几次。小快乐带来的不都是快乐，有孩子的欢喜很快消失了，睡眠缺失，精神折磨，她也有点撑不住了。这时候，她更需要有一个坚强的依靠帮助她。

一个心直口快粗线条的她搭配一个心细如丝多愁善感的丈夫，就像核武器试验，其爆发的威力足以摧毁她想象中构建的幸福生活蓝图。

她深有体会地感到，婚姻中孩子是爱情的结晶，也是家庭快乐的重要源泉，但生、养孩子的辛苦和麻烦也同时存在，所以生孩子之前一定要做好各方面的准备，经济上的、体力上的、心理上的都应尽可能考虑周到。

婚姻生活如同四季的变化，充满着欣喜与不测，每个季节都有不同的困难和危险。恋爱容易，婚姻难守。维护一段幸福的婚姻需要经历很多坎坷，也许半路下车，也许相随终老。因此，如何守候幸福的婚姻，也就成了一个待解的题目，摆在进入中年的秦依然面前。

"该放手就放手，人生不容委曲求全。"气头上时她就是这样想的，但是，说得壮士断腕般的英雄气概，要真正地行动起来就不是那么简单了。

"不是一个人，我的身边还有依靠，那是爱情的美好。"但在秦依然父亲看病买药需要钱时，小孟的不够积极、不够主动，使她心底的那份美好随风飘散，她身不由己地误入了亲人之间的伤害怪圈。

现实生活中，我们也许会发现，对亲近的人在某些情况下反而更难以无条件地去爱，因为亲密的人之间往往有太多执着。我们心里会有许多的期望和要求，要求对方完全理解、欣赏、领受、符合我们的心意，不然便觉得失落和痛苦。

束缚在这种心态中，去爱就意味着准备受伤害。越是关系亲密的人越容易闹别扭，比如父母与子女之间、爱人之间，都是真心实意地为对方好，可也常常因为这种满带着欲求的好而彼此伤害。由此可见，对亲近的人，我们并不缺少爱，而是缺少宽容和放松。在某一天我们迷茫得以为要被湮灭，要牢记别把自己放得太遥远，低头看看自己，问一问这世间："哪一个人没有一点缺点？哪一个人是十全十美的？"跟世界相处，首先是和自己相处。天黑开盏灯，落雨带把伞，难过归难过，但要坚信世上没有过不去的坎，你不能坐在坎边等它消失，而是应该鼓起勇气想办法跨过它。

想到这些，秦依然叹了一口气，也暗自庆幸自己是幸运的：好在父母有远见，她还有一个哥，可以共渡难关。假如父母只生她一个，她是一个独生子女，由她一个人来承担，这是一副多么沉重的担子啊！

可不是吗？现在的秦力也深陷困境在寻求帮助。

"我们俩从中学读到博士，现在又在一个单位。我就直说吧，我爸住院了，想找你借钱。"秦力这样说的用意非常明确，就是要对方记住他们之间是老关系，对接下来他提出的求助做一个铺垫，并希望对方给予支持。

同学问："什么病住院？"

秦力说："肺癌。"

同学回答道："那抓紧治。借钱嘛，我回家给我爱人商量一下。"

对方的回答不失分寸，但显然是一个托词，因为秦力了解他们夫妻，在他家是他做主。这样的结果，着实让秦力感慨。

曾经的他，认为自己即使是碰到了难处，仅凭那通信录上长长的名单，就能找到遮风挡雨之所。可是古人诚不欺我，天有不测风云，人有旦夕祸福的困境就这样悄无声息地降临在他的头上。俗话说得好："有钱男子汉，没钱汉子难。"

面对父亲患病治疗吃药，无钱支付购药需要，让自我感觉良好的秦力万万没有想到的是，通信录从头打到尾，竟然没有找到肯借钱为他救急的人。这个时候他突然明白了：你的朋友虽多，但真正在乎你的却没有几个，大家本来相识于江湖，相忘于江湖也是理所当然。

"最近家里急需要钱，把房租提前付我一下。"实在没有办法，他只好找房客要租金，说得理直气壮，因为他是甲方。

乙方说："按合同上季度的房租月初不都付给你了吗？"

秦力说："我是说下一季度的，你要不给我就收回房子。"

乙方说："你说我们都是朋友，这样做不合适。"

秦力说："朋友？我现在有困难了，我需要用钱。"

……

秦力给父亲秦天明买药的钱没有筹来，却惹来满脑子的哀愁与失落，他孤独地坐在客厅的沙发里，茶几上的台灯透射出有些幽暗的光线。这时，他的爱人小刘从房间里出来，顺势坐在一旁。

小刘说："该睡了吧，已是凌晨2点了。"

秦力说："哪睡得着啊，爸当初手术费凑一凑也就过来了，现在治疗买药钱是无处可筹，也是无处可借，我真觉得天快塌下来了。"

小刘说："办法大家一起想，困难总会有办法解决的。"

看到处在困苦中的秦力，恬静温柔的小刘用双手握住秦力的一只手，表达抚慰，也传达力量。他们的儿子秦奋，年龄虽小，也深感自己有一份责任，应为父亲分忧，他在独自的房间里写完作业以后，打开抽屉，翻箱倒柜地找出平日积攒的零花钱，走出房间递给秦力。

秦力像被眼前的这一幕惊住了，触电般地忽然站起，依偎在秦力身旁的小刘，看到眼前一幕也好似有些恍惚！他们的儿子，一个还在上小学的学生，就有这样的情谊表达是他们没有想到的。人说孩子是上帝赐给父母的一张存单，当然不是父母的账户，密码也未知，做父母的就只管往里存，什么时候可以取出来享受，那得看它的主人。

但是，孩子应该明白，父母是为我们立账户的人，虽然父母没想要收回成本，也要自觉加倍奉还，不仅仅是存在账户里的钱，还有存在账户里的情。

因为有一天，你会突然发现，曾经无所不能的父母，也会有那么多搞不明白的事情，再给不了你什么人生建议，遇到难题却怕给你添麻烦而选择默默地扛。

因为有一天，你会突然发现，曾经威严无比的父母，竟会客客气气地对你说"对不起"和"谢谢你"，和从小对你严厉批评的样子已经大相径庭。

因为有一天，你会突然发现，曾经精力无限的父母，似乎一夜之间变老了，他们白发苍苍，步履蹒跚，与印象中年轻的模样相比变得熟悉而陌生……

似乎有那么一瞬间，过去的家再也追不上如今的你了，而你想转身，却已经有了属于自己的家。

可是，在父母的眼中，你始终是个孩子，他们想为你操心，而你却时常抗拒……但每当遭遇挫折，谁又不想成为父母怀里那个无忧无虑的孩子？或许，当你组成新的家庭，成为家人的依靠时，才会真正思考：家，究竟意味着什么？

人说"男儿有泪不轻弹，只因未到伤心处"。秦力的眼泪从眼眶里滚滚而出，这不是伤心的泪，这是他喜极而泣。这时他已不再感到孤苦孤单，他有家可以依靠，他有家人给予他战胜困难的力量。他展开双臂将身旁的爱人和身前的儿子揽入怀中，在他生活的至暗时刻，仿佛看到了光明。

家人聚力祈愿舍财救治病危中的秦天明，从医院判断和预见秦天明死亡开始，就尝试着打破命运的这张大网。力图撕破这张无情大网的强大力量，正是源于生命本源的一种自我发挥的有力动机。它是基本人性和本能之一，是理性、道义、良心，是判断我们行为的仲裁人。它向我们揭示爱心的合宜性和自私的丑陋。

浮躁与势利在当下社会潮流中涌动，曾经为给予我们生命不惜冒着性命危险的父母如今老了却成了生活的累赘，情感出现断层，一方面小时候听老年人说过"娘疼儿，扁担长；儿敬娘，洗衣棒"的悲凉景象时有所见，日有耳闻；另一方面，尽管如此，父母该怎么"疼儿"还怎么"疼儿"，表现出来可以说是一种死心眼、一根筋、一条轴，甚至是一种愚蠢，但仅仅在生物学的意义上，我们就不难发现，正是这种死心眼、一根筋、一条轴乃至愚蠢的毫无自我意识的付出，在自然界和人世间漫长的风吹雨打和沧桑变化中，保证了物种的繁衍和延续。只是老人也有一丝不甘，一些人或精神在沦丧，或灵魂在游荡，于是，或年轻人在迷失，或老年人也在迷失。孝敬父母的传统精神犹如一把利剑，刺向我们心底被薄情寡义包裹着的良知，拷问着我们需要扬清激浊的道德。

著名学者康德曾说，"只有道德，和具有道德的人格才是有尊严的"。而亲情，正是一种强烈的爱，一种有力的感情，一种品质的优点，一种天经地义的道德，一种人格尊严。

在实际生活中，无论是对儿女还是对他人，绝大多数有着正常情感的人都具有不同程度的责任感。只是在不同的时间、不同的地点、面对不同的对象，表现方式不同而已。

这种良知、爱心、亲情所体现的尊严，是整个人类的骄傲。在我国历史上，就有《二十四孝》中的郭巨"埋儿奉母"的美好故事至今传颂着：汉郭巨，家贫。有子三岁，母尝减食与之。巨谓妻曰：贫乏不能供母，子又分母之食，盍埋此子？儿可再有，母不可复得。妻不敢违。巨遂掘坑三尺余，忽见黄金一釜，上云：天赐孝子郭巨，官不得取，民不得夺。

秦力作为父亲的儿子和儿子的父亲，他要以梦为马，不负韶华，自觉肩负起传承传统的责任，使这种精神不在他的身上出现断裂，他想也许他无法变成"最好"的孩子，也很难成长为"完美"的大人物，但至少在他父亲需要他时付出了努力，争取做到不留遗憾。在为秦天明买药筹钱无路的情况下，他与爱人小刘商量，将一套由岳父出资为他们的儿子购买的学区房提前解约出售。

当初，秦力的岳父眼看秦奋到了学龄，但在秦力现在居住的地方又无优质的学校资源，为了秦奋今后不输在"人生起跑线"，他就在市中心一个可以入学市重点校的居民小区买了一套"老破小"的学区房，还投入资金装修了一下。因为房子年久失修，面积小，不宜居，儿子入学后，他们又回到原住地生活。但是，房子虽破旧，却不愁没有人租用，在他到中介登记挂出不到一天，就有租户接手了，而且，还是他的小学同学，一租就签合同三年，每年有几万元的房租收入补充日常开支，生活的质量得到了大幅提升。现在决定出售换钱为父买药，实在说他内心很不安，在小刘将手中的房屋产权本递给秦力时，他伸出的手犹疑地想缩回。

秦力说："行吗？"

小刘说："有啥不行？！"

秦力说："这是你爸出资为儿子上学买的。"

小刘说："现在不是急着用钱吗？"

秦力说："那你是不是也得先给你爸打一个招呼？"

小刘说："我已给我爸说了，他支持。抓紧到中介挂出去，秦依然还等着支付药费。至于退租的事你不好向你同学说，我来找他商量。"

秦力接过房本，耳朵听着妻子小刘的讲话，心里想起了父亲秦天明曾经的告诫。一个在物质上慷慨的人，在情感上未必大方；但在物质上吝啬的人，在情感上必然吝啬。心意光用嘴巴说，却没有礼物，这种人绝对不可信，那感觉就像是怀念祖先，用心就好，何必扫墓祭祖。很重视朋友，何必写信、打电话或见面，总在夜里怀念旧人，所以根本不需照片。现实是不去扫墓你三年都不会想起列祖列宗。不联络见面，却说是好友，这种话是做直销的口头禅。不翻照片，你怎么追悔曾辜负过谁？！

走在去中介公司卖房的路上，秦力想：在我们国家，传统文化教育我们父母是子女的生命来源，他们辛辛苦苦地养育子女，为子女付出毕生的精力，那么，晚年接受子女的赡养是天经地义的事情，也是子女表达对父母的养育之恩，进行反哺的最好方式。

父母既然有恩于子女，那么，子女侍奉父母，遵从父母意志，自然也是顺理成章的。秦力感到卖房为父买药治病是合乎情理的行为。

父母对子女的爱，子女对自己父母的回报，都为自己晚年获得后代的回报进行了储备，树立了榜样。秦力感到应该效仿父母，赡养父母即是善待自己，因为自己也有下一代需要"榜样"引路。

秦力坚定地走进一家房屋中介公司门店，与销售顾问面对面地坐在接待桌前，从包里取出朱红色个人房屋产权本，递给销售顾问。

销售顾问说："你的这套房位置好，面积也合适，又是学区房，价格会不错的。"

秦力说："抓紧给我卖出去就行。"

销售顾问说："这你不用发愁，只要一挂出去就会有人来联系。只是现在市场房价在走低，咱们先挂出去看一看，价好就卖，不合适就等一等。"

秦力说："不用等，只要不离谱就卖。"

销售顾问说："缺钱？孩子出国？"

秦力说："给父亲治病急需用钱。"

销售顾问有些疑惑，但秦力的表情不容置疑。"孝为先"是中国的传统文化理念，它不仅教育子代要知恩图报、回馈善行，更重要的是引导人们承担社会责任和义务。如今，需要他履行责任和义务的时候到了，他不能心存算计：比如"做这件事值不值得""我能从中得到什么"之类的，一旦太多这样的精明，做人的美德事实上就离我们远去了。先贤哲人苏格拉底说，"我们需要美德，并非因为我们没有美德就活不了，而是因为美德有益于我们的身心"。一个正常的家庭，父母和儿女之间，也许难免有偶尔的龃龉和不快，但更多的是亲情带来的愉悦和欢乐。生活中的确有忤逆不孝的儿女，但这并不足以成为一个有普遍性的疏离亲情的理由。

父母是爱和传统的传承人，他们坚守传统并不是要停留在过去，更不要误认为他们太过保守不与时俱进。因为，他们不是沉迷那个时代，而是坚守和传承着一种精神，不会在追逐个人利益中被无休止地消耗丢弃出现断层。一个有着崇高人生追求的人，一定不只是爱惜自己外在的羽毛，单纯地装饰自己的社会形象，而是会更加珍视自己的意念境界，更加敬畏自己的精神长相。顶级的精神长相，一定是源自灵魂深处的纯净：极简而丰盈，纯粹而欢喜，生动而自觉。

秦力聚心力、人力、财力，然而使他真正产生这些年亏欠父母挺多，需要加倍回馈父母的意识是，有一次带着妻子和儿子周六周日到小镇看望父母时被强烈触发。那次周日，秦力下午陪父亲下下棋，再陪母亲聊聊天，但到要走的时候，天突然下起了瓢泼大雨。眼看走不成了，秦力起身走到窗前焦急地嘟哝着："这个雨，看样子一时半会儿还停不了！"

"停不了就停不了呗。"老安很平静。

"明天还有一堆事要办。"他有点焦急。

秦天明走到秦力身边，望着窗外越下越大的雨说："这雨下得太大了，耽误孩子的事儿啊！"

秦力听到秦天明虽然嘴上说着抱怨的话，但看到他脸上的神情，分明是平静的，没有一点着急的样子。他一下子感到其实父亲神情很微妙，他心里是高兴的，但又压抑着不让那种高兴流露出来。就在那一瞬间，秦力突然意识到：父母一定是不想让我走吧！一定是想我能多陪他们一会儿吧，虽然他们平时总是对我说你忙你的我们好着呢，但是他们心里，一定是希望我能经常陪在他们身边吧！

这个感受让秦力有点心酸，他立即改口："事总是做不完的。算了，我们今天不走了，陪你们住一个晚上吧！"

"来，接着下棋。"秦天明乐哈哈。

"我和儿媳给你们做饭。"老安笑盈盈。

屋子里的气氛一下子高兴了起来。秦天明回到座位，摆开棋子接着下棋。老安叫着儿媳去了厨房，准备晚餐。

结果那个晚上，秦力发现父母是那么开心，特别是母亲老安，像个孩子似的跟在他身后，上厕所她也跟着，站在外头与他说话，让他啼笑皆非，也深感不安。那时候他就想：以后一定要多抽出一些时间来陪父母。但实际上一忙起来，有时就什么都忘了。

人就是这样，总是忽略最亲近的人，说白了，就是挑最亲近的人欺负，知道再怎么忽略他们，也会得到他们的理解。

想到这些，秦力更坚定了他的卖房行为。

在房屋交易中介门店，销售顾问将审核和刚填好的一沓交易材料递给秦力。

销售顾问说："你再看一下，如果没有其他要求，你就在《委托销售审核表》委托人处签上你的名字，留下你的电话，我好联系你。"

秦力说："好的，还留下我爱人的电话吗？房屋持有人是我爱人。"

销售顾问说："哦，我还没有注意持有人是你爱人。当然也留下她的电话，一旦交易成功，办过户手续也需要她到场签字过户。"

秦力说："谢谢!"

秦力签完字，将材料递回销售顾问，准备起身，又趔趄地跌回椅子上，可能是精力集中，一个姿势坐的时间长了，腿麻木了，或者是他确实累了，一脸的疲惫。

可以说，中年的秦力还有他的妹妹秦依然，为了生活，为了给秦天明治病，感觉都要把自己耗光了。

这是人生怎样的酸楚啊?!

第八章

自我救赎

秦力办结卖房手续，还未等他迈出房屋中介交易门店，手机铃声响了，他打开手机，按下接听键，听筒里传来他母亲惊魂未定的声音。

"妈，您把电话给我爸。"听筒里能够听到秦天明的哭腔："我好害怕，我怕是要不行了。"

秦力默不作声，他稳了稳自己的情绪，但眼泪却情不自禁地滚落出来："怎么啦？爸。"

秦天明说："你能回来吗？"

秦力说："能。"

秦天明提出："你可以把孩子带来吗？"

秦力说："我先来吧。"

手机传来"嘟嘟"的挂机声，秦力收起手机，加快脚步走到路边的停车位，急速打开车门，上车将车驶出，汇入街道的车流中，喧嚣嘈杂的环境并没有影响到他专注开车的神情，看似一副放松的样子，掩饰了他此刻内心涌动着的迷茫与焦虑，在刺耳的轮胎碾轧道路的摩擦声中，他仿佛听到有人在吟诵基督教神学家尼布尔曾写过的一段《宁静祷文》：

神啊，

请赐予我宁静，好让我能接受，我无法改变的事情；

请赐予我勇气，好让我能改变，我能去改变的事情；

请赐予我睿智，好让我能区别，以上这两者的不同。

这是他记忆深处的回响，是他上大学在图书馆阅览时读到的一段文字，当时只是信手翻一翻，随便读一读，此时不知为什么却突兀地追问，难道说这是处在困境中的他从心底发出的求助的呐喊，或是神灵昭示他找寻拯救父亲生命之路的指引？

前方的红灯把他从焦躁的思绪中唤回，他恍惚中条件反射地踩了一个急刹车，往前趔趄后坐稳身子，凝神目视前方，焦急地等待红灯换绿灯。

此时，在医院的病房里，秦天明两眼紧闭地躺在病床上，护士给他戴上氧气面罩，然后又为他扎针输液。赵主任、秦依然及其他家人站在旁边。

赵主任对秦依然说："你父亲体虚，因情绪激动才导致他一下昏迷了，给他吸点氧，输点液，一会儿就会清醒过来。"

秦依然问："下一步怎么办？"

"我看也没有什么好办法了。"赵主任看了一眼秦依然，"肺癌晚期病人，特别是后期，因为癌细胞扩散、转移，又没有其他药可用，器官逐渐衰竭，导致胸闷、气短，无法呼吸，然后……所以继续住院也没有什么意义，而且，住院你们精力也顾不过来，还不如在家安安静静的。这个你们明白。"

"那要是再出现这种情况呢？"刚进病房的秦力把头从秦依然背后探向病床上的秦天明，有些气喘吁吁。

赵主任说："肺癌因呼吸困难，缺氧出现昏迷会经常发生的，买一台家用制氧机，遇有情况就给他吸上。眼下不会有什么大事，你们家属也不用急，歇一会儿吧。"

说完，赵主任及医护人员离开病房，留在病房的家人站在病床的周围，秦天明口戴吸氧罩静静地在吸着氧气。过了一会儿，秦天明从昏迷中醒来，睁开眼睛看到秦力站在眼前，他示意要坐起来，老安和秦依然伸手扶他。与几星期前相比，眼前的秦天明完全变了一个样子，他更瘦了，非常虚弱，口齿时不时有些含糊。他吃饭往嘴里送食物变得有些困难，饭菜都会弄到衬衣上，而且，他躺在床上需要别人帮助才能坐起来。

"发展到这个阶段，治疗和不治疗，甚至到最后阶段，之间还有多长时间?"随后跟到赵主任办公室的秦依然和秦力追问道。

赵主任有些局促："很难说。"

秦力追问："就你所看到的情况，不做治疗的人最长活多久，最短活多久?"

赵主任说："最短三个月，最长三年。"

秦力说："那治疗呢?"

赵主任变得含糊其词。停顿一会儿，他略微思考一下说："最长可能三年多点儿，但如果治疗效果好的话，平均时间应该长一些。"

赵主任开启桌上的计算机，点开页面，开出了一种理论上讲可以暂时抑制肿瘤生长，同时没有什么副作用的类固醇片药物的处方递给秦依然："实在说，这种药的安慰性大于治疗效果。"

秦依然没有接话，她接过处方看着，毕竟患者是她的父亲，她想即使是这种药一点效果都没有，但是，医者仁爱的良苦用心也足以让人肃然起敬。

肿瘤致命。理论上讲，得出这个结论应该以事实为基础，通过分析做出的判断才是可靠的。但是，事实中间包含着漏洞和不确定性。

第二天查房，赵主任来到秦天明的病床前，面露职业的微笑。

秦天明眉头舒展，期待着医生带给他好消息……

赵主任习惯性地在别人说完话后等一拍，确定别人真的说完了后，自己才开始说话，显示个人涵养，表示对患者的尊重。然而，秦天明什么都没有说，他停顿片刻，开口打破了病房的沉静："核磁复查显示你身上的肿瘤长大了。"

奇怪的是秦天明好像有预感，所以，他听后并没有表现出惊恐的样子，反而显得很平静。

赵主任又补充了一句："而且，已经向多器官转移了。"

秦天明还是听着，没有言语。所以，必须感谢癌症，让秦天明的生命得到从未经历过的体认。了解生命必死之后，他变得谦卑，感到自己心底蕴藏着惊人的心理力量，也重新发现自己，因为他必须在人生的跑道上停下来，重新衡量，然后再出发。他开始怀疑自己是否真的能战胜癌症，而且有限的医学常识告诉他，癌症转移就意味着晚期，而晚期则意味着生存机会渺茫。他和赵主任商量，决定放弃化疗。但赵主任对他女儿说，假如做化疗效果好的话，还可以延长他生命的时间。于是，秦依然坚持要秦天明做化疗，他不同意，他认为死亡是生命一个非常正常的过程，我们要承认它的到来，但是，他儿女不愿意接受他的这个选择。为了不让儿女难过，他就勉强地又做了一次化疗。毕竟是年龄大了，他的身体状况实在是没有办法承载化疗给他带来的那种痛苦。所以，有一天晚上，他把秦依然叫到他的病床边，对她说出他的决定。

秦天明说："我决定了，我不再进行化疗了。"

秦依然毫无表情，她也是医生，她知道化疗带给病人的痛苦有多么巨大。

秦天明十分恼火："我为这个家和你们辛苦了一辈子，我都要死了，我总该为自己活一次吧，就算你们不同意，我也要这样。"

秦依然在心里还是不认同他的选择，但是，她看到自己的父亲已经非常笃定地说出了绝对不做化疗，她能表达的，就是用自己的眼泪来做出回应。她内心非常矛盾。如果她同意了父亲不做化疗，她怕她将来会后悔。可是看着秦天明这样痛苦的样子，她实在是找不到合适的理由说服自己或为自己解脱。在她看来，放弃化疗，紧接着就是面对死亡。

秦依然和秦力在医院的走廊里找到赵主任，赵主任告诉她和秦力："我知道我的多数癌症患者都会死于他们的病，我的临床统计数据显示，第二轮化疗失败后，患者经由进一步治疗需要更长时间，而且往往还要承受严重的副作用。当然，我也有自己的希望，在某一个时间，辅助治疗也是可以考虑的一个选项。"

秦依然看着赵主任，期待他说出他的选项，但他停顿沉思片刻后对秦依然说："是这样，目前，医疗市场私底下在用一种针对细胞突变的靶向药，是辉瑞公司开发的。这种药太新，甚至连名字都还没有，只有一个代码。"

"赵主任，我们已经给我爸买了，不过不是辉瑞公司的，而是印度一家公司销售的。"秦依然接话说道。

这是现代社会的一个悲剧，并且已经重演了千百万次了。当我们无法准确预测生命还有多少时间的时候，当我们想象自己拥有的时间比当下拥有的时间多得多的时候，我们每一个行动都是战斗，于是，死的时候，血管里流着化疗药物，喉头插着管子，肉里还有新的缝线。我们根本就是在缩短、恶化余下的时间，可是这个事实好像并未引起什么注意。我们想象自己可以等待，直到医生告诉我们他们已经无计可施。但是，很少有医生说到了无计可施的时候，他们可以给病人功效未知的有毒药品，手术摘除部分肿瘤，如果病人不能吃东西就给他插入食管，总会有办法。我们想要这些选择，但这并不是说我们自己急切地想要做这样的选择。事实上，我们经常根本就没有做选择。我们依靠默认项，而默认项是采取措施。至于是什么措施，具体方法，当然还得由我们自己来回答。

"来吧，你们也进来坐一坐。"赵主任走到办公室门前，把秦依然和秦力让进了门。等落座后，他从办公桌上拿起一沓资料递给秦依然："这是我的一位癌症患者在网上、报纸上和杂志上收集整理的资料，平时在媒体上，我们也经常能看到，什么癌症新药问世、抗癌新技术诞生，或者癌症即将被攻克的信息。你们也看一看。"

秦依然接过资料，从手中抽出部分给秦力。

赵主任说："事实是你们在媒体上看到的新技术、新药品，不过是某个针对癌症治疗的理论研究刚刚有了突破，发表在了学术期刊上而已，这些新药和新技术距离真正临床使用还有十万八千里呢。而且，有的信息是被闻风而动的媒体吹上天的。在我们看来就算新技术真的能用，在临床实验中出现了成功的案例，那也不代表这个方法适合所有人，更不代表它能百分之百有效。"

秦依然和秦力一边看着手中的资料，一边听赵主任讲有关癌症的科研攻关问题。

赵主任说："就拿现在在癌症治疗中，最受人追捧的'T细胞免疫疗法'来说吧，这种疗法被很多媒体吹上了天，好像只要使用这种疗法，就一定能治好癌症，但事实根本就不是这样的。"

秦依然停下阅读手中的资料，她看着赵主任，看来她对赵主任接下来要讲的问题很期待。

赵主任介绍说："'T细胞免疫疗法'，就是在实验室环境中培养一种特殊免疫细胞，也就是'T细胞'，这种细胞可以识别和杀死癌细胞。按照这个原理把它们注入患者体内，那就可以杀死患者体内的癌症细胞了。"

赵主任面对专注听他讲解的秦依然和秦力，接着说道："的确，听上去很合理。事实上，这种疗法也确实在一部分临床治疗中获得了成功。但是这并不代表这种疗法适用于所有的癌症，更不代表它能百分百成功。原因很多，最重要的一点就是，'T细胞免疫疗法'本身也有一系列严重且危及生命的毒性反应。而且，要把这些T细胞注入病人的体内，必须要先在一定程度上清空患者骨髓，腾出空间，进行高剂量的化疗。这个治疗的前提条件首先排除了老年患者，因为他们的身体根本经不起这样的折腾。"

赵主任起身打开水杯瓶盖，准备给自己杯子续上水，秦力见状赶快提起身边桌上的水壶为其续上。

"我很佩服，这个疗法被炒作得实在太成功了，连我的患者家属中都有人会质问我为什么不使用这个方法。我感到他们觉得只要用这个疗法，就一定能治好癌症，但是坚持这么做的后果就是，患者家属往往花光了家里的最后一分钱，却依然没有救回患者的性命，反而让患者在人生的最后阶段活得非常痛苦。《美国医学杂志》上曾经发表过一篇名为《死亡还是债务》的文章，这篇文章指出，在晚期癌症确诊后的两年时间里，有42.4%的人花光了所有积蓄，还有38.2%的人卖掉了家里的房子，在生命的最后几个月里，无数家庭倾家荡产。"

赵主任端杯喝了一口水，他看到眼前的秦依然和秦力表情沉重地听他讲，停顿了一下说："但是，因为涉及生死的问题，几乎没有任何一个临床医生，会跟病人明确指出晚期癌症的治疗意义不大。很多时候，患者和患者家属倾家荡产，把所有的希望都寄托在了治疗上，而医生明知道这个希望是虚假的，但是依然不会也不敢把实话说出来。我认为我也不例外，我对我的患者，就像你们父亲一样的患者，如果癌症到了晚期，我主张不要再继续加大治疗的力度，服用一些药可以，但要逐渐减轻，甚至无为而治。"

秦力激动且很真诚地表示："谢谢赵主任！"

秦依然却有点茫然的样子，她说："主任讲得很权威，我觉得这反映了当前癌症患者和癌症患者家属以及癌症治疗的现状。老实说，为给我父亲买药，我们是求借无门，我哥在上周卖掉了他为儿子上学买的一套学区房，现在付了买药费，药还没有拿到。"

"你们卖房买药救父，令人感动，但我不赞同这样的做法，你们明知你们父亲生命的日子不长了，买的药也不是灵丹妙药，付出这样的代价不是明智之举。"

秦依然和秦力听着，他们心里有一个共同的疑问：难道说为父亲治病救命也有不妥，社会也不接受？

赵主任说："人类治疗晚期癌症的方法，就像是在使用棍棒殴打动物，希望用这种方式来杀死动物身上的寄生虫。这是我引用美国一位癌症研究专家说的话，这位专家她的名字叫作阿兹拉·拉扎，是美国哥伦比亚大学医学中心骨髓增生异常综合征中心主任，同时她也是一位癌症病人的家属。她的丈夫，曾经也是研究白血病的资深专家，但是后来却不幸死于白血病。我之所以与你们交流、分享专家的体会经验，就在于提醒癌症患者以及他们的家属，要理智，尊重科学，不要盲从，甚至相信一些道听途说。这样吧，明天上午我们肿瘤科请了一位国内知名的肿瘤专家来做报告，你们作为癌症患者的家属可以来听一听，也许有好处。"

第二天一早，秦依然和秦力按照赵主任的提前告知，来到医院的一个小报告厅，找了一个靠边的位置坐下，到9点报告会正式开始。

报告会由赵主任主持，按惯常的方式，他首先介绍了报告人的简要情况，包括其科研成果以及出版的著作，然后报告人在参会人员的掌声中开始他的报告。在报告中，报告人与参会人员进行了互动式的交流。秦依然本来想在报告会上向报告人请教几个困扰自己的问题，但有人已经抢先提出，她就目不转睛地听着报告人回复。

当报告人被问到"癌症到了晚期，应不应该继续治疗"这个问题时，报告人说：

终末期癌症患者，病程基本是已经无法逆转，继续治疗和抢救对癌症患者的实际帮助并不大。所以，我主张，癌症有时不治疗就是最好的治疗！不过，需要注意这句话的用词，是有时，不是所有癌症患者都是不治疗。

当报告人被问到"癌症患者出现哪些情况不需要再治疗"时，报告人说：

对于一些年纪比较大、身体素质比较差，又有多种基础病的晚期癌症患者，不建议以消灭癌细胞作为治疗目的，而是以姑息治疗和提高生存质量为主，勉强治疗只会加重癌症患者的痛苦。

此外，癌症的类型也决定了晚期时是否需要治疗，像膀胱癌、乳腺癌、恶性淋巴瘤等，这些癌症即便到了晚期，通过规范诊疗，还是可以有效延长癌症患者的生命并提高生活质量的；但如果是胰腺癌、肺癌、肝癌等癌症，发展到晚期时，治疗效果就不是那么理想了。

晚期癌症患者的家庭经济能力，是决定治疗与否的主要参考依据之一。

大部分癌症患者属于普通家庭，为了治疗已经耗费了大量积蓄，如果此时治疗效果不佳，医生会建议采取姑息治疗，让患者有尊严地走完最后一程，而不是砸锅卖铁都要去拯救一个无法挽回的生命。这时候不治疗可能就是最好的治疗。

不过这里，我们必须明确说明的一点是，"不治疗"并不代表就对癌症不管不顾，而是采取温和的手段，帮助患者提高生活质量。

当报告人被问到"当癌症不需要再治疗后，该做些什么"时，报告人说：

这个问题我请赵主任回答大家，他一直工作在临床一线，他的经验和体会更具有指导性。

赵主任没有推辞，他说：以我的观点，癌症到了终末期这个阶段，该顺其自然的就不要再去过度干预了，主要还是以减轻痛苦为主，以心理抚慰、提高生活质量为主，要避免那些无益也无害的"无效治疗"，以及无益有害的过度治疗，不然不仅是医疗和社会资源的浪费，也会加剧患者的痛苦。

报告会在参会者的热烈掌声中结束，秦依然和秦力倾情鼓掌，鼓得手掌都有点痛。在他们停下鼓掌后，随着掌声的消失，一种强烈的遗憾感在他俩的心里泛起。秦依然心里想：要是早一些听到这样的报告，秦力的房子就不用卖了，因为秦力卖房救父，在一定意义上动摇了她人生的价值观。秦力心里想：对医治父亲的病自己要是早一些得到指点，开悟再早一点，那么，保障父亲看病的财富就会准备得充分一些，尽孝的责任就会更加到位一些。

现在，需要他俩面对秦天明的癌症发展现状在治疗上做出抉择的时候了：再拼一把，再搏一次，死马当活马医，继续治疗，并且加大力度？还是放弃治疗，回家静养，陪父亲走完生命的最后一程？

其实，这个选择在听了专家的报告后秦依然和秦力就已经很清楚，但是，这是他们的父亲，内含着无限的亲情，即使是99%的人明白他要死了，但是，100%的亲人们都希望他不要死，仍然希望他战胜疾病，每一个爱他的人都希望他活下去，哪怕是昏迷，哪怕用呼吸机维持，无论是哪种方式，只要心脏还在跳动，还有一丝丝的生命迹象也不想放弃。于是，秦依然和秦力商量，按照他们作为儿女的角色，有选择地采纳医生和专家的意见，把秦天明从医院接回家，服药调养。

出院前，赵主任为秦天明安排做了一次检查。检查结束回到病房，秦天明感到老安突然对他特别温柔体贴，这样的表达，令他伤痕累累却又疲惫不堪的心加快了跳动。他想这样的心跳如果还能提速该多好，只是心跳离不开肉身，沉重的病体已经使得心脏不堪重负。

离开病房时，他向老安提出了唯一的"特殊要求"，希望把自己最喜欢的双人沙发和几件小家具移到房间，墙上挂满家人的照片。

"好，好，好。"老安一一点头应承。

此时，秦依然手拿几张发票，走进病房。

"手续办好了？"老安问。

秦依然说："没有什么手续，就是缴费。"

秦天明问："你哥呢？"

秦依然说："我哥去买制氧机了，一会儿直接回家。"

老安说："那我们租一辆出租车？"

秦依然说："您不用管了，我订了一辆救护车。"

秦天明说："用救护车太贵了吧？"

秦依然说："车上可以吸氧，您今后就得常吸氧了。走吧，救护车已经在医院门口等着了。"

护士关上床头上吸氧机的开关，从秦天明脸上摘下吸氧面罩，搀扶秦天明下床坐上轮椅，推着他出了病房，其他人尾随而出。不一会儿坐着轮椅被护士推着的秦天明来到院门口，站在救护车旁等候的赵主任跨前一步迎了上去，与前来送行的其他人员一起把秦天明搀扶上救护车。躺在车上的秦天明敏感地意识到，赵主任没有像以往他出院时那样用医者仁爱、起死回生之类的词预测他的命数，他想这也许对于他就是一个结局、终局，生命的尽头。

秦依然说："吸着氧吧，路上会舒服一些。"

随车医生将氧气面罩给秦天明戴上，然后打开制氧机开关，调好确认后回到座位。

救护车闪着应急灯离开人员涌动的医院大门，汇入车流。

"到哪儿？"车内的秦天明睁开眼睛。

坐在一旁的老安凑上前去："在回小镇的路上，车马上就要翻山顶了，你还下来看一看吗？"

"好吧。"秦天明转头看着车窗外，阳光透过车窗照在他的脸上，他面容平静淡定，周边的一切好像与他漠不相关，他到底在想什么呢？他的无语，犹如西边缓缓下沉的夕阳，带着一种遗世的孤独和寂寥的决绝。

急救车行驶来到山顶，这是自然形成的一块不到10平方米的开阔地，像人工修造的观景台，站在这里可以观山看海品风景。秦天明每次路过这里都要下车站一站，看一看，没有例外，只是这次与以往不同，以往他都带上相机，将这里的美景摄入镜头，留作永远的记忆。但他现在是两眼无神，双腿无力，只能坐上轮椅，眺望远处的山峰和大海，那在阳光下闪耀、璀璨、迷离的光影，好似秦天明内心起伏的波澜。与其说他在欣赏风景，倒不如说他是在反省自己的生命，他想他没有屈服于传统，而是选择了忠于自己。因为他认为，与其痛不欲生地活下去，还不如离苦得乐，安静地离开，树立榜样，做一个尊重生命的人。

他不知道自己这样做算不算是一个追光的人，带着万丈光芒，去拨开照亮像他一样患病人心中的迷障，他只希望以自己的行动，让他备受煎熬的家人得到解脱。一直陪伴他的老安知道，他是始终追随自己内心，按自己直觉行事，即使她与他争吵不休，也改变不了他的丝毫，久而久之，她也就不与他争辩了。但关系到生死，她想要和他辩理，辩得彻彻底底，辩到无话可说。但秦天明到了生死关头，一脚踩在现实的世界，一脚将要迈入未知的天国时，老安也不再与他争辩了，因为还有一个更重要的问题，那就是人的这一生究竟有何意义：是不是每天吃得好一点，睡得香一点，再任性一点有意义吗？是不是每日行得光明正大，干得功成名就，过得光鲜亮丽有意义吗？

秦天明想着，同时那患病的过往与苦痛随着记忆席卷而来，清晰地展开：在起初查出他患肺癌时，伤害的不仅仅是他自己的身体，还有他的精神和对生活的信心，以及那些在其中某些地方看见自己缩影的人，那些能在情感上产生共鸣的记忆人群。

人们幻想着长生不老，总自以为是地用锻炼、用强健的肌体挑战生命的有限。然而，疾病却毫不留情地提醒人们身体的有限和脆弱。尤其是中老年人在疾病缠身之后，深感不管个人有多么坚强的意志，生命也不得不屈就柔弱的身体。生命要长生，沉重的身体却将生命拖坠到泥土里。秦天明面朝大海，他的生命却已是山穷水尽，他脚下的路坚实通达，生命却到了无路可走的境地。经历了病痛的折磨之后，他下决心放弃最后一丝求生幻想，忽然感到好似从身上卸掉了沉重的盔甲，生命自由而轻松，迸发出的威力可以与残酷折磨自己的癌症来一场勇敢的生死对决。

须知，救赎自己的，永远是自我的内心，而非苍天和他人；成全自己的，也往往是自我的顿悟和自省。

人只有会自救才可以救人，深陷困境的秦天明先要解脱自己，找到救赎之路。

山路蜿蜒，载着秦天明的救护车离开山顶，从山上往山下行驶，一会儿消失在被绿树掩映的路的尽头。

秦天明住院的这些日子，他喜爱的老黄狗始终守在小院的门口，用它的坚守表达对主人的忠贞。只是它悄无声息趴在那里的这一表现，如果没有人看见，当然就不会有人知道。但它仍然忠于职守，效忠主人，在秦天明坐着轮椅被推进院门时，立马起身迎接，但是，当它发现穿着白大褂的陌生面孔围着主人时，它警觉地抬起头，一直盯着这群人进了家门，它才放心地回到离院门不远的墙脚处趴下，鼓着大眼睛看着大门。

"爸，到家了。"进家门后，秦力喊坐在轮椅上的秦天明。秦天明好像没有听见，依然闭着眼没有回应。

秦依然见状靠近秦天明耳朵："爸，到家了。"

秦天明吃力地抬起头，视线由模糊到清晰，家里熟悉的陈设映入他的眼帘，他的脸上露出了患病以后少有的愉快笑容。

秦天明有气无力地说："哦，回家了！"

这以后，家也是秦天明的病房。家人按他的要求，腾出了一间窗户大、采光好、透过窗户可以看到窗外风景的卧室，把一只他喜欢在其上午后小睡的双人沙发从客厅搬了进去，床头对面墙挂上家人在不同年龄段照的一组老照片，床边安放秦力按医嘱给他刚刚买回来供他平时吸氧的一台制氧机，床前的桌上摆放着插满儿媳小刘从自家院里采摘的鲜花的花瓶。

总之，房间的布置是温馨有温度的。回家的第一个晚上秦天明整整地睡了一夜的好觉，在第二天早上7点，当秦依然进入他的房间时他还在熟睡中。秦依然只好坐在沙发上静静地等候他醒来，因为此后她要代替秦天明住院时的医生，每天进行查房，了解他的病情变化情况。

过了一阵子，秦天明醒了，他是被呼吸憋醒的。秦依然迅速起身走上前去，看到秦天明嘴唇噘起，胸口上下起伏着，她专业地给他鼻孔插上吸氧管，打开吸氧机让他吸上氧气。待他平稳下来，她开始询问秦天明：

肺部感觉疼吗？

有没有胃口，想吃饭吗？

有没有口渴，想喝水吗？

睡眠如何？

呼吸急促的情况有没有变化？

有没有胸痛或者心悸的情况？

腹部有没有不舒服？

排便排尿有没有困难？

秦天明没有口头回答以上的问题，他只是以点头和摇头表示是或否。秦依然从医用包里取出血压计套袖，给他量血压、看心率。

秦依然说："血压和心率，还算平稳吧。"

秦依然收起血压计，顺手拉开床头柜抽屉，结果药盒是空的，没有药了。

秦依然说："爸，是我大意了，我马上给您准备。"

"跟你没有关系，出院时医生就没有给我开药了。"秦天明抬起头，情绪低落，眼里充满着绝望，说话有气无力，"吃药还有什么用呢？"

"有用，当然有用，我已经托我的同学从印度买回来了。"秦依然说着，眼泪从眼眶里滚了出来。

"哥，你来配合我，药量非常重要，我来计量，嫂子来装胶囊。"秦依然从秦天明的房间来到客厅，她急忙地从秦力的手中接过一袋包裹严实的小纸包，放在桌上打开，里面是一小堆奶白色药粉。

秦力嘱咐小刘："这是爸的保命药，你小心点。"

小刘说："我知道，把胶囊壳递给我。"

秦力微起身准备伸手将桌子上的一袋胶囊空壳递给小刘时，秦天明坐着轮椅从屋内出来与他的目光相对，他赶快站起身顺势放下手中的胶囊空壳袋，由于转身离座动作过大，桌上的药粉被他的一只胳膊带下桌子，撒满一地。顿时，客厅的空气好像凝固了，大家停止了操作，圆睁的眼睛聚焦在地上的药粉上。过了好一会儿，惊恐的场面被秦依然带着哭腔的焦急声打破。

"怎么办？"秦依然一下跪在药粉前，好似自言自语。

秦力像犯了错误的小孩，动作迅速地从桌上拿了一张纸铺在地面的药粉边，然后用双手将药粉捧起，又小心翼翼地放在纸上，就这样一次又一次地重复着，直到地面的药粉已经收拾干净，然后小刘将药粉移到桌上。秦力还保持原来的姿势跪在地上，双眼不断地在地上寻找，害怕有一丁点的遗失。

看在眼里的秦天明，坐着轮椅靠近秦力。

"起来吧。"他没有表现出感动，平静的声音中让人感到有几分冷漠，"这是什么药？能吃吗？管用吗？"

"这是通过我同学找关系买的，处在试验阶段，现在只有印度和美国有，目前我们国家还没有，只能通过私下关系才能买到这种半成品的，成品包装好的进不来。"秦依然的情绪已从惊恐与焦急中平静下来，她与小刘配合默契，桌上已经摆上了装好药粉的胶囊，"中午您就可以吃上了。"

秦天明说："哦，但是不要冒险？"

秦力说："爸，这不冒险。"

秦天明追问："一个疗程需要多少钱？"

"不少钱。"秦依然带了点情绪，心说：这是无路可走，拼命找活路，多少钱不都是我们花吗。

秦力说："爸，这都什么时候了，命比钱重要。钱是可以挣的。"

"我只想知道！"秦天明声音不大，却口气坚决，"过分吗？"

小刘感到气氛有点不对，她给秦天明倒了一杯开水送上，意思是想调节一下气氛，转移一下话题，不承想秦天明抬手一推，水洒在地上，水杯落地也破碎了。

秦依然情绪激动地说道："告诉您有什么用呢？告诉您病就好啦？"

秦依然心里也很苦，她和秦力只不过是强作坚毅用以掩饰脆弱。为了给秦天明治病，她求借无门，私底下多次与哥相拥而哭，而且，她还得了应激创伤障碍抑郁症，经常心慌气短，失眠多梦。平时好端端地坐着，心率也莫名其妙地飙升到130次/分，只要家里的电话铃声一响起，她都被吓得猛一激灵。有几次和秦天明相伴陪床，在半夜里迷迷糊糊听到他的呼吸声不顺畅，几乎瞬间就被彻底惊醒，想着是不是癌症在夜深人静时悄悄长大了。一直屏息听到他翻身，呼吸逐渐均匀顺畅，才慢慢平复心情，而此时的她身体往往已被冷汗浸湿。

在厨房做饭的老安，听到客厅的讲话，她连忙出来，走到秦天明身边，习惯性地抓住他的手。

老安安抚道："孩子们也没有恶意，告诉你怕你担心。"

秦天明口吻坚持："我是一家之主，有权知道真实情况。"

秦依然赌气道："那我告诉您，这个药很贵，比黄金还贵。为了买药、付药费，我哥和我嫂子把他们的房子都卖了，这就是您想知道的真实情况吗？"

一家人把目光聚到桌子上，桌子上摆着药粉等物品。

秦天明目瞪口呆，他睁大眼、张着嘴，转头望着老安。

老安能告诉他什么呢？只能说癌症是怪兽，吃掉房子、车子，有时也吃掉未来和希望。秦依然和秦力人到中年，他们要面对的有：父母健康问题，孩子教育问题，生活负担问题。秦力因为秦天明的患病，辞去了课题组的负责人的职位，也放弃了一次职务晋升机会，轮到了一个同级别编余的岗位。

秦力装着轻描淡写，其实他内心也很沉重："爸，这事已经过去了，也就别提了。您也知道，我没有出息，挣不了大钱。工薪阶层，就靠每月那点工资，为您治病，我和我妹把所有的钱都花光了，实在没有办法才卖房子的，其实，我们也舍不得。"

秦依然说："该想的办法已经想了，该找人借也都找人借了，听说给您买药，到最后连您的朋友同事都不借钱给我们了，我们还有什么办法呢？"

父母与子女之间要明白，父母也不是天生就该对你好。这个世界还有一些不称职的父母，当然，也有不孝顺的子女，他们都是一种人生残缺的映照。大恩不言谢，但心里要知道，为了我们的健康和成长，有人付出了很多很多，如果有机会，一定要在有生之年说出来，我知道你对我的好！我知道你为我付出了很多！

秦天明心里掀起了波澜，他懊悔愧疚，他想他耗掉了那么多的钱，又明知是这个结果，为什么还要想办法活下来呢？所以，他心想是不是可以通过停止服药，早点结束这一切？但是，他真的那么勇敢那么心甘吗？他很纠结、很矛盾，他想歇斯底里地宣泄一下自己的情绪，但他心底里那个秦天明告诉他已经完成的一个改变，就是带着情绪时绝对不和亲近的人说狠话。因为人常觉得对方情绪冲动时说的话才是真话，其实大多数争吵都是情绪表达，并不是你内心的真实想法，却会给对话的人带来不可逆转的伤害。

每个人都有可能被命运逼到一个孤立无援的死胡同，唯有理智能让我们得到解脱。这种理智是：做最坏的打算，尽最大的努力；控制能够控制的，无法控制的要放手；对抗命运对未来的安排，但接受已成事实的过去与现在；克己反思，尽人事，知天命。

此后的第二天，秦天明调整好自己将要失控的情绪，理智告诉他病了也不能不讲情、不讲理，他与家人在一起时，都用一种和缓的语气交流。

"你们知道在城里我们隔壁邻居的妈妈为什么跳楼自杀吗？"

家人摇头不语。这个时候他们都清楚，应该让秦天明尽情地表达，让他把想说的都说出来，家人的态度是不管他讲的是中听的还是逆耳的，都显示出无比认真地在听他的讲述。

秦天明说："那是一个星期日，邻居妈妈来给女儿送菜，女儿却对她妈妈说，你把我养大，大概是15万，我现在给你账户打了20万，你今后就不要再来打扰我们了。"

"有这事?!"秦力和秦依然都很惊讶。

老安接话："这位母亲听后伤心欲绝，然后就跳楼了。"

秦天明抬了抬眼，看了看秦力和秦依然，把目光落在老安身上，然后说："我也算了算账，我估摸了一下，我和你们母亲把你和你妹妹养大，到你们上大学，然后上班，也没有花到100万。"

秦力说："您要说什么?"

秦天明说："可是，我如今治病已花了近200万了，又让秦力卖房子换钱买药治病，这不公平。"

秦力说："你们给我们生命，情谊无价，花再多都是我们应该做的。"

秦依然说："'养儿防老'，我们有责任赡养你们。如果我们不养你们谁养你们?!"

不用多想，每个人都希望自己晚年能够幸福安康，而这些所有的心愿能否实现，都取决于你能否在人生的少年、中年做好了养老的准备，在晚年又是否有一个健康的身体。而晚年的健康，则是你早年间对身体呵护结出的果。

真心说，秦天明还没有品尝够人生之秋的甜美，身体的患病就让他备受苦果的折磨，以致死去活来也不饶恕他。今天早晨醒来，他对秦依然说："我吃的印度药胶囊让我过于嗜睡，有时醒来连往上够一下枕头都不行。我手拿不住牙刷刷牙，提不上裤子和袜子。我的身体虚弱乏力，我已经起不了床了，要坐起来都很困难。"

在秦依然的助力下，秦天明艰难地起身，佝偻着腰低头勉强地坐着。秦依然为他的背部做按摩，手法显得很专业。

秦天明喘着粗气说："我前年得了膀胱癌，去年又发现得了肺癌，我遭受了人生最大的不幸。我忍受痛苦做手术，渴望活下来，一直挣扎到现在，我已经筋疲力尽，精神已经崩溃，我受不了这个折磨了。你妈一步不离地陪伴我，为我做饭，为我端粪倒尿；秦力作为我们家第一个光宗耀祖的博士，顶着工作压力伺候我，卖掉房子为我治病；你作为一名医生，为了给我治病，查书找药，想尽了办法，而且孩子还小，我真没有好好想一想，给你们添了那么多的麻烦。"

老安蹑手蹑脚地走到秦天明身前，伏下身子把秦天明的一只手攥在自己手里说："看来得给你换一张护理床睡了，一个姿势躺着容易得褥疮，再买一个充气床垫垫着。依然，你说行吗？"

"我已经给爸买了，明天就送来了。"秦依然点头，溢出眼眶的眼泪滴落在秦天明的背上。

把今天过好，而不是为了未来牺牲现在的生命关怀，在这里有了深情的生动演绎。

"我的病到现在，该想的办法都想了，国家政策该享受的福利也享受了，花了不少钱，浪费了不少资源，再治下去我很痛苦，我希望你们同意快结束我目前的生命状态。"秦天明说话的声音虽然不大，但听起来很清楚。说完后，他示意让他躺下。他仰面躺着，平静地看着房顶，像一个健康的人，显得若无其事的样子。

但是，秦依然已经控制不住自己的悲伤，又放声地痛哭起来。闻声进房的家人不知所措。

"爸，怎么啦？！"秦力急忙问。

老安说："你爸要停止吃药。"

"刚吃两天怎么就停了呢？！"秦力跨步向前靠近床头，"爸，您怎么啦？不是说好要配合吃药吗？您不是说这个药吃了后效果不错吗？"

秦天明没有回应秦力的不解，因为他早已做出了放弃治疗的选择，他认为自己做了一件一生中最伟大的事，就是懂得如何做自己的主人，自己给自己做主。在他看来，癌症患者，特别是肺癌患者，在特殊情况下，比如疼痛难忍时有权利自杀以求解脱病痛。他感到死亡每时每刻都在捏住他的喉咙，不让他呼吸。他以前是患病了依然是求生，为生而忍受痛苦的折磨。然而肺癌的痛苦改变了他对生的理解，把他从求生推向了另一端，死或许是另一种解脱，他决定接受死亡、拥抱死亡。于是，他像入睡般安然地闭上眼睛。但是，站在他身边的家人却在承受痛苦。

痛苦普遍存在，生活不可能完美无缺或总是称心如意。

因为癌症的折磨，再加上服药效果不明显，而且副作用大，大到秦天明的身体无法承受，所以他时常表现出一系列不管不顾的心理反应。刚开始时家人不理解，随着病情的日益加重，逐渐地家人感到他是在用这种方式排解内心的痛苦和不安。

由于家人获得了这个认知，每当秦天明出现心理反常现象，他们终于可以放松下来，不再惊慌，不急于逃避和指责，甚至不再想办法化解，因为他们知道：只要有这个身体在，我们每个人就必须经历衰老、病痛、死亡；只要心里还有贪执、嗔恨、困惑、傲慢，我们必定感受痛苦。

秦依然已经没有了眼泪，她用茫然的目光代替哭泣，静静地看着秦天明。老安握着秦天明的手，表情平静，但目光里流露出一种期待。

"你们走吧，我和你们的母亲待一会儿。"秦天明如释重负般的话语，打破了房间死一般的沉静。但是，他没有转头，依然面朝房顶，好像是对着天花板说话。

家人看着老安，待她点头示意后，缓步离开房间。

"我曾经产生过希望的火花，以为情况会逐渐好转，但是，随着身体变得越来越虚弱，人变得越来越憔悴，我终于明白了正在发生什么。"秦天明好似听到关门声，他睁开眼转头看着老安，"我的苦闷和对死亡的恐惧与日俱增。"

老安忧伤地望着秦天明，不知该说什么好。

秦天明说："我知道死亡并不是医生、朋友或者家人能够给予支持的，但这也正是造成我最深刻的痛苦原因。"

老安说："你还需要我做什么吗？"

秦天明说:"经过漫长的挣扎,在这个时候,我最渴望的是有人能够像对待一个孩子一样同情我,我渴望得到宠爱和安慰。"

老安说:"我不是在你身边吗?"

秦天明把老安双手握着的手抽了出来,又吃力地侧身用他的两只手握住老安的手,已经干枯的眼中流出了一滴珍贵的泪珠,顺着脸颊滚落。

秦天明深情地说:"谢谢你的陪伴!"

秦天明住院时,老安请教医生,对像秦天明这样癌症到了末期的人,家属应该做些什么。医生告诉她家属要尽量多陪伴患者,不要让患者一个人待着,如果条件可以,可以和患者一起做一些他喜欢的事情,比如听听音乐,下下棋,散散步。患者难受的时候,可以轻轻抚摸患者的手和脸,或者拍拍他肩膀,对患者表达关怀。总之,在法律允许的范围内,尽可能地满足患者未了的心愿,这对患者来说也算是一种对生命完整的告别。

老安上班时是老师,养成了循规蹈矩的行为准则和思维习惯。她把医生当老师,按照医生的指点陪伴秦天明,得到的回应她感觉秦天明是满意的,秦天明查出患了肺癌后,她拒绝了一切社交,日夜陪伴在他身旁。今天,在她认为患病的秦天明已经不能安排自己日常生活时,她要承担起责任,为秦天明做主,在家里发挥主心骨的作用。

老安说:"我明天陪你到海边,你不是说希望到海边走一走吗?你说那里有你的向往。"

"好。"秦天明点头同意,眼里盈满感激。

第二天早晨,秦天明一早就醒了,本来他计划从现在开始就不再服用孩子们为他买装的印度药胶囊,但是,因为老安要陪他去海边,心情也不错,在秦依然的坚持下他服用了,而且,服用以后没有副作用反应,正好印证了一个医学判断:从医学角度说,无论是传统医学还是现代医学研究都证明,健康、放松的心态有利于治疗,而负面的态度和情感,如愤怒、怨恨、忧虑等,则会对身体造成伤害。

准备出发时,秦力把秦天明从床上搀扶下来,秦依然推来轮椅,秦天明下意识地想在秦力的搀扶下自己走，但是，刚迈出一步直觉体力不支，只好无可奈何地顺势坐上轮椅，由秦依然推着出了房门。

秦天明患病卧床，住院治疗，他已经记不清自己多少时间没有走出家门，感受世间火热的生活了。上车以后，秦力开着车，秦依然坐在副驾驶位上，老安陪着坐在秦天明身边，但秦天明无意与他们交谈，他的脸朝着窗外，一片落叶从他窗前掉落，好似在告诉他秋天来了。

街道边，飞来飞去的蜜蜂和彩蝶也没有了踪影，一排排银杏树和树下的花草，在卸下了春夏妩媚和绚丽的妆容后，一切又回归到原本的朴实和平静。当然，银杏树上金黄色的树叶代表着生命的秋天在辉煌，在燃烧，只是遗憾这样的境况不会持续太久，自然界万物都是它有它的来，它就有它的去；它有它的生，它就有它的死，一如世间人的生命，叶落归根，是自然规律，也是宿命的安排。而正常的由生到死，只在转瞬间。死，是必然，死，是一种解脱。相比死，老和病更可怕，尤其是老到不能自理，一切你年轻力壮时，轻松自如自己打理自己吃喝拉撒睡，维持你生存的能力全部丧失后，可怕到生不如死，可怕到时间是折磨你的魔鬼，可怕到你连做人的基本尊严都没有，可怕到你束手无策，惶惶不可终日，全仰仗别人可怜与斥责并存下的恩赐。如果不幸碰上不孝儿女或冷漠心烦的保姆，更会产生心如刀绞的绝望。但是，死不可怕，因为地球有人类以来，已经走了近千亿人。况且，我们在街道上看到的能行走的人，大都熬不过百年，统统要归于天堂，普天下眼前能走动的人，总会有一天陪着你我先后到天堂，想到这些死就变得不可怕了。

秦天明想到这一切，他长长地舒了一口气，惊动了身边的老安和前排副驾驶座上的秦依然。

"有哪儿不舒服？"秦依然发问。

"后备厢有氧气袋，要不停下吸点氧？"老安说。

"爸，这里有点堵车，过这儿就好了。"秦力说。

"我没事，走吧。"秦天明贪恋着窗外的景致，闪过他眼前的街景，特别是汽车穿过热闹的街道和拥挤的人群，隐约听到的那些起彼伏的喇叭声、人流声，这些都让他感慨：人活着就需要有生存的空间和供消耗的自然资源，如果只有生没有死，地球将会拥挤不堪，资源将会耗尽，结果不是人类的灭亡就是地球的毁灭。所以，他赞同乔布斯知道自己患癌生命已没有多长时间后，在他的《乔布斯传》上表露的心灵感受："死亡也许是生命中最好的发明。它是生命改变的媒介。它清理老的，给新的让出路。"

老的不死，新的难以出生。秦始皇不死，我们至今也许还生活在他的暴政之下；慈禧太后死了，才有清末的新政和民国的诞生。

西班牙哲学家费尔南多·萨瓦特尔说："我们身体的每一个细胞里都隐藏着'时间的毒针'，一点一滴将我们腐蚀掉。""作为一种物质产品，我们的基因上都刻着有效期。"

至于为什么会这样，是造化弄人还是上帝的设计，谁也说不清。但有一个事实不可否认，如果人人可以长生不老，那我们的世界、我们的地球将不会是现在这个模样。没有个体的死亡，则会是人类的灭亡。

《圣经·传道书》这样描述："生有时，死有时。"秦天明在心里下定决心：当我活到头的时候，我希望能平静地面对生命的终点，并且是以我自己选择的方式。然而大多数情况下，我更喜欢这种更富有战斗性的观点，即死亡是我最终的敌人。

岁月一声不响，带我们品尝过聚散离合的伤感，走过高高低低的沉浮，却分分秒秒不曾停留。

秦天明来到海边，极目远望，无边无际的大海在夕阳的照耀下，闪烁着迷人的光芒，他好像已经陶醉其中不能自拔。想起年轻时他梦想要游泳到海的彼岸的雄心，那是多么的幼稚可笑，现在他站在海的此岸，心悦诚服地接受大海的征服，他要带着向往，乘着大海的波涛，走向生命的彼岸。

秦天明迎着滚滚而来的波涛，坚强地从轮椅里站了起来，他喘了一口气说："生命自有它的定数，我们要承认，生命就到这里了，我们就允许它到这里。"在讲话时，他紧紧地拉着老安的手，"如果有一天，在我生命的最后阶段，我意识不清楚了，我糊涂了，千万千万不要给我治疗，我不想看着我的血一点点变成黑色，我想有尊严地离开这个世界。"

秦天明之所以能够这样镇定而从容地面对死亡，是因为他已经深深领悟了生与死的意义。一个人对待死亡的态度，其实取决于他活着的时候。死亡并不重要，重要的是活着。你只有好好地活，才能够好好地死；你只有清醒地活在当下，才能够勇敢地告别这个世界。

他佝偻着腰面朝大海站着的身影，像一株向日葵，虔诚地追随着海边天际正在燃烧的夕阳。

夕阳正在西沉，黄昏心急地要去赴夜的约会。

当一个人看透生死，坦然面对当下的人生时，他的身心会自动归位，他的智慧会自动涌现，他的灵魂会因为超越了世俗的肉体而真正安静下来，灵明通透，与天地合一。

秦天明说："我希望我的告别没有哭声，我希望大海的涛声伴我前行。"

滚滚而来的涛声没有淹没他心底的诉说，他对着大海自言自语，又像是对自己说，或是对身边的亲人说。当他从内心选择放弃往日求生的渴望，用一种舒缓略带温情的表达，为爱他的人呈现出一个英雄谢幕般的悲壮并渴望被理解、被温暖的患病老人——经历过患病折磨的秦天明，正是因为迟迟无法放下心中那曾经对生的渴望，才造成之后生命的困顿与迷茫，自我价值的漠视与丢弃。现在，他用放弃治疗选择与生命的尊严告别。

从海边回到家里，把秦天明安顿入睡以后，已是夜晚掌灯时分，家人也都有些疲惫，老安坐在一只单人沙发里，秦依然给她端上一杯水。

秦依然对着老安问："妈，怎么办？过去我以为他只是说说而已，到了今天，他这样庄重认真地提出来出乎我的意料。"

秦力自责说："我们是不是做得不够好，爸他不满意了？"

老安说："大家都尽力了。你们爸很为你们感到骄傲，他说这辈子做得最好最成功最不后悔的事就是养了你们俩。"

秦力和秦依然交换了一下目光。

"可是……"秦力停住话头，双眼望着老安。

老安说："你们也都看到，他从膀胱癌到肺癌，经受了病痛的折磨，有时看到他痛苦的样子，我都想我能替他也行啊，可是，没有人能替代得了他，他是实在忍受不了了，他之前给我说过他的这个想法，我开始也有点不在意，也有点想不通，但是，看到他一次一次受到病痛的折磨，一次一次的治疗失败，到现在在医院已经是无药可吃，你们只好找关系买半成品药来维持，已经没有意义了。依然，你是医生，看看如何才能合情合理合法满足他的最后愿望。"

秦力把目光投向秦依然，其实，她也迷茫。

秦天明开始由生向死转念，积极寻求一种安乐死，他的观点是既可以避免在医院"过度医疗"，又可以减少医疗资源的浪费，也能减轻他患病的痛苦，是理性正确的选择，为此，他做了准备，在网上查阅资料。资料显示，现今在一些国家推行的安乐死主要有三种方式：一是积极的（主动的）安乐死。指在当事人主动要求下，医护人员或他人采取措施结束其生命，如注射药物。二是消极的（被动的）安乐死。指终止对当事人（如病危且无法治愈的病人）维持生命的医疗行为，让其自然死亡。这个概念已逐渐由"尊严死"取代，是对患者生命自主权的尊重。三是协助性自杀。指由当事人主动要求，医生准备药物，在医生或病人家属的协助下服用，或病人自行服用，结束生命。目前世界上确认合法的国家有：德国、瑞士、加拿大、美国和澳洲的部分地区。但是，安乐死至今还没有在多数国家合法化，而且关于安乐死是否应该合法化的争议一直不断，尤其是主动的安乐死和协助性自杀。有人赞同，也有人反对，其中涉及了很多社会、法律、道德、伦理等难题。

我国对安乐死探究性的定义是：患有不治之症的病人在垂危状态下，由于精神和躯体的极端痛苦，在病人及其亲友的要求下，经医生认可，用人道的方式让病人在无痛苦的状态中结束生命过程。

秦天明认为安乐死的方式符合他眼下的状况，但他开始也不愿意对家人说出自己的想法，他认为自己是对的，是站在道德、正义的一边，所以有理由漠视别人的看法。或者自己认为对生命、世界的了解更深刻、更透彻，因而他的态度没有表示出应有的开放和友善。

当医生问他，有没有一瞬间有过犹豫。

他毫不犹豫地说："从来没有。我不想再继续活下去了，我很开心明天能结束生命，我不认为有其他人介入了这个选择，这是我自己的选择。"

医生问他为何如此坚定。

他说活着对他来说，也只剩下折磨。

客观上讲他已病入膏肓，病得太重了。他最爱的一件事是阅读，但他已经视线模糊，书上的文字在他眼里像一个又一个的小蝌蚪，游来游去，他只能借助高倍的放大镜勉强地看一看。他喜欢旅行，但他再也不能行走，两腿无力，走动两步就不得不坐上轮椅。

病魔一天天把他热爱的一切都剥夺了，"每天早上起来，等着吃早餐，吃完早餐后，坐着等待午餐，吃了午餐后继续坐着"。加上顿顿吃药，有时药物反应，刚吞服又吐了出来，生活再没有希望。

家人劝他："有我们陪伴你，你可以继续活下去。"

但他说："痛不在你们身上。我已经60多岁了，我也活够了。"

有时候他会很生气地说："我每天这么痛苦，吃止痛药也没用……我活满了一甲子，我很知足。"

直到有一次他用药过敏，一直吐个不停。到了医院已经神志不清，不停翻白眼，身体抽搐，骨瘦如柴的他，几乎每两分钟或三分钟就会因呼吸困难疼痛地坐起来又躺下，甚至陷入濒死状态。

当他奇迹般地被抢救过来，说出了一句"想死也死不掉，想活又活不了"的话时，家人才意识到，他们的不舍，让秦天明有多痛苦，而其他人什么都帮不了他。

夜晚，对于进入三十而立的秦依然，是讲爱、有爱、有激情的浪漫时光，但是，她的整个心好像被这无边的黑夜包裹着，表现出无比的沉重，她父亲提出安乐死的意愿拷问着她。下班回到家里，她坐在餐桌兼书桌前翻阅资料，像翻看画册，每翻一页出现在她眼前的不是文字，而是父亲秦天明患病时痛苦的画面，或生活中幸福的画面……

过了一会儿，她疲惫地闭眼沉思，又睁开眼睛看着与她并坐在一起的丈夫小孟。

秦依然问："你查到有什么权威解读吗？"

"没有。"小孟抬头看着秦依然。

秦依然起身走到小孟的身后，亲昵地弯腰趴在他的肩膀上，顺势垂落的披肩长发盖住了小孟的脸，传递出她作为妻子心中那份温存的渴望，但待小孟做出自己的亲昵回应时，她又起身回到自己的椅子上。

"我也想，我有时也强迫自己想，但我实在激发不了这样的心情。自从爸爸得病以后的一次一次吃药、化疗反应，特别是病重时的抢救经历，让我吃饭没味道，睡觉做噩梦，醒来时一身的冷汗。我去找我们医院的心理医生诊断，说我患了严重的应激创伤障碍抑郁症。"秦依然一脸愧疚，眼泪汪汪地看着小孟，"我有欲望，没心情。对不起了！"

小孟起身，抬手心疼地爱抚着秦依然的秀发，岔开话题：

"爸提出的问题，我觉得你去医院法务咨询一下，专业人员对这方面会有比较合理的解释吧。"

第二天下午，秦依然请了半天的假，她带着疑问走进了秦天明住院医院的法务办公室。

这间办公室位于秦天明所住医院综合办公楼三层西头，一名男性法务坐东向西地坐在桌前，整个身子掩映在下午透过窗户照进屋子的阳光里，光线耀眼，看不清他的面目，但是，他的声音好像从另一个空间传来，听起来有些空灵般的异样。秦依然坐在他的对面，整个咨询过程，她时而安静，时而热泪滚滚的神情显得庄严认真。

"这算是一个社会性问题。"法务对秦依然说，"也是一个很现实的问题。现在我也开不出一个好方子解决你所提出的问题，只能说有点认识，总体上讲你父亲提出的问题是合情的，是对生命的尊重，快快乐乐地与这个世界体面告别。那死亡究竟是什么呢？其实，死亡在死者与活着的人之间就是一次告别，但是，告别并不意味着绝望。生命有它的定数，我们要承认，生命走到这里了，我们就应该让它离开。"

秦依然一脸迷茫。

法务说："当生存质量难以保障的时候，是否能带着尊严和体面，走完生命最后一段路程呢？这是我们终将面临的一个全新课题。"

秦依然一脸疑惑。

法务说："但我以为，人类社会文明的发展进步标志，不该只是人类寿命的延长，还应该追求人的生命质量和尊严，面对死亡，或拥抱死亡。因为即使我们就像是在一个可疑而陌生的地方不停地逃离躲避和转头设防，比如在医院寻医，或是在深山修行，在地球任何地方，死亡都可以找到我们。如果真的认为有什么方法可以逃避死亡的袭击，那我们都将可能义无反顾地追寻，使我们可以免于一死，但是那便是精神失常，疯了。所以，你看我们大家正在走向死亡啊，死是迟早的问题，只是有些人死得比别人早些罢了。我这样说是帮助你了解，是人都会死，也了解并不是只有你父亲会死，以此纾解你的焦虑。"

秦依然进入思索中。

"对于死亡，不仅临终者需要正确的认知，活着的人也需要端正认识。"法务停顿了一下，接着说，"现实中，我们都面临和经历死亡，不论何种形式的死亡，都是身不由己、极度惶恐的。对于临终者他们所有的知识、技能、思想都只能应对现世的、与生相关的问题，而死亡是什么，该怎么办，他们很少考虑过。对像你父亲这种处于即将死亡的人实行临终关怀很重要、很现实的一件事，就是帮助他们了解死亡是什么，去接受和化解对死亡的恐惧，告知他们正在步向死亡，给他们提早准备的时间和机会，做到死而无憾，尊严告别。"

"我该怎么做？"秦依然突然发问。

法务说："支持他的自我选择。很多人感到自己的亲人离开了，会很痛

苦。但是，你爱你的亲人，是亲人重要，还是爱重要？一般来说，亲人的离
世当然会相当痛苦，这是我们应该解决的问题。但是，你想如果你的亲人已
经身患重症，已经承受了很多的痛苦，就不应该再让他去承受那份痛苦了。
有一次我应一位患者家属之邀到重症监护室看望患者，当我走到患者床前，
他忽然睁大眼睛对我说：'我感到死亡每时每刻都在卡住我的喉头或腰部。我
以前是一丝不苟地为了生而生，但病痛解除了我对生的这种理解……如果痛
苦压倒了我的力量，那是催我走向另一个极端——对死的热爱和期望。'这
声音如黑暗中的闪电深深地刻入我的脑海里。此情此景，让我情不自禁地坐
在他的床前，像他的一位亲人轻轻地握住了他的手，不一会儿他就安静地停
止了呼吸，死者亲人都把感激的目光投向我。之后，我得知在这之前死者很
狂躁，亲属不知如何是好，然后就找了我。其实，对于处在这个阶段的重病
人，他们期待被他人触摸，期待被看成常人而非病人。只要触摸他的手，注
视他的眼睛，轻轻替他按摩或把他抱在怀里，或以相同的律动轻轻地与他一
起呼吸，就可以给他极大的安慰。因为这时他要告别，告别他的房子，他的
亲情，他的身体，他的心，告别他所有的一切在生命里可能经历的损失，此
刻全都聚合成一个巨大的损失。因此，临终者怎么可能不有时悲伤，有时痛
苦，有时愤怒呢？我想，我们都一样，有相同的需要，有相同的离苦得乐的
基本欲望，有相同的寂寞。对于陌生世界，有相同的恐惧，有相同的隐秘伤
心处，有相同的说不出的无助感。"

　　秦依然因为秦天明的患病流了无数次的眼泪，但是，都是在亲人面前，
或是独自泪流，这是她第一次当着外人，不同的是泪流过眼，表现的不是柔
弱，反而是透露出了几分坚强。

　　法务说："我建议，你们亲属接受和帮助你父亲选择安乐死，实现尊严告
别。我愿意认为这是临终者的特权，也是一项基本人权，在法律、社会和伦
理框架内，自己给自己的生命做出决定。当前，我们国家对安乐死这种行为
还没有纳入法律框架，也就是说还没有法律依据，但我以为这是时间问题，
理由是人性使然。如果患者提出选择这种方式离开，又经过医生的科学判

定，就不要额外地再采取抢救措施，延缓濒临死亡的生命。"

秦依然起身走到门口，觉得还有未尽事宜，她停步回过身来，屋里满是从窗外洒进的耀眼阳光，淹没了法务的身影。

法务的一席话，她好像明白了父亲提出安乐死的几许理由，只是在她离开法务办公室的门，顺着延展的长廊走着，眼看穿着白色大褂的医务工作者往来她的身边时，她不禁又疑窦丛生，她想医学是一门不断发展的科学，不治之症或许明天就会研究出新的治疗方法。如果医务工作者在面对疑难杂症时，都选择放弃，就会消减罕见病药物研发的动力，影响甚至阻碍医学的进步。

秦依然清楚，她个人虽然不具有推动医学进步的能力，但她是一位医护工作的从业者，名副其实的一名临床医生，她有责任去拯救处在病痛折磨中的生命，但安乐死的方式却让医护人员放弃拯救病人的努力，这岂不侮辱了医学救人的内在本质和使命？而且，病人选择安乐死，但疾病并不会因此消亡，它还会继续存在。另外，按心理学家解释，人想死的想法有时可能是阶段性的，会随着时间变化和复杂的心理状况而改变。比如在病痛折磨、恐惧和巨大的精神压力下，人或许会做出非理性的决定。联想到父亲秦天明身上，也存在一个悖论式困境。假如他受病痛折磨时他同意放弃治疗，现在他意识也清醒，但这只代表了他处在病痛中的意愿，等病痛过去了如果他又想恢复治疗，此时不进行治疗，作为儿女岂不就落得个不孝之名，遭受社会舆论鞭挞？或许她的父亲秦天明不是因为以求解脱病痛的折磨，而是因为想减轻他们的财富负担而违心地选择放弃治疗呢？

记得父亲曾对她说，人到老年，与其没尊严地活着，不如选择有尊严地死去。每个人都有不能动弹的那一天，这是自然规律谁也不能避免，可是真到了那一天，因年老体衰或得了重病常年卧床不起，甚至生活不能自理，需要完全依靠别人来喂食和照顾拉撒，那活着还有什么意义呢？这样活着不仅拖累他人，还在床上拉、在床上尿，毫无尊严可言，生不如死啊！

与其这样人不像人、鬼不像鬼地遭罪活着，还不如选择体体面面有尊严地告别，这样对当事人、对家属来说都是一种解脱。也许放掉这个、放掉那个，说起来容易，而实际做起来却很困难，委屈、无奈、懊悔、愧疚、惶恐、挫败的感受是那样强烈而真实，不是自己不想摆脱，而是实在无力摆脱。

秦依然想着走着，不知不觉中来到了人潮涌动的街道，她停下了脚步，望着人流，目光中透露出一丝孤独和迷惘。她坚强的表情掩饰不了她仍然还是一个弱女子，她现在需要依靠，给予无助的她以温暖和力量；她需要找一个人倾诉，说一说她内心的困惑。于是，她来到了秦力单位，秦力把她领到单位的会客室，给她倒了一杯纯净水，她接杯一饮而尽。

秦力作为哥哥，他呵护着妹妹秦依然，看着她一脸的疲惫，从桌子前拉了一把椅子十分心疼地让她坐下。

秦力问："你怎么今天来我这里了？"

秦依然说："爸不是提出放弃治疗要安乐死吗？我去医院咨询了一下有关这方面的问题。"

秦力说："问明白了吗？"

秦依然说："好像明白了一些，又好像还很迷惑。你说东西丢了都可以找回来，但是有一件东西丢了永远找不回来，那就是生命。"

秦力说："我对爸也说过，不是我们不支持他，我说您要走了，我就永远没有父亲了！他回答我说这世上没有人是不可或缺的，没有什么是不可替代的，没有什么是不能放弃的，没有什么是必须拥有的。"

秦依然说："看来他很坚决啊！"

秦天明因为承受不了痛苦而选择放弃治疗。死亡对他来说是那么巨大的未知，而未知有多大，恐惧就有多大。死亡的痛苦根本不是活着的人所能想象的。尽管如此，他仍然选择死亡，可见他生前感受的痛苦的确是到了无法承受的程度。

"但我想不通。人死了，就什么希望都没了。人的生命是至高无上的，它神圣而不可侵犯。没有人可以剥夺一个人的生命，包括自杀和安乐死。应该让生命自然地来，自然地去。"秦力看着秦依然，秦依然也看着秦力，他们好像要在彼此的脸上找到答案，"中国人常说一句话'好死不如赖活着'，既然还有生的机会，为什么去寻求生命的尊严告别，这安乐死是一种消极的人生态度。人活着的唯一意义就是，我风风光光地来到这个世界，我坦坦荡荡地站立在人群中；然后我告别这个世界的时候，可以有尊严地、安详地离开，也不枉费我曾经来过。"

回到小镇，秦依然没有推门进屋，而是站在院子里，她要先稳定一下自己的情绪再进屋。

这时，夕阳下的黄昏，一种凝重的美丽，美得有些沧桑，静得有些凄凉。落日已经迸发不出震撼的力量，只有静静地消退一日的繁华，在悄然中慢慢隐去的无可奈何，将最后一点余热，灿烂在它的余晖里。

秦依然清楚，父亲秦天明似一根快要燃烧殆尽的蜡烛，一家人也在心里做了最坏的打算。尽管他没有火苗了，可是他还有热量，还在冒着一缕缕烟。他不再咀嚼，不再说话，可是他还在喘息，用勺儿碰他的嘴，他还能张开，本能地吞咽。

夜晚来临了，黑夜吞没了村庄，夜色浸没了原野，天空中没有了星星，大地一片漆黑。

老安关上窗户，回身走到床前，躺在床上的秦天明又陷入了昏迷，待秦力和秦依然及其他家人走后，老安顺着床沿跪在他旁边，悲伤地对着他耳语道："可以放手了，你不用战斗了，我很快就会同你再见的。请相信我们都爱着你，相信世界爱着你，爱着每一个无论是健康的或是患病的你和我。当然，就生命来讲，死亡并不重要，重要的是活着。因为，身边所有爱你的人都希望你活着，但你为我们而活，你自己却承受着如此不堪忍受的痛苦和折磨。我们都清楚，一个人无法选择如何来到这个世界，但希望能够决定自己如何离开这个世界，这一天是属于你的，你走吧！"

秦天明长长地出了一口气，回应了一声呼吸。

是认同生死，顺应生死，还是全力抵抗，永不言弃？

病痛把秦天明折磨得死去活来，迷糊时，他异想天开是不是该让老安替他拜拜佛，祈祷佛祖保佑他，减轻他的痛苦；清醒时，他嘲笑自己，其实佛在哪里呢？在意识的转变过程中，他也有些许思考和感悟。最终他承认他不是一个虔诚的朝圣者，他轻而易举地放弃曾经那一点点对生命的追寻，看似脱下一件多余的外套那般轻巧。他和家人在一起时，聊起生死的话题也就平常起来，对生命的领悟也随之层层递进，答案也呼之欲出。

有一次，老安望着秦天明问："你不怕吗？"

秦天明半晌没作声，仿佛在思考要怎么回答。沉静一会儿后他说："有时候吧，我一个人的时候。你以为这是谴责吗？你错了。我不恐惧自己的恐惧，它本身就是件愚蠢的事。人生在世，必须时时想到死。但想要活着，就得忘了自己必死的结局。死亡没什么大不了，一个经历了生死考验的人不该因为害怕死亡，而改变自己的行为轨迹。我知道自己到死也会挣扎着想再喘口气，我会非常非常惊恐。也知道自己在那一刹那必定会后悔，想到这一生，想到最后落得这番境地，心里不能不苦涩，但我不承认自己的后悔。我现在啊，虚弱、衰老、又病又痛，马上就要死了。可灵魂还攥在手里呢，我什么也不后悔。"

秦天明如哲人一般地思考，他的所思所想深深地影响着老安，也影响着之后许许多多了解他的人，"名声这玩意儿只是过眼云烟，是芸芸众生的幻想罢了"。

"只要你的梦想能让你不拘于时间和空间的束缚，现在过得糟糕一点又能怎么样呢？"

秦天明清醒时常对家人说："我今年60多岁了，如果我的预测寿命是60岁，所以我现在的时间都是借来的，我感觉自己已经长寿了。"

死亡已经迫在眉睫。他躺在床上，望着天花板，又转头望着被黑夜染黑的窗户，在他心里仍然抱有一丝丝的渴望。他想飞，飞上星星闪烁的夜空，奔向月亮与嫦娥约会；他想爱，身边有优雅端庄的妻子，为他散发着爱的芬芳。但他的肉体已经不能帮助他了，他浑身都疼，疼得不能翻身。囚禁在欲望中的身体，鸡皮骨瘦，只能如此艰难又痛苦地苟活着。

经历一生的沧桑，垂垂老矣，患病中秦天明品尝了人生的无奈和绝望，可以说是在他受到病痛折磨时发出的呻吟与号哭声，像是他为自己的死亡唱出的挽歌。

第九章

好梦相伴

天边的云朵，随风而动，随性游走，不知道要到哪儿去，一切都是那么自由自在，然后，慢慢地归于平静，就像人生的繁华终将结束，就像绚烂的夕阳开始谢幕。

苍穹之下的村中小院里，老安陪着坐在轮椅上的秦天明有时仰头凝望天空，有时看一看已经没有了绿叶的花枝。还好，园中的一棵柿子树，枝头挂着金黄的柿子，倒是风景这边独好地吸引着秦天明的眼光。老安会意地走到柿子树下举杆准备采摘，身后传来秦天明有气无力的声音：

"看看就行了。"

生命已经没有了欲求。想当初他来到这里，与妻子老安筑梦家园，朋友来看他时说院子什么都好，就是缺一棵树，并且建议他在院子里种一棵柿子树，象征他今后的日子事事如意。他听了这话很高兴，于是，不辞辛苦地四处寻找，但都没有找到想象中那样树干挺拔、树枝交错的柿子树，回头他请村中杂货铺陈店主帮忙，在一户村民家的院子里移来了这棵树，种到自己家院子里。他喜悦有加，种下以后他精心养护，施肥、浇水、打药，一样不缺，冬天他给树干包上薄薄的一层保温棉布，给树冠罩上一张防风塑料薄膜，防止天凉降温把树冻坏，到了春天他给树剪枝整形。柿子树长势良好，今年是第一年结出柿子。

种下了树，结出了果，种树人收获的不应该仅仅是心头的欢喜，同时他还有享受果实的收获与满足，但秦天明享受的感觉被患病剥夺了。即便如此，因为从患癌，到住院、治疗、抢救这一次又一次的痛苦体验，一次又一次的生与死的拷问，以及一次又一次辗转于白天与黑夜的自我对话中，他发现自己的付出得到了回报，尽管生命的天平把那么多的伤痛、顽疾与不幸压向他，甚至有时让他喘不上气来，但他没有被压倒，他觉得人生的选择似乎永远是最正确的，就像眼前他亲手种下的这棵柿子树，使他获得一种满足感，他的脸上露出了欣慰的笑容。只是他体力不支，老安告诉他回房休息，他点头同意，把落在柿子树上的目光不舍地移开，坐在轮椅上被老安推进了家门。去了卫生间，秦天明告诉老安，不知为什么他想洗一个澡，但是，他自己无法完成，想让儿子帮他洗。

卫生间里，水蒸气形成雾气弥漫了整个屋子，透过雾气隐约可以看到秦天明赤裸的身体。他坐在一把椅子上，身后的秦力给他的背上涂抹沐浴液，轻柔地擦拭他的背部，沐浴液泛起的气泡折射出五颜六色的光影，其情景像一幅正在描绘的油画。

雾气渐退，气泡消隐，秦天明的身体显露出来。曾经年少时俊美的容颜消没在岁月的长河中，壮年时健康的体态被瘦骨嶙峋的病体替代。秦力擦干他的身体，伸手拿过一件睡衣披在秦天明身上，他执意脱下，示意秦力扶着他站在洗漱台的镜子前。看着镜子中的自己，他的脸上呈现出无限的悲伤，他想如果说我们讲生命的尊严，身体便是尊严的载体，肉体就是生命的物质表现，只要生命一诞生，肉体本身就逃不过由生到死的残酷，无论你是健康还是患病，丑陋还是俊美，来到世间这一遭，你都要与肉体为伴。秦天明想，今天他的身体被病痛折磨得如此丑陋不堪，那生命还有什么尊严可说呢?! 他忽然感到生命的无可奈何和内心的苍凉向他扑面而来。

他想起患癌手术，忍受着化疗和服药的不适反应，也许这一次又一次的治疗，成了终结他生命的助燃剂，在一分一秒的燃烧中悄然地耗尽了他的生命。他用患病的痛苦体验，端正了他过去对医院包治百病和医生妙手回春的认识。秦天明幡然醒悟：患病后坚持未必是胜利，放弃未必是认输，与其狼狈撞墙，不如优雅转身，给自己一个迂回的空间。

擦干身上残留的水渍，他让秦力给他穿上睡衣，但已经无力迈步，秦力会意地俯身将他抱起回到房间。已在收拾床铺的老安迎了上来，小心翼翼地协助秦力，把他轻轻地放到床上，依靠床头半躺半坐着。

"你们都坐下吧。"秦天明招呼老安和秦力，这时秦依然也进了房间。

秦天明平静地说："你们也都看到了，既然死不可避免，高兴也罢不高兴也罢，害怕也好讨厌也好，死总是在不远处或者就站在门口等我。它不会因为我的害怕放我一马。现在我能怎么办？看来我能做的事就只有面对它，跟着它，让它把我给带走。"

老安、秦力和秦依然听了没有惊恐，他们知道这一天早晚都会到来，今天终于来了！他们屏息静听他说的话，害怕漏了一个字而留下遗憾。

老安说："那你还需要我和孩子们做什么？"

秦天明说："我接受这样的结果。但你们不要认为我是被癌症打败了，我感到有你们我就没有输。我赢了，我满足了。"

秦力问："爸，那您还有什么愿望吗？"

秦依然印象中她找医院法务咨询有关安乐死的问题时，法务告诉她对于即将离世的人，可以推广生前预嘱，慎重考虑生命支持系统，以更自然和有尊严的方式离世是对生命的珍惜和热爱。

秦天明说："我也说不上，依然你看我还应该有哪些愿望？"

秦依然舒了一口气，又倒吸了一口气，顺从地问道："好吧，爸，您的第一个愿望，在生命到了这个时候您要不要医疗服务？"

"不是这个时候，是生命末期。"秦天明纠正加补充，"不要。"

"第二个愿望您是否使用生命支持治疗？"秦依然解释，"比如胸外按压、电击、插管，谁来帮助您做出决定？"

秦天明摇头否定。

秦依然问："您希望别人怎么对待您？这是您的第三个愿望。"

秦天明抬头看着眼前的家人："你们在我身边支持我。"

老安爱抚着他的手，秦依然摸着他的脸，秦力把手放在他盖着被子的腿上。

秦依然问："您希望通知哪些人，告诉他们您的情况？"

秦天明带着恳求地说："那不用打扰别人了。"

秦力说："告诉一下您单位吧?! 或是同事，或是朋友？"

"唉，"秦天明有些伤感地叹了一口气，"我已经退休，没有单位，没有同事，也没有朋友了。"

老安说："那告诉一下你叔伯弟弟，他也算你父辈有血缘的唯一亲人了，要不有闲话的。"

秦天明说："闲话？我还在乎闲话？"

他看着老安，老安会意地点点头表示理解他的意思，因为她了解他特立独行的性格特点，他曾对她说："人活在这世上，总会有人说你好，也总会有人说你不好，这都很正常，懂你的人一个眼神，便能会意；不懂你的人，解释再多也是徒劳。每个人都是一个个体，都有自己的活法，活法不同，想法就不一样。所以，有些事不被别人所认同也是正常，不必费力解释，也不用奢望所有的人都能懂你，有些时候当解释被别人说成了掩饰，说再多也会变成一种纠缠。"要是在过去，他会对老安侃侃而谈他的观点，并且说出一二三，但是，现在的他已是精疲力竭。

秦天明说："我累了。"

他闭上眼，眼前闪现出洗澡后赤身裸体对着镜子的面孔，接着幻化出他狰狞可怖的身影，他跟着一名医生，穿越幽暗的通道，进入了一个挂有红色牌子、上面写着"尊严告别"的屋子。

这是一间四面海蓝色墙面的客厅，有一张圆圆的桌子，老安、秦力和秦依然以及医护人员围桌而坐，一名医护人员问他是否真的确定要安乐死："如果你不想要了，随时都可以停止。因为这是你自己的权利，我们没有人可以影响你。"

秦天明点头肯定地说："从未动摇。"

接着，另一名医护人员将盛有血红色液体的两杯药放在他身前，告诉他第一杯是止吐剂，喝完后要过25分钟，再喝第二杯就可以终结生命。医生建议他一口吞下去，因为很苦。

他很认真地问："一口喝？我可以两口吗……"

他脸上没有任何悲伤，没有一丝犹豫，微笑着端起杯子一口喝下，耳边响起歌声和欢笑声，听到有一个声音在说："我们爱你！"他辨别出那是老安的声音。"我们觉得一切都圆满了。所有您想做的事情都完成了，所有的事情都交代完了，真的，您可以没有任何遗憾地走了。这就是您想要的'平安喜乐的再见'。"

坐在旁边的老安，看到秦天明像从睡梦中醒来一样慢慢地睁开眼睛，她俯身过去，秦天明问她："死会疼吗？"

老安说："我不知道。"

突如其来的提问让她怔了一下，回神过来她想说不疼，给他营造一个所谓美好的世界，但是，这个时候的秦天明异常清醒敏感，因此，她不能骗他，因为她也没有死的体验，这是合理的。

秦天明看了看老安，显得非常平静。也许是久病在床，几次病危，几次鬼门关，他显得什么都不在乎了。

秦天明说："我觉得即使是疼可能就是那一会儿吧。之后我就没有疼痛，只有开心和快乐了。"

老安看着秦天明如此镇静，实在出乎她的意料，有一种失去光明很久，突然又重见光明的那种明亮！

秦天明说："给我来一杯水。秦力、依然呢？"

老安说："给你准备一些东西去了。"

老安实在不好直接说儿子和女儿去给他准备后事、买寿衣去了。但秦天明好似有所感觉，他也就不再追问具体的细节。

秦天明说："差不多就行了，其实也没有什么意义。"

死去方知万事空。或许秦天明的生命走到现在，他已经真正地看清了生命的意义，就像很多临死的人说的那样，名、利、权、情像天上的浮云那般虚幻，没有一片云你可以带走。但是，还有活着的人，特别是亲人的情分却有千丝万缕的难以割舍，留在了生生世世的生命里。

离开秦天明房间，开车行进在路上的秦力和秦依然，心情已不再悲伤。的确，秦天明从患病到现在，作为儿女他们已经倾尽全力了，现在只有感慨在心。

秦力说："我不知道爸爸去世后，我们会是什么样子。"

他提出的问题，是进入中年的人面对即将老去的父辈普遍被忽略的问题。总以为生死这个问题离自己的日常生活很远，活命已经够忙的了，哪里顾得上考虑死后的事。其实，我们每时每刻都在面对生死，你若能够因为忙于活而顾不上死的话，等到活腻了再思考生死，那就会有点蓦然回首而茫然不知所措。看一看我们的周围，很多人都是满怀着对生活的热情筹划，突然间离开这个世界的。所以，你没有理由相信自己一定比这些人更幸运。

"父母是我们与死神之间隔着的一堵墙。"秦依然感到，父母健康，这堵墙就坚实有力，如铜墙铁壁。如果父母去世了，这堵墙没了，死亡的恐惧就会奔袭而来。

秦力说："爸报病危时的那一阶段我很焦虑，对于死亡我感到惊恐，为了缓解压力我买了一本名叫《西藏生死书》的书看了看，可以说这是我有生以来读到的对我冲击力最大的一本书，它轰然开启了我对另一个世界的探索之门，了解到——死亡也是生命的一部分。"

其实对待很多事情都有一个跳出问题本身的视角，但跳出很难，一旦跳出，就能触碰到生命新的质地，也慢慢能够甄别，生活中什么是最重要的。

秦依然说："我当医生，每天都在面对死亡，但是，这些都发生在别人身上，只是当爸病了以后，自己的亲人要离世，我才开始想这个问题。我认为是身体重要，没有身体也就没有生命，但是如何面对死，精神和心理重要，在庄子的文字中，我找到了符合我期待的对死亡的理解。庄子著名的死亡观犹如'沧海一声笑'，让在人生暴风骤雨中的我们，看到彩虹般的天空，他关于死亡的桥段要数——妻子死了，他鼓盆而歌。有一首《庄子鼓盆》的纯音乐很好听，我在一家音响资料馆已经找到，反复听了好几次，觉得很好听。"

秦力问："你放给爸听了吗?"

秦依然说："放了，他也觉得好听。他说如果他到了那一时刻，也让我们给他放这首曲子。"

"所以，很多时候，我们怕的不是死亡，而是'怕'这种心理，这就让死亡这件事变得更难。"

哲学家、社会学家，以及宗教学家告诉我们，人只有在临死的时候才会最怕死，特别是在自己临近死亡的时候最怕。当我们活着的时候，你会觉得死亡离我们是多么遥远，但是当你老了，或者当你得了绝症，身体不行了，感觉自己要沉睡的时候，你才会发现四周都是死亡的气息，你就会感觉到自己将要面临的是什么，将要面临的是无尽的黑暗、苍凉、孤单，这就是人在临死的时候最怕的，让你的内心感到恐惧!

还有人说人在临死的时候脑海中会一一浮现一生中的景象，像过电影一样，回忆以前的过往，然后才会进入死亡，这段时间有可能是痛苦的，也有可能是快乐的。此刻，进入生命死亡阶段的秦天明就进入了过电影的情境。

生命回光返照，繁华影像过眼，秦天明仿佛看到了记忆中童年时的情景。他的家乡地处南方，属于丘陵地带，一座座青山不高不低，好似亲密的兄弟和姐妹，手挽手、肩靠肩、背抵背，连绵不断的青山守卫着村庄，村庄安静地依偎在青山的怀中。清晨从烟囱口吐向空中的一缕一缕炊烟，好似睡美了的人儿飘散在蓝天碧池里的秀发，她们在梳妆美颜，这景象给村庄平添了几分妩媚和人间仙境般的神韵。

他从小生长在农村的一个幸福家庭，上有爷爷奶奶，他是他父辈中的第一个男孩，受到爷爷奶奶和父母倾心的宠爱，不必担心风吹雨淋。小学时，和同学一起打闹，也都能得到长辈偏袒。他有时候撒野，有时候很沉静地躺在地上，眼望蓝天下游走的白云。他眷恋这个时光，眷恋在微风中静静地看着轻轻摇摆的绿草，没有沾上被环境污染的尘埃。

记忆里的家乡，生活慢节奏。村民们守着祖宗留下的一座座青山和一片片绿水薄田，日出而作，日落而息，过着不饥不饱的庸常生活。村里的日子虽不怎么富足，也许还显清贫，但人间烟火一如张九龄《湖口望庐山瀑布泉》描绘的"灵山多秀色，空水共氤氲"这般美妙。

秦天明小学毕业上初中时，就萌生了走出大山的野心，但一座座环抱村庄的青山挽留着他，长满绿树和青草的山野屏蔽着他瞭望外面世界的精彩，不清楚什么是现代化，看不到大城市是什么样子。他清楚地记得自己曾经一次又一次地沿着那条看不见头望不到尾的深山小径走进大山，不想走了，他就会停下来站一站，看一看风景；走累了，他就头枕一块青石躺在绿油油的草地上，闭上眼睛看似歇息，其实他贪恋着像蒙太奇般在眼帘闪过的那随着季节变换的风物。一年四季，他特别喜欢春天的生机和夏天的绚丽。

春天来了，那山上的野花开满山坡，青翠的竹林摇曳多姿，鱼儿在溪水中戏游，山间偶尔传来的竹笛声，与溪水、鸟鸣，演绎成一曲山野交响。放眼田野，村民驱赶着老牛正在软泥如被的梯田里犁出一年里最美的一道道泥纹。村舍屋顶上的炊烟混合着牛粪和青草味儿，袅袅上升，给山峦披上了形如纱幔的新装。一旦山风吹来，轻盈优美的舞姿似仙女下凡那般如梦似幻，如诗如画。

夏天来了，当一声惊雷从天边炸响，绵绵夏雨就恋上了这里下个不停。有时它飘飘倾斜，有时它幽幽直落，淋在树上，渗到根底；落在花中，进入花蕊。那美妙的雨声"滴滴答答"，时而大，时而小，时而急，时而缓，从山顶唱到山下，从屋外唱到屋里，美妙动听。

秦天明到了18岁，考上了大学。在要离家的那几天，他突然感到自己心中的不舍。一天晌午，太阳烘着窗边的猫咪，它的眼睛已经眯成了两条线，懒懒地趴在窗台下。明亮的光线经过玻璃折射，使房间各个角落争相明亮起来，蓬松的被子被太阳烘得很软很暖，而他正四仰八叉地藏在被子里。

母亲喊："起床了，这都几点了。快点，起来有事。"

"不……睡觉才是最大的好事！"他含混不清地嘟囔，纹丝不动。叫烦了的母亲，不由分说，拽着他的手，把他从床上拉了起来。

"赶紧收拾。"母亲走出房门，只是又给他一会儿时间，让他又能躺下多眯瞪了一会儿。平时，一旦他赖床，父母有时候也不得不装糊涂。

上午，他和父亲跟在母亲身后进了镇里的百货商场。这几日天天如此，听到最多的话便是"这个需要不需要""你说个话啊"之类的。每天都有新的物品装进他的行李箱，每天也都有同样的物品被更新换代，拿不起放不下的。母亲平时也不是这样的啊！看着日益装满的行李箱，他没有做任何阻止，但他们都知道，越发平静的外表，轻描淡写的言语，在各自心里，一场离别的风暴悄悄形成。

是啊，秦天明从没有离开过父母和村庄，但是，他是一个"野小子"，父母说不担心他到异地的大城市上学。

临行前一晚上，家里安静极了，父母在中间的堂屋也算客厅静静地收拾行李箱，还在斟酌挑选哪些用品，父亲偶尔轻声打着电话，压抑着声音唯恐让他听到。他们可知道，他们的每一个点滴琐细的动作声音，他都在门后屏息静听。实在控制不住了，他慢慢拉开房门，轻声地走到他们身边。

母亲看着他问："还缺什么吗？"

他瞄了一下鼓鼓的行李箱说："没有什么了，就是缺了你和我爸陪我去了。"

父亲则说："大男人了，还要人陪？"

母亲笑了笑，但他看到她眼圈是红红的，他也知道他们都在刻意去伪装轻松，躲避什么。他虽然年少离家，有些道理他懂得，比如"对未来的真正慷慨，是把一切都献给现在""丈夫志四海，万里犹比邻"，可他还只有18岁，个子不高，不到一米七，而且还没有独自离开过家。在家百日好，出门事事难。他真想和未来斗气，永远留在家，家是他人生最好的风景，他哪儿都不想去！

黑夜不肯延迟，天亮等着离别。

离家的那天早上，他在村头先上了公共汽车。隔着车窗，他看到车下站在父亲身旁的母亲通红的眼圈，他用双手使劲地摁着车窗，以至于他手掌的纹路都清晰呈现在窗户的玻璃上。他听不到父母说什么，他只在内心说：爸妈，对不起，我只能每年回来一次看你们。妈妈，我知道我身上背负的期望，我会有足够的动力自觉起早读书不变坏，我会快快长大，我会穿越风和雨……

开往省城的长途汽车不知疲倦地行驶着，由于车速较快，闪过车窗的景色有些模糊，但是，在秦天明心里，离开村庄父母站在车下送别他时的情景依然清晰，他好似明白了"临行密密缝"饱含的父母情深。

汽车在行驶，一刻也不肯停下。思念故乡的情，越来越深。他要去的城市是什么模样呢？他要去的学校是否像故乡一样滋养他的生命？

一个小男生，十几岁，异地求学，多少个日夜，或是平静的夜晚，辗转反侧思念故乡，或是当黎明太阳升起时，什么都忘了，只有校园的阳光照在脸上。

流年日深，到后来甚至连自己的故乡在哪里都忘了，忘了自己从何处而来，又将行至何处。忘了自己曾经真实地存在于荒芜的世间，也拥有过最苍翠的年华，有过美丽的相逢与难舍的别离。

往事就像一座古老的城墙，铺满厚厚的苔藓，可以回忆的事实在不多。时光的浪涛总是将你我抛得好远，若今生有缘重逢，是否还能想起岁月残留下来的一点记忆？

也许每个人都有一种怀旧情结，仿佛最初的相遇，永远都是最美的。无论逝去多少年华，我们能记住的，始终是泛黄的昨天。有时候，翻开一本书，看到扉页里夹着的一枚落叶都会欣喜万分，因为叶脉上镌刻着岁月的印记，也留着往日的温情。走过漫长的人生历程，最后怀想的，依旧是那些青葱过往。其实最初未必就是最好的，但固执的人生，会让你总是忘不了昨日的好。虽说是村庄不会因为他的离去，而有丝毫的变更。青山依然常在，绿水依然长流。因为他就是一个普通老百姓，年少时只希望守着岁月静好，过最平淡的生活。其实，历来朝代更替，换去的只是宝座上的帝王，而万里江山一如既往。

多少前缘成了过往，其实抓不住的是潺潺流淌的时光。人世蹉跎，流年转换，留给秦天明记忆的事实在不多。无论一个人心有多辽阔，可以收留多少故事，到最后还是留给了岁月。有人说，这世间的风景，非要亲历才会有深刻的感触。而秦天明却以为，梦里能抵达的地方，同样可以真实刻骨。

记得他刚入大学时稀里糊涂，学习成绩不好，期末考试挂科了两门。因为他初来乍到，这个城市五颜六色，有太多的诱惑，有太多的喧嚣，影响他专心学习。

20岁，大二结束，他开始懊悔，于是开始努力发奋，一有空就扎进学校的图书馆，埋头在知识的海洋里，寻找他理想中的"黄金屋""颜如玉"。

25岁，研究生毕业，分到政府机关，得到了一份体面的工作，人生有了起步的阶梯，可以顺着往前走，方向是明确的；也可以往上爬，未来充满未知。

26岁，春节休假回家，参加了表弟的婚礼。小时候认识的人都长大了，有的变化大得都不认识了，只是他们都结婚了。也许父母也觉得他老大不小，该找一个姑娘结婚，于是，带他走亲串戚，有意识地安排相亲，只是见了好几个，一个都没有相中。

27岁，通过单位的同事介绍，与一位年轻姑娘对上了眼，她是一名中学教师，就是现在的妻子老安。当时他也没有太在意，在彼此眼里也没有看到一见钟情的火花，他是有一搭没一搭地谈着。

她说："你还不错。"

秦天明回应："你也是。"

生活中，有些人可以经常闯入你的视野，给你一份缤纷，但是他始终抵达不了你的心灵；有人可以经常陪在你身边，给你关心和温暖，却也难以被你放在心上。然而秦天明与老安当初虽是淡淡相交，却在不经意间产生了心灵相依相偎的期望。

恋爱之初，秦天明与老安虽然彼此对对方的认知有差异，但他们两人并没有让对方试图改变或是打破这种差异，而是慢慢站在旁观者的角度理解着，然后渐渐站在参与者的角度融入着，最后，在交流中建立起了共同情感需求的桥梁，从而在相互交往中重新找到生活中的自我价值。征得双方父母同意，于是订婚了，成了正式的"恋人"，后来接触多了，有了牵手，有了相拥，有了激情。

28岁，即将进入人生的而立之年，他们结婚了。他们经历了从介绍认识到恋爱，然后结婚这样一个过程，当初的目的很明确，属于就是为了结婚而恋爱，为了拥有家庭而结婚，为了不必孤独而寻找依靠，为了可以结伴而相拥，为了不想单独面对生活的挑战而找个对象的这类人群。他们的婚姻规划，像大多数人一样都比较普通平实，从未梦想这一生尝试让自己的生命成为传奇，活出一种独特和唯一。也因此，从来没有真正疼惜过自己独一无二的生命，也无法体会什么是上天为他们准备的那一个一旦遇见，就如同遇见了一个相识已经千万年的生命，仿佛共同经历了数次的生命轮回，仿佛彼此来到世间就是为了等候对方的灵魂伴侣。实在说他们的婚姻也是被关押在世俗的笼子里。他因为她的美貌、贤良、温柔，也希望她优雅知性，平凡而不平庸，彼此相依，释放生命的热忱；老安则看重他的能力、才气、稳重、帅气，希望他结婚后伟大而不是渺小。

结婚那天，父母按照乡下的习俗给他办理上100桌的婚庆大宴，这在农村也是很风光的。为了减轻父母的负担，他把上班积攒的钱给父母操办婚礼。婚礼进行到高潮，司仪带着标准的商业微笑，对台下的来宾喊道："要不要让他们亲一个?!"

台下的亲朋好友，不管是老的还是少的，不管是男的还是女的，齐声高喊："来一个! 来一个!"

掌声、喊声很是热烈，但是，台上的他和新娘却很平静，两人看似很随意地亲了一下，但彼此心里清楚，也能看出应该不是第一次，他们在婚礼上保持了应有的分寸。

司仪在起哄声中继续主持着，他好像听到新娘小声地说"我爱你"。

他怔了一下回应道："我也爱你。"

"你爱我，我爱你，你对我好，我也对你好，所以我们结婚。"这真的就是好婚姻吗？

司仪："请新郎给大家讲一讲他和新娘在恋爱中的浪漫时刻，大家说愿不愿听啊？"

来宾响应："愿意听！"

又是一波带着看热闹的起哄，但是，在准备婚礼仪式时，司仪并没有把这个内容列入今天的仪式中，现在突然提问，秦天明有点措手不及。怎么讲才能满足来宾的好奇？他沉吟了一会儿，伸手接过司仪递给他的话筒说道："尊敬的各位长辈，各位亲朋好友，大家好！主持人让我给大家报告一下我恋爱的浪漫时刻，我一下子不知道该怎么讲。"

"怎么浪漫的就怎么讲呗。"台下的一位来宾打断了他局促不安的讲话。

"对啊，主要讲一讲你是怎么'浪'的。"一位来宾附和。

他有点脸红，只是他在台上，来宾看不见。他心里告诉自己要是就讲"浪"他羞于开口，也不能讲啊，可除此之外也没有什么好讲的。他年龄到了28岁，在村里是大龄青年。以往18岁成年，村里女孩子可以出嫁，男孩子可以结婚养孩子，只是后来国家有政策，明确规定要在22岁以后才是法定的结婚年龄。

关于爱，他追寻的并不是因为所爱的男女双方一切都拥有了，而是所拥有的一切他们都爱。永远不要认为别人的老公或老婆比自己的好，因为他们爱的并不是你。真正的爱情不在于你知道他或她有多好才要在一起，而是明知道他或她有太多的不好还是不愿离开。

至于婚姻中的财富，他认为金钱是个颇有神力的照妖镜，小人、伪君子在它面前皆原形毕露；而爱情与婚姻是个手法高超的化妆师，爱人、年轻人与家庭受它影响都容光焕发，和谐稳定。

讲到这儿，他觉得就可以了，于是，他结束讲话，但司仪没有接他递来的话筒，台下的来宾也没有鼓掌，他突然感到气氛有点不对，他反问自己是不是过于简单抽象，忽视了来宾的好奇心。其实，他多虑了，生活中参加婚礼也是一次反思爱情、反省婚姻的机会，他和老安的爱情与婚姻也是在不断的反思反省中。

想当初与老安第一次见面，秦天明对她好像是印象不深，但多次接触以后，生发了爱的吸引，正如"所有"被爱冲昏头脑的小伙子一样，之后他用尽浑身解数，不断地追求取悦她，直到他们顺利进入婚姻。而她正如普遍的"婚姻道德"赋予她的规则那样，默默地告诉自己：她会成为一位备受丈夫宠爱的尽职的妻子，而且她也会遵循现实世界中的法则来承担起自己的责任。

于是，她决定好好经营自己的婚姻，努力去爱丈夫，去履行自己作为妻子应该做的"所有事"。

但是，很多时候，越是努力，越是事与愿违，就像千千万万个被困在家庭中的全职"保姆"一样，多年来，百试不爽的自我催眠法就是我有丈夫或是妻子的疼爱，物质的基本满足，家庭和谐幸福，比很多人生活得好。

是的，丈夫秦天明对老安一向如珍如宝般疼爱，每次外出不忘留下一笔"购物款"，还不忘带礼物给她；有空也会耐心花时间陪她和家人聊天；隔一段时间，会抽出时间陪老安去旅游度假；等等，似乎已经做到了一个"好丈夫"的全部。

他的感悟是想要找到所谓神圣的、精神上的爱情与自然的、动物式的肉欲的爱情是非常困难的，但我们确信我们都能够感知到，真正纯然的爱是一种无法控制的情感……

29岁，他妻子怀孕了。这是一件喜事，他和她的家就要多一个人了，就要添新丁，更使他倍感荣光的是他做了29年的儿子如今也要当爸爸了。他把这个喜讯打电话告诉他远在乡下的父母。

"哦。"通话停了片刻，电话另一端的父亲说，"祝贺。当然，结婚是喜事，成家是难事，养孩子可是个苦事。"

这使他有点意外，他以为父母听到这消息后会表现出非常的高兴，但是，父亲的声音是那样平静，好像与他无关。

这是什么情况，即将当爷爷了不该是这个态度吧？他一转念没有多想，反正他要做父亲了，他沉浸在期待的喜悦中。

30岁，到了而立之年，妻子生下来一个男孩。前前后后连孕检带住院花费了3万多块钱，费用不低，但感受不是特别突出，做了父亲心情好，特别是又看到自己有了儿子，怎么看怎么喜欢，仿佛自己获得了新生，传统意义上的家族薪火有了传人。

32岁，这是人生不愿意重复的一年，自从有了孩子，每天平均睡三个小时，每一个小时小孩规律似的要闹腾一次，第二天还要拖着睡不醒的觉和睁不开的眼睛去上班。他与妻子说他要辞职，回家养儿子。妻子说他幼稚，不上班挣钱拿什么养儿子。是啊，他现在体会到父亲告诉他养孩子是苦事的事实，也让他感受到不养孩子不知父母恩的责任和分量。有时候他开车在路上，他想这时他不会抱怨路上拥堵的交通，如果路上多堵一会儿车，他就可以多休息一会儿。这才是车前功名利禄，车后柴米油盐。

客观地说，秦天明年少时也轻狂过，但总的来讲他还是成熟理性的。在他女儿秦依然出生后，家庭负担越来越重，一次看似应该他提职加薪的机会，结果落在了别人身上，这让他一度陷入彷徨迷茫，甚至找不到未来发展的方向，但他不怨天尤人，或莽撞地抛弃自己已有的工作提出离职，一意孤行到社会寻求新的工作岗位。他想他要对自己负责，对家人负责，对自己的人生负责。于是，他接受挫败，不接受怜悯，他独自承受，也羞于受人恩惠。他告诉自己还没有走到穷困潦倒、穷途末路的绝望之境，他要努力让自己振作起来，把脚踏在现实的岗位上，燃起工作的热情，做出新的业绩获得组织的认同。

对于成功失败，他都坦然接受。他只愿独自哭泣，却不愿麻烦别人，哪怕穷困潦倒，或者是真正到了穷途末路的绝望境地，即便痛彻心扉，他也告诉自己不能放弃，而是努力让自己振作起来，把握着对未来的那一点希望之光。

　　活在追逐名利、崇尚物质的现实世界，一个人应该在静心清脑的时候，卸下人生的妆容，在阳光下透视，找到自己在旷野中游荡的灵魂，任凭记忆清晰地展开，或痛苦席卷而来，提醒自己快乐很重要，面对和正视每个阶段带来的东西也很重要，苦难和幸福并不矛盾，要更好地去爱肉体怀抱着的灵魂。

　　34岁，这一年让他很尴尬，妻子又怀孕了。意外怀上的孩子是要还是不要呢？他很为难：从家庭人员结构来说，两个孩子比较合理。一个男孩一个女孩，这是最理想的。但是，生下来要是男孩，那怎么办？现在老大还小，没有上幼儿园，家里再添一个孩子，不仅精力有限，而且经济压力倍增。当然，同事鼓励他生下来，父母也劝他要。行吧，这是上天给他们夫妇的礼物，生下来要是女儿，那不就更理想了吗？他满心地期待着。结果是女儿如期而至，足月诞生。一切犹豫、担心被女儿到来的喜悦代替。

　　35岁，儿子上小学一年级。小学老师很热情，告诉他一年级很关键，打好基础很重要。他站在一旁只是点头哈腰，而且献上笑脸："是，是，是。还请老师多关照！"

　　38岁，儿子小学四年级，老师说小学四年级承上启下，今后能不能上一个好初中好高中，全看四年级打下的基础。他依然点头哈腰，只是笑不起来了，老师说要给孩子报补习班。上补习班要花钱，女儿上幼儿园也要花钱。他一个国家公务员，拿的是死工资，钱从哪儿来啊？往日脸上的笑容多了几分生活的愁绪。

　　40岁，儿子初中，女儿小学。一天晚饭后，儿子说学校组成了一个管弦乐队，老师安排他吹长笛，长笛由学生自己买；女儿说音乐老师觉得她有天赋，适合学习钢琴。他看了看妻子，妻子也把目光转向他。他们心里都明白家里买不起，只是说不出口。好在儿子女儿都很懂事，没有坚持说一定要买，这才让他和妻子松了一口气，只是心里高兴不起来。

　　43岁，儿子上了高中。有一天他正在单位班上开会发言，老师来电话说儿子在学校与同学打架了，要他马上去学校处理。这是大事，他中断发言，与组织会议的领导请假迅速赶到了学校，唯唯诺诺地站在老师身边，赔着笑，道着歉。其实他也不知道究竟是谁的错，是他儿子还是对方，也许这都不重要了，眼下就是拿出一个好的态度，请求老师的谅解，赶快处理完回单位接着发言。但是，老师不慌不忙地连正眼都没有看他，言语柔中带刚地责备说你们做家长的，就知道工作，能不能陪陪孩子，关心关心孩子的学习。停顿了一下，老师接着说这次打架不是秦力的责任。他很恼火，既然没有他儿子的责任为什么把他叫来，有病啊！当然他只是在心里这么想，在老师面前还得谦卑，还得赔笑！

46岁，儿子考上大学，金榜题名，可喜可贺，但在报专业时与儿子发生了分歧。儿子理想学数学，虽然眼前与市场不是那么直接，但是，将来社会科技发展，运用面广泛。但他希望儿子学金融，一方面，热门专业毕业后好找工作。另一方面，生活在他这个年代的人，切身感受到金融行业挣钱多，生活有保障。钱是物质，物质是基础，基础不牢地动山摇。大到社会和国家如此，小到家庭也一样。前些年，因为他和妻子挣钱少，赡养父母、供养儿子女儿上学入不敷出，生活苦不堪言。他不希望儿子长大成家后再过他那样的生活，改变这种生活从上大学开始。晚上，他翻箱倒柜找出了一瓶白酒，因为他平日不喝酒，所以也不买酒，手中的这瓶酒也不知是谁送的，包装得很精致，看来是好酒，也取一个好兆头，争取通过喝酒好好与儿子聊聊，做通思想，学习金融专业。为了不受干扰，妻子和女儿借故逛书店外出了，剩下他和儿子，一瓶白酒，一碟花生豆，一盘生拍黄瓜，父子俩喝了起来。开始的气氛是平和的，在讲到选择专业时，交流变成了争吵，而且，儿子的决定是从来没有过的坚决。这时，他发现他老了，老到打不过眼前已经长大成人的儿子，双方的争辩也往往在他理屈词穷下停止，他唯一一点点威严"我是你爸"！父子俩的喝酒聊天不欢而散，他的眼睛有些模糊，站起身回到房间，妻子还没有回家，房间里空空的，眼泪夺眶而出，他心想一定是白酒太辣了，要不他怎么会流泪呢?！

49岁，儿子读了大学、上了研究生，直到博士毕业被一个研究所接收就业，做基础学科研究，工资虽然少一点，但还是很体面，用儿子自己的话说，他是既脚踏实地，也仰望星空，总之他很满意；女儿本科毕业后又连读了研究生，因为学医，学有所用，被一所三甲医院接收做临床医生。这一年秦天明非常开心快乐，儿子女儿的工作他都没有找关系，再说他也没有什么关系，即使有关系，他也快退休了，关系的力度大打折扣，他很认同这种关系状态，人将走，茶即凉。接下来他要为儿子婚礼做准备。有一次他神情严肃地问儿子你喜欢她吗？儿子被问愣了：喜欢啊！他赶快赔上笑容：好好好，喜欢就好！其实秦天明还没有见过即将做他儿媳的姑娘，但他也不介意了，因为上一次上大学选专业的记忆，到今天儿子找到满意工作上班，已证明儿子的三观是对的，他很放心，很欣慰！女儿谈了一个男朋友，是她的同学，带回家给他和妻子看了，长相不错，很文静，有稳定的职业，唯一的遗憾就是家在外地，没有生活基础，如果结婚，可能会给他们家的生活带来影响，但是，女儿喜欢，他只有把顾虑放在心底。

50岁以后，儿子结婚，儿媳父母给准备了婚房，结婚后，儿子离开原生家庭，从此自己成家单列门户；再后来，女儿结婚，女婿家在外地，无力购买婚房，与秦天明夫妇同住，当初的顾虑在生活中呈现，由于房间不大，居住空间显得拥挤。在没有孩子之前，女儿女婿白天上班，秦天明和妻子在家还算凑合。坚持了几年，每周六儿子带儿媳孙子回家，全家团聚一起吃饭聊天，倒也其乐融融。但是，时间不长女儿怀孕生下一女，打破了这种生活状态，秦天明和妻子为了继续为孩子做贡献，到乡下租农家院重新安排自己的退休生活。毕竟老了，秦天明患病住进了医院，周围的人神情肃穆，迷迷糊糊中他看见穿白大褂的医生摇头，好似说他不行了，快死了，他好像没有一丝丝的害怕，他闭上眼睛，按医学的解读，人死之前有3秒钟，像走马灯一张一张画面倒叙他已经走过的一生。

1秒，2秒，秦天明面无表情地回忆自己的过往。

到了第3秒，秦天明突然笑了，这时在他眼前呈现出一初中男孩背着一个书包，嘴叼着一袋牛奶，路过一栋楼房，抬头看到一名站在阳台上的小姑娘在向他挥手微笑。突然，在他耳边响起号啕大哭的声音，由清晰变得模糊，模糊中又清晰出一群纯正少年的起哄声：爱她吧，爱她吧！

秦天明在年少时代，也有过一位心仪的姑娘，那是一位美丽的女孩，但因为他是高中生，就不得不斩断情丝，把爱深埋在心底。

每一颗心生来就是孤单而残缺的，多数带着这种残缺度过一生，只因与能使它圆满的另一半相遇时，不是疏忽错过就是已失去拥有它的资格。

佛说：万法缘生，皆系缘分！偶然的相遇，蓦然回首，注定了彼此的一生，只为了眼光交会的刹那。冥冥之中，似乎总有一股力量，驱使我们去寻找！仿佛必须找到，生命才可以开始安宁，才开始感觉完整。或许，上天一开始就这样设计，为了彼此犒劳，那一份孤独寂静的心，于是，在世界的某一个地方，有另一个灵魂，在那里静静地等候。

谁是你灵魂深处的那一个伴侣？谁可以和你对一下密码，即刻彼此开启？谁在远方，在深夜里呼唤着，让你心疼，让你期盼，让你隐隐约约，感受了一丝温暖？

秦天明的生命即将踏进天国之门，但是，在他心灵深处依然温存的那份柔情，被窗外传来的鸟鸣掀起了一阵阵涟漪，他睁开眼睛，好似打开心灵的窗口，晾晒他的灵魂，在家人面前揭开他的秘密。就像世人说的那样，隐藏再深也终有一天会暴露于世。当然，也有些秘密随着时光的流转，被积压在岁月的尘泥之下，不见天日。

生活中，我们敬佩那些可以为一个秘密守口如瓶的人，承诺之后，至死都不说出口。只是人心毕竟不是钢铁铸造，岁月锋利的刀剑，可以轻而易举就将其刺破。到那个时候，无论封存多久的秘密，都将抖落无遗，因为秘密到了成熟的时候，好似树上的果子，季节到了就完好无损地自然剥落。但是，刻意去拆穿一个秘密，则是残忍。

人生在世，想要守护的人、维护的事太多，当生命终结，才发觉原来一切都那么微不足道。所谓生亦何欢，死亦何苦。于这凡尘，我们都是匆匆过客，来来去去，看似带走了许多，回首之时，终究要交还一切。年轻的时候，爱过一个人，以为没有他，再灿烂的日子都将是索然无味。待缘分尽了，才恍然，自己其实并没有那样深情。

秦天明清醒时反省他的人生，深刻地感到青春岁月的寻找相逢不需要任何约定，偶然的擦肩，一个不经意的回眸都可以结下一段缘分。我们都有过花枝招展的年华，为某个喜欢的人倾尽所有的激情，对着高山，对着河流，许下滔滔誓言。自以为是情种，走过一段缠绵的历程，而后开始有了厌倦，那个时候，应该遵守规则，人生的规则，爱情的规则，萍水相逢注定是过客，缘尽时切莫苦苦强求。

回忆是一场叩问灵魂的逆流。这时，秦天明仿佛感到他已经从一个混浊的肉体变得越来越通体透明，很快就要变成一团纯粹的精神了。他仍旧享受肉体的快感，解剖学的快感，但是，在他生命中，精神的快感所占的比重越来越大，那就是对爱与美的追求和享用。在对人的精神之爱中，在对美的创造享用中，度过生命最后的时刻。

落花且随流水，沧海已是桑田。

秦天明自从离开他出生的小村庄，父母健在时年年回去，之后父母去世，除了清明节之外回去就少了。就在这刹那，他恍然明白，过往熟悉的人物和景象，以后只有在梦里见到了。即使醒来，依旧会对那片土地充满热切的渴望和深情的幻想。

一切故事，都在梦里发生。只是梦醒了，故事结束了。留给记忆里的人和事已经远去，眼前的一切即将离你而走，属于你的真的一无所有。

秦力和秦依然为秦天明准备后事进城购买寿衣，回到村里小院已是黄昏时分，远处整个山峦沉浸在夕阳下，阳光带着永远的温暖怀抱着村庄。秦力手提购物袋，儿子秦奋跟在身旁，秦依然怀抱着女儿小快乐进了家门。

秦力招呼老安："妈。"

秦奋与老安打招呼："奶奶好！"

"怎么把孩子都带过来了？"客厅的老安爱抚着倚在她身边的秦奋，"你不上课吗?"

"我给老师请假了，爸爸让我来送爷爷。"接着转头突兀地问，"奶奶，您也会死吗?"

秦奋小学四年级，快10岁了。他还没有经历过人死的场景，秦力按照医生的指点，他和秦依然商量带上各自的孩子，来见证父亲的去世过程，事先没有告诉老安，也没有告诉秦天明。

老安愕然地说："会，奶奶也会死的。"

秦奋哭了，他搂住老安的胳膊说："奶奶，我不要您死。"

老安把秦奋抱到怀里，红了眼圈儿，心想：怪谁呢? 她当老师时，就曾有人提出要对未成年的孩子开设死亡教育的内容，这么多年了，也没有开展起来，因为中国人传统文化观念避讳谈论死亡，大人都这样，何况是未成年人。

当今社会青少年，他们尚未建立起对这个人的生命世界完整的认知体系，对死亡没有正确的认知和敬畏，对失败没有心理准备，输不起，败不得，有的以为死亡就像是和父母赌气，就像是离家出走，可以是抵抗家长的手段，是可以逃避压力的方法。于是，轻易地选择自杀。殊不知，生命只有一次，失去了永远都不会再拥有。

惨痛的教训告诉我们，只有失去的东西才会得到珍惜，也只有直面死才会对生充满渴望，对"活着"这两个字有触及灵魂的理解。我们寄希望于孩子长大就明白了，可事实上，很多人直到生命的尽头，都无法坦然地面对生死，几乎我们每个人都缺失了一堂生动鲜活的"死亡教育"课。

老安说："走吧，进去看爷爷。"

老安走出伤感的情绪，秦奋蹑手蹑脚地跟着她转身进了秦天明的房间。屋里秦天明闭着眼躺在床上，鼻孔插着氧气管，显示他的生命还依然存在。

"生如夏花之绚烂，死若秋叶之静美"，无论是谁，也无论在哪里，最后都应该好好地与这个世界告别。

准备好"死亡"，才能更从容地"活着"，珍惜活着时的一分一秒。

"爷爷!"秦奋扑向床头呼喊。

秦天明没有反应。

"爷爷! 爷爷!"

秦天明仍然没有反应,秦奋把疑惑的目光从秦力身上移向秦依然,然后落在老安身上。

老安说:"爷爷听到你喊他了,但他累了,他想歇一歇,等我们一起来送他去他要去的地方。"

秦奋问:"他要去的地方远吗?"

老安说:"不远,就在他的眼前。"

秦奋问:"他会害怕吗?"

老安说:"他会,我们来送他了,他就不害怕了。"

医生临床观察发现,一个人独自面对死亡其实是很可怕的,但如果有人愿意和他交流,那么他的脆弱、恐惧、孤独就会被看见,那他就不再是独身一人,因为有人理解他的脆弱,有人缓解了他的恐惧,有人分担了他的孤独。

秦奋说:"爷爷会疼吗? 我给他按摩。"

老安说:"他会疼,他会很痛苦,但你给他按摩他可能就会觉得好多了。"

据医学专家研究分析,死者的痛苦来自两个方面,一是死亡过程中的痛苦,二是对死后世界未知的恐惧。前者是生理上的痛苦,后者是精神上的痛苦。无疾而终,如在睡梦中逝去,那是一种福分。但不是人人都能享有的,绝大多数人临终前都会有程度不同的生理上的痛苦。现代医学和医学伦理的进展及麻醉药物的使用,已可极大地降低这种痛苦。

精神的痛苦是由"不舍"和对死后世界未知的恐惧产生的。人死后去往哪里? 有无彼岸? 未死的人不知道,死了的人即使知道了也无法告诉生者。对生者而言,这是一个无解的终极问题。

临终的痛苦程度与人们对死亡的态度相关。有信仰的人往往能坦然地对待自己的死亡,没有精神的负担,大大地减少了死亡的痛苦。希腊大哲学家苏格拉底认为灵魂不死，身体的死亡其实是一种解脱。他在被判死刑后学生劝他逃走，他因不愿违背自己的信仰而拒绝逃亡，平静地接受死亡。

秦天明住院时，经过医生开导，他说："嗯，看来死亡没有什么可怕的，每个人都会死，死不是什么大不了的事，死是再自然不过的事了，我不会有什么问题。"

但医生也提醒他：到了临终的那一刻就不太妙了。当然，一种人把死亡当作唯恐避之不及的事，另一种人则把死亡当作船到桥头自然直的事。心态问题，也是生死观问题。因为秦天明已到肺癌晚期，病魔无时无刻不在折磨着他，疼得实在受不了时，他甚至会咬自己的胳膊。当他知道自己命不久矣，他便有时间对死亡做充分的心理准备，并得以在生命最后的时间里，真真正正为自己活一次，了却未了的心愿，不留任何遗憾，之后坦坦荡荡地走向死亡。

死得漂亮，也是一种幸福。

出院时，医生也提醒家人，在生命的最后阶段，不少病人与家人的交流减少了，但心灵深处的活动增多了。不要以为这是拒绝亲人的关爱，这是濒死的人的一种需要：离开外在世界，与心灵对话。

一项对100个晚期癌症病人的调查显示：死前一周，有56%的病人是清醒的，44%嗜睡，但没有一个处于无法交流的昏迷状态。当进入死前最后6小时，清醒者仅占8%，42%处于嗜睡状态，但一般都处于昏迷状态。所以，家属应抓紧与病人交流的合适时刻，不要等到最后措手不及。

随着死亡的临近，病人的口腔肌肉变得松弛，呼吸时，积聚在喉部或肺部的分泌物会发出咯咯的响声，医学上称为"死亡咆哮声"，使人听了很不舒服。但此时用吸引器吸痰常常会失败，并会给病人带来更大的痛苦。应将病人的身体翻向一侧，头枕得高一些，或用药物减少呼吸道分泌。

如果知道临终的过程，或许在告别时就少留一点遗憾。生命在最后的几周、几天、几小时里，到底处于什么样的状态？秦力抚摸着秦天明的手，感觉冰凉，他拿毛毯准备给秦天明盖上，秦依然阻止了他：因为循环的血液量锐减，皮肤才变得又湿又冷。而此时在秦天明的感觉中，他的身体正在变轻，渐渐地飘浮、飞升……这时哪怕是一条丝巾，都会让他感觉到无法忍受的重压，更何况一条毯子！

老安准备给秦天明吃水果、喝酸奶，秦依然对老安说："他已经没有饥饿感，这时候，他已从病痛中解脱出来，幻觉出现天很蓝风很轻，树很绿花很艳，鸟在鸣水在流，就像艺术、宗教中描述的那样……这时，给他吃给他喝，哪怕给病人输注一点点葡萄糖，都会抵消那种异常的欢快感，都会在他美丽的归途上，横出刀枪棍棒。"

但是，他会听。听觉是最后消失的感觉，所以，不想让病人听到的话即便在最后也不该随便说出口。生老病死，相遇告别。人总是要死的，带着轻松、美丽踏进另一个世界，一定会走得更好。

他需要陪伴。医生说临终者昏迷再深，也会有片刻的清醒，大概就是民间传说的回光返照吧，这时候，他要找他最牵肠挂肚的人，不能让他失望而去。家人要做的，就是静静地守着他，不要离开他。

遇见不易，上心也不易，放下更是不易。

见识多了，经历多了，心境也就宽广了。

清醒时，秦天明对老安说："我累了，我想睡了，亲情、爱情、友情，我已圆满。只是病魔把我带向地狱，我已是遍体鳞伤。或许眼前的一切便是最好的安排。"

老安守候在秦天明身旁，以最深切、最诚恳的柔和语气说："我就在这里陪你，我爱你。你要走了，这是正常的事。我希望你可以留下来陪我，但我不要你再执着生命，放下，我无比诚恳地允许你走，你并不孤单，现在乃至永远，你拥有我全部的爱。"

秦天明听清楚了，但他有气无力，耳语般断断续续地说："你要我放下而安详地离开，我必须听到你对我的保证，容——许——我走了，保证在我走后你会过得很好，让——我——没——有——担心。"

这个时辰，他与外界的交流少了，心灵活动却异常清晰活跃，也许青春，也许童趣，好戏在一幕幕地上演。如果自作聪明地横加干涉，不分青红皂白地采取不适当的、创伤性的治疗，以及"不惜一切代价"抢救，或无端地打断他，将他拖回惨痛的现实，死亡的过程会变得痛苦而又漫长。对于临终者，既不仁慈不人道，也是愚蠢和残忍！

察觉到秦天明出了一身汗，秦力把他扶起，秦依然小心翼翼地将他的衬衣从头上脱下来。而秦天明像是已经失去了知觉的一具尸体听人摆布，秦力喊他："爸爸。"

秦天明只是睁开了一会儿眼睛，视线模糊地看着他们用一块湿布给他擦洗身体，按风俗给他换上即将远行的寿衣。

秦力问："您疼吗？"

"不疼。"他摆头，示意家人他想要起身。

秦力把秦天明抱到轮椅上，推他到面向院里的窗前。透过窗户，看到院里有草、有树，在这个晴空万里的秋日，院子里洒满阳光。看得出来，他的神志渐渐清晰起来。

秦力问："您需要我们做什么？"

秦天明说："我在想怎么不延长死亡的过程，是昨天我吃饭延长了这个过程？"

秦依然说："我们期望延长，我们很高兴照顾您，我们爱您！"

秦天明摇了摇头。

秦依然问："难受吗？"

秦天明说："很难受！"

秦力问："如果可以的话，您是不是更喜欢睡过去？"

秦天明频频点头。

老安说："这样醒着，感觉到与我们在一起不好吗？"

秦天明沉默了好一会儿没有说话，家人在等着。

秦天明说："我不想经历这个。"

然后，秦天明示意秦力把他从轮椅上抱回床上，秦依然给他插上氧气管让他吸氧，他很疲惫地闭上眼睛，因为他只有睡着的时候才是平静的，他想既然生命在逼近极限，那么，他希望他的故事的最后是安宁的。但是，他还能感受到疼痛，病痛无法让他入睡，他又努力地睁开眼睛，他要求见孙子外孙女，昨天他们来时他在昏迷中没有见到，今天孙子仍然留在小镇外孙女已经回城没在身边，所以给他看全家福合照。秦天明的眼睛睁得大大的，显得很开心，他仔细地看照片。然后，又陷入了昏迷，他的呼吸每次停顿二三十秒后才会再恢复。

人生慢慢地才知道：有些人魂牵梦萦，却只适合放在心底；有些人波澜不惊，却适合相伴一生。家人，是一次命中注定的相逢，或驻足，拥抱；或擦肩，回眸，有些走过，很淡，很轻却很疼……

或许每个人心中都荡漾着柔情，或许每个人心中都有一个刻骨铭心的人。秦天明面前的老安属不属于这个人？

老安时时陪伴秦天明身边，只要是他躺在床上，老安与他总是手握手。此情此景，也时常呈现在秦力和秦依然眼前。

秦依然对秦力说："妈妈宠爱爸爸，宠了一辈子。听说从妈妈嫁给爸爸的那一天开始，他就过着衣来伸手、饭来张口的生活，妈妈从来没舍得让爸爸洗过一次衣服，烧过一次菜。"

秦天明也不忘向老安表达心中的感谢：我知道，这个世界没有想象中的永恒，总有一日，你衰老我死亡。但我终究感谢命运，不管它如何待我，至少让我遇见你。

在秦天明的生命里，除了老安让他难以放手，还有故乡那一条铺满落叶的乡间小路，弯弯曲曲，绵延在他人生岁月的深处。他常常是情不自禁地思念故乡，他的心飞到这里，漫步在这条小路上，感恩父母和故乡给予他生命的养育。

小的时候，到了秋天，他和小伙伴们张开双臂，在小路上奔跑，像小鸟一般学习飞翔，当停下脚步，踩着一层厚厚的落叶，发出的"沙沙"声响，像飞翔在空中鸽子的哨声那样清脆嘹亮。路边银杏树上纷飞飘落的黄叶，仿佛无数飞舞着互相追逐的彩蝶。有时，一片树叶迎面落到脸上，心里就会有痒痒的、酥酥的、柔柔的感觉，就像在学校课间玩耍时调皮的女同学给他的一个纯情的吻。

在这个时节，放学回家，他听从母亲的指挥，来到小路上，用一根细铁丝把从地下捡拾的一片片落叶穿起来带回家当柴烧。那些落叶，有的金黄，有的还泛着青色，雨过之后叶脉清晰可辨。在铺满落叶的小路上穿树叶，是他最开心最难忘的时光，在他的记忆里，地上的树叶很多，永远不用担心落叶被穿到没有了，就像大把大把的少年时光，觉得一辈子都用不完。他专心地穿，然后挂在脖子上，那神情像一位勤劳的子民，刚刚接受了大地的赐福，脸上洋溢着满心的欢喜；又像是一位勇士，带着在战场上赢得的荣耀，凯旋回家，接受母亲的检阅。

当然，这条小路给予他的记忆不都是欢喜和明亮，也有忧郁和苍凉，深深地刻在他生命的岁月里，当初不理解，在生命经历了磨难，到了要和这个世界说再见时，他忽然感到童年的这个经历与他这个时候生命的境况是何等相似！

曾记得有一天，同来的小伙伴们都回家了，他一个人独自留在小路上捡拾落叶。傍晚时分，一阵秋风带着一丝微凉吹在他的脸上，他抬头极目远眺，灰色的天空像一张忧郁的大网，笼罩着空旷也有些许苍凉的田野，枯枝落叶，炊烟落日，这个季节的萧条和悲壮一瞬间全都涌向这个未经世事的少年，他看在眼里的是秋日的衰败，涌上心头的是莫名的忧伤。当时他并不能准确地形容那种感受，只觉得自己成了一只小小的秋虫，瑟瑟地无处可栖。长大以后，经历多了，见识广了，他明白了原来悲秋是大自然赋予人的一种天性，有谁能不被大自然的肃杀所震慑呢！

那是他第一次与自然的对接，第一次顶礼自然的博大，第一次感到他生命的渺小。他要逃离，从小路的这边往路的尽头狂奔，到了小路的尽头，他停下脚步回望身后，落叶翻飞，小路蜿蜒，他仿佛要数一数脚步，丈量出秋天到底有多深。于是，他又沿着这条铺满落叶的小路往回走，因为这条小路是村庄通向外面世界唯一的路。村庄的南面还是村庄，可路的尽头，村庄的北面是什么呢？他在这条路上萌生了到外面看世界的梦想。童年的时光倏忽间逝去了，他坚持一路向北的人生方向，越走越远，最后在异乡落地生根。这么多年来，他住在城里，虽然也有落叶，但很快就被清洁工打扫得干干净净，干净得让他心里空空荡荡，心无所依。

这个秋天，对于秦天明死亡不可逃避，但肉体包裹着的灵魂是否可以得到拯救？他慢慢地睁开眼睛，仿佛刚从深邃幽静的宇宙中回来，自言自语：灵魂在哪里？为什么我找不到叫"灵魂"的东西？

他躺在床上，从窗外照进的一束光，使整个房间变得有点梦幻般扑朔迷离，极其耐人寻味。像一幅画，纯粹视觉上的赏心悦目，死亡不再沉重，死亡像号角，飞扬的乐音一响起，就仿佛打开了天堂之门。人仿佛超越了性别、年龄，超越了人世间的贵贱美丑，变成生命永恒的一种存在形式。秦依然用手机给秦天明播放《庄子鼓盆》的纯音乐，音乐音层落差不大，以平稳的音调，经由听觉，带给秦天明一种情绪上的安静。

"人类远离癌症也许不是梦。"老安看着秦天明，像给孩子讲故事般地轻言细语，讲述她看到的一位作者写的关于医学攻克癌症的未来理想，文章介绍现在科学家已经可以通过很多方式识别癌细胞了。因为癌细胞只要一出现，就会释放出一些独特的生物标记，所以我们可以从一滴血液中，发现这些标记物，进而发现癌细胞的踪迹；甚至也可以通过呼吸出来的废气，检测出癌细胞的踪迹。其实这些并不难，难的是对于医疗和患者，关键是发现第一个癌细胞之后的选择：要不要马上就治疗？

选择抓紧治疗及早治疗也有不好，因为治疗得过早也容易导致过度治疗，就是患者本来可能会自己好，你多此一举反而伤害到了患者，并且增加了患者的经济负担。

医学上，癌症是从第一个癌细胞开始的，但是很多常见的癌症，从第一个癌细胞到变成致命的癌症，时间可能要长达几十年。所以，从找到第一个癌细胞就开始治疗，显然是没必要的，因为单个癌细胞对于身体的危害并不大。但是我们有必要跟踪癌细胞的行踪，以防止它演变成癌症。

现在，有的科学家已经在重点研究癌细胞变成癌症的线索。研究的做法是通过各种微创技术，随时监控人体的数据，从第一个癌细胞就开始持续监测、追踪，一旦发现癌细胞数量多起来，有演变成癌症的风险，或者已经演变成了早期癌症，这时候就马上采取治疗措施。

这位作者对这个治疗方法非常期待，在书里他设想了一个场景：你早上起来洗澡，会有一台机器自动对你的身体进行扫描。你洗完澡，检测就已经完成。紧接着，你穿上智能内衣，它内置了200个微小的生物传感器，会随时监测你的体温和身体的微小变化，然后在应用程序上生成足够的数据，用来判断你身体是否有癌细胞的存在，以及它们的动向。你也可以服用一种药丸来检测癌细胞，药丸会优先被癌细胞吸收，智能马桶通过检测你的尿液，就能告诉你身体里是否存在癌细胞。另外，还可以使用超声波对着癌细胞进行喊话，癌细胞会对超声波进行反应，在血液中释放更多的标记物。

听起来是不是有点科幻？不过作者坚信，这一切并非天方夜谭，而是会伴随着5G和大数据技术的发展，慢慢成为现实。这些技术也会预示着，癌症研究的新时代即将到来。到那时，科学家就可以拯救数亿人的生命。

秦天明脸上的些微反应，表明他在听，可能有的听清楚了，有的没有听清楚，但这并不妨碍我们推论他的心思：那么多的人长寿，那么多的人活着，是喜讯还是噩耗，人类怎么办？地球怎么办？！

未来可期，但对于秦天明已没有未来。

在生命最后的时间里，秦天明一直在镇静状态中度过。偶尔醒来，会向陪伴在身旁的家人微笑。有力气的时候，努力地摆摆手，点点头。这时，他感到自己神志清醒，向老安要了一张纸，写下：如果我心跳或者呼吸终止，就不要尝试把我从死亡线上抢救回来，不要做胸外按压，或者电击，请尊重我的意愿，让我安然平静地走。

"我要走了，我会想你们的，你们一定要记得我哟！"老安紧贴秦天明的脸，只听他又轻声说了一句话，"我——准备好了！"

他望着她，她望着他，家人面面相觑，不知如何为之。

德国作家托马斯·曼在《布登勃洛克一家》中如是说："死亡是一种幸福，是非常深邃的幸福……是在痛苦不堪的徘徊后踏上归途，是严重错误的纠正，是从难以忍受的枷锁桎梏中得到解放。"

秦天明有这样的认知和体悟，但大多数情况是，在我们健康的时候，谈论有尊严的告别，说起来都相对轻松，因为你完全不知道当你病重的时候，你是否会极度地留恋生命。哪怕当事人事先做了预嘱，可能事到临头，求生的欲望会打破他原先的设定。尤其是如何判定，最后由谁来执行，是需要我们思考并学会的事情。我们没办法好好交流死亡，就没有机会好好告别。最后的选择，应该反映临终者的本意。

这时，秦天明示意这也是他此生表达的最后愿望，他要他们拔去他鼻子上的氧气管。老安和秦力不理解，违拗了他的意愿没有行动，他又把目光转向秦依然。秦依然会意地点头，顺手将插在秦天明鼻孔中的氧气管摘了下来，没有犹疑，做得自然而然。

生和死都是自然现象。只有经历了才知道，自然竟然把生命的最后时光安排得这样有人情味，这样合情合理，这样美好难忘，这样自然而然。

没有了氧气的吸入，秦天明的呼吸逐渐减弱，脸色逐渐变白，生命体征逐渐消失。家人希望他在生命的最后，即便没有生的快乐，也希望他没有死的挣扎和恐惧。

秦天明安静地去世在家里。一般来说，人应该去世在家里，因为家是尘世间最舒适、最温暖、最幸福的地方。

老安紧握着秦天明的手，秦天明的手指慢慢由曲伸直，手掌里只有老安的手。老安突然想起自己原来读过的台湾作家席慕蓉的一首诗《渡口》：

"让我与你握别，再轻轻抽出我的手。知道思念从此生根，浮云白日，山川庄严温柔。让我与你握别，再轻轻抽出我的手。年华从此停顿，热泪在心中汇成河流。是那样万般无奈的凝视，渡口旁找不到一朵可以相送的花。就把祝福别在襟上吧。而明日，而明日又隔天涯——"

　　这首《渡口》，是离别的渡口，充满了眷恋柔情与依依别意。这些年，不知道感动了多少为爱痴心不改的人。

　　秦天明曾渴望生命的继续，老安一心想挽救这段命定情缘，但终究还是短暂的，就像一阵风，温柔地吹在脸上，却什么也抓不住。就像一场绚烂多彩的梦，只是梦醒之后，眼前的一切又都不属于你，你好似一无所有。

第十章 我走了

清晨，阳光无私地洒在村庄外的山野，沐浴在阳光下的土地、衰草和枯树，可以享受自然给予的平等与宽厚，显示出秋的通透。山林中落在地上的树叶，有的黄中泛绿，表达着对夏的眷恋；兀自伸展的树枝，没有了叶的保护，显得有些苍老地叙述着与叶的无数次别离。也许，满怀守望的树枝，仍然可以撑过这个冬季，继续写下与叶的缘……

老安打开窗户，把阳光迎接到屋里，照在停放着秦天明遗体的床上。秦天明是昨天去世的，生前是一个平凡人，去世当天天象没有任何的异兆，既没有刮风，也没有下雨，秋日的太阳依然朗照着，家里没有日常在医院见到亲人离去时表现出的撕心裂肺的号哭情境，房间里静静的，好像什么也没有发生，他生命的来与去，如一粒平凡的尘沙，落入浩荡的岁月长河，静默得没有一点声音。但是，毕竟是亲人离世，家里笼罩着悲伤的气氛。

早上天亮，家人带着为秦天明守灵一夜的疲惫，进出屋子开始忙碌起来，准备接待急救中心的医护人员，现场验证秦天明的死亡情况。

上午9点，一辆救护车闪着应急灯开到小镇院的门口停下，车上下来三名医护人员，他们穿着白大褂，拿着担架，提着应急医疗箱快步进入院内，被等候的家人迎接进门。

秦天明像在熟睡中躺在床上，一张白床单盖住他的整个身体，家人围坐在周边。一名医护人员上前揭开白床单，露出秦天明安详的面孔。

医护甲问："几点没有生命体征的？"

秦依然答："昨晚9点没有呼吸的。"

医护甲说："怎么不早点联系我们。"

"天黑了，这里是郊区，你们从城里过来路太远。"老安抱歉道，"给你们添麻烦了。"

医护人员脸上冰冷，没有表情，医护甲调整手机准备照相，其他两位医护安装展开心电图、心脏复苏等抢救器械，上前收起白床单展开验尸。迅即，秦依然上前阻止。

"我爸停止呼吸已经12小时了，心电图和心脏复苏就不用做了。"秦依然上前将白床单重新盖在秦天明遗体上，阻止了医护人员接下来的验尸动作。

"怎么啦？不配合？我们是在取证，做做样子而已嘛。"医护甲手指床上，"你们看要是这个样子，我们出现场还有什么用？"

秦力说："请你们也考虑一下我们家属的心情。"

医护甲说："我们例行手续，如果没有这些现场记录，就没法给死者出具死亡证明。现在要求不仅要有文字材料，还得有现场实拍图像。"

死亡就是失去生命，或者说丧失了生存的生命要素，没有生存欲求性。当然，从生物学的角度来讲，对死亡的看法也存在很多分歧。有的认为心脏停止跳动才算是死亡，有的认为神经系统停止工作，即大脑丧失支配行为的功能等就是死亡。

但是，这些都是一般性的解读，得不到法律的认可，法律认可医院才是一个赋予了可以预知和判断人死亡能力的机构，预知和判断人死亡的能力也是医院需要背负的使命。在医院住院去世的患者，医用文书上的文字、数字、专业术语、告知单等，准确、真实地记录了患者的治疗全过程，无论是从入院到治疗，还是从入院到突然死亡或等待死亡，这是对一个生命的记录与敬重。如果去世在医院之外的地方，像秦天明去世在家这种情况，负责出现场的医护工作者，在死亡证明上需要写下某种最终的近似原因，例如呼吸衰竭，或者心搏停止。所以，现在医护人员复原抢救过程是合理的，也是必需的。给死亡证明提供证明，尽管形式上显得不够真实，但证明死亡是真实的。

老安请求道："我是死者的妻子，孩子的母亲，我从来不求人，这个时候求求你们尊重一下我们的想法，这也是满足我丈夫活着时提出尊严告别的愿望。"

"这不是求不求的事，这是规定，我们按规行事，要不就违法。再说我们验证逝者的生命情况，也不影响尊严告别。"医护甲看到现场气氛有些僵持，又补充了一句，"当然，我也理解你们的心情。"

秦依然追问："还有别的办法吗？我也是医生，但我不知道开具死亡证明需要哪些材料，我只知道没有你们出具的死亡证明，我们就没法联系殡仪馆，其他的一系列手续一步也办不了。"

医护甲态度放缓和，他看了看家属，然后目光转向秦依然说："有病历吗？有就诊的相关资料吗？"

"病历在医院，其他的医用文书材料我有复印件，你看需要摘录哪些吧，我去取。"

秦依然还未等医护甲表态，就着急地转身离开现场取材料去了。老安转身打开窗户，阳光照进房间，医护人员给逝去的秦天明复原做心电图，用手机记录现场抢救的情境。

听不到亲人的哭声，只有悲伤的眼泪从家人眼里默默地滚落。这场景在生活中也属常有，但依然感人，也让人心生悲凉！

秦天明是属于按照自己的主张结束自己生命故事的人，这样的角色行为无论对于他还是对于活着的人，都是生命最重要的内容。他放弃无望的治疗，用生命去追寻自己认可的真理。这样的他，活得是如此真实。而这真实，也赋予了他本已迷茫的生命以更多的意义，属于他生命故事的最终，是他的安然长逝。

医护甲完成文书的记录后，随手递给身边的秦依然。

医护甲说："家属在签字处签上字。"

"好的。"秦依然没有签字，而是走到老安身前，把文书夹和笔递给老安，"妈，您签一下。"

秦力找到老花镜递到老安手中，扶着她在桌子前坐下，并引导她在文书签字处签下名字交给医护甲。

"属于我们出现场需要做的已经完成，接下来你们家属就可以联系殡仪馆了。这是死亡证明。"

医护甲从文书夹子里抽出一页纸递给老安，然后组织其他两位医护人员收拾现场展开的抢救器械。

戴着老花镜的老安接过死亡证明，目光落在纸上，没一会儿手开始颤抖起来。见此情景，秦依然上前把她揽入怀中，一只手轻抚着她的背部。

秦天明驾鹤西去了，这是生物学意义上的生命终止，是不可更改的事实，老安经历和见证了这个过程。从昨天开始，秦天明意识清醒时提出停止吸氧，然后意识模糊陷入昏迷，最后没有呼吸，紧接着心搏停跳，体温逐渐消失。在生命的最后时刻，没有一点挣扎和痛苦，就这般安静地撒手人寰。在家人离开房间后，老安像平常一样上床，蜷缩在他的身旁，紧紧地攥住他的手，用大拇指反复摩擦着他的手指，直到感觉僵硬发凉的那一瞬间，她觉得自己孤单极了，好像周围没有一个人，是一片空地。

她追问自己，为什么对于秦天明来说，死亡是如此的平静，是那样的不悲不喜，是那个让他觉得很理想的死亡样子。她记得秦天明病痛发作时，在孩子面前他就强忍着疼痛，表现得若无其事，尽可能不让孩子受触动；而老安在他就吼叫，用以释放身上的疼痛。后来他告诉老安，她陪伴他，也理解他。老安醒悟，也应验一个道理，即把伤害给最亲近的人。老安疑惑，他说：一个人如果在亲人面前表达痛苦，借以博取同情或减轻痛苦是毫无意义的，那是一种懦弱，所以秦天明要以他的尊严来承受这种苦难。其实，他也很难受，很可怜。但他是家长，他要用榜样的精神力量支撑自己。他自己无法控制病痛，但他可以控制自己的情绪不被左右。

想到这里，老安即将滚落的眼泪又回流到心里，强作镇定地把死亡证明给了秦力，告诉他联系殡仪馆办理火化，向家人和亲友发一个通知，明确按秦天明的生前遗愿，不开追悼会，不组织遗体告别仪式。

送走医护人员后，老安回到床头，伸手拿起卷叠在秦天明下半身的白床单，准备将上身盖上，拿床单的手却停在了空中。老安看到秦天明躺在床上的遗容虽然安详，但有一只眼微张着好像在注视什么。老安一惊：难道说他还有无尽的遗憾，表示他的此生未完成?！可是，他张开的手掌不是表明没有牵挂，不带走一丝一毫吗?！

今天，老安可以有资格说她守住了自己的承诺，陪伴秦天明走完了人生最后一段旅程，领悟到生命向死而生的意义。他们相爱情深，已融入了彼此的灵魂深处，只是岁月无路可退，人生百年也终是客，除了日月星辰和浩渺的宇宙永恒，世间万物，都有生有灭。

秦天明也一样，过客般地开始，过客般地落幕。

亲密爱人，谁会陪谁到永远? 谁又是谁的永远?

其实，没有什么会陪我们到永远，陪我们到最后的只有我们自己。

人到老年，亲人、朋友都像树叶一样开始凋零，我们也开始频频地出入殡仪馆，去送别亲人和朋友。而且，有一天，我们自己也会去那里和他们团聚，在那里总结人生。

爱过的人，走过的路，经过的事，用过的物，流过的泪，都将随着生命的陨落化为一缕青烟，不留一丝一毫地飘散在天空中，没有了踪影，而彻底终止。

秦力草拟了一份通知，也当作讣告，写好后发给老安审订：我的父亲秦天明于周一早晨去世了。他在安静睡眠状态中停止了呼吸，去得非常平静。当时母亲和我及家人陪伴在他身边，这个结局是我父亲活着时的愿望，他交代他去世后不开追悼会，不组织遗体告别。母亲和我及家人完全遵守他的遗愿。特此。秦天明之子，秦力敬告。

老安看过后，交代秦力用手机发布，没有手机号码的也就不发了。一天后，收到的回复没有几条，这个结果秦力没有告诉母亲，他害怕她痛苦的心再添创伤。其实，他真的多虑了，他的母亲历经沧桑，内心已变得很强大，对生命的认识也很深刻，她感到生命从黑暗进入短暂的光明来到世间，而后再度离开，回到无形的混乱——万事万物的根源。生命，又以匆匆的速度，从开始直达终点——死亡，人生所有故事的结局不都是曲终人散吗?!

死亡，这是宿命赏赐秦天明生命的礼物，不可拒绝，沉重如山。没有人问他是否能承担起，来到这世界，只有听命。但是，他的肉身归宿在哪儿呢? 变成一缕烟尘，飞向蓝天；变成一堆灰，撒入大海?!

中国人的风俗，人死为大。死，对于中国人，是人生最重要的一件事。在古代，上至天子，下至平民，只要有条件，都会提前准备身后事，无论是否风光大葬，最终，都体面地盖棺论定入土为安。即使到了现代，哪怕是在已推行火葬的今天，有能力的，早已购置好了墓地，把骨灰装在盒子里，然后埋在地下。但现实的情况是，在现代都市里，一小块墓地，甚至一个小格子都难求的时候，人们早已将越来越多的"体面"进行了简化。秦天明早已为自己谋划了一个有尊严、有体面的尊严告别形式。

生前，秦天明几次患病的痛苦经历，令他匪夷所思。他深知肺癌将使他生命的花朵凋零，花瓣就要回到大地，去寻他生命最终的归属。他对老安说，由生到死，生命虽是一出无法阻挡的悲剧，但可以在活着的时候，编剧好它的来日，悲剧带来的痛苦也就释然了。

面对逼近的死亡大限，秦天明在想什么? 还需要什么? 家人该做什么? 不该做什么? 怎样做才能给生命以舒适、宁静甚至美丽的终结? 秦天明做了一一的交代，特别是承载生命之重的肉体，他交代家人，不组织遗体告别仪式。他的观点是死亡更多地带有黑暗、消极、痛彻心扉的意味，为死亡送行的葬礼，其实是一个相当禁忌的话题。而且，这是家人和亲人与死者之间表达离别之苦非常崇高庄严的仪式，但是，这庄严肃穆的仪式过程在现实生活中却让人感到寒心，比如表现出的陌生、卑鄙、伪善等等。有的男男女女、老老少少，在死者的葬礼上暴露出内心的阴暗：有的白净的面孔下其实心灵早已堕落；有的贤善之人用美德掩饰不可告人的邪恶动机；有的外表强悍的人在内心的怯弱前败下阵来；有的诚实者品行败坏，圣洁者下流不堪……仪式上的角色用来表达的语言，言不由衷，似乎是被羞愧和痛苦从自己的内心狠狠逼出的；流出的眼泪，似乎是从眼睛里挤出来的。很荒诞，很讽刺，所以，他不要这种自欺欺人。另外，他的肉体要火化，而且骨灰要撒入大海。他认为一个死去的人要为活人考虑，在人口越来越多，供养生命的土地越来越紧缺的情况下，这也算是死者对活着的人的一份贡献。他反对把骨灰存放起来，就像把艺术品放到博物馆一样，把生命制作成标本，妄想生命的物质停止变化，这是徒劳无益。在我们东方信仰的佛教文化里，美，不禁锢在博物馆；美，像生命一样，要在时间中经历成住坏空。或许就像在大山里、河流岸边的一尊尊带着微笑的佛像，被经年累月的阳光照亮，被四季轮换的雨水淋湿，也许青苔滋蔓，也许虫蚁寄生，也许落叶覆盖，总之，随着时间腐蚀风化，他也在参悟一种无众生相、无寿者相的漫长修行。如果有一天此身不在了，希望还能留着这样的微笑。所以，秦天明相信人总是要死的，带着轻松、美丽踏进另一个世界，一定会走得更好。

人终其一生，都无法舍弃肉体，肉体没有了，生命就结束了，但秦天明看重灵魂的安放。

他生于夏天，死于秋天，生前表达出来的所有愿望，不管是在最后时刻不惜一切代价的抢救，还是适时的放手离去，或是一切从简的尊严告别，都值得赞赏和理解，值得家人帮助实现。

首先，家人按照秦天明生前的一一交代，联系殡仪馆将他的遗体进行火化。

遗体离开家的那天上午，天下着雨，微风掠过有一丝凉意，院里那棵柿子树上仅存的几片枯叶，好像理解了主人的心思，随风离开树枝飘飞在空中，然后落在地上，枯萎正在侵蚀叶上仅有的夏的痕迹，树叶由浅红变为惨白，爽中带凉的秋风低吟着飘零的乐章送别秦天明。

殡仪馆的灵车停在小镇院门口，车上下来的两名工作人员拿着担架，在家人的引导下进屋，把秦天明的遗体放在担架上抬上车，老安、秦力和秦依然一同等车离开。整个过程，家人一步不离，护送着秦天明的遗体，直到灵车消失在路的尽头。

人生或许就是一具肉体带着一个灵魂相伴而行，到了什么时候肉体疲倦了，蹒跚得迈不动步了，进了地狱之门，灵魂也就与此分道扬镳飞入了天堂，在天国里找到自己的美丽家园。秦天明生命乐章的最末一节，就是将他的骨灰撒入大海。在这个章节中，秦依然主动要怀抱装着父亲骨灰的骨灰盒，但老安说由秦力来完成，他不仅是孩子中的老大，还因为他是男孩，在我们中华民族的传统中，男孩天生被赋予了为父辈养老送终和传承家族薪火的使命，大概也因此在现代社会中，这种传统思想仍然影响着我们在养育子女时，把生养男孩摆在兴旺家族宏业的重要位置。即使是在为父辈送终的丧礼仪式上的礼仪习俗，男孩也是主角，不受年龄优先，女孩则次之。

这一天是星期六，法定的休息日，大人不上班，学生不上学，秦天明的家人聚在一起。当午后太阳西下，秦力抱着秦天明的骨灰盒，驱车来到海边码头。这是人生的码头，岁月的码头。过往的船只从这里出发，又从远方归回这里。所以，相逢也是码头，离别也是码头，缘起也是码头，缘灭也是码头。码头两个字，蕴藏了太多聚合离散的人生况味。

家人登船后，老安让前来帮助的司机把她送到海边的山顶，她要站在秦天明活着时常来的这个地方，见证他的最终时刻，献上她充满敬意的深情送别。

今天，秦天明的生命化为骨灰，为了今世的宿债回归大海；远处高高山顶上的老安，为了一个生命的约定，也许就是这般虚无等待。

离别的码头，没有引人悲伤的哀乐，没有盖棺论定的悼词，没有悼念的队伍，秦天明的离去就这样静悄悄的，让人感到，这条刚刚结束的生命在世上活过一回，走过一遭，就好像不管他是生是死，都没有任何区别；死了以后骨灰撒入大海，沉入了海底，就好像他没有来过这个世界。

也许，恰恰是这样，可以说，秦天明是后来人的灵魂引路人。他临终前，选择尊严告别，把骨灰撒在海里，让他人知道了生命的意义不只是活着，生命的价值也包含有尊严地死去，千百年来的死者入土为安，现代应该增加死者入海是福，因为千百年来我们也在为生命祈祷福如东海。

小船缓缓地离开码头，船头对准海的中央，向远方驶去，船尾卷起的浪花好像是秦天明在给站在山顶的老安做最后的告别，又好似在启迪我们，生命于每个人，都只是沧海一粟，然而，却承载了太多的情非得已。聚散离合，痛苦欢笑，呐喊寻觅，我们总是在追问那个最终的谜底……

生如梦，死似幻，不管是叶还是人，在大千世界中都只能"寄蜉蝣于天地，渺沧海之一粟"。生前利，身后名，都会随时间的流逝，慢慢变浅，最终消失。

百川东向海归去，未曾转头做西还。向东奔腾，不复回头，是水的宿命；或金鳞鱼跃，或潜游水底，在水岸之间自由游弋，是鱼的朝圣。每一朵浪花，每一条小溪，相约着百川踊跃向前，呼应着鱼儿欢欣雀跃，相偕着东风，从此岸向彼岸，摆渡着自己，完成水和鱼的使命。这是它们彼此成全的欣喜，也是它们之间相契相偕的幸福。

海是平静的，没有波涛，只有一片湛蓝的深邃，有着让人一见倾心的熟悉和感动。小船在海中行驶，在那辽阔的海域，不只是清风在召唤，还有白云在招手，听说有许多逝去的人在这里邂逅。小船到了预定海域停了下来，撒骨灰仪式开始，但是，老安站在山顶距离太远，只能看见一会儿秦力挥臂，一会儿秦依然挥臂，但看不见骨灰落入水中的刹那，看不到秦天明回归大海的悠然。

秦天明生命的陨落深深地刺疼了老安的心，她看着远方，夕阳下的波涛，在她的眼前晃动着无数炫目但永远辨不清真伪的光团，霓散开来，蔓延穹宇，横扫天际，海天之间，幕天席地的背景下，幻化出一棵落尽树叶的枯树枝干直插天穹，无论是傲岸还是虬曲，刹那间似有狂风呼啸，漫卷千古的愁绪，又好似凝固了永恒的时空，有着不可凌越的气势，展示着灵魂的不朽。

看来大海，这是灵魂的故乡，只适合灵魂居住。而我们的身体，就算来到这里，也终究还是会离开。那是因为太过纯粹的美好，我们要不起，要不起就深藏于心，留待以后岁月慢慢回味。但是，我们应当相信，这世间虽无不死的肉体，但有不灭的灵魂。

逝者如斯，千唤不回。悠悠沧海，桑田失色。人世沉浮，草木也有情感，烟尘也知冷暖。可我们的心，总是找不到一个宁静的归所，可以安身立命。多少情怀需要蓄养，多少诺言期待兑现，还有多少错过渴望重来。只是回不去了，滔滔时光，如东流之水，再也不能回头。有些情感，终究是无可替代，有些缘分，注定那么短暂。

秦天明走了，他的身影，幻化在清风明月中，游走在草木乱石里，老安呼吸时秦天明在空气中，老安做梦时他在她的梦境里，老安流泪时他在她的泪花里。

老安默默地在心里对离去的秦天明念叨：你不会孤独，终有一天，我会踩着梁祝化蝶的轻盈脚步，与你同穴相聚。对于这个世界，我们尘埃般地路过。但对于我们彼此，我们走进了对方，在对方那儿，找到了自己的乡愁和故国，前生和来世。

今生为草木，来世可能投胎为人；今生为人，来生也可能成为草木。化蝶的传说真的很美，狐仙的故事也耐人寻味，我们因为相信了这些美好，心中才会蕴藏许多的柔情。相信这世间，必定有一个与你擦肩的人，让你深深回首。

其实，我们都是世间过客，也曾知晓因果，却无法顿悟其中的玄机。今生若受尽苦难，权当是消却前世的孽债，今生若顺畅平坦，只当是所得的福报。没有谁可以翻看自己的前世，也没有人可以知晓自己的来生，所有的猜测，皆似是而非。

虽说人生寂寥，但生者终究欢愉，唯有死者沉默无声。悲伤是短暂的，我们可以怀念，却没有永远的沉沦。这并非无情，而是生存的法则，每一天都有不同的人来来往往，我们无须记住许多，只要平和地相处，微笑地离别。

家人把秦天明的骨灰撒入大海的仪式结束后回到家里，没有了生活的忙碌，没有了往日的生机，也没有秦天明生前患病时笼罩着的焦虑，家里冷冷清清，空空荡荡。吃了晚饭以后，因为这几天操办秦天明的后事，家人有些忙，也有些累了，就各自回到房间休息。

恬静的夜晚，明月当空。洒在原野上的银色月光，既没有冷色调的孤寂，亦没有暖色调的烦躁。在这清亮的月光下，由七种色彩组成的月光里，却让人看不到七彩的绚丽，只有那村中的路灯孤独地立在路边，疲惫地放着暗黄的光，看不到飞虫在灯光下追逐光明，也听不到夜鸟的放声鸣叫，也许，它们不愿惊扰天地间刚刚睡去的生命。

躺在床上辗转难眠的老安清楚，这个家失去了秦天明，不仅仅是少了一个人，还意味着家庭丧失了一些角色和关系，意味着失去了完整的家，失去一家人曾经拥有的希望和梦想。因此，走过哀伤的过程，不是个人的行为，而是全家的事业。

第二天早上，天刚放亮，秦奋就敲响了老安房间的门。

老安问："谁啊？进来吧。"

秦奋答："奶奶，我，秦奋。"

秦奋推门而入，径直走到老安的床前，翻身上床依偎在她的身旁。

老安问："想奶奶啦？"

秦奋答："我想爷爷。"

老安半坐起身，背靠着床头，一只手搂着秦奋。要是平常听到孙子这样说，她就会问你怎么不想奶奶，奶奶哪儿不好。但是，今天，此时此刻，她也想秦天明。

老安说："爷爷也想你，不过他去了他想去的地方，他在那里也很快乐。"

秦奋说："那他还能回来看我们吗？送我上学，陪我踢球？"

老安说："你爸爸会送你上学，陪你踢球。爷爷他去了我们看不到的地方，但是他能看到我们，他不希望他走了我们过得不好，他要让我们做坚强的人，他要你好好学习，他才会高兴。"

"奶奶，你也会离开我们吗?"秦奋不安地望着老安。

"会的。"老安抚摩着秦奋的后脑勺，"我会离开你们，你爸爸妈妈老了也会离开你，等你长大有了孩子，孩子长大了，你老了同样也要离开你的孩子。"

"为什么会这样?"秦奋眉头紧皱。

是啊，为什么会这样! 生必有死，聚必有散，生老病死，生离死别，月有阴晴圆缺，人有悲欢离合，世相本就如此，这也是人类社会的自然规律。

可是这样的轮回，生命还有什么意义?! 老安昨晚辗转中也在追问，一追问忽然感到大脑一片空白，因为关于生命的意义有无数个解释，有多如牛毛的感悟，但是，这些解释和感悟没有给出她所能接受的答案，反倒认为没有这些解释和感悟，她的肉体才能不被所谓生命的意义掳走，给她留一线不知在生命的过程中再能苟且多久的希望。秦天明停止呼吸的那一刻，她悲痛地感到生命带给人类一切的美好，最终却用死亡把所有的美好都给夺走，生之幸不及死之痛，生命没了，最终落得个白茫茫大地真干净，还让未死之亲人肝肠寸断!

但理性告诉她，不能把自己悲伤的情绪传染给处在少年时代的孙子，这个家不能被失去秦天明的哀痛淹没，生活仍然要继续下去。她想对孙子说:人都是要去世的，爷爷去了天堂，那里比在人间还幸福。话到嘴边她又咽了回去，因为这话容易给未成年人造成错觉和误导，死比活着好。于是，现实中，未成年人不珍惜生命的事件，比如打架、斗殴、跳楼自杀等现象，都与此种思想的浸染有关。她要告诉秦奋的应该是生命的亮丽。死亡只是目前这个生命的结束，而这个生命所承载的因果仍将继续下去，新的生命在继承旧因果的同时又将造成新的因果，好似海面的波浪，头尾相连，连绵不断，生命也因此不断地轮转。连接前世、今生、来世的，不是一个具体的灵魂，而是未断的因果。

生命的生与死，生的此岸是朝阳，但不代表一路阳光明媚，很多时候，行至半途的我们，会遭遇命运的风霜雪雨。当人处于困境的时候，最是需要我们用阳光之心摆渡自我的时候，与其愁眉苦脸唉声叹气面对未来，莫不如重拾步履奋不顾身走向前去。

用一颗深情的心，去对待命运赐予的无情，当世界给你冷眼时，你还之以灿烂的笑容；当上天给你黑夜时，你努力地去寻找光明。能摆渡自己去彼岸的，永远只有我们自己！

就像诗人食指所说："我固执地铺平失望的灰烬，用美丽的雪花写下：相信未来。是的，就这样让心灵沐浴着阳光，不停走下去，当我们走到彼岸的时候，不停走着的我们，也成为了风景！"

老安说："人都是要去世的，活着或者是死都不是自己可以决定的。爷爷走了，有奶奶陪着你，带你看电影，去游乐场坐过山车。"

秦奋说："好啊，我去。"

人未成年，悲伤也真，眼泪也纯。秦奋一扫忧伤的心绪，脸上呈现了孩子般纯真的笑容。老安抓住时机起床，懂事的秦奋给她提鞋、递上外套。

"你去叫你爸爸和姑姑起床，咱们去看看爷爷给我们留下什么宝贝的东西。"

秦奋愉快地下床跑步出屋，老安一改疲惫的倦容，整理床上的卧具。

成年人也会有悲伤与快乐的矛盾需求。失去亲人，我们悲痛。悲痛常常压得我们喘不上气，可是，身体需要放松，心情需要轻松。我们不应该把愉快和笑声认为是对逝者的不敬，相反，它是补充让悲痛消耗掉的生命能量，使家人亲人更有力量转化哀伤，营造更好的生活。

一家人吃过早饭，老安带领家人进入秦天明生前住的房间，打开抽屉和衣柜门，翻箱倒柜清理秦天明的遗物。有一件已经褪色很旧的衣服，秦依然建议扔掉或送乡下的亲戚，老安接过却爱不释手。

"扔掉吧，太旧了，我哥也不会穿。"秦依然看着老安。

"这是我和你爸的情侣装，我也有一件。"老安带着深情，"我们曾经穿着出去旅游。"

秦依然说："他已经去世了，我给您买新的。"

老安说："在我看来，他只是换了个住处，从身旁搬到心里，住进他用过的老物品中。"

人去物在，睹物思亲。在老安心里，死亡就是离别，而离别不是死亡。她认同人的一生会经历三次死亡：第一次是呼吸停止，这是生物意义上的死亡；第二次是下葬，社会意义上的死亡；第三次是被所有人忘记，这才是真正死亡的生死观。所以，她要留住秦天明曾经用过的物品，放在身边，就像秦天明仍然在她的生活中。

秦依然说："妈，我懂了！"

秦依然领悟了老安留下秦天明曾经穿过的这件上衣的深意，但她哪里清楚这里面包含着老安还在梦想着与秦天明的邂逅，寄希望来年的清明节那场烟雨，与秦天明的久别重逢。作家三毛曾说："其实活着还真是件美好的事，不在于风景多美多壮观，而在于遇见了谁，被温暖了一下，然后希望有一天自己也成为一个小太阳，去温暖别人。"

漫漫人生路，兜兜转转、磕磕绊绊，但总会遇到温暖你的人。他们真心陪伴你、关怀你，陪你把平平淡淡的日子活出精彩来。老安遇到秦天明，她感到这是她一生的幸运。特别是老安回想起在秦天明患病放弃治疗的告知书上签署她名字的前前后后，她以为作为他的妻子，能够承担起对秦天明生命的责任。她觉得在那种情况下，她能做的最后一件重要决定就是放他走。她没有考虑到她为秦天明做出的选择，最终她付出了代价。就是在秦天明离世前的头几天，秦天明的一位亲戚对她进行了攻击性的谴责，说她是凶手，等于是她杀了秦天明。于是，她的心彻底沦陷了，她背着孩子悄悄地流下了痛彻心扉的老泪。

可以说她的泪水是她为秦天明这一年多时间抗击病魔走过的这段路而喝彩，因为这段路实在是太难太难了。而绝望是因为她知道秦天明无论如何抗争都是徒劳无用的，因为他对死亡仍然有着非常深沉的恐惧。所以，她做了一件非常冒险的决定，就是在孩子要为秦天明请陪护时，她坚决不同意，她要去离死亡最近的地方，陪伴秦天明走过生命的最后一程。

老安被她前来探望秦天明的同事问到一个问题：你天天和患病的秦天明生活在一起，是如何调节自己悲伤的情绪的？她不知道该怎么回答这个问题。她问自己：是啊，我为什么和秦天明在一起，就一定要有悲伤的情绪？她感到也许是因为大多数人已经认定，死亡是绝望而悲伤的。但是，死亡它从来都不是绝望的。

经历了日夜的陪伴，老安看到秦天明是如何跟死亡对抗的。令她没有想到的是，最后秦天明与死亡握手言和了。她看到，死亡是恐惧而悲伤的，但实际上真正让人觉得恐惧的，是对于死亡的看法。

自从秦天明查出肺癌，她才如此真实地感受到死亡是真实存在的，因为病魔夺去了秦天明的生命。而且，在如流的岁月中人们会将他忘记，过去的同事会将他忘记，亲朋好友会将他忘记，她和儿子秦力、女儿秦依然也会将他忘记。

当然也有不同，她作为妻子，忘不了与秦天明之间的那份情缘，忘不了他们在一起的过往，她要守着与秦天明共同筑梦的家园为他祈祷，以此来证明他们之间的爱情，以此来证明她兑现携手到老的誓言与忠贞。

人生多少故事，酿造出阴错阳差的遗憾，我们导演着一幕幕剧，看尽生死离别，却是那么无能为力。人之用情，若能收放自如，说开始就开始，说散场就散场，没有留恋，也无纠缠，那该有多好！

家人陪着老安在清理秦天明生前穿过的衣服，用过的物品。对这些东西，家人的主张是有选择地留，有选择地送，有选择地处理，但老安不同意，她要全部留下，因为每一件物品都有着与秦天明生前的一则故事，都记载着她与秦天明以爱的名义开始的过往。其实，她心如明镜，这世间可以卷土重来的事情有许多，但逝去的时光和错失的情感，却一去不复返。纵然如此，她认为那曾经与秦天明共同拥有的过去无法被抹去，那些片段被存放在每一件物品里化为记忆，也将经久而不褪色。所以，她拿起秦天明穿过的衣服要闻一闻熟悉的味道，翻开相册她总是会因为某一张泛黄的老照片而凝思良久，播放一首怀旧的老歌她会热泪盈眶。

"妈，这儿有一封信。"秦依然从书架上的一本书里抽出信看了一眼，"好像是我爸写给您的。"

老安停下手，准备接信："你打开看看？"

"这是我爸生前写给您的私信？"秦依然半信半疑。

老安说："你看吧，看他都写啥了？"

信没有封口，秦依然有点好奇地抽出信，展纸阅读，一时被信中的内容所吸引。

老安问："都写些什么？"

老安见状，也控制不住好奇地看着秦依然。秦依然抬头迎着她的目光，耳边响起了秦天明充满磁性的声音：我和你，我们的一生，都梦想有一个真正的爱人，其实这个爱人不是别人，而是我们自己，我们所有的忧伤、孤独、喜悦都是在跟这个自我之间发生的。少年时寻找的另外一个人，其实就是自我的翻版。我们在人世间找朋友、找爱人，都是用这个自我在找，理想的是找到自己的理想，幸运的是我找到了你拥有了你，与你实现了合二为一。那爱是什么？

"是啊，爱是什么？后面没有写了，这好像是我爸对您的提问。"秦依然看着老安。

老安明白这就是秦天明的睿智，他俩牵手到如今，他却以问路人的口吻让她给出答案，她不假思索地说："爱不是一味地索取，也不是一味地付出，好的感情通常是感觉被需要，同时也被宠爱。"

家人停下手，从房间的不同位置，聚到老安身边，顺着她的心绪，倾听她诉说与秦天明在一起的爱情、婚姻和家庭的心路历程。

"在婚姻生活里，有很多人会问：如果两个人三观不一致、生活习惯各异、生长环境也不同，在一起真的不好吗？或者说，在一起能够拥有好的结局吗？"老安以她曾经当过教师的职业习惯发问家人。

家人你看看我，我看看你，不知如何回答，由谁回答，后来都把目光落在秦依然身上。

秦依然说:"我感觉麻木,回答不上。"

"其实,我们在日常生活的相处中会越来越发现,两个人之间任何的关系都是需要时间磨合的。世界上肯定没有完全相同的两个人,而只有磨掉了彼此身上的棱角,进而求同存异,才能最终成就更好的关系。"老安停顿了一下,看家人全神贯注在听,接着说,"对于婚姻关系,其实也是同样的道理。两个完全不相同的人因为彼此相爱而生活在同一个屋檐下,因此,在相处中不可避免地会有各种争吵和不适应,发生矛盾更是正常。但是,两个人如何巧妙化解矛盾、维系关系才是至关重要的。小刘,你说呢?"

一旁搂着秦奋的儿媳妇小刘赶忙应答:"妈,您说得对!"

老安说:"其实,最好的夫妻关系莫过于:两个人的心中都装着彼此,而在岁月的流逝中,不知不觉中变成了对方的样子。在生活中,我们常常会听到一个词'夫妻相'。因为,我们会发现当两个人在一起生活越久,就会变得越发相像,不仅生活习惯、三观,甚至连长相都会越来越像。"

站在老安对面的秦力发问:"我爸像您,还是您像我爸?"

"我像他,他也像我。当初我们刚结婚时他改变我,后来我更多地改变了他。"老安沉浸似的说,"人说最好的夫妻关系,便是你活成了我,我亦变成了你,最终成为了彼此。我和你们的爸爸谈不上是最好的夫妻,但我们知道,婚姻生活就是过日子,需要面对柴米油盐酱醋茶。你不能强迫任何一个人变成你心目中想要的样子,即使对方是你爱的人。但是,你可以潜移默化对他产生影响,当然这一切都是在你是对的基础上。生活中有不同意见是很正常的事情,学会求同存异,能屈能伸,谁对便听谁的,一定不要因为跟家人争一口气而吵得不可开交。婚姻生活和家庭都不是战场,所以千万不要试图通过吵架来争个输赢高低,在爱的人面前,输赢其实并不重要。对爱人,一定要有一颗包容理解的心,学会接纳对方,学会反省自己,只有如此,才可以拥有长久而良好的婚姻关系。"

老安深情的回忆,深刻的总结,深入的分析,感染了家人。这是她的人生经历，在繁华散尽后是对自我的一种回归，因为，只有这时候，才懂得过自己想要的生活。但是，讲爱情，爱情又是极致的奢侈品，真正可以拥有的人不多。明知如此，老安依旧孤傲地走下去，看似漫无目的，恣意轻扬，但在她的心里，清楚自己到底想要什么。

秦天明走了，这阵子老安在想，人这一生，到底在追求什么？是享不尽的荣华富贵，还是经久不衰的感情？其实，荣华也好，感情也好，都会随着岁月的流逝发生转变，她与秦天明的婚姻成为了过去，已是徒有虚名。但爱还在身边，秦天明的灵魂还在她心里。她和秦天明是惺惺相惜、能获得心灵慰藉的两个人。现在虽天各一方，但他们两个人曾经风雨相伴，缘来缘去，早已在冥冥之中注定好了，在缘分编织的大网里，你幸福的时候，他幸福着你的幸福；你难过的时候，他第一时间给你带去温暖。他懂你的欲言又止，也懂你的心酸忧愁。一个人生命的意义，不在于你拥有多少财富，坐上了多高的位置，而是在于你的内心有没有得到满足。一个人生命的价值，不在于你得到了多少人的爱，而在于你有没有得到一个灵魂伴侣，老安认为她得到了。

秦天明走了，只剩下她一个人，但她心存美好，始终相信生活的种种磨难都会过去，秦天明永远在她身边，给她温暖，给她安慰，为她守候。她记得生前秦天明对人说"这辈子最幸福的事，我的老婆是老安"。在有人问她时，她回应"婚姻不易，且行且珍惜"。言语不多，九个字，却表达出一种看透世间百态，尝遍人情冷暖，万事都已了然于心的沉稳。秦天明生前与她相识之初的一个夜晚对她说，高中时他对班里的一位女同学有感觉，停留在情窦初开时的一种好感；而两人之间的关系，也仅仅是供他填补青春期的躁动不安，后来他离开了她，再后来他得知她的不幸，看到她受苦，他心里仍会隐隐作痛。这时，他对她凄惨境遇的感触是一种纯粹的难过——对青春的缅怀，对悲苦的不忍。

如果说，曾经的他也为爱执迷不悟，耗费了自己的心智，虚度了自己的年华，那么，后来他便通过时间的洗涤和自我的反省，逐渐走出了迷雾，拥有了真正的爱情。这便是浪子回头的价值。

老安戏谑地说："淘气鬼!"

秦天明表现出一丝假意的生气，因为这是大人对孩子的口气，他不愿意老安把他当小孩子，好像他还没有成熟一样。他认为自己已经长大，是可以为她遮风蔽雨的男人。

老安撒娇说："你就是淘气鬼!"

话还是一样的，只是语气带了一点挑逗。这种情意深浓的表达，触发了秦天明心里少有的悸动，缠绵之情由此而生。两人之间的关系，也由当初浅浅的认识，擦出火花，逐步发展到点燃爱情，牵手成为夫妻。

老安告诉秦依然，其实，所有美丽的故事都是没有结局的，只因为它没有结局所以才会美丽。这就像为什么悲剧总是比喜剧更让人难忘，也像人们总是找寻真爱，却往往与之擦肩而去，不是这个时代远离了爱情，而是人们一开始就没有想过用一颗心去坚定地温暖另一颗心，不是爱情不再永恒，而是人心变得浮躁和易变!

在老安眼里，结婚前她像远距离看秦天明，身材伟岸，容貌俊美，是梦中的偶像；结婚后，朝朝暮暮生活在一起，剩下来的就是大声说话，脾气暴躁，没有幽默感的缺点。但她认同他的大气，有思想，这与市井小市民有明显的区别。在他们的爱情与婚姻里，老安主动爱秦天明，而秦天明享受着老安给予的爱；老安经营着家庭，秦天明支撑着婚姻。这就是他们爱情和婚姻稳定的基础。

婚姻与爱情，也从来都是不平等的。虽然"爱情就像酒肉，就像呼吸的空气，是生命里一件必不可少的东西"，但"爱情里总有一个人主动去爱，另一个则享受被爱"。

秦依然问："妈，那您是主动爱，还是享受爱?"

"我主动爱。"老安稍作停顿说，"我也享受爱。"

家人不解地看着老安。

老安说："带着爱去爱，你得到的也是爱。"

　　老安年少时，也和其他怀春少女一样，为"将来家庭"储备各种家政技能，还挤出时间学习可以取悦家人的艺术特长。然后进入婚姻，与秦天明结婚后，她把照顾"好"家庭的一切，视作毕生的追求，并为之奋斗与自豪。

　　这是他们那一代人的时代特征，虽不像今天的年轻人那样火热地表达爱情，但他们的爱情和婚姻却更加坚固。他们一旦选择了对方，就不会轻易分手，直至白头到老。特别是他们出生在50年代末60年代初国家经济的困难时期，成长在"文化大革命"这个特殊时代，上学和高考受到直接影响，但老安和秦天明都很幸运，国家恢复高考，给了他们机会考入大学，然后国家把他们作为人才分配了工作，又有机缘牵手结了婚，人生便有了另一半的支撑。

　　据统计，在家庭和婚姻方面，他们这个年代的人，夫妻离婚率几乎为零。为什么呢？是因为在艰苦的环境下，他们走得都很累，都很苦，都很疲惫，需要彼此温暖，共同御寒。因为他们深知，假如一个人倒下，剩下一个人，就有可能走不到今天。所以，共同的遭遇，共同的命运，才使得他们彼此信任，彼此相知，彼此深爱。他们不能把殇情留给另外一半，更不能在心里留有半世的哀伤。

　　第六世达赖喇嘛仓央嘉措曾经的一句"执子之手，共你一世风霜"诗句，触动了多少重情重义之人。"共你一世风霜"不是一句妄言，是一个人对待爱情的态度。

　　很显然，爱是一生一世的陪伴。爱情的最高境界，是不管红颜白发，都一如既往地喜欢。有人说，我不羡慕风华正茂的情侣，只羡慕相互依偎的老夫老妻。一见钟情的喜欢，始终不及久处不厌的陪伴；轰轰烈烈的告白，也终不如细水长流的关爱。

　　老安体会她与秦天明就是这样相互搀扶，走过泥泞，走过崎岖，走过风雨，走过磨难，因此才有了他们"雨后复斜阳，关山阵阵苍"的人生。

　　所以，有人体会爱有时也是疯狂的，更像是兴奋剂或者毒药，喝下以后就如同一匹脱缰的野马，千山万水，只愿相望一眼，情定千年，哪管流言蜇语，哪管礼教门规。只要与相爱的人在一起，死了也愿。每每听到这样的传说，我们不禁暗自惊叹于这份爱的信仰——坚定执着，也许这正是爱的真谛。

其实，真正的爱，是灵魂的相知吧。不可见，不必见，隔着一点距离，便有无穷的魅力。

没有花前月下，没有山盟海誓，我懂你，这就是我爱你的方式。这份高贵的爱，印证了柏拉图的那句话："理性是灵魂中最高贵的因素。"

光阴是凉的，爱却是世间最暖的力量。

爱情，在到来之前，你不知道是什么，到来之后，你就不再是自己。多少人一生都在寻寻觅觅，期待找到那个自己所爱，也爱自己的人，却往往事与愿违。但如果你如愿以偿了，真正拥有了，又有多少人会努力去珍惜？那些许下的诺言，是否真的可以永远？那些爱过的人，到最后是否都成了过客？过尽漫长的一生，值得我们回味的人和事，还能剩下多少？

老安感到，作为一个平常人，当然愿意有一个丰富多彩的生活，但是，送走秦天明以后，她也觉得其实过一个丰衣足食的生活又重要又不重要，人的生活物质是基础，但不是生活的全部，还有灵魂的清澈和心灵的满足。

我们终究会有老去的那一天。等我们老了，也许我们会疾病缠身，也许会吃不了东西，也许会走不动路。而我们梦想中的悠闲自在，躺在摇椅里哼着歌曲，回忆着往事的种种幸福画面，这都是我们对晚年生活最美的向往或是奢望。因为人生有太多的无常。我们都不知道我们的晚年生活将会是怎么样，我们会过得幸福，或是不幸福，这些我们都无法知晓。

死亡，只是一扇门。秦天明已经死去并通过这扇门进入了下一个旅程，而老安如今活着，有一天也会进入这一扇门，只是告诉她我们今天在这扇门外的时候，要尽情地拥抱生命，全心地爱自己，做自己。

完成清理秦天明遗物后，秦力拿出包装袋准备往包里放已经整理好的物品，老安起身不解。

老安问："怎么?!"

秦力说："打包装起来，我已经约了搬家公司，明天把我爸生前这些您不愿扔的东西拉回城，今后您就住我们家。"

老安说："我为什么要住你们家？我就住这里了，这是我和你爸共同建设的家，我要替他守住这个家园。"

秦力说："对您今后的生活，我和我妹已经商量好了。"

"对啊，我们也有了安排。"秦依然走到老安身边，娇嗔地伏在她的肩上。

老安说："我不愿意被安排，我有我自己的生活。"

秦依然说："很坚定？"

老安说："不可动摇！我告诉你们俩，不要有小心思。"

秦力和秦依然对视，那神情好似他们早已料到老安会有这样的态度表明她日后生活方式的选择，他们作为老安的孩子，有义务赡养父母，特别是在秦天明去世后，把她接回城里与他们住在一起，是人之常情。但是，他们的母亲有自己余生的安排，有自己想过的生活方式。作为儿女，只有表达并身体力行，帮助母亲实现自己的愿望。

"妈，您要是这样坚决，我和我哥只能服从。"秦依然凝望着老安说，"我爸生前和您，为了住在这里付出了很多心血，只是这里是我们租来的，不是一个家，您守得住吗？"

老安说："房子只是一个住处，心中有家那才是家。我要守住的不仅仅是这里的房子，当然也是守不住的，租人家的到期就要退还，这就是理。"

秦依然问："那您要守什么？"

"守住和你们的爸爸在这里形成的家园意识。"老安回望着秦依然，意味深长地说，"当然，不仅如此。比如说回忆。"

老安感怀，她对儿女说，对一个情深的人回忆就像一杯久藏的窖酿，越品越醇香。但对于一个寡淡的人来说，则像一壶泡过的清茶，淡到无味。这就是人与人原本的不同，我们不能拿自己的标准去衡量别人，也不能取别人的生活方式当作自己的规则。老安在儿女提出让她回城同住时，她依然坚持自己的选择，住在小镇的院子里打理花园，喂猫养狗。她感到在自己心里有一个独白的声音在与自己对话，其实比讲出来更重要。

"花间一壶酒，独酌无相亲"，她要独自享受伟大诗人李白描绘的这最美的孤独感。

这时代太喧嚣，她要拥有孤独这份奢侈。

她深信一个人也可以活得很好，经历过生死离别，身边对自己好的，都已经慢慢离开，所以自己会加倍地对自己好。她不需要和孩子在一起，变成一种捆绑，成为孩子的拖累。因为，在儿女家养老不是自己真正的归宿，如果把希望寄托在养儿防老上也是很危险的。生活中有不孝的子女，做父母的含辛茹苦把孩子养大，等父母老了动不了了，孩子不养父母了，这时的父母也无能力养自己了，这是多大的悲哀和不幸！反倒现在有些"丁克"家庭，从人生一开始就把关注点放在自己为自己养老的计划上，只要口袋里有钱，自己可以为自己养老买单。但是，养儿防老主动权不在父母手里，能不能过上丰衣足食的养老生活，取决于所养的孩子孝或不孝；"丁克"家庭养老，虽然有主动权，但是也担心货币贬值，现代社会表明，这种担心不是多余的。另外，也会带来逃避承担人类繁衍社会责任的诟病。

老安和秦天明是幸运的，他们带着明知的风险规划人生，结婚、生子、育子，生养的儿女成为对社会对家庭也算有用的人才，他们在物质上和精神上没有了后顾之忧，在秦天明离世后，儿女对她今后的养老做了周全的安排，但她希望自己能够健健康康，不惊扰孩子的生活，不成为孩子的负担。选择与儿女保持一定的距离，仍然住在小镇，像院里的一棵小草，默守着一份纯情。只是生活没有完全按老安的主观意愿，在每一个阳光灿烂的日子里，她都从屋里走到屋外，与阳光对望，赠予一份温润。而是给她一段时间，让她一个人独处，感受孤独。而有时老安又觉得自己已是孤独终老，但她又否定自己的假定，总觉得不会。因为她在琢磨人们忌惮的孤独终老，到底是指发生很久后都无人知晓的死亡？还是空旷寂寥无人问津的葬礼？抑或是翻越人生山丘以后才发现无人等候的孤独与凄凉？

其实，生命从来不曾离开过孤独而独立存在。无论是我们出生，我们成长，我们相爱，还是我们成功，或是失败，直到最后的最后，孤独有如影子一样存在于生命一隅。

整理完秦天明的遗物，儿女离开了小镇，只有老安一个人住在家里。秋夜，繁星点点的夜空分外辽阔，村舍的灯光已渐次熄灭，四野一片沉静，夜空中偶尔传出的一两声鸟叫表达了生命的存在。躺在床上的老安以为自己很坚强，其实，半夜醒来，望着空空的房间，爱与陪伴的需求逐渐强烈起来。她打开床头灯，凝望着床尾墙上挂着的那幅《躺在沙发上的奥达丽斯克》油画，想起与秦天明在一起的曾经的美好，不禁泪如泉涌，放声痛哭起来，哭到了没有眼泪，哭到了没有声音，哭到了筋疲力尽。然而，没有人能听得到她的哭声，即使她当初的号哭在黑夜里是那样的刺耳和凄凉，但是，也就这么一会儿，她的哭声消失了，被无边的黑夜所吞没。

曾记得，秦天明对她说一个人可以没有钱，没有权，没有成就，但是不能没有伴儿。所以千万别忘了，试着向爱投诚，要谈恋爱，要结婚，要生孩子，当然还有二胎，在与爱人、亲人的交往中找到合适的相处距离，建立一种和谐关系，也许有一天，在你真正终老时，为你送别的人将会带给你强烈的生命的震颤，给你以深深的慰藉。

一个下午，老安习惯地站在窗前，忽然感觉有一丝凉意，便取了一件外套披在身上，又回到窗前透过窗户凝视远方，她忽然发觉自己虽然是生于春天，喜欢春暖花开的嫣然，心底最爱的却是秋。于是，她形单影只地走向屋外，走进院子，望着院中柿子树光秃秃的枝头耀眼地挂着金黄色的柿子，眼前呈现的是晚秋满是沉甸甸的质感。近距离地触摸，便可读出那秋的丰硕与瑰美，豪放与怆然，也读出秋的厚重与纠结。她站在院子里，让那一缕缕扑面而来的清风，清爽恬淡地吹拂在她的脸上，这个时刻，什么都可以想，什么都可以不想，一个人享受孤独的黄昏，任思绪融入浪花拍打瀚海的沉思里，在风里寻找生命中的每一个驿站，咀嚼每一段酸、甜、苦、辣的味道。经历了人生道路上的坎坷，生活让她更加懂得感激，更明白人间的真情，也懂得了或许在这风雨人生里，她所苦苦追求的只是一抹绚丽霓虹，一个空虚缥缈的梦想，为此她却付出了一切。也许这就是她要去认清的现实，然后再去清醒地活着，云淡风轻地去享受自己的生活，像秋叶般静美，淡淡地来，淡淡地去，活得简单明了。

没有风的日子，云是雨的守望；没有梦的日子，等待会荒废时光。这个世界上，谁也不是谁的永远，唱一曲风花雪月，吟一阕岁月静好，烟火、流年、红尘、沧桑，浅浅遇，淡淡忘。

秦天明走了，老安想她从此要淡淡地看人生，静静地过生活，努力做一个优雅的女人。在她认知里，优雅是一种感觉，这感觉更多地积淀于丰富的内心，是智慧、博爱、理性与感性的完美结合。女人优雅的气质犹如一杯清茶，时刻散发出自己的香气。她知道，真正的智慧不是聪明，不是卖弄，而是灵魂的安静。过一种纯净、安然、没有喧闹的清静生活，拂去内心的尘埃，依偎在静美的时光里，淡如菊，静如兰，用心体悟，用心生活。在经历了秦天明离世的一段至暗日子，老安终于把自己给安静了下来，但有时心里会突然涌起一阵纯粹、奇特的体验。人生就是一列向死而生的列车，路途上会有很多站口，没有一个人可以自始至终陪着你走完，你会看到来来往往、上上下下的人。如果幸运，会有人陪你走过一段，当这个人要下车的时候，即使不舍，也该心存感激，然后挥手道别，因为，说不定下一站会有另外一个人陪你走得更远。

当明天变成了今天成为了昨天，最后成为记忆里不再重要的某一天，我们突然发现自己在不知不觉中已被时间推着向前，这好似在静止的火车里，与相邻列车交错时，仿佛自己也在前进，在这事件里成了另一个自己，其实这是一种错觉。人生如梦，亦非梦。觅完人间繁华，浅尝生活淡泊。

也许，老安再过几年也会佝偻着背，耳聋、牙缺，头发花白，即使如此她也要坚定拄着拐，走在小镇的道路上，微笑地看着周围的一切。做一个简单的人，看清世间繁杂却不在心中留下痕迹，保持一颗平常的心、纯净的心，不管这一生是痛苦、忧伤，还是失败，这一切，是非成败都已成空，爱过的痛过的，都已是过去。只是，一个追问仍在继续：

我是谁？

当初我哭着来了，因为不得不来；

最终我笑着走了，因为不得不走。

我来了，生不由己；

我走了，身不由己。

我是谁？！

古老的希腊德尔斐神殿里矗立着一座沉默数千年的石碑，石碑上镌刻的"认识你自己"一行文字历经岁月的侵蚀，仍清晰可见。但是，"认识你自己"虽仅仅是一行字，可从古至今，又有多少人还在为之苦苦求索。

老安走在田野走向山岗，放眼秋天的景致总是在不经意间渲染着枝头，原野翩翩落叶也总是和低沉的秋雨交织着生命的旋律。

有人说，蟋蟀是这个秋天最后的死亡者，它的离去带走了许多属于我们生活的美妙。的确，那时候我们只知道沉醉在这种天籁之音中，忽略了对这种悲怆的生命，应怀有的一种尊重和感恩。其实，在生命轮回的季节中，每一段幽暗浓密的经过，时刻都会让我们产生一种微弱的、遥远的渴望。

夜晚回到家，静夜孤灯，消散掉无意间侵入内心的无奈与悲凉。老安看着床头的画，顷刻间，素然于心，淡然于怀，静然于世，飘然于风，把一缕幽静，一份闲适，一抹思绪撒在这淡淡的空间里……

曾经铭心刻骨的爱恋，她认为都被她扫落尘埃。但总有一些过往在一些特定的时候又悄然涌上心头，让她思绪翻滚，翻越记忆中的千山万水去追寻一个答案。以前她相信，"天天思念的人，注定要重逢"，现在一点都不相信了。都这时候了，秦天明他都没有出现，那她还要等到什么时候呢？

来生相见，真的有来生吗？连自己都不相信，估计秦天明也不会相信。在老安的思绪里突然冒出一个不太好的想法："他还健在吗？还是已经在来生的路口等待爱情归来？"爱一个人，那么刻骨铭心，真的是一辈子都忘不掉，即便老了，走不动了，还会思念。

她幸运的是她爱过，她遗憾的也是爱过。

　　流年日深，许多事已经模糊不清了。她想如果后来这一生没有遇见秦天明，她的日子或许过得有些平淡，但是世间万物，皆有情缘。哪怕是枯草朽木，只要给予阳光雨露，和风细雨，日子长了，就会开花结果。于是，她终于懂得了许多以前不能领悟的道理，想必已是成长成熟。一生能有一份灿若烟花的回忆，生命也因此而丰盈。但是，世间情事如烟云一样舒卷，可如何才能做到忘记，忘记这碌碌红尘，有过一个你，有过一个我，有那么一段清澈的相遇。情到深时，总免不了问一句：为什么要让我遇到你？是啊，假如没有相遇，我们也只是一粒平凡的尘土，每天为了生活忙忙碌碌，淹没在茫茫人海中。因为有了相遇，一切开始改变，有了向往和追求，有了责任和担当，有了喜悦和痛苦。人生倘若没有相遇，又将是多么索然无味。

　　"你爱我，对我好，所以我们结婚。"真的是好婚姻吗？

　　其实不只是我们国家，即使是国外，应该说几乎全世界的父母，以及普遍的社会认知，都遵循传统"婚姻年龄"。于是男男女女们，长到了"差不多"的年龄时，就自动被冠以"该结婚了"的警示规定。

　　从前，通常为父母之命媒妁之言，而后来看起来开放到了"自由恋爱"，实际上，子女还是被父母的"择偶观"影响，选择对象结婚。

　　但我们不禁要追问，这种连一丝褶皱都没有的"择偶观"和选择结婚对象的标准构成的"模范婚姻"，真的是人们内心想要的吗？

　　这个世界上太多人活在"套子"里，每天遵循着"大多数"的规则和应该去"规范"地生活，在婚姻里活得像个被制定好程序的"行尸走肉"，什么时候做什么，什么时候生孩子，然后二胎，再……

　　压抑了天性，压抑了感情，压抑了与生俱来的"动物性"，只为了让自己成为那个大众期望的，家人喜欢的，别人羡慕的"丈夫"或"妻子"，即使偶尔冒出一丝"触角"，也立刻被自我催眠掐灭，然后安稳地"睡过去"。

　　老安是一个善良之人，她愿将自己萎落成泥，焚烧成灰，纵然飘散于这世间的任何一个角落，都可以淡然相对。老安又是一个强者，她不做虚无的感慨和蹉跎，而是借着自己对生命的领悟，开启内心的灵魂之旅。

迄今为止，老安也不知道秦天明的心中有什么秘密。也许，人生就应该无须计较太多，或者纠缠太多，她就是她，多情又善良。如果秦天明有秘密对于今天的她来说已经不重要了，而且揭开秘密，找出一个答案，可能会影响秦天明在她心中的形象。如果失去了秦天明在她心中的形象，也就失去了她过去认为的爱的意义。

这世间有许多情感，都背负着太多的无奈，欲爱不能，欲罢不能。谁可以静坐在云端，淡然俯视凡尘烟火，而自己做到纤尘不染。尘世里美丽相逢，总是让我们情难自禁，只是从来没有一段缘分，真正可以维系一生。我们依旧不管不顾地爱着，接受相遇与离别的轮回，接受缘起缘灭的因果宿命。

既信因果，就该从容。既知冷暖，就该淡然。要知道，人生就是一场修行，总会有一天我们可以修炼成自己想要的某种物象。或是风雪中一枝冷傲的梅花，或是一块温润的老玉，或是佛前一朵安静的睡莲，或是红尘里一株招摇的水草。就算是修炼不成，不过是蹉跎了几剪光阴，辜负了一段年华，那又何妨？

真是浮生一梦，我们不过是在梦里，导演着自己，又在梦外，冷眼相看，和梦中人恍如陌路。

老安从抽屉里取出相册翻看着老照片，她感到生命中，总有那么一个人陪你看过风景，总有一首歌让你听着就泪流满面，总有一段文字让你不忍读出，只能埋藏在心底。

我们都是生命的追问者，灵魂的追寻者，在步履匆匆中，在岁月悄然滑落时，在空寂无奈与苍凉无助时，追寻心灵的一处静谧，追寻沧海的一处栖居，追寻远去的一份记忆，追寻未知的一点企及，再或者只有那么一刻，我们什么都无须追寻，只融入音乐所带来的震撼，冥想与感悟，把自己放逐在充满灵性的天籁之音里……

淡淡地来，淡淡地去，淡淡地相处，给人以宁静，予己以清幽。

静静地来，静静地去，静静地守望，给人以宽松，予己以从容。

简单些，淡然些，倾听世界，感受生命！

　　岁月无情，流年日深，记忆中的许多章节都被删改。岁月也有情，它做了时间的信差，传递了老安昨日与秦天明相爱的故事。面对感情，老安无论是下定多大的决心，此时此刻心也会变得柔软，陷入他们两人过去那幸福的时光里，难以自拔。

　　流水人生，转瞬即逝。年轻时，老安每一天都像蚂蚁一样在忙碌，被生活压顶，已没有多少时间去叩问生之意义。待到老年与她相依为命的秦天明离她而去，生命尘埃落定，却发觉韶华已悄然和我们诀别。没有谁生来就愿意做个掠夺者，殊不知那些叱咤风云的人物，也时常在月上柳梢的黄昏里濡血自疗。

　　老安觉得秦天明选择离开自己，就这么撒手去了，好像关于他的一切，都戛然而止。但是，她做不到用豁达来修饰自己，安慰自己的失落和寂寥，告诉自己这一切都曾经出现过，得到过，拥有过，就已经足够了。然而，与秦天明曾经那些有风，有雨，有花开，有雪落的日子，仍然历历在目，难以忘怀。自己一人独处，她时常在午后，在夕阳的照耀下，来到秦天明生前经常来的山顶，面对大海，怀揣着爱的希冀，期盼海的那一边有幸福的云彩，载着秦天明归来。

　　海面波涛连着波涛，注目一澜秋水之上，岸上林木中落叶树已经凋谢……苍凉之上也多添一抹往事如烟的记忆，她心灵的空间也随之微微一颤，走过光阴风雨轮转的岁月，她终究爱上了秋的沉静，对于这个年龄的她是否唯美已不重要，因为在她心底又多了一片念想的天空。

　　她漫步在夕阳里，所有的景物在她的眼里都充满善意和美好。其实淡淡的生活一如黄昏，就像老树昏鸦，小桥流水人家，古道西风瘦马，这样在旁人看来说不清哪里好的普通场景，唯有老安读懂了。她认为，世间风物本没有情感，一草一木，一沙一尘，皆是因为有了故事和传说赋予其上，才有了血肉，才会被打动。老安停下脚步，回身望着大海，她迷恋海上的水色天光，曾经与秦天明静静地坐在海边，看波澜壮阔，看汹涌澎湃，内心燃起了激情。海是博大的，人很渺小，她没有想征服海洋的幻想，但是，她却被大海征服了，借助大海燃起的激情，她无怨无悔地在苍天见证之下燃烧在秦天明的怀抱中。现在她要心不染尘、尘不染心地享用这份记忆，在自己的天地里干净地活着，谁也不打扰。她满心梦想着生命中那些得而复失的东西，就像枝头的落叶，打着旋，美丽着，渐行渐远。尽管霜染山河，但它依旧以萧瑟飒爽的姿态，飘逸着回到大地的怀抱。

但是，失去亲人的痛苦，甚至可能需要一生来治愈。秦天明去世后，留给老安的，是难以修复的创伤。有时，老安静下心来想，秦天明选择尊严死，让她感觉自己像是被抛弃，陷入追问自己是不是因为做得不够好，才让秦天明不愿留在人世的自我怀疑和愧疚中。

或许尊严死要教会我们的，正是怎样对待生命。

当然，选择怎样死亡，是当事人的课题。

如何处理丧失亲人的悲伤，则是他人的课题。

如果非要一个人为了负责别人的悲伤，而艰难地忍受生命只剩下"活着"的痛苦，是不是太苛刻了呢？

不管怎样，命是自己的，最后做选择的只能是自己。

人活一世，不管一辈子如何轰轰烈烈，但终归要落叶归根。

赏树犹如赏阅生命本身，在心灵的对话中，在无限轮回的罅隙间，恍恍走过一世，留下的是所见深处那挥之不去、永不衰朽的树之魂。

树，犹如此；人，何以堪！

此刻，深秋的零落萧疏着寒影横斜的远山，堆积起相思的红叶，伴随天边五彩缤纷的云霞，在西方尽头落下的夕阳里，辉煌着灿烂的色彩。老安踩着落叶停下脚步，倾听着山涧流淌的溪水，深情地讲述着秋天思念的故事，凝望着水面上那一片片落叶欢愉而来，拐了一个弯又坚定地朝着远方悠然而去。她俯身捡起一片嗅着，念想着那遗落的一帘秋梦中埋藏着昨日的绵绵情义、情殇碎片。

夕阳西下，残阳如血，醉了心、醉了云……

所以，默默地……就让她背拖一地夕阳。

"然"的赋格

人类不快乐的唯一原因是他不知道如何安静地待在他的房间里——源自法国思想家帕斯卡尔《思想录》触发的反省，本应让我可以安静。但有了写作的冲动，就纵情地忽略眼前安静的日子，离开舒适区，试着摆脱既往思维模式和行为习惯的束缚，从社会主流中浪卷出来又卷入到暮年人群的沧海里，也将生命根植于一呼一吸的活着之中，勇敢地乘着生命的航船，劈波斩浪，找寻享受华发苍颜的灵魂家园，浅浅地领悟落叶的禅意之美。

写什么？随着岁月的流逝，往事的记忆日渐模糊，心智的敏锐逐渐迟钝。我深知只有诚实地面对自己年少时期的烦恼苦闷、青壮年时期的奋斗挣扎、进入暮年在生命景象不断变化中的迷茫困惑，不自欺也不回避，冷静回眸，审视梳理，才能把经历中的经验变成觉悟，保持一半是清醒一半是迷醉的潇洒，只为了看清不说透，不冷漠，不虚无。太阳升起，划过天际，沉入夜幕，周而复始。的确是"太阳底下无新事"（《旧约·传道书》）。但岁月流淌着起伏回旋的乐章，生命经历着悲喜交加的轮回，时而哀婉倾诉，时而高亢引吭，生命的交响就是这般变幻无常，既雄浑豪放，也悠远苍凉。这样也就有了我写书的开始。

这本书，其实早在动笔写作之前，受友人的鼓励，我利用闲暇时间写成了一个影视剧本，并获得业内专家的好评，有心帮助进行二度创作，推荐拍成影视作品。无奈天不遂人意，一场突如其来的新冠病毒肆虐，把我追逐缪斯的激情降到了冰点。我深知影视作品作为文学艺术的一个门类，它首先应该有艺术的属性，给人以心灵的快感和审美的愉悦，但它同时也具有商品属性——创造价值。在疫情影响影院运营之时，再逆势创作影视作品，从商业价值角度审视必然受到质疑。

大势所趋，顺势而为。当然，也不必如此言重，因为我原本就不是码字为生，写就写了，不写也不关乎其他。于是，我平静地放下笔，无怨无悔，转身回归原本庸常的生活过自己平淡的日子。只是世事的变化有些是说不清楚缘由的。一次与友偶然聊天谈及我的"写作"，他带着惊讶表达出他的疑问，以及燎原我重新拿起笔的真诚——剧本创作可以暂停下来，以剧本为基础写作成书，待时机成熟然后改编成剧本。实在地说，这是一个令我心动的路径设计。我打开思想的"抽屉"，调出我当初为写剧本拟制的编剧阐述，梳理完成了写书的谋篇布局：生命从摇篮到坟墓，用生命的流动追问生命的意义。我尝试着表达的观点是：既然生与死是生命的两端，我们就应该欣然张开双臂将生和死拥入怀中，静若安然地领略生如夏花之绚丽，体悟死如秋叶之静美。于是有了"然"的赋格，按照一个主题贯穿始终，紧贴老龄化社会对于家庭、个体生命带来的深刻影响，以个人、家庭和社会为对象，从三个维度讲述一个浸润在孝道与赡养传统文化中的普通家庭的故事。

既然生死命定，就应归位生活家园。家里有自在，有陪伴，有温暖。本书给主人公设定的家庭环境，一家三代，妻子、儿女、孙子外孙女。妻子退休前是中学教师，儿子在一个科研单位从事研究工作，女儿是医院的一名大夫，孙子小学在读，外孙女一岁未满。总之，是一个结构合理、收入稳定的幸福家庭。主人公退休后，本可以选择进一日三餐有人做、日常生活有人管、身体状况有人查等条件优越的福利机构养老，但他坚定地回到家里安度余生，因为在他的思想深处，家才是余生最好的港湾、最后的归宿。一是家里有自我，自由自在。他已经退休了，已没有太多的奢望，也没有年少时广大而充满神话般舍己为人的愿力，去悟道，去修行，去度化众生，他认为这些都是他年轻时不甘愿让自己一生平凡做人的梦想。如今老了，可以放下顾虑，遵从自己的内心，活出自己的精彩。累了就休息，烦了就消遣，苦了就犒劳一下自己，遇到麻烦就选择离开，身在红尘，不惹是非，不染尘埃，图个清静。二是家里有陪伴，妻子儿孙在身旁。年轻时心比天高，成天把奋斗、理想、事业、拼搏放在嘴边，拿家当旅馆，对家不管不顾，总想干出一番成就，为了责任，勇往直前，不曾退却，行走江湖，闯荡生活，很拼很苦很累，有时候甚至也很无奈，到老了，安静下来，闲下来，真的会感到很疲惫……如今，老了累了精神头不够了，体质也差了，回头一看还是家好。家里有知冷知热的老伴，有嘘寒问暖的孩子，有懒洋洋的被窝，有热乎乎的饭菜，有浓浓热茶和咖啡，从暖暖的春天到灿烂的夏天，从苍茫的秋天到寒冷的冬天，这样的陪伴温暖而美好，简单而愉悦。从来不在于时间，也不在于金钱，而是能看到对方的表情，能尊重对方的感情，能回应彼此的心意。三是家里有温暖，需要时有依靠。主人公是一个敏感且善于思考的人，在他的视野里，他看到有的人以为进入老年，儿孙满堂，功成身退，就可以颐养天年了，但退休离开岗位，回到家庭，被日常琐事困扰，被失望拖进深渊，被疾病拉进坟墓，被挫折践踏得体无完肤。主人公一次接一次地在经受着病痛的折磨，先是患膀胱癌，再是患肺癌，即便那深深的病痛一道道划烂了他的心房，儿女表现出的孝顺，像无边黑暗里的星辰，照亮了他患病期间的分分秒秒。中国有句俗话：养儿防老。这是中国孝道文化传承了几千年的根本所在。不管一个人有多少钱，当了多大的官，过不了孝道这一关，他就会被社会说三道四，在人们心目中的形象也会大打折扣。主人公明白，漫漫人生中，唯有家，能给予永远可以依靠的彼岸。而所得到的幸福，唯有更早地与家人分享，方能不留遗憾。在这大千世界，个人只是一粒尘沙，儿子、女儿、孙子、孙女的承续，才是个体生命的全部，才是向死而生的力量源泉。

欣然穿越山丘，归位精神家园。内心保持安静，身体保持健康，家庭保持和睦。人到花甲，犹如日头偏西，距离落山时刻越来越近了，思想上产生危机意识是正常的。主人公人过60岁退休，起初，他并没有体会到功成身

退的满足，反而表现出精神十分空虚，对生活毫无乐趣，犹如迷途的羔羊在
旷野里悲鸣，生命的天空只剩下苍茫的一抹灰色。以往看起来有血有肉的人
被多彩的生活吞噬了，丧失了自己，失去了方向，人生走向了虚无，那种没
有目标、没有方向的茫然，那种没有奔头、没有盼头的空虚，如影随形。每
一天一睁开眼，竟然不知道要干什么，无所事事的分分秒秒，平添了一种失
落。神经不再敏感，触觉变得麻木，丰富的外部世界似乎一下子失去了往日
的强烈诱惑，再没有了过去那种求知探索的饥渴、那种冲锋陷阵的欲望。脱
离了社会的心，对一切都不感兴趣，对一切都觉得不顺心，浑浑噩噩，糊糊
涂涂，度日如年。至于挂在墙上的"老骥伏枥，志在千里"的豪言壮语，只
是装点门面而已。他时常陷入对过去的回忆之中，想过去的获得、过去的成
就，但又想不透。面对那些看不透的虚妄，内心被过多的在乎所困扰，太在
乎一些拥有，于是产生得失，有了得失就有了痛苦，最终导致人性危机，毫
无缘由地与妻子吵架、与儿女发生口角。但是，家人的理解和包容抚平了
他心底的创痛，使他摆脱了退休后的困惑、惆怅、空虚、无聊、混沌的状
态。故事有意设计了主人公从城市到农村租住农舍，让主人公走出精神空虚
这一合理的情境。眼下他自己的思想观念要主动改变，他想，如果上天眷顾
他，寿命是80岁，60岁之后还有20年，虽然未来所剩的时间不多，但还是
能够去做自己年轻时想做而一直没有条件去做的事情。面对空壳化的乡村以
及撂荒的土地，他要用自己的思考和行动努力改变这种面貌，用自己的掌声
鼓舞自己，用自己的余晖照亮自己的精神形象。人老了，最后的归宿，或许
是蓝天，或许是大海，或许是土地，但在这之前，如果能够随心所愿挥洒自
如，那就尽力追随自己的心愿，活在自己的意愿中。然而，现实牵绊着他自
以为是的神圣追寻。退休以后，毕竟开始耳不聪，逐渐眼不明，浑身有气无
力，精神大不如从前。今天在哪里？明天去哪里？哪里才是最好的归宿？也
许，人生的过程，就像一条又一条抛物线，在感觉到你现在所处的这条抛物
线达到顶点的时候，你得学会寻找到自己人生的另一条正在延展的抛物线，
勇敢地跨上去，向另一个方向往前走。经过自己的冷静思考和与家人的深情

交流，他意识到当下的需要和余生的需要是健康，健康是他生活质量的需要，也是他生命存在的需要，更是家庭的需要，可以减轻家庭负担。因此，在书中，主人公良好的生活习惯贯穿始终，他要通过锻炼保持健康，抗拒衰老，追求长寿。他感到以他为中心组成的这个家，他在家就在，如若不为外物影响而内心摇曳，他就不会丧失感知这个家庭带给他享受快乐的本能。他在欲望的舍弃中渐渐认识自己，定位自身，找到了自己该做的事、该爱的人。"三千繁华，弹指刹那，百年过后，不过一捧黄沙"，凡事随心、随性、随缘……有取有舍，才能收放自如。他实现了精神的自我归位，在生命的山丘那面，即使黄昏夕阳，仍不失瑰丽璀璨。

安然面对衰老，归位灵魂家园。接受生命无常，放下心中执念，实现人生圆满。生命的衰老是一个自然的过程，死亡的逼近无法抗拒。这不是一个认知，而是一个事实。死亡所表达的是生命在时间上的有限性，人活着时正是带着对自身时间有限的畏惧感和危机感，才成为本真的自己，找到人生的价值。书中主人公第一次患病治愈出院，他深知并非是闭目祈祷取得的胜利，而是借助了医院医生的精心治疗恢复健康。在他第二次入院时，他冷静地对遇到的患病困境进行分析，坚定不被病魔吓倒的决心，对凶险的绝境不选择放弃，与家人研究商定医治方案。故事展开主人公怀抱希望入院治疗的场景，开始他像健康人一样精神饱满，积极配合治疗，但是，治疗的效果与他的希望相去甚远，他的病越来越重了，到了生活不能自理，依靠他人才能完成的吃、喝、拉、撒、睡的地步。这羞辱了他日常讲究的生活形象，而且，为了给他治病，家庭财力不堪重负，儿子卖房为他支付昂贵的药费。病痛折磨着他的身体，精神也备受煎熬。患病经历让他深刻地认识到，医学有它的可能性，医术有它的局限性，医生也不可能包治百病，而且，绝大多数人离开这个世界往往不是因为机能的正常老化实现寿终正寝，而是身体的各种疾病把人恐惧地拖进坟墓。对于主人公来说，当知道自己大限将至时，如果还选择在医院插满管子，没有意识地挣扎，无疑是对生命尊严的摧毁，是对亲人自觉践行孝道文化信仰的扭曲，是人性自私本能的最后晚餐。于是，他理性地接受这个事实，选择终止治疗。生命到了这个时候，他觉得如果还一味地生活在别人的眼神里，就会迷失在自己的心路上，他现在最想和自己在一起，做回真正的自己，不用看谁的脸色行事，也不用费尽心力想事。在医院做无谓的治疗，就像油灯里剩下的一点油，再把灯捻挑大，就很快熬干了，因此，主人公回到自己的老窝把灯捻挑小，与家人静静地待着。天黑有迟有早，路程有远有近，报到有先有后，关键是需要具备平和淡然的心态。此时此刻，对于他，死亡已经不可怕了，可怕的是在死亡之前所面临的状况，比如丧失听力、记忆力，失去自己的朋友和固有的生活方式。生命经历告诉我们，老年是一系列不断的丧失，死亡是单项选择，生命路上没有逆行者。主人公选择了在一个温暖的午后，在家人的陪伴中微笑着静静地离开。因为一个人独自面对死亡其实是很可怕的，但如果有人愿意和他交流，那么他的脆弱、恐惧、孤独就会被看见，那他就不再是独身一人，因为有人理解了他的脆弱，有人缓解了他的恐惧，有人分担了他的孤独。生活上有了归属，精神上有了归属，灵魂再有了归属，他要心静如水地接受上帝的邀请，面带微笑地离开这个曾经滞留过的世界。在自己还能思考决策的时候，主人公立下遗嘱：拒绝过度救治，选择安乐离世，与死亡和解。故事让我们领悟：人的一生是有限的，从出生的那一刻起就不断地死亡。个人只有读懂了死亡，才会明白生命深处的尊严。我们能做到的，就是早早地学会和死亡相处，接受它迟早都会来临的事实，也就明白了生命的不易。也只有直面死亡，才会对生充满渴望，对"活着"才有触及灵魂的理解。每段人生路皆有不同，生命终究要带着亲人的爱，走向彼岸。每个人都需要学会接纳世事无常，直面生命中跌宕的喜悲，追寻属于自己的圆满。

　　据此，我完成了本书的谋篇布局，但我更深知离成书的距离还很远，尤其是对完成本书的写作信心不足。因为，我只是一介凡夫，读书不多，经历平淡，缺乏想象力，又没有写作底蕴，好在熟知我的朋友介绍了一位资深专家为我审题指点，他肯定书的立意深远，期望和鞭策我写成80万字篇幅的书稿。无疑，专家的鼓励倍增了我写作本书的信心，同时，我也深感压力。于是，我以炽热纯粹的性情，写下文字，燃烧属于我眼中生与死的终极救赎。我把自己关在屋子里闭门不出，是我非我，非我是我，我已不再属于现实中的某一个角色，完全进入到写作中，从容地在脑子里提取生活的沉淀，提炼一种属于书中主人公也原本就属于我而又一直被我忽略的东西——爱与生命的精彩。我融入自己的思考并沉浸其中，往日的思考是为了工作与生存，现在的思考是为了圆满人生，包括孝顺、赡养、良知、生命、罪恶、痛苦、死亡、圆满。我观察、反思、分析、提炼，然后给自己一个说法，并寄希望于成书后与感兴趣的读者分享交流，尤其是对进入暮年，面对衰老、患病和死亡困惑的读者能有所思考。抑或对尚处在奋斗中的青壮年读者规划人生，提供未雨绸缪的启示。也许我们每个人在心里都梦想自己身处"时间之外"，获得永生，容颜不改，青春常在。但我们都生活在"时间之内"，今天暮年的我即是明天的你，谁也逃脱不了宿命的结局。

最终用了近一年时间，写成了40余万字。展稿回读，深感汗颜。诠释和解读生命情境是我坚定写作的最初动因。回望我的生命岁月，我有我的一份挫败和伤感，也有我的一份喜悦和满足。有时我感到我应该还有比这两者更多一点的东西，这或许源于我生命底处那盏良善之灯的召唤。我觉得我的感悟以及我书中主人公的经历聚合的核能，在一定生命阶段裂变的能量，比一般生命感受视界更宽阔、回应更深刻、冲击更激烈。

我感到，客观上讲，虽说每个生命都是独特的，不同于过去所有的生命。但生死有期，拥抱人生与告别人生的理由非此即彼。每个生命当初来时因为爱身不由己，后来走时因为爱身不由己。只是我们自己不知道我们来到这个世界会有怎样的痛苦和挣扎，我们自己不知道要离开这个世界是怎样的悲伤和恐惧。善始与善终是对生命的拯救，至于生与死的细节，中间有多大的区别，我们心怀敬畏，或多或少，或深或浅，或强或弱，被一种招惹危险的原始快感所吸引。现实中我们以手掩面，却仍将手指些微分开一丝丝缝隙，因为我们心中有某种欲望，诱使我们去窥探艺术作品中呈现出生命的善始之乐和善终之美。

在写作过程中，我试着揭开这层神秘的面纱，从主人公经历的情境中表达自己的观点，但是，由于我个人的知识浅薄，要在这本书里传递有关哲学、医学以及人类社会学等方面的内容信息，信手写文成章实在勉为其难，而且写出的文稿有些情节叙事冗长。当然我也考虑到我们身处一个视时间为金钱的物欲时代，舍去赚钱安静修身读书实为奢望，我忍痛将40余万字的初稿压缩到20余万字，一如小学生将自己的作业呈送给出版社。编辑为成书不惜心力，提出了许多颇有裨益的洞见，而且字斟句酌，反复地删改润色，这里向负责本书的编辑表达我深深的谢意，我深知没有他们的付出，我的很多想法无法以如此顺畅的文字表现出来。

写作始终是一件很辛苦的事，对于我更是把自己置于炼狱般的苦难中。好在从第一页开始到最后一页句号成稿，得到了或兄弟，或朋友，甚至业内专家的鼓励与鞭策、帮助和支持，使我幸运地拥有了承受煎熬的勇气和信心，借此深表感谢！

生命的岁月弥漫着痛苦的气息，有些人的生命历程痛苦多一些。但在人生的整个过程中，痛苦的气息终会被平安与喜乐驱散，获得生命阳光灿烂的日子。这是活着的动因，表达着生命的意义和价值。

在我写作这本书的近两年间，我的家人和家庭给予周到照顾，我深为感动和感谢。我之所以能够聚精会神地用心写出文字，源于亲人的关怀、家庭的温暖。尤其是我的家庭第三代，在增添了一位新人后又如期迎来了一位新的生命诞生，我不得不说这是爱的眷顾和对我良善行为的褒奖！庆幸生命的绵延和家族的薪火有了新的传承人，借此机会，对他们来到这个多情的世间，表达我由衷的欢迎和特别的祝福！